BASTEI LÜBBE

JUDE DEVERAUX

Lodernde Glut

Aus dem Amerikanischen übertragen
von Bodo Baumann

BASTEI
LÜBBE

BASTEI-LÜBBE-TASCHENBUCH
Band 11 445

Deutsche Erstveröffentlichung
Titel der amerikanischen Originalausgabe: THE AWAKENING

Printed in West Germany, August 1989
Einbandgestaltung: A. Bachmann
Titelfoto: Norma/Sanjulian, Barcelona
Satz: Ebner Ulm
Druck und Bindung: Ebner Ulm
ISBN 3-404-11445-0

Kapitel Eins

Kingman, Kalifornien
Juli 1913

Eine sachte Brise strich über die Gräser auf dem fünfzehnhundert Morgen großen, fruchtbaren Farmland der Caulden-Ranch und raschelte in den Blättern der Obst- und Walnußbäume. Auf dem riesigen Besitz gediehen Pfirsiche, Feigen und Mandeln, und Kornähren trockneten in der sengenden Hitze. Wie jedes Jahr um diese Zeit war seit zwei Monaten kein Tropfen Regen mehr gefallen, und jedermann hoffte, daß das Wetter noch ein paar Wochen so blieb, bis die Hopfenernte eingebracht war.

Der Hopfen – das wichtigste Anbauprodukt der Caulden-Ranch – stand, sich an fünf Meter hohen Stangen emporrankend, dicht vor dem Höhepunkt seiner Reife. Er fing an, sich gelb zu verfärben, und war voller Saft. In einigen Wochen würden die Hopfenpflücker hier eintreffen, die Ranken von ihren Stützfäden reißen und sie in die Darren zum Trocknen bringen.

Es war noch sehr früh am Morgen, die vielen angestellten Farmknechte waren gerade erst aufgestanden und bereiteten sich für die Arbeit vor. Doch schon herrschte eine brütende Hitze, und die meisten Arbeiter würden auf den langen, flachen Äckern der gnadenlosen Sonne ausgesetzt sein. Nur einige konnten das Glück haben, den Tag auf den schattigen Hopfenfeldern verbringen zu dürfen, wo die Ranken ein schützendes Dach über ihren Köpfen bildeten.

Mitten durch die Ranch lief eine vielbenützte Landstraße, von der andere Straßen abzweigten – und all diese Verkehrswege führten an mächtigen Scheunen, Wohnbaracken für die Arbeiter und den riesigen, mit Schornsteinen versehenen Darreöfen vorbei.

In der Mitte der Ranch, sein Gesicht nach Norden gerichtet, stand das große Caulden-Haus, erbaut aus den hier am Ort gebrannten roten Ziegeln, mit einer weißgestrichenen, um zwei Seiten herumgezogenen Veranda und Balkonen, die im Oberstock aus den Mauern vorsprangen. Hohe Palmen und alte Magnolienbäume schirmten das Haus gegen die Sonne ab und spendeten dem Inneren kühlenden Schatten.

Im westlichen Schlafzimmer im Oberstock schlief Amanda Caulden noch, ihre dichten kastanienbraunen Haare zu einem dicken Zopf im Nacken geflochten. Ihr züchtiges, schlichtes Nachtgewand war bis zum Kinn hinauf zugeknöpft, die Manschetten sorgsam über die Handgelenke heruntergezogen. Sie lag auf dem Rücken, die Decke war über die Brüste gebreitet, und die Hände hatte sie über dem Brustkorb verschränkt. Das Bettzeug war nur ein wenig aus seiner Ordnung geraten; das Bett sah aus, als sei es eben erst gerichtet worden – doch eine zweiundzwanzigjährige Frau hatte die Nacht darin verbracht.

Das Zimmer wirkte genauso aufgeräumt wie das Bett. Von der jungen Frau abgesehen, die so regungslos auf dem Rücken lag, waren hier kaum Anzeichen von Leben zu entdecken. Da war das Bett, teuer und gediegen, und zwei Stühle, ein Tisch hier und dort, die Tür eines Kleiderschranks, Vorhänge an den drei Fenstern. Keine Häkeldeckchen schmückten die Tische, keine Preise, die ein männlicher Verehrer auf Jahrmärkten gewonnen hatte, zierten die Simse, keine seidenen Tanzschuhe lagen herum. Da gab es kein Puder auf der Frisierkommode, waren keine Haarnadeln verstreut. In den Schubladen und im Kleiderschrank herrschte eine perfekte Ordnung. Es gab keine an die Rückwand gequetschten Kleider, die man aus einer Laune heraus gekauft und dann nie getragen hatte. Achtzehn in Leder gebundene Bücher standen auf einem Wandbrett unter dem Fenster, alle von großer intellektueller Bedeutung. Hier fand man keine Romane von einem hübschen jungen Mädchen, das verführt wurde.

Auf der Hintertreppe näherte sich geschäftig, ihr makellos

sauberes blaues Kleid glattstreichend, Mrs. Gunston. Sie straffte ihren Rücken und sammelte sich vor Amandas Schlafzimmer, ehe sie einmal rasch und scharf an die Tür klopfte und diese dann öffnete.

»Guten Morgen«, sagte sie mit lauter Kommandostimme, was eigentlich hieß: »Steh sofort auf; ich habe keine Zeit zu verplempern!« Sie eilte durch den Raum und riß die Vorhänge auf, als wären es ihre Feinde. Mrs. Gunston war eine stattliche Erscheinung, sie hatte grobe Knochen, ein großflächiges Gesicht, riesige Füße und Hände wie Pflugscharen.

Amanda wachte genauso rasch auf, wie sie einschlief. Eben noch schlummernd, hatte sie in der nächsten Sekunde die Augen offen, erhob sich in der übernächsten leise aus dem Bett und blickte Mrs. Gunston an.

Mrs. Gunston betrachtete stirnrunzelnd – wie jeden Morgen – Amandas schlanke, zierliche Figur. So grobschlächtig und gewichtig sich Mrs. Gunston präsentierte, so schlank und zerbrechlich wirkte Amanda, aber Mrs. Gunston empfand nur eine Art von verächtlichem Zorn für Amandas Anmut, weil sie die Zartheit mit Schwäche gleichsetzte.

»Hier ist Ihr Stundenplan«, verkündete Mrs. Gunston und knallte ein Stück Papier auf den Tisch unter dem Westfenster. »Und Sie haben das –« sie zog ein zweites Papier, das sie aus einer ihrer zahllosen Taschen hervorgekramt hatte, flüchtig zu Rate – »*vieux rose* Kleid mit den Schulterspitzen zu tragen. Sie wissen, welches das ist?«

»Ja«, erwiderte Amanda leise, »ich weiß es.«

»Gut«, brummte Mrs. Gunston schroff, als hätte Amanda damit eine große Leistung vollbracht. »Punkt acht gibt es Frühstück, zu dem Sie Mr. Driscoll erwartet.« Nach diesen Worten verließ Mrs. Gunston das Zimmer.

Sobald sich die Tür hinter Mrs. Gunston geschlossen hatte, streckte sich Amanda und gähnte, unterbrach sich jedoch abrupt und blickte sich schuldbewußt um, als hätte sie jemand dabei beobachtet. Weder ihr Vater noch ihr Verlobter, Taylor Driscoll, konnten es leiden, wenn jemand gähnte. Doch Amanda hatte nicht viel Zeit zum Überlegen, ob Gähnen und Sich-Strecken einen Tadel verdienten.

Mit unbewußt anmutigen Bewegungen eilte sie durchs Zimmer, um ihren Stundenplan zu prüfen. Jeden Abend erstellte Taylor eine neue Liste von Kursen für sie; denn Taylor sollte nicht nur ihr Gatte werden – er war auch ihr Lehrer. Amandas Vater hatte ihn vor Jahren, als sie gerade vierzehn war, angestellt mit der erklärten Absicht, sie mit Hilfe von Taylors Unterweisung zu einer Lady zu erziehen. Als Amanda zwanzig wurde und Taylor sie für gebildet genug hielt, sie als »Gentlewoman« zu bezeichnen, hatte er ihren Vater gefragt, ob er sie heiraten dürfe, sobald er ihr genügend beigebracht habe, daß sie seine Frau sein könne.

Amandas Vater, J. Harker Caulden, war entzückt gewesen und hatte den Antrag ohne irgendwelche Einwände angenommen. Niemand hatte es für nötig befunden, Amanda in so einer wichtigen Angelegenheit zu fragen. Eines Abends hatte Taylor beim Dinner ein anregendes Gespräch über den Einfluß der Barockkunst auf die Gegenwart unterbrochen, um ihr mitzuteilen, daß sie heiraten würden. Zuerst hatte sie nicht gewußt, was sie dazu sagen sollte. J. Harker hatte ihr mit einem Anflug von Verdrossenheit erklärt, daß sie nun mit Taylor verlobt sei. Taylor hatte gelächelt und gesagt: »Wenn du mit der Heirat einverstanden bist, heißt das.«

J. Harker war entsetzt gewesen über das Ansinnen, daß man einer Frau ein Mitspracherecht einräumte. »Natürlich ist sie damit einverstanden!« hatte er gebrüllt.

Amandas Wangen waren errötet, sie hatte ihre Hände verkrampft und den Blick gesenkt, als sie leise »ja« flüsterte.

Taylor *heiraten*! hatte sie den Rest des Dinners hindurch gedacht – diesen schlanken, großen hübschen Mann, der alles wußte; der ihr Lehrer und Mentor gewesen war seit ihrer Jungmädchenzeit, zu *heiraten* war ein Traum, den sie niemals bis zu ihrem Bewußtsein hatte vordringen lassen. Nach dem Dinner hatte sie Kopfschmerzen vorgeschützt und war auf ihr Zimmer gegangen. Sie hatte nicht mehr das ärgerliche Murren ihres Vaters gehört: »Genau wie ihre Mutter«; denn Grace Caulden verbrachte die meiste Zeit ihres Lebens damit, allein in ihrem kleinen Salon im Obergeschoß auf dem Sofa zu liegen.

Amanda hatte in jener Nacht nicht schlafen können und am nächsten Tag einen schlechten Aufsatz über die französische Politik Karls I. geschrieben. Berechtigterweise hatte Taylor sie deshalb sehr getadelt, und Amanda hatte geschworen, sich der großen Ehre, seine Frau sein zu dürfen, bewußter zu werden. Sie wollte arbeiten und studieren und alles, was sie nur konnte, lernen, und eines Tages mochte sie dann seiner würdig sein. Natürlich würde sie niemals auch nur halb soviel vom Leben und der Welt, wie sie wirklich war, wissen wie er; aber schließlich mußte eine Frau ja auch nicht so klug sein wie ein Mann. Sie wollte nichts anderes tun als Taylor Freude machen und ihm eine so gute Frau sein, wie sie nur irgend konnte.

Sie nahm ihren Stundenplan in die Hand. Wieder durchrann sie ein kleiner Schauer der Dankbarkeit, als sie die Liste in Taylors sauberer, kleiner Handschrift sah. Jeden Abend nahm er sich die Zeit, ihr Curriculum selbst niederzuschreiben, obwohl er doch wahrhaftig genug damit zu tun hatte, die Verwaltungsaufgaben der Ranch zu erlernen, die ihm eines Tages gehören würde. Sie begann, den Stundenplan von heute auswendig zu lernen:

7 Uhr 15: Aufstehen und Anziehen

8 Uhr 00: Frühstück: Ein Dreiminutenei; eine Scheibe Toast; Kaffee, zur Hälfte mit Milch aufgebrüht. Wir werden Präsident Wilsons Änderungen der Zollgesetze besprechen.

8 Uhr 42: Studium der französischen unregelmäßigen Verben für die schriftliche Prüfung. Abhandlung über die puritanische Ethik zu Ende schreiben.

11 Uhr 06: Gymnastische Übungen mir Mrs. Gunston.

11 Uhr 32: Baden

12 Uhr 04: Wiederholung der Übung in der Identifizierung von Vögeln der Finkenfamilie für die schriftliche Prüfung.

13 Uhr 00: Lunch: gekochtes Huhn, frisches Obst, Limonade. Wir werden den Symbolismus in Grays ›Elegy in a Country Churchyard‹ erörtern.

14 Uhr 12: Schriftliche Prüfung in französischen unregelmäßigen Verben.
14 Uhr 34: Aquarelle malen, wenn die Prüfung 96 Punkte oder mehr erreicht hat. Wenn nicht – studieren!
15 Uhr 11: Bettruhe
16 Uhr 37: Nähen mit Mrs. Gunston. Übungen im Arbeiten mit Schnittbogen.
17 Uhr 39: Umkleiden zum Dinner. Zieh das pinkfarbene Jeanne-Hallet-Kleid an – vergiß den rosa Gürtel nicht.
18 Uhr 30: Dinner: zweierlei gekochtes Gemüse; gedünsteter Fisch; Magermilch
Diskussionen bei Tisch werden unter anderem die literarischen Meisterwerke des späten neunzehnten Jahrhunderts zum Thema haben.
19 Uhr 38: Lautes Vorlesen im Salon; das Kapitel heute abend stammt aus Thoreaus Werk *Walden.*
(Sei darauf vorbereitet, die Fauna und Flora dieser Region zu erörtern.)
21 Uhr 10: Vorbereitung für die Nachtruhe (einschließlich der für die Bettruhe erforderlichen Atemübungen).
22 Uhr 00: Zu Bett gehen

Als sie schließlich in dem eleganten Kleid, das Taylor für sie ausgesucht hatte – eine Wahl, die sich auf dem Vorrat in ihrem Kleiderschrank und der Meinung ihrer Schneiderin stützte – ihr Zimmer verließ, um in das Badezimmer am Ende des Korridors zu gehen, blickte sie rasch auf eine der Uhren, die auf Taylors Geheiß hin über das ganze Haus verteilt worden waren. Sie war pünktlich. Der morgendliche Aufenthalt im Badezimmer war auf vier Minuten festgesetzt – Taylor hatte die Zeit dafür selbst errechnet und dann eine Minute abgezogen, um Bummelei von vorneherein auszuschließen. Sie prüfte ihre Frisur im Spiegel, um sicherzugehen, daß sich keine Strähne selbständig gemacht hatte. Taylor glaubte, ungepflegtes Haar sei ein Zeichen von liederlichem Lebenswandel.

Sie verließ das Badezimmer, bemerkte, daß sie ihr Zeitlimit um volle fünfundvierzig Sekunden überschritten hatte, und rannte die Stufen hinunter.

»Amanda!«

Es war Taylors Stimme – leise, tief und voller Mißbilligung. Er stand am Fuße der Treppe im Schatten des Geländers, hatte seine Taschenuhr in der Hand und die Stirn gerunzelt, so daß sich seine dunklen Brauen zu einem durchgehenden Strich vereinigten. Sogleich verlangsamte Amanda ihren Gang und hoffte, daß man ihr wild pochendes Herz nicht hörte.

»Bist du gelaufen, Amanda?« forschte er in dem gleichen Ton, als würde jemand fragen, ob sie versucht habe, der Katze den Schwanz abzuschneiden. Es war eine Mischung aus Entsetzen und Ungläubigkeit.

Amanda hätte niemals daran gedacht, Taylor zu belügen. »Ja, ich bin schnell gelaufen«, antwortete sie leise. »Ich bitte um Entschuldigung.«

»Gut.« Er schob seine Uhr in die Westentasche seines dunklen Anzugs zurück. Taylors Erscheinung war stets makellos – nie war ein Fältchen oder Staubkörnchen an seiner Person zu entdecken. Er konnte im Fond eines offenen Autos über eine staubige Landstraße fahren und dem Fahrzeug dennoch am Ziel so tadellos sauber entsteigen, wie er sich am Anfang der Fahrt in dieses hineingesetzt hatte. Gleichgültig, wie heiß es wurde: Taylor transpirierte nie! Auch seine Haltung war untadelig – sein Rücken war so gerade wie ein Ladestock, seine Schultern so weit nach hinten gezogen wie bei einem Soldaten beim Appell. Er war groß, sehr hager – was, wie er sagte, bewies, daß er einen der primitiven Aspekte der menschlichen Rasse, den Hunger, unter Kontrolle hatte – und hübsch auf eine dunkle, fast furchtgebietende Weise. Zuweilen dachte Amanda bei sich, Taylor sähe ein bißchen wie die Fotografie eines hübschen Mannes aus, die zum Leben erwacht sei.

Taylor wandte sich Amanda zu und inspizierte ihre Aufmachung. Er überzeugte sich, daß jedes Haar nach hinten gezogen, ihr Kleid perfekt gebügelt, ihre Strumpfnähte gerade und ihre Schuhe poliert waren. Er achtete darauf, daß sie sehr gerade dastand – eine nachlässige Haltung konnte er bei der Frau, die er heiraten sollte, nicht dulden – und betrachtete ein wenig verdrossen ihre Brüste. Wenn sie mit so nach hinten gedrückten Schultern vor ihm stand, sah sie zu . . . zu feminin aus.

Er drehte sich auf dem Absatz um und ging auf das Eßzimmer zu, und Amanda gab einen fast unhörbaren Seufzer der Erleichterung von sich. Sie hatte die Inspektion bestanden, und, was noch mehr zählte, er hatte nicht geschimpft, weil sie die Treppe im Eilschritt heruntergekommen war – eine Untugend, die er verabscheute.

Er zog für sie höflich den Stuhl unter dem Tisch hervor und nahm dann am Kopfende Platz. Wie gewöhnlich ließ sich ihre Mutter ihr Frühstück in ihrem Salon servieren, während ihr Vater seine morgendliche Mahlzeit stets vor ihnen einzunehmen pflegte. Zuweilen hatte Amanda den Verdacht, daß ihr Vater nicht mit ihr und Taylor zusammen essen *wollte*, daß ihn möglicherweise ihre gelehrten Tischgespräche störten. Schließlich hatte J. Harker die Schule schon vorzeitig verlassen, um seine Familie ernähren zu können, und das war auch der Grund, weshalb er sosehr darauf erpicht war, daß seine Tochter eine umfassende Erziehung erhielt und einen gebildeten Mann heiratete.

Das Dienstmädchen stellte das Dreiminutenei vor Amanda auf den Tisch und die geröstete Weißbrotschnitte rechts daneben, was für Amanda das Signal war, mit dem Tischgespräch zu beginnen. Taylor wollte immer gern wissen, ob sie den Stundenplan auswendig kannte, den er mit so großer Sorgfalt zusammengestellt hatte.

»Ich glaube, daß zollfreie Wolle eines der wichtigsten Ziele von Präsident Wilsons Steuerreform war. Ich meine, die Beseitigung von Importsteuern auf eingeführte Rohwolle.«

Taylor entgegnete nichts; aber er nickte, und sie wußte, daß ihre Überlegungen richtig waren. Es war so schwierig, sich an alle Themen der Tagespolitik zu erinnern!

»Und die Zölle auf Wollfabrikate sind auf fünfunddreißig

Prozent gesenkt worden. Dies bedeutet natürlich eine Belastung für amerikanische Farmer, die Wolle verkaufen; aber andererseits ist das wieder eine Erleichterung für amerikanische Fabrikanten, die nun überall in der Welt ihre Wolle einkaufen können.«

Taylor nickte. »Und der Zucker?«

»Die Steuern auf importierten Zucker schützen die Zukkerrohranbauer von Louisiana und die Zuckerrübenfarmer im Westen.«

Er zog eine Braue in die Höhe. »Das ist alles, was du über den Zuckerzoll weißt?«

Sie durchforschte fieberhaft ihr Gedächtnis. »O ja, der Zuckerzoll wird in drei Jahren wieder aufgehoben. Die Zukkerrübenfarmer im Westen sagen . . .«

Sie sahen beide auf, als J. Harker in das Zimmer stürmte. Er war ein untersetzter, vierschrötiger, zornig aussehender Mann – ein Mann, der vor langer Zeit herausgefunden hatte, daß die einzige Methode, etwas zu bekommen, darin bestand, daß man es sich nahm. Er hatte sich von einem Habenichts zum Besitzer der größten Hopfen-Ranch auf der Welt entwickelt. Er hatte sich diesen Aufstieg Zoll für Zoll hart erarbeitet – selbst wenn es unnötig gewesen war, hatte er gekämpft –, und bei jedem Schlag, den er dabei hatte einstekken müssen, war er noch ein wenig zorniger geworden.

»Schau dir das an«, rief Harker und hielt Taylor einen Brief hin. Er verzichtete auf jegliche vom Anstand oder der Höflichkeit gebotene Floskel, wie zum Beispiel einen Morgengruß, nahm nicht einmal Notiz von seiner Tochter, sondern händigte lediglich Taylor, den er für den klügsten Mann auf der Welt hielt, den Brief aus. Taylors illustre – wenn auch mittellose – Familie, seine Bildung, seine Manieren, sein unbefangenes Auftreten in der Gesellschaft, waren Dinge, die J. Harker in Ehrfurcht versetzten.

Nachdem sich Taylor sorgsam die Mundwinkel mit der Serviette abgetupft hatte, nahm er den Brief entgegen und las ihn.

»Nun?« fragte J. Harker auf seine plump direkte Weise.

Taylor faltete den Brief sorgfältig zusammen und nahm

sich Zeit für seine Antwort. Der Brief stammte vom Gouverneur von Kalifornien und wies auf die Gefahr hin, daß es in diesem Jahr Schwierigkeiten mit den Wanderarbeitern geben könne, die zum Hopfenpflücken auf der Ranch erwartet wurden. Die VAW – die Vereinigten Arbeiter der Welt – hätten davon gesprochen, daß sie nach Kingman kommen und zusehen wollten, ob sie die Arbeiter nicht zu einem Streik gegen die Hopfenzüchter bewegen könnten. Und da sich diese Leute natürlich zuerst auf die Caulden-Ranch stürzen würden, argwöhnte der Gouverneur, daß es dort auch zu den ersten Unruhen käme.

Taylor ignorierte J. Harkers finsteren Blick und fuhr fort, sich dieses Thema durch den Kopf gehen zu lassen. In diesem Jahr waren die Hopfenpreise auf dem absoluten Tiefpunkt angelangt, und die Caulden-Ranch würde viel unternehmen müssen, um die Substanz zu erhalten. Und das würde zweifellos zusammen mit diesen verrückten Arbeiterführern Probleme schaffen. Doch mit diesen Leuten konnte man durchaus fertig werden. Spendete J. Harker nicht genügend Geld für vielerlei gute Zwecke in Kingman, um Anspruch auf ein bißchen Schutz durch den Sheriff und dessen Gehilfen erheben zu können? Ja, diese Arbeiterführer konnte man durchaus in ihre Schranken weisen.

Es war der zweite Teil des Gouverneursbriefes, der Taylor Sorgen bereitete und der zweifellos J. Harker so in Rage gebracht hatte. Der Gouverneur wollte einen Hochschulprofessor – einen Mann, den er gerade zum stellvertretenden Staatssekretär für Einwanderer und Wanderarbeiter ernannt hatte – in der Absicht zu ihm schicken, daß dieser sich des Problems annehmen und Unruhen möglicherweise verhindern sollte. Das hätte man wohl in Kauf genommen, wenn dieser Mann ein Dummkopf gewesen wäre; aber irgendwie bezweifelte Taylor, daß dies der Fall war. Der stellvertretende Staatssekretär war Doktor der Nationalökonomie von der Universität Heidelberg in Deutschland und hatte sicherlich in den letzten vierzig Jahren seines Lebens Laborprobleme studiert und war nie weiter als zwei Meilen von seinen Seminarräumen entfernt gewesen. Zweifellos stand er ganz auf der Seite der Arbeiter und hatte niemals einen Gedanken an die Probleme der Ranchbesitzer verschwendet – nie an die enormen Kosten gedacht, die mit dem Anbau von Hopfen verbunden waren. Er erwartete selbstredend, daß die »reichen« Besitzer den »hungernden« Hopfenpflückern exorbitante Löhne zahlten.

Taylor sah zu J. Harker auf. »Lade den Mann hierher ein«, sagte er.

»Hierher? Nach Kingman?« J. Harkers Gesicht lief kirschrot an. Ihm ging es gegen den Strich, daß die Regierung ihm sagte, wie er *seine* Ranch zu führen hatte. Das war sein Land, oder etwa nicht? Und die Pflücker waren freie Leute, oder etwa nicht? Wenn ihnen nicht gefiel, was hier geschah, dann konnten sie ja wieder gehen, aber der Gouverneur schien zu glauben, er habe ein Recht dazu, J. Harker vorzuschreiben, wie er seinen Besitz zu verwalten hatte.

»Nein«, sagte Taylor, »ich meine, lade ihn in dieses Haus ein.« Ehe Harker protestieren konnte, fuhr Taylor fort: »Denke doch nach. Er ist ein armer Hochschulprofessor, verdient vielleicht zweitausendfünfhundert, höchstens dreitausend im Jahr. Ich bezweifle, daß er jemals so eine Ranch wie diese gesehen oder so ein Haus wie dieses betreten hat. Hole ihn jetzt her – Wochen vor der Ankunft der Pflücker – und zeige ihm, daß wir keine Unmenschen sind. Zeige ihm . . .« Er unterbrach sich, um seinen Blick auf Amanda zu richten, die gerade die Hand nach dem Marmeladeglas ausstreckte. »Nein«, sagte er nur, und Amanda zog ihre Hand schuldbewußt wieder zurück.

»Ein Hochschulprofessor?« warf J. Harker ein. »Wer soll sich denn um den alten Knaben kümmern? Jetzt, da der Hopfen fast reif ist, bleibt mir keine freie Minute, und ich brauche dich für . . .«

»Amanda«, sagte Taylor, daß diese zusammenschreckte.

Sie hatte nur mit einem Ohr zugehört, da sie nicht in das Gespräch einbezogen war, und nun hatte sie Taylor beim Träumen ertappt.

»Amanda wird sich um ihn kümmern«, eröffnete Taylor. »Sie soll mit ihm eine Reihe von ökonomischen Aspekten erörtern, und wenn sie nicht genug weiß, kann er sie ja unterrichten. Sie kann ihm auch Kingman zeigen. Das kannst du doch, nicht wahr, Amanda?«

Taylor und ihr Vater starrten sie nun mit der Intensität hungriger Habichte an, die ein Kaninchen über ein offenes Feld hoppeln sehen. Dies waren die beiden Menschen, denen sie die meiste Freude bereiten wollte, doch sie wußte, daß sie mit Fremden nicht sonderlich gut umgehen konnte. Sie traf nur selten mit anderen Leuten zusammen – Begegnungen mit Fremden waren auf ihren Stundenplänen kaum vorgesehen –, und wenn sie mit anderen Menschen zusammenkam, wußte sie nicht, was sie mit ihnen reden sollte. Diese Leute wollten offenbar nicht mit ihr erörtern, warum der Nil über seine Ufer getreten war. Sie wollten mit ihr über Tänze sprechen – ein Gebiet, das sie nicht einmal theoretisch beherrschte – und Kleider – Taylor suchte diese für sie aus – und Filme – sie hatte noch nie einen Film gesehen – und Baseball – sie hatte noch nie so ein Spiel beobachtet, wußte aber alles über dessen Regeln; sie hatte in einer Prüfungsarbeit darüber eine Eins geschrieben – und Automobile – sie kam selten aus dem Haus, und falls doch, dann nur mit Taylor und einem Chauffeur; also wußte sie wenig von Autos. Nein, sie war nicht geschickt im Umgang mit Fremden.

»Amanda?« fragte Taylor ein wenig lauter.

»Ja, ich werde es versuchen«, versprach sie aufrichtig. Vielleicht konnte man sich mit einem Hochschulprofessor besser unterhalten als mit anderen Personen.

»Gut«, murmelte Taylor und schien enttäuscht, weil sie gezögert hatte. Er blickte auf die Standuhr am anderen Ende des Eßzimmers. »Du hast dein Frühstück um drei Minuten überzogen. Nun geh hinauf und studiere.«

Sie erhob sich sofort. »Ja, Taylor.« Sie blickte zu ihrem Vater hin. »Guten Morgen«, murmelte sie, ehe sie den Raum verließ.

Als sie in ihrem Zimmer allein war, setzte sie sich an ihren kleinen Schreibtisch, öffnete eine Schublade und nahm ihre Notizen über französische unregelmäßige Verben heraus. Um zehn Uhr arbeitete sie an ihrer Abhandlung über puritanische Ethik. Zweimal verschrieb sie sich bei einem Wort und mußte wieder von vorn anfangen. Taylor bestand darauf, daß ihre Arbeiten immer tadellos aussahen – ohne jeden Schreibfehler.

Um elf Uhr wurde sie von Mrs. Gunston in einem Kellerraum erwartet. Amanda trug einen blauen Gymnastikanzug aus Serge, der ihr nur bis zur Mitte der Waden reichte. Taylor hatte gesagt, daß dieser Dreß für diese Übungen notwendig sei; doch er hatte ein züchtiges langes Kleid entworfen, das Amanda über dem Anzug tragen mußte, wenn sie die Hintertreppe – *nicht* die Vordertreppe, auf der man sie möglicherweise sehen konnte – zum Kellergeschoß benützte.

Dreißig Minuten lang unterzog Mrs. Gunston Amanda einem rigorosen Trainingsprogramm, zu dem sie schwere Indianerkeulen und mit Gewichten versehene, an den Wänden befestigte Flaschenzüge benützte.

Um elf Uhr dreißig, als es Amanda fast schwindlig war vor Hunger und Erschöpfung, durfte sie siebzehn Minuten in einem mit kaltem Wasser gefüllten Zuber verbringen. Taylor sagte, heißes Wasser ließe die Haut altern.

Dann hatte sie sich, ihrem üblichen Tagesplan folgend, anzukleiden, sich auf das Examen des kommenden Tages vorzubereiten und schließlich Punkt dreizehn Uhr unten beim Lunch zu erscheinen.

Doch diesmal kam es anders.

Als Mrs. Gunston um zwölf Uhr fünfundvierzig mit einem Tablett in Amandas Zimmer erschien, war Amanda tief beunruhigt.

»Ist Mr. Driscoll etwas passiert?« fragte sie, da sie fürchtete, Taylor hätte der Schlag getroffen, wenn er seinen Stundenplan änderte.

»Er ist bei Ihrem Vater«, erwiderte Mrs. Gunston, »und er schickt Ihnen einen neuen Stundenplan.«

Mit vor Verwunderung geweiteten Augen nahm Amanda diesen entgegen.

Von 13 Uhr 17 bis 18 Uhr 12 liest du folgende Bücher:
Veblens *Instinct of Workmanship*

Hoxies *Scientific Management*
Royces *Philosophy of Loyalty*
Montgomerys *Labor and Social Problems*
18 Uhr 00: Umkleiden zum Dinner. Zieh das blaue Chiffonkleid mit Perlen an.
18 Uhr 30: Dinner: Zweierlei gekochtes Gemüse, gedünsteter Fisch, Magermilch, ein ein Zoll dickes Stück Schokoladenkuchen.
19 Uhr 30: Diskussion über die von dir gelesenen Bücher.
21 Uhr 30: Vorbereitung zur Bettruhe.
22 Uhr 00: Bettruhe.

Amanda musterte Mrs. Gunston. »Schokoladenkuchen?« flüsterte sie.

Ein Dienstmädchen kam herein, stellte vier Bücher auf den Tisch und entfernte sich dann wieder. Mrs. Gunston nahm eines von ihnen in die Hand. »Dieser Mann, dieser Dr. Montgomery, der hierherkommt, hat dieses Buch geschrieben. Sie müssen doch wissen, worüber Sie mit ihm reden können, also hören Sie auf, von Kuchen zu träumen, und gehen Sie an die Arbeit.« Sie drehte sich mit geschäftiger Hast um und verließ das Zimmer.

Amanda saß kerzengerade auf einem kleinen harten Stuhl und begann zuerst das Buch von Dr. Henry Raine Montgomery zu lesen. Zunächst kam es ihr so seltsam vor, daß sie gar nichts davon verstand. Da wurde die Meinung vertreten, daß nur die Minen-, Fabrik- und Ranchbesitzer schuld daran waren, wenn Arbeiter streikten.

Amanda hatte bisher wenig über die Männer nachgedacht, die auf den Feldern arbeiteten. Zuweilen hatte sie von ihren Büchern aufgeschaut und sie in weiter Ferne sich wie Spielzeuge unter der sengenden Sonne bewegen sehen; aber sie hatte stets den Blick wieder auf ihre Texte gerichtet und keinen Gedanken mehr an sie verschwendet.

Sie las den ganzen Nachmittag hindurch, arbeitete zwei von den Büchern durch, die auf der Liste standen, und war, als die Zeit zum Dinner gekommen war, zuversichtlich, daß sie die Probleme der Arbeitsverwaltung mit Taylor erörtern könne.

Sie war nicht vorbereitet auf seinen Zorn. Es schien, als hätte sie die Bücher falsch verstanden. Sie hätte sie vom Standpunkt des Managements aus betrachten müssen.

»Habe ich dir denn gar nichts beigebracht?« fragte Taylor mit kalter Stimme.

Sie wurde ohne Schokoladenkuchen wieder auf ihr Zimmer geschickt und mußte dort eine lange Begründung dafür schreiben, warum die Bücher von Montgomery und die der anderen drei Autoren falsche Aussagen enthielten.

Um Mitternacht saß Amanda immer noch über ihrer Arbeit und hegte inzwischen eine große Abneigung gegen diesen Dr. Montgomery. Er hatte ihre stille Häuslichkeit in Unruhe versetzt, Taylor auf sie wütend gemacht, sie viele zusätzliche Stunden Arbeit gekostet und, was am schlimmsten von allem war, ihr ein Stück Schokoladenkuchen weggenommen. Wenn dieses schon sein *Buch* fertigbrachte, was würde ihr da erst der *Mann* antun?

Sie lächelte müde und sagte sich, daß sie sich nicht verrückt machen dürfe. Dr. Montgomery war doch nur ein armer, alter Hochschulprofessor, der von den wirtschaftlichen Verhältnissen der wirklichen Welt keine Ahnung hatte und nur mit der Theorie betraut war. Sie stellte sich Montgomery als einen grauhaarigen, über einen Schreibtisch gebeugten Mann vor, der von Stapeln verstaubter Bücher umgeben war, und sie fragte sich, ob er wohl jemals eine Kinovorstellung besucht hatte. Vielleicht konnten sie zusammen nach Kingman fahren und dort ... Sie unterbrach diesen Gedanken sogleich. Taylor sagte, diese Schaustücke bewegter Bilder wären geisttötend, und die Leute, die diese Vorstellungen besuchten, wären Analphabeten aus den unteren sozialen Schichten; also würde dieser Hochschulprofessor natürlich nichts mit solchen unwürdigen Sachen zu tun haben wollen.

Kapitel Zwei

Es war der sechste Tag des Harriman-Derbys, das von Los Angeles nach Phoenix führte, und die beiden Männer in dem Stutz wurden allmählich müde. Die Ruhezeiten hatten sie dafür benützt, den zu reparieren. An diesem Morgen waren sie auf Lehm gestoßen, und der rote Renner – und die Männer darin – waren nun mit verkrustetem roten Schlamm überzogen. Nur ihre Lippen waren sauber – saubergeleckt – und ihre Augen, die von Brillengläsern geschützt waren.

Es war ein grausames Rennen gewesen, die Route unmarkiert, und die Leute in den Städten und Dörfern am Rennkurs hatten keine Ahnung von den Autos, die da mit hoher Geschwindigkeit heranbrausten. Die Städte, die vorgewarnt wurden, waren aber noch schlimmer, weil sich dann die Leute dort mitten auf die Straße stellten und die Ankunft der Wagen erwarteten. Sie hatten noch nie ein Auto gesehen, das sechzig Meilen in der Stunde fahren konnte. Viele Fahrer waren vor die Wahl gestellt worden, gegen einen Baum zu rasen und zu sterben, oder in die Zuschauer hineinzubrausen. Die meisten wählten den Baum.

Zuweilen waren die Zuschauer wütend auf die Fahrer oder auf Autos ganz allgemein und bombardierten die Männer hinter dem Steuer mit Steinen. Manchmal wollten sie auch den Fahrern nur ihre Anerkennung zeigen, indem sie ihnen auf den Rücken schlugen. Was sie auch machten – Zuschauer waren für die Fahrer lebensgefährlich.

Hank Montgomery, der Fahrer des Stutz, war vorischtig genug, das Tempo bis auf vierzig Meilen pro Stunde zu drosseln, als er in das kleine Dorf an der Grenze von Arizona hineinfuhr. Sein Mechaniker, Joe Fisher, der neben ihm saß, beugte sich vor und beobachtete angestrengt, ob irgend etwas ihnen den Weg versperrte. Nichts schien sich in diesem Dorf zu bewegen; doch als sie das erste Gebäude am Ortsrand passierten, sahen sie den Grund für die leere Straße. Zu ihrer Linken, halb in einer Hauswand steckend, befand sich ein Metz, der Wagen von Barney Parker. Der Staub der geborstenen Lehmmauer hatte sich noch nicht ganz gesetzt, und Barney saß schlaff auf dem Fahrersitz und sah mehr tot als lebendig aus.

Hank schaltete einen Gang herunter und bremste den Stutz ab, als Joe schrie und nach vorn deutete. Eine wütend aussehende Gruppe von Bürgern mit Dreschflegeln, Knüppeln, Stöcken und Steinen bewaffnet, ganz zu schweigen von vereinzelten Gewehren und Schrotflinten, näherte sich Barneys Wagen; doch als sie Hanks Motor hörten, kamen sie auf den Stutz zu.

»Nichts wie weg von hier!« brüllte Joe.

Da waren zornige, bewaffnete Menschen vor und hinter Hank und zu beiden Seiten der Häuser. Er konnte wieder beschleunigen, den Gashebel bis zum Boden hinuntertreten und durch die Menge pflügen. Oder er konnte . . .

Hank stellte in fieberhafter Eile einige Überlegungen an und vollführte dabei ein paar erstaunlich rasche Drehungen mit dem schweren Lenkrad. Er bog in eine schmale Gasse ein, obwohl Joe brüllte, er sollte das sein lassen. Wenn dieser Weg sich als Sackgasse erwies, waren sie erledigt. Dies war offensichtlich eines von diesen verschlafenen Dörfern, die in diesem Zustand verharren wollten und Automobile haßten, die zu jeder Tages- und Nachtzeit durch ihre Straßen brausten, Pferde scheu machten und selbst die Gehsteige unsicher machten. Wenn ihnen dieser Rennfahrer in die Hände fiel, konnte er ganz bestimmt niemandem mehr etwas über sein Erlebnis erzählen.

Da war ein Licht am Ende der Gasse. Sie öffnete sich in einen umzäunten Hof, in dem eine Frau stand und ihre Hühner fütterte, aber sie erstarrte beim Anblick des schmutzigen Autos, das mit halsbrecherischer Geschwindigkeit ihren Zaun durchbrach.

Hank und Joe zogen wie auf Kommando gleichzeitig die Köpfe ein, als der Wagen auf den Zaun prallte. Als die Männer durch die Gasse kamen, wurden sie von wild gackernden, flatternden Hühnern attackiert. Hank scheuchte eines von den Vögeln von seinem Schoß und beugte sich hinaus, um zwei weitere von der Motorhaube zu entfernen. Joe hob ein Huhn vom Wagenboden auf und warf es auf den Hof zurück.

Nachdem sie auch den Zaun am anderen Ende des Hofes durchbrochen hatten, nahm Hank das Gas zurück und sah sich um. Die Bäuerin drohte ihnen mit der Faust, da ihre Hühner nun in allen Richtungen davonflatterten, und eine Gruppe von empörten Bürgern stürzte auf den Hof.

»Bist du verrückt?« rief Joe, den Motorlärm übertönend, als Hank den Wagen wieder auf die Stadt zulenkte. »Laß uns von hier verschwinden!«

»Ich will zusehen, ob ich Barney nicht mitnehmen kann«, brüllte Hank zurück.

»Nein, das tust du nicht . . .«, schrie Joe und wurde dann gegen den Sitz geworfen, als Hank beschleunigte. Wie sollte er schon etwas daran ändern können? Er war nur der Mechaniker, während Hank der Besitzer und Fahrer des Wagens war. Was spielte es schon für eine Rolle, daß es auch um seinen Hals ging? Hank tat sowieso, was er wollte.

Joe klammerte sich seitlich fest, als Hank den Wagen auf vierzig, fünfzig, sechzig Meilen beschleunigte. Joe sah die Kurve, die zu der Straße zurückführte, in der Barney mit seinem Wagen verunglückt war, und betete, daß Hank nicht versuchen würde, die Biegung mit . . .

Joe wußte, daß er mindestens um zwanzig Jahre gealtert war, als Hank die Kurve mit siebzig Meilen pro Stunde nahm und dabei nur knapp den Bohlensteg auf der anderen Straßenseite verfehlte. Joe roch heißen Gummi und fluchte, als Hank die Bremse anzog, während Barneys Metz vor ihnen rasch größer wurde.

»Nimm die Kanone!« brüllte Hank.

Joe gehorchte und griff nach dem Revolver, den Hank am Boden des Wagens befestigt hatte, doch seine Hände zitterten so heftig, daß er ihn kaum bedienen konnte.

Es befanden sich nur drei Männer in Barneys Nähe, der sich gerade schwerfällig aus seinem Wagen erhob. Sein Mechaniker hatte ihn zwei Tage zuvor verlassen. Barney war immer noch benommen, aber als er Hank und Joe sah, dann einen wütenden Mob, der an der einen Kreuzung auftauchte, wußte er, was die Stunde geschlagen hatte. Ohne sich noch einmal nach seinem zertrümmerten Wagen umzusehen, sprang er auf Joes Schoß, während Hank wieder beschleunigte.

Es war gar nicht so einfach, die kleine Stadt zu umfahren, der vielen Präriehundlöcher wegen, und weil sie ständig einem Kaktus ausweichen oder anhalten mußten, um irgendein Gatter zu öffnen. Joe klagte über Barneys Gewicht, während Barney prahlte, er hätte den Mob in die Flucht geschlagen, wenn er nicht einem Hund hätte ausweichen müssen und dabei die Hausmauer gerammt hätte.

Joe dachte, daß Barney gar kein so übler Kerl war.

»Die Knochen von diesen verdammten Biestern zerschleißen einem die Reifen«, sagte Barney.

Joe und Hank wechselten einen Blick, und eine Stunde später, ungefähr sechs Meilen vor einem anderen kleinen Dorf, hielt Hank den Wagen an und sagte zu Barney, daß er aussteigen solle.

»Du kannst mich doch nicht einfach hier aussetzen!« jammerte Barney. »Ich werde vor Durst sterben!«

»Nur, wenn du inzwischen das Gehen verlernt haben solltest«, entgegnete Hank, während er den Gang einlegte und losfuhr.

Joe lehnte sich zurück und seufzte: »Ich habe mich in meinem Leben noch nie so leicht gefühlt. Wohin jetzt, Boß?«

»Zur Ziellinie!«

Hank Montgomery gewann das Harriman-Rennen und schüttelte sich den getrockneten Lehm von den Kleidern, als er zur Plattform ging und dort die einen Meter hohe Siegestrophäe aus Silber aus den Händen des Bürgermeisters von Phoenix entgegennahm.

Joe stand am Fuß des Podestes und wartete auf ihn. Sie waren acht Tage hindurch gefahren, ohne nennenswerte Ruhepausen dazwischen, und alles, wonach Joe jetzt verlangte, waren ein Bad und ein Bett. »Du hast uns hier doch Zimmer bestellt, nicht wahr?« fragte er müde, während die Leute sie umdrängten und beglückwünschten.

»Ich habe dir eine Suite besorgt und mir das oberste Stockwerk im Brown«, erwiderte Hank grinsend.

»Oberste . . .?« begann Joe und stockte mitten im Wort. Zuweilen vergaß er, daß Hank ein reicher Mann war; aber das konnte man eigentlich nur als Kompliment für ihn betrachten. Denn Hank benahm sich überhaupt nicht wie ein begüterter Mann – und wie ein Hochschulprofessor schon gar nicht.

»Nun, ich werde jetzt schlafen. Kommst du mit?«

»Nach einer Weile«, sagte Hank, nahm seine Lederkappe ab und bemühte sich, seine dunkelblonden Haare, die vom Lehm verkrustet waren, einigermaßen zu bändigen.

Joe folgte Hanks Blick zu einer sehr hübschen jungen Frau, die am Rand der Menge stand. »Du wirst dir nur Ärger einhandeln«, warnte Joe, zuckte dann aber mit den Schultern. Was Hank Montgomery tat, ging nur ihn etwas an. Er bezahlte Joe gut und teilte sich mit ihm die Gewinnprämien, und mehr verlangte Joe nicht. Er drehte sich um und bahnte sich einen Weg durch die Menge.

Dr. Montgomery sammelte seine Papiere und Bücher ein, schob sie in die schwere Ledertasche und verließ den Vorlesungssaal. Er war ein großer, breitschultriger Mann, und sein dunkelbrauner Anzug hatte einen perfekten Sitz, der seinen muskulösen, durch jahrelange Übungen gestählten Körper hervorragend zur Geltung brachte. Sehr wenige seiner Kollegen und, wie er hoffte, keiner seiner Studenten kannten seine Herkunft und seine privaten Verhältnisse. Für sie war er nichts anderes als ein Wirtschaftsprofessor mit einer hervorragenden Ausbildung, der viel von seinen Studenten verlangte und keine leichten Prüfungsaufgaben stellte. Einigen seiner Kollegen mißfielen seine Vorstellungen von dem Wert der Arbeit, weil sie sich sorgten, diese könnten Studenten aus reichen Häusern vor den Kopf stoßen, aber, da Dr. Montgomery sich ruhig und gesittet betrug und in keinerlei Skandale verwickelt war, akzeptierten sie ihn. Sie wußten nichts von dem Vermögen, das seiner Familie gehörte, oder daß er während der Ferien Automobilrennen fuhr, und sie ahnten nichts von der anderen Seite seines Wesens.

Hank ging zu Fuß die anderthalb Meilen bis zu seinem Haus – einem hübschen kleinen Ziegelhaus am Ende einer kleinen, ruhigen Allee, das von hohen schattenspendenden Bäumen und üppigen, unter kalifornischer Sonne prächtig gedeihenden Grünpflanzen umgeben war. Hank lächelte, als das Haus in Sichtweite kam. Er freute sich auf die beschauliche Ruhe in seinen vier Wänden und die fürsorgliche Pflege seiner Haushälterin, Mrs. Soames. Er mußte Seminararbeiten durchsehen und benoten, und er arbeitete nebenbei noch an seinem zweiten Buch über Arbeit und Management.

Kaum hatte er die Haustür aufgeschlossen, eilte Mrs. Soames aus der Küche herbei und verbreitete eine schwüle Duftwolke parfümierten Puders um sich. Ihr Gesicht schien vor Lächeln zu bersten – wie sie auch sonst aus allen Nähten zu platzen drohte. Mrs. Soames war eine exzellente Köchin, und sie »probierte« ihre Speisen ein wenig zu oft.

»Sie sind heimgekommen«, stellte sie vergnügt fest und hielt ihm einen Brief hin. »Den haben Ihnen die Leute aus dem Norden geschickt, um die Sie sich, wie der Gouverneur sagte, kümmern sollen.«

»Das hat er nicht gesagt«, korrigierte Hank sie. »Er hat . . .« Hank hielt inne, weil es sinnlos gewesen wäre, ihr seinen Auftrag erklären zu wollen. Er öffnete den Brief, während Mrs. Soames dabeistand und ihm zusah. Hank wußte genau, daß es keinen Zweck hatte, sie zum Gehen aufzufordern.

Er runzelte die Stirn, als er zu Ende gelesen hatte. »Offenbar wünschen die Cauldens, daß ich zu ihnen komme und bei ihnen wohne. Sie wollen, daß ich ihr Gast bin, bis die Hopfenernte eingebracht ist.«

»Die führen irgend etwas im Schilde«, argwöhnte Mrs. Soames.

Hank rieb sich den Nacken. »Vermutlich wollen sie nur, daß ich sie kennenlerne und sympathisch finde. Sie denken wohl, wenn ich luxuriös untergebracht bin, werde ich nicht die Partei der Arbeiter ergreifen.«

»Gedenken Sie, diese Einladung anzunehmen?«

Er legte den Brief auf den Garderobentisch. »Ich gedenke, ihr liebenswürdiges Angebot abzulehnen. Ich habe zudem hier noch mit einigen Studenten an einem Projekt zu arbeiten, so daß ich erst wenige Tage bevor die Hopfenpflücker auf die Ranch kommen, in den Norden reisen kann.«

»Gut!« urteilte Mrs. Soames mit fester Stimme. »Dann setzen Sie sich jetzt in das Wohnzimmer und ruhen sich aus. Ich habe ein feines Dinner für Sie vorbereitet.«

Sie eilte wieder in die Küche, während er sich im Wohnzimmer das Jackett auszog, sich einen doppelten Whisky eingoß und dann hinsetzte, um die Abendzeitung zu lesen.

Mrs. Soames war nicht annähernd so gelassen in ihrer Küche wie Hank. Sie knallte einen Kuchenteig auf den Tisch und attackierte ihn mit dem Nudelholz. Zu viele Leute nutzten ihrer Meinung nach Dr. Hank aus. Sie schienen zu glauben, er könnte alles gleichzeitig vollbringen. Sie dachten, er könnte seine undankbaren Studenten zu Gelehrten machen, der stellvertretende Staatssekretär für Was-weiß-ich-was sein, Rennen fahren – der einzige Spaß, den er sich gönnte – und in seiner Freizeit noch Streiks verhindern. Das war mehr, als man von einem einzigen Menschen verlangen durfte.

Doch Dr. Hank war ein Mann, der die Hilfe für Menschen, die sich nicht in einer so glücklichen Lage befanden wie er, zu seinen Pflichten zählte. Und wußte sie nicht selbst, wie gut er tatsächlich war?! Vor sechs Jahren war sie noch verheiratet gewesen und hatte in Maine bei diesem schrecklichen Mann gelebt, der seit fast zwanzig Jahren ihr Gatte war. Er trank und verprügelte sie. Sie hatte überall Narben von seinen Mißhandlungen; doch keiner wollte ihr helfen, von diesem Kerl freizukommen. Ihre Familie sagte, sie sei eben seine Frau, die in guten und schlechten Tagen zu ihm halten müsse, und es wäre eben ihr Pech, wenn es nur schlechte Zeiten gäbe. Es täte ihnen zwar leid, wenn sie ihre Wunden sähen, aber sie könnten ihr da wirklich nicht helfen. Die Polizei wollte auch nichts unternehmen, und das Krankenhaus, in dem sie einmal eine Woche lang gepflegt wurde, nachdem er sie um ein Haar totgeschlagen hatte, schickte sie ihrem Ehemann zurück. Sie lief ihm dreimal weg, brachte es sogar einmal fertig, zweihundert Meilen zwischen ihn und sich zu legen; doch er fand sie jedesmal wieder. Sie hatte schon fast alle Hoffnung aufgegeben, als Dr. Montgomery, der in einem seiner Automobile vorbeikam, zufällig sah, wie der Alte Mrs. Soames schlug.

Dr. Montgomery hielt sein Auto an, sprang heraus, schlug ihren Mann ins Gesicht und brachte Mrs. Soames zu seinem Wagen. Mrs. Soames war zunächst voller Mißtrauen gegen den hübschen jungen Mann; doch dann fragte sie sich – was er schon von ihr verlangen konnte.

Er brachte sie in das Haus seiner Familie, die in einem großen weitläufigen Gebäudekomplex wohnte, der den Montgomerys schon vor der amerikanischen Revolution gehört hatte. Dr. Montgomerys Mutter, eine atemberaubend schöne Frau, war die Treppe heruntergekommen, hatte Mrs. Soames von oben bis unten betrachtet, dann gesagt: »Wieder so ein heimatloses Kätzchen?« und war dann weitergegangen.

Mrs. Soames war drei Monate bei dieser reizenden Familie geblieben und hatte sich dort so nützlich wie möglich gemacht, bis Mrs. Montgomery behauptete, sie könne ohne Mrs. Soames den Haushalt nicht mehr führen.

Dr. Hank half ihr, ihre Scheidung von Mr. Soames durchzusetzen, und um sicherzugehen, daß sie von ihrem geschiedenen Mann nicht mehr belästigt wurde, bat er sie, mit ihm zu gehen, wenn er auf die andere Seite des Kontinents zog, um in Kalifornien eine Stelle als Wirtschaftsprofessor anzunehmen. Mrs. Soames hatte seiner Bitte nur zu gern entsprochen, und diese letzten fünf Jahre waren die glücklichsten ihres Lebens gewesen.

Doch eben dieser Wesenszug, dem sie ihre Rettung verdankte, machte ihr auch Sorgen. Er hatte ein Herz für Leute, die weniger vom Glück begünstigt waren als er. Er hatte ein Herz für den Mann, der ihnen die Kohlen brachte, und trug Mrs. Soames auf, immer ein Stück Kuchen für ihn aufzuheben. Doch da waren eine Reihe von Männern – illustre, gebildete Männer –, mit denen Dr. Hank arbeitete und zu denen er nicht übermäßig höflich war.

Im letzten Jahr war dieses Buch von ihm, das so viel Aufsehen erregte, verlegt worden. Sie wußte nur, daß es irgendwie für die Dienstmädchen und die Laufburschen der ganzen Welt Partei ergriff. Mrs. Soames war überzeugt, daß es ein gutes Buch war; aber es hatte ihm ganz gewiß nur Unannehmlichkeiten eingebracht.

Gewerkschafts-Organisatoren – Männer, die alle schrecklich nervös zu sein schienen und deren Blicke unstet hin und her zuckten – kamen ihn besuchen. Mrs. Soames zählte jedesmal das Silber nach, wenn sie wieder gingen.

Sie stellte den Kuchen in den Ofen und machte sich dann mit dem Stampfer über die Kartoffeln her. Und nun verlangten diese reichen Farmer, daß ihr Dr. Hank sie besuchen und bei ihnen wohnen sollte. Sie wollten ihn für sich einnehmen – ja, genau das hatten sie vor. Sie wollten ihm zu jeder Mahlzeit Wein zu trinken geben, ihn mit französischen Soßen füttern und seinen Magen verderben.

Und was das schlimmste von allem war, dachte sie, während sie die unschuldigen Kartoffeln bearbeitete, sie wollten das Leben ihres teuren Dr. Hank mit diesen Gewerkschaftspöpel gefährden. Ihr teurer, heiliger Dr. Hank hatte es nicht nötig, sein Leben für eine Bande von Leuten zu riskieren, die er nicht einmal kannte. Er hatte in seiner Universität genug zu tun.

Sie stellte die zerstampften Kartoffeln beiseite und ging ins Wohnzimmer. Er saß ruhig auf dem Sofa, las seine Zeitung und schlürfte seinen Whisky. Die untergehende Sonne warf ihre Strahlen durch das Fenster und brachte seine Haare wie bei einem Engel zum Leuchten. Ja, er war wie ein Engel, dachte sie, als sie sein Profil betrachtete. So ein hübscher Mann, dachte sie. So ein guter, liebenswürdiger und schöner Mann.

Sie ging durchs Zimmer, um die Vorhänge zuzuziehen, damit ihn die Sonne beim Lesen nicht blendete, und sah eine lange weiße Limousine mit offenem Verdeck draußen vorfahren. Ein Chauffeur in makellos weißer Uniform und ebensolcher Kappe saß am Steuer, und hinten eine schöne junge Frau in einem weißen Seidenkleid und einem weißen Hut mit riesiger Krempe und Straußenfedern, die um die Krempe geflochten waren und das Gesicht der Frau weich umrahmten. Ihre Haare waren dunkelrot – die einzige Farbe an ihr, dem Wagen oder dem Chauffeur.

Mrs. Soames schloß mit einem Ruck die Vorhänge und warf einen mißbilligenden Blick auf Hanks Hinterkopf. Es gab ein Gebiet, auf dem ihr Dr. Hank nicht besonders unschuldig war – bei Frauen. Sie fragte ihn natürlich nie, was er bei diesen Automobilrennen, an denen er teilnahm, so alles trieb; aber zweimal hatte sie Stücke weiblicher Unterwäsche in seinem Gepäck gefunden. Einmal hatte sogar ein schwarzer Seidenstrumpf in seiner Hosentasche gesteckt.

Sie drehte sich wieder um und schielte durch einen Spalt zwischen den zugezogenen Vorhängen. Der Chauffeur half soeben der jungen Frau aus dem Wagen. Und in der Hand der Frau befand sich . . . o nein! – das sah aus wie ein Buch mit Tapetenmustern, was sie da in der Hand hielt.

Mrs. Soames schloß die Vorhänge wieder und verdrehte die Augen zur Decke. Er hatte es doch wieder getan! Sie hatte ihm zu erklären versucht, daß es ganz in Ordnung war, wenn er so dicke alte Frauen wie sie rettete; aber wenn er das mit solchen jungen Dingern wie dieser dort draußen tat, erwarteten sie etwas von ihm – wie zum Beispiel einen Ehering und eine Familie.

Sie betrachtete nun zornig seinen Hinterkopf. Er war viel zu alt dafür, sich in solche Gefahr zu begeben.

Sie ging um ihn herum, nahm ihm die Zeitung aus der Hand und begann, diese zusammenzulegen. »Sie bekommen Besuch«, sagte sie streng. »Groß, schlank, rote Haare – Henna, würde ich sagen – sehr hübsch.«

Hank trank seinen Whisky aus und sah sie verwirrt an. »Ich wüßte wirklich nicht . . .«

Wenn Männer Macken hatten, dann waren das *Macken.* Gab es so viele Frauen in seinem Leben, daß er sich an eine solche Schönheit nicht mehr erinnern konnte? Sie sah ihn unter halbgeschlossenen Lidern an, nahm ihm das Whiskyglas aus der Hand und schob es in ihre Schürzentasche. »Sie hat einen Busen, der wie ein Schiffsbug aussieht.«

Hank grinste und erinnerte sich. »Blythe Woodley.«

Mrs. Soames' Lippen zogen sich zu einem mißbilligenden Strich zusammen. »Sie bringt ein Buch mit Tapetenmustern mit.«

Hanks Gesicht verlor jede Farbe. »Sie steht schon vor der Tür? Ich glaube, ich werde durch die Hintertür verschwinden. Sagen Sie ihr . . .«

»Das werde ich *nicht* tun!« unterbrach ihn Mrs. Soames ungehalten. »Sie haben dieser armen Frau etwas vorgemacht, was nicht wahr ist, und nun müssen Sie ihr auch gegenübertreten und dürfen nicht kneifen wie ein Feigling.« Sie wollte ihm noch mehr sagen; doch sie unterließ es besser, machte auf dem Absatz kehrt und verließ das Zimmer.

Hank zog sich langsam sein Jackett an und bereitete sich darauf vor, dem Kommenden mannhaft gegenüberzutreten. Vor drei Jahen war Blythe seine Studentin gewesen, und sie hatte ihn mit ihrer Intelligenz, ihrer Wißbegierde, der gedanklichen Tiefe ihrer Arbeiten und ihren Fragen beeindruckt. Und nicht am wenigsten hatte ihm ihr prächtiger Busen imponiert. Nicht daß er ihr jemals im geringsten zu nahe getreten wäre. Selbst als sie nach den Vorlesungen noch dageblieben und ihm Fragen gestellt – kurz, ihm jede Gelegenheit gegeben hatte, ihre Beziehung zu vertiefen –, hatte er stets den Abstand zu ihr gewahrt. Er rührte seine Studentinnen nicht an.

Zu Beginn des darauffolgenden Semesters hatte er sie wieder in seinem Seminar erwartet, doch sie war offenbar nicht mehr immatrikuliert. Dann sah er sie eines Tages über den Campus wandern – in einem Kleid mit Rüschen, das sich offenbar eher für einen Tanzabend als für eine Vorlesung eignete.

Er hatte sie angesprochen und gefragt, wie es ihr ginge. Was sie ihm darauf erzählte, hatte ihm nicht gefallen. Ihre Familie, die etwas Geld besaß – natürlich nicht mit dem Vermögen von Hanks Familie vergleichbar – hatte sie dem Sohn eines alten Freundes ihres Vaters vorgestellt. Sie hatten den ganzen Sommer miteinander verlebt, und eines hatte zum anderen geführt, so daß sie sich am Ende des Sommers verlobten. Doch erst nach ihrer Verlobung hatte Blythe herausgefunden, daß ihr Zukünftiger nicht damit einverstanden war, daß sie studierte. Unter dem Druck von ihm, seiner und ihrer Familie hatte sie die Universität verlassen und besuchte nun eine Haushaltsschule.

Hank hatte dies alles nicht gefallen wollen – er haßte es, wenn jemand versuchte, das Leben eines anderen zu beherrschen; aber wenn Blythe sich trotzdem glücklich fühlte, sollte das seine Sorge nicht sein.

Sie sagte ihm, daß sie gerade zum Lunch mit ihrem Verlobten gehen wollte, und ohne zu überlegen lud sie ihn ein, sie zu begleiten.

Hank, der ebenfalls instinktiv handelte, nahm die Einladung an. Vielleicht folgte er einem Impuls, aber der Ton ihrer Stimme, der ein wenig beschwörend klang, hatte ihn auch dazu getrieben – oder es war der Hauch von Traurigkeit in ihren Augen.

Er ging mit den beiden zum Lunch, und das Erlebnis übertraf noch seine Befürchtungen. Blythes Verlobter hatte offenbar eine panische Angst vor einer Frau, die ebenso intelligent sein könnte wie er – oder gar intelligenter. Er erklärte Blythe im herablassenden Ton die Ausdrücke auf der französisch geschriebenen Speisekarte; doch Hank wußte sehr wohl, daß Blythe fließend Französisch sprach und schrieb. Er fragte Hank nach dessen Buch; doch ehe ihm Hank antworten konnte, tätschelte er Blythes Hand und meinte, sie sollten sie wohl besser nicht mit einer intellektuellen Konversation langweilen. Und Blythe war die Frau, die im letzten Jahr nur eine einzige Frage in der schwierigsten Examensarbeit, die er jemals gestellt hatte, nicht beantworten konnte!

Hank gefiel ganz und gar nicht, was er da sah; aber er wollte sich nicht einmischen. Er hatte bereits erfahren müssen, daß jede hübsche Frau – egal ob sie verlobt war oder nicht – sich Hoffnungen machte, wenn er sich zu sehr um ihre Belange kümmerte. Häßliche Frauen bedankten sich überschwenglich, daß man ihnen die Freiheit wiedergegeben habe, und gingen dann ihres Weges; doch hübsche Frauen erwarteten, daß man den Rest seines Lebens mit ihnen verbrachte.

Also war er untätig geblieben und hatte sich nach dem Lunch von dem Paar verabschiedet, ohne Blythe auch nur mit einem Wort zu sagen, daß sie ihr Leben wegwarf, wenn sie diesen anmaßenden jungen Mann heiratete.

Doch die besten Vorsätze scheitern an feingesponnenen Plänen ...

Er war als Gewinner aus dem Harriman-Derby hervorgegangen, war in prächtiger Siegerlaune und fühlte sich nicht im geringsten wie ein Professor der Nationalökonomie. Er war einfach nur ein glücklicher, gesunder und tatendurstiger junger Mann mit einer silbernen Trophäe im Arm, umgeben von Leuten, die ihn bejubelten. Und da hatte etwas abseits von der Menge Blythe Woodley im weißen Kleid gestanden, und ihre hübschen roten Haare waren ihr über den Rücken hinuntergeflossen, während sich eine kecke grüne Hutfeder um ihren Kopf herumschlängelte. Er hatte nicht nachgedacht. Er hatte einfach seinen freien Arm ausgestreckt, und sie war zu ihm gekommen und hatte ihren reizvollen Körper so vertraulich an den seinen geschmiegt, daß sie wie eine zweite Trophäe war, die er im anderen Arm hielt.

Im Hotel, nachdem er die Tür hinter ihnen geschlossen hatte, war er eine Sekunde lang wieder zur Vernunft gekommen und hatte ihr gesagt, daß sie besser wieder gehen sollte. Aber da hatte sie langsam ihren Rock bis über die Knie hinaufgehoben und ihre schwarzen Seidenstrümpfe enthüllt. Er konnte fast allem widerstehen; aber schwarze Seidenstrümpfe an langen, schlanken Beinen gehörten nicht dazu. Er fürchtete, er könnte sogar sein Land verraten, wenn eine Frau ihn ausfragte und dabei ein hübsches Bein enthüllte.

Sie hatten das Wochenende zusammen verbracht – zwei wunderschöne, aufregende Tage mit Champagnerbädern und einer wilden Spazierfahrt am Morgen quer über die Wüste Arizonas in seinem frisch gereinigten Rennflitzer mit anschließendem Picknick und einem Liebesspiel unter einem Suguaro-Kaktus. Am Montag hatte er sie zum Abschied noch einmal geküßt und war nach Hause zurückgekehrt – und sie, wie er annahm, zu ihrem Verlobten.

Doch nun, einen Monat später, stand sie auf seiner Schwelle mit einem Buch voller Tapetenmuster unter dem Arm; und er wußte, daß Tapeten- oder Stoffmuster Heirat bedeuteten.

Er blickte sehnsüchtig zu seiner Whiskykaraffe hin; aber da klopfte es an der Haustür, und er wußte, daß dafür keine Zeit mehr blieb.

Mrs. Soames fand ihn später im Dunkeln sitzend. Er nippte wieder an seinem Glas, und zu ihrem Verdruß bemerkte sie, daß die Whiskykaraffe inzwischen halb leer geworden war. Sie schaltete eine Tischlampe ein, doch er rührte sich nicht, wenn man blinzelnde Augenlider nicht als eine Bewegung betrachtet. Überall im Raum verstreut lagen Fetzen von Tapeten, als habe jemand im Zorn das Musterbuch zerrissen und dann die Schnipsel auf den Boden geworfen – was wahrscheinlich auch der Fall gewesen war, dachte sie und verzog grimmig das Gesicht.

Sie wollte ihn nicht dort sitzen und sich selbst bemitleiden lassen. »Sie verdienen es, das wissen Sie doch«, sagte sie wütend. »Sie verführen diese junge Frauen, verdrehen ihnen den Kopf und weigern sich dann, sie zu heiraten. Und weil wir schon mal bei dem Thema sind – warum heiraten sie nicht wenigstens *eine* von diesen jungen Dingern? Diese junge Dame, Miß Woodley, sah mir durchaus respektabel aus. Sie sind jetzt achtundzwanzig, und es wird höchste Zeit, daß Sie daran denken, seßhaft zu werden und eine Familie zu gründen. Vielleicht hören Sie dann mit diesen törichten Wagenrennen auf und mit der Unsitte, anderen Männern die Frauen zu stehlen.«

Sie hörte mit ihrer Tirade auf, als sie bemerkte, wie traurig er aussah. Sie setzte sich neben ihn und tätschelte ihm die Hand. »Nur die Ruhe, mein Lieber.«

»Das Komische ist«, sagte er leise, »daß ich eigentlich ganz gern heiraten würde; es ist nur so, daß ich noch nicht die Richtige gefunden habe. Ich kann nichts Unrechtes an

Blythe finden. Sie ist tatsächlich beinahe perfekt. Sie ist klug und interessant, sieht blendend aus, ist großartig in der – äh – als Gesellschafterin und stammt aus einer Familie, die gut genug ist, daß sie vor den Augen meiner Großmutter Gnade findet.«

»Also heiraten Sie sie doch«, erwiderte Mrs. Soames. »Oder machen Sie ihr wenigstens den Hof. Ich glaube nicht, daß es lange dauern wird, bis Sie sich in sie verlieben.«

Er nahm noch einen Schluck Whisky. »Ich könnte sie niemals lieben. Ich weiß nicht, warum; aber ich weiß, daß sie nicht die Richtige ist. Ich habe das Gefühl, daß ich eines Tages die Richtige sehen und wissen werde, daß sie es ist.« Er drehte sich um und grinste Mrs. Soames an. »Das klingt ein wenig versponnen, wie?«

»Das klingt mir nach einem Mann, der auf leeren Magen zuviel Whisky getrunken hat.« Sie stemmte sich in die Höhe. »Sie kommen jetzt mit mir und essen etwas.«

Hank bewegte sich nicht und starrte nur vor sich hin ins Leere. »Ich werde zu dieser Caulden-Ranch fahren«, sagte er. »Ich glaube, ich habe einen kleinen Tapetenwechsel nötig.«

Mrs. Soames schnaubte. »Wenn Sie mich fragen, wollen Sie nur eine möglichst große Distanz zwischen sich und diese arme Miß Woodley legen.«

Hanks Blick wurde noch trauriger. »Ich hatte nie die Absicht, ihr die Ehe anzutragen. Nur sie meinte . . .«

»Kommen Sie jetzt, und essen Sie etwas«, unterbrach ihn Mrs. Soames mit ärgerlicher Stimme. »Ich kann nur hoffen, daß dieser Mr. Caulden keine Tochter hat, die unterdrückt oder bedrängt oder sonst gequält wird, weil Sie sich sonst wieder berufen fühlen, sie zu retten.«

Hank lächelte schief und erhob sich von der Couch. »Wenn er eine Tochter hat, schwöre ich, daß ich mich von ihr fernhalten werde. Selbst wenn sie nichts anderes anhat als schwarze Seidenstrümpfe und mitten in der Nacht in mein Zimmer kommt – ich werde sie nicht anrühren!«

Mrs. Soames hörte nicht genau hin, damit sie ihn später nicht beim Wort nehmen mußte.

Kapitel Drei

Amanda unterdrückte wieder ein Gähnen und bemühte sich, beim Anblick des hohen Bücherstapels auf ihrem Schreibtisch nicht die Fassung zu verlieren. Seit Tagen las sie nur noch Bücher über Ökonomie, um sich auf den Besuch des Professors vorzubereiten. Sowohl ihr Vater wie Taylor hatten ihr immer wieder eingehämmert, wie wichtig dieser Besuch sei und was für eine liebenswürdige Gastgeberin Amanda diesem Professor sein müsse. »Und sieh zu, daß du ihn von hier fernhältst«, hatte J. Harker gesagt. »Ich möchte nicht, daß er auf meinem Land herumspioniert.«

Taylor hatte ihr eine Liste von Museen und Sehenswürdigkeiten gegeben. Vielleicht konnte sie mit ihm nach Terrill City fahren und dort die Bibliothek besuchen. Er wollte, daß Amanda sich mit der Lokalgeschichte beschäftigte, damit sie dem Professor eine kenntnisreiche Führerin sein konnte.

Amanda wollte zu gern den beiden Männern, die ihr Leben bestimmten, Freude machen; aber das schien ihr nun, da der Besuch dieses Dr. Montgomery ins Haus stand, fast ein Ding der Unmöglichkeit zu sein. Die Angst, die ihr Vater und Taylor gleichermaßen beherrschte, daß Amanda sich nämlich wie ihre Mutter benehmen könnte, begann nun auch Amanda zu bedrücken. Sie durfte sich unter gar keinen Umständen vergessen. Sie mußte sich so verhalten, daß ihr Vater und Taylor stolz auf sie waren. Dieser Professor war ein sehr gelehrter Mann, und sie durfte sich und ihre Familie nicht blamieren. Taylor behauptete, Amanda habe eine frivole Veranlagung – zweifellos ein Erbteil von ihrer Mutter –, die unterdrückt werden müsse. Und er sagte, es sei für den Ausgang der Auseinandersetzung mit den Gewerkschaftsführern entscheidend, daß sie einen günstigen Eindruck auf Dr. Montgomery machte. Sehr viel hinge davon ab, daß die Anregungen, die sie Dr. Montgomery gäbe, von einem hohen intellektuellen Niveau seien.

Sie kehrte zu ihrer Lektüre zurück.

Hank fuhr durch die schöne kalifornische Landschaft im Süden von Sacramento. Der kleine Mercer war auf allen Seiten offen, und er konnte den Duft der Blumen einatmen und die lauen Lüfte genießen. Es war ein hübscher kleiner Sommerwagen, ohne Verdeck und Türen – nur ein hellgelbes Chassis mit gelben Rädern und schwarzen Ledersitzen. Es war ein Wagen mit geringer Bodenfreiheit, sehr schnell, wenn man ihn forderte, das schwere Lenkgestänge war um so leichter zu handhaben, je rascher er fuhr. Tatsächlich hatte das Auto nur den einen Fehler, daß seine Bremsen so gut wie nutzlos waren; aber seine Schnelligkeit und sein Drehmoment – er konnte sehr steile Hügel noch im vierten Gang nehmen – machten die schlechten Bremsen mehr als wett.

Hank freute sich darauf, ein paar ruhige Wochen auf einer Hopfenfarm verbringen zu können. Er stellte sich vor, wie Cauldens rundliche Frau ihm morgens heißes Brot mit Specksoße servierte. Er stellte sich vor, wie er in der schwülen Mittagshitze in einer Hängematte lag und döste. Es würde ihm gut bekommen, dachte er, wenn er sich eine Weile von seinen Büchern und seinen Studenten trennte und keine Seminararbeiten korrigieren mußte.

Kingman lag im Norden von Sacramento, und er mäßigte das Tempo, um sich die Gegend anzusehen. Es war eine Stadt mittlerer Größe, die um fünf Bahngeleise herumgebaut worden war, und dem Gedränge und Geschiebe der Leute nach zu urteilen, schien es sich um eine wachsende Gemeinde zu handeln. Da war das Kulturzentrum, in dem es jeden Freitag- und Samstagabend eine Filmvorstellung und Matinees während der Woche gab. Er kam an einen Wohlhabenheit signalisierenden Wohnbezirk mit großen, gepflegten Häusern vorbei.

An einer Tankstation am Westrand der Stadt fragte er, wo die Caulden-Ranch zu finden sei. Der Tankwart drehte sich um und deutete auf den Horizont. Alles, was Hank dort am entfernten Rand der Ebene sah, war wieder eine Stadt.

»Liegt sie in der Nähe der Stadt?« fragte Hank.

»Diese ›Stadt‹ *ist* die Ranch«, erwiderte der Tankwart.

Hank stand bei seinem Wagen und starrte eine Weile zu der Ranch hinüber, betrachtete die Gebäude, die sich am

Horizont entlangzogen, und begann zu verstehen, warum die VAW diesen Betrieb als erstes aufs Korn nehmen wollte. Wenn es dort zu Tumulten kam, würde die ganze Welt den Lärm hören.

Er stieg wieder in seinen Mercer und fuhr auf die Caulden-Ranch zu. Er passierte mehrere Nebenstraßen, die zweifellos in die Ranch hineinführten; bog aber ab, als er auf eine Allee stieß, die von Palmen und blühenden Sträuchern gesäumt war. Diese Allee brachte ihn nach einer halben Meile zu einem zweistöckigen Ziegelhaus mit einer breiten Veranda.

Niemand kam bei dem Geräusch, das sein Wagen erzeugte, aus dem Haus; also ging er zur Tür und klopfte an. Ein Hausmädchen öffnete ihm – eine lustlos aussehende kleine Frau, die ihm höflich seinen Strohhut abnahm und ihn aus dem mit dunklen Paneelen verkleideten Vestibül in die große Halle führte. Linker Hand sah er zwei französische Türen, und das Hausmädchen klopfte höflich dort an und schob dann eine der Türen zur Seite.

»Sie werden erwartet«, murmelte das Mädchen, und Hank ging an ihr vorbei in den Raum hinein.

In der Bibliothek, direkt vor ihm, war ein Kamin, flankiert von zwei Fenstern, die vom Boden bis zur Decke reichten und auf ein Treibhaus hinausblickten. Hank lächelte bei dem Anblick der üppigen Grünpflanzen und dachte, er würde sich dort gern einmal umsehen. Auf der rechten Seite befanden sich wieder zwei Türen, die aber beide geschlossen waren.

Von seiner Linken spürte er die Blicke eines Menschen, also drehte er sich langsam zur Seite und sah dort zwei Männer. Der ältere von ihnen zeigte die angriffslustige Miene eines unartigen kleinen Jungen, dem man etwas aufgetragen hatte, was er nicht tun wollte, während der andere so perfekt aussah wie ein Kaufhaus-Mannequin. Das ist ein kalter Fisch, dachte Hank bei sich und fand den älteren der beiden sofort sympathischer.

»Ich bin J. Harker Caulden«, eröffnete ihm der ältere Mann, als wollte er Hank zum Duell herausfordern. »Und das ist mein Schwiegersohn, Taylor Driscoll.«

Hank streckte den Arm aus, um Caulden die Hand zu

schütteln, doch dieser ignorierte ihn; also drehte Hank sich Driscoll zu, dessen Rechte so kalt war, wie der Mann aussah, und sie fühlte sich in Hanks Hand zerbrechlich an.

»Sie sehen mir nicht nach einem Hochschulprofessor aus«, beurteilte ihn J. Harker im herausfordernden Ton.

Ehe Hank etwas erwidern konnte, trat Taylor einen Schritt vor. »Was Mr. Caulden damit meint, Dr. Montgomery, ist, daß wir annahmen, Sie wären älter – ein wenig reifer.«

Hank grinste. »Ich hoffe, ich bin für Sie keine Enttäuschung.«

»Nein, natürlich nicht«, versicherte Taylor eilfertig. »Sie sind willkommen. Ich vermute, Sie wollen sich vor dem Lunch noch etwas frisch machen. Martha wird Ihnen Ihr Zimmer zeigen.«

Hank wußte, daß er damit wieder entlassen war. Er nickte und verließ den Raum. »Deine Enttäuschung ist nicht geringer als meine, Mr. Eisberg«, dachte er bei sich. Ich hatte ein hübsches kleines Farmhaus erwartet. Nun, er konnte ja in ein, zwei Tagen wieder abreisen. Er folgte Martha die Treppe hinauf.

J. Harker lief, auf einer kalten Zigarre kauend, in der Bibliothek auf und ab. »Das gefällt mir überhaupt nicht«, knurrte er. »Er sieht ganz und gar nicht so aus, wie sich das für einen Professor gehört. Er ist viel zu jung und zu gesund. Es scheint fast so, als würde er selbst auf die Felder hinausgehen und einen Streik anzetteln.«

»Um so mehr haben wir Grund, ihn dort zu behalten, wo wir ihn überwachen können. Ich gebe zu, daß mich sein Alter und sein Aussehen für eine Sekunde aus der Fassung gebracht haben; aber ich werde mich bemühen, ihn für unser rüdes Benehmen zu entschädigen. Er muß von den Feldern ferngehalten werden. Wir müssen in diesem Jahr jeden Penny sparen, oder wir werden alles verlieren.«

»Das brauchst du mir nicht erst zu sagen«, erwiderte J. Harker bitter. »Er sieht mich nur nicht wie . . .«

»Mir«, korrigierte ihn Taylor automatisch, »er sieht dir

nicht so aus, wie ein Professor aussehen sollte. Amanda wird . . .«

»Amanda! Du denkst doch wohl nicht daran, sie mit ihm allein ausgehen zu lassen!«

Taylors Gesicht zeigte kaum eine Gemütsbewegung. »Ich habe sie gut erzogen, und sie gehorcht mir. Sie wird uns jetzt, da wir sie brauchen, helfen.«

J. Harker blickte den Mann, der sein Schwiegersohn werden sollte, scharf an. Taylor schien von dem absoluten Vertrauen erfüllt zu sein, daß das Leben ihm jeden Wunsch erfüllen würde. Vor Jahren hatte Harker ihn dazu bewegen wollen, Amanda zu heiraten; aber Taylor wollte mit der Eheschließung so lange warten, bis sie »ausreichend ausgebildet« sei. Harker hatte nicht protestiert; doch nun dachte er, daß Taylor einen Fehler machte, wenn er Amanda allein mit diesem gutaussehenden jungen Burschen ausgehen ließ. »Ich glaube, du wirst das bereuen«, prophezeite Harker. »Sie hat das Blut ihrer Mutter in den Adern.«

»Ich kenne Amanda«, erwiderte Taylor. »Dieser Mann hat etwas . . . Unverschämtes an sich, das Amanda sehr mißfallen wird. Glaube mir. Sie wird uns von großem Nutzen sein.«

»Dein Vertrauen zu Frauen ist größer als meines«, brummte Harker und zermalmte die Zigarre zwischen den Zähnen.

Das Schlafzimmer, in das das Dienstmädchen Hank führte, war sehr hübsch. Es lag an der Vorderseite des Oberstocks und hatte Fenster nach Osten und Westen. Es hatte einen niedlichen kleinen Balkon, auf dem zwei Stühle aus Schmiedeeisen und ein winziger Tisch standen. Als er auf dem Balkon stand, blickte er auf das Dach der Veranda im Oberstock, die vermutlich zu einem anderen Schlafzimmer gehörte.

Sein Zimmer war dunkel und sauber und das Mobiliar von guter Qualität; doch es fehlte ihm dieses Anheimelnde, das Mrs. Soames seiner Wohnung zu geben verstanden hatte. Er musterte die Bücher im Bücherschrank, fand nichts darunter, was ihn interessierte, und fing an, seine Kleider aufzuhängen. Er hatte Marthas Angebot, ihm zu helfen, abgelehnt.

Er zog seine staubige Reisejacke aus, krempelte seine Hemdsärmel auf und begab sich zu dem Badezimmer, das Martha ihm gezeigt hatte. Die Tür des Badezimmers war geschlossen, und deshalb klopfte er erst an.

»Ja?« antwortete die Stimme einer Frau.

»Entschuldigung«, sagte Hank. »Ich komme später wieder.«

»Ich werde in dreieinhalb Minuten fertig sein«, verkündete die Frauenstimme.

Hank war bereits wieder auf dem Rückweg zu seinem Zimmer, als er das hörte. Eine *Frau*, die *genau* wußte, wie lange sie im Badezimmer bleiben würde? Hank verharrte mitten im Schritt und lehnte sich dann an einer Stelle gegen die Wand, die ihm gestattete, die Standuhr im Flur und die Badezimmertür gleichzeitig im Auge zu behalten.

Als der Zeiger um drei Minuten vorgerückt war, griff er in seine Tasche und spielte mit einigen Münzen, die er gegen sich selbst verwetten wollte, daß die Dame die versprochene Frist nicht einhalten würde.

Doch exakt dreieinhalb Minuten nach der Ankündigung öffnete sich die Badezimmertür, und heraus kam die nach Hanks Meinung absolut schönste Frau, die er je in seinem Leben gesehen hatte. Groß, schlank – zu schlank –, große braune Augen, die ihn wachsam, traurig, verschreckt und neugierig zugleich ansahen. Üppiges kastanienbraunes Haar. Er registrierte nicht, was sie anhatte, denn er schien sie in mehreren Gewändern zugleich zu sehen – in mittelalterlichem Samt, napoleonischem Musselin, viktorianischem Taft, in Leinen aus der Zeit König Edwards.

Die Münzen, die er in der Hand gehalten hatte, rollten über den Boden.

»Kann ich Ihnen helfen?« fragte dieses Traumbild einer Frau.

»Ich . . . äh, ich . . .«, stotterte Hank hilflos.

Im nächsten Augenblick war die Vision vorüber und er

wieder imstande, klar zu denken. Nein, sie war nicht die schönste Frau der Welt. Zugegeben – sie war sehr hübsch, aber objektiv betrachtet nicht so schön wie Blythe Woodley. Dennoch konnte er nicht aufhören, sie anzustarren.

»Sind Sie Dr. Montgomery?« fragte sie.

Allmählich gewann er wieder die Kontrolle über sich. »Ja, der bin ich, und Sie?«

»Amanda Caulden. Willkommen in unserem Haus.«

Sie streckte ihm ihre Hand hin, und er hätte sie fast nicht ergriffen. Was, zum Kuckuck, war nur los mit ihm? »Vielen Dank. Ich habe Ihren Vater und seinen Schwiegersohn bereits kennengelernt. Sie müssen eine verheiratete Schwester haben.« Er bemühte sich sehr, leichte Konversation zu machen; verlor sich aber immer wieder in ihren Augen. Nicht noch einmal, Montgomery, ermahnte er sich, als er sich daran erinnerte, was mit Blythe Woodley passiert war. Du darfst nicht einmal an so etwas denken.

»Taylor ist mein Verlobter. Und wenn Sie mich jetzt bitte entschuldigen wollen, Dr. Montgomery – ich komme sonst zu spät.«

»Sie gehen aus?« fragte er und verfluchte sich dann, weil er das in einem Ton hervorbrachte, den ein kleiner Junge angeschlagen hätte, dessen Mutter ohne ihn ausgehen wollte.

»Nein, ich werde mit Ihnen zusammen lunchen. Kann ich Ihnen beim Aufheben der Münzen helfen?«

»Nein, das kann ich schon selbst«, versicherte er rasch, und sogleich krabbelte er auf allen vieren über den Boden und suchte unter einem Tisch nach einer Münze, wollte dann aber zu Amanda aufsehen und stieß sich den Kopf an einem Tischbein an. Sie trat rasch einen Schritt auf ihn zu, um eine Blumenvase zu retten, die vom Tisch zu fallen drohte.

»Vielleicht sollte ich lieber ein Dienstmädchen rufen«, schlug sie vor.

»Nein, ich komme schon allein damit zurecht«, beharrte er und stieß sich zum zweitenmal den Kopf an.

Amanda sah ihn nur mit ausdruckslosem Gesicht an, öffnete dann die Tür zu dem Zimmer, das neben dem seinen lag, ging hinein und war dann seinem Blickfeld entschwunden.

Hank setzte sich auf den Boden und verfluchte sich volle fünf Minuten lang. Aber es wollte ihm nicht gelingen, Amandas Bild aus seinem Gedächtnis zu verdrängen. Er sah sie wie eine Figur auf einem Gemälde von Fragonard: auf einer Schaukel, lachend, mit Seidenröcken, die sich im Wind bauschten und Spitzenunterröcke freilegten, ihre zierlichen Schuhe hatten juwelenbesetzte Spangen. Er sah sie durch goldene Weizenfelder laufen, während das lange Haar hinter ihr wehte. Er sah sie einen Tango tanzen in einem schimmernden, engsitzenden Kleid.

Er sah sie in seinen Armen.

Er stand auf, den Blick noch immer an die Tür von Amandas Zimmer geheftet, und ging, ohne zu bedenken, was er da tat, leise an ihre Tür und legte die Hand darauf.

Im selben Moment öffnete Amanda ihre Zimmertür – und hätte fast Hanks Hand in ihrem Gesicht gehabt.

Sie war zu erschrocken, um zu reagieren – starrte ihn nur mit geweiteten Augen an.

»Ich ... äh, die Münzen; ich, äh ...«, stammelte Hank und sah sie dann mit einem schwachen Lächeln an.

»Es ist Zeit für den Lunch«, verkündete sie und drehte sich zur Seite, um an ihm vorbeizugehen. Sie blieb auf der Treppe stehen, legte die Hand auf ihre Brust und beschwor ihr Herz, nicht so laut zu hämmern. War dieser Mann verrückt oder nur sehr exzentrisch? Er sah nicht wie ein Hochschulprofessor aus. Tatsächlich benahm er sich, als hätte er überhaupt keinen Verstand. Sie hatte das Badezimmer verlassen, und da hatte er dagestanden und sie angestarrt, als hätte er noch nie in seinem Leben eine Frau gesehen. Amanda hatte an sich hinuntergeblickt, ob sie vielleicht ein wichtiges Kleidungsstück vergessen hatte. Dann hatte er Münzen auf den Boden geworfen, war auf Knien und Händen herumgekrochen und hätte fast einen Tisch umgestoßen bei dem Versuch, sie wieder aufzuklauben.

Was er gerade tat, als sie ihre Tür öffnete und fast in seine Hand hineingelaufen war, darüber wollte sie gar nicht erst nachdenken. Sie setzte ihren Weg ins Untergeschoß fort.

»Amanda, du hast dich verspätet«, tadelte Taylor streng.

»Ich . . . ich habe Dr. Montgomery kennengelernt.«

Taylor beobachtete sie. »Er ist jünger, als wir erwartet haben, und deshalb gefährlicher. Er muß beschäftigt werden. Hast du die Themen für unsere Tischgespräche durchgearbeitet?«

»Ja«, bestätigte sie mit verlorener Stimme. Sie konnte ihre Beschwerden unmöglich vorbringen. Sie konnte Taylor nicht sagen, daß sie Dr. Montgomery nicht mochte und daß sie sogar ein bißchen Angst vor ihm hatte. Taylor wollte, daß sie ihre Zeit mit Dr. Montgomery verbrachte, und das mußte sie tun – Taylor zuliebe.

Fünf Minuten nach eins kam Dr. Montgomery zum Essen herunter. Wenigstens war er diesmal voll bekleidet. Obwohl Taylor nun schon seit acht Jahren mit Amanda unter dem gleichen Dach lebte und sie stets das gleiche Badezimmer benützt hatten, hatte sie ihn noch nie in Hemdsärmeln gesehen, wie sich ihr Dr. Montgomery schon bei der ersten Begegnung präsentiert hatte.

Nun trug er einen schlichten, fast zu lässigen braunen Anzug und hatte eine Art, auf dem Stuhl zu sitzen, die nicht ganz schicklich war.

»Habe ich mich verspätet?« fragte er. »Tut mir leid. Es dauerte eine Weile, bis ich alle Münzen wieder beisammen hatte, die ich im Flur verlor. Ich kann mir nicht leisten, sie einfach liegenzulassen – nicht bei meinem Gehalt«, sagte er und lächelte Amanda an, als handelte es sich um einen Witz, den nur sie beide verstanden.

Amanda erwiderte sein Lächeln nicht. »Ich dachte mir, daß wir uns über die wesentlichen Thesen Ihres Buches unterhalten könnten, Dr. Montgomery.«

Hank blickte voller Erstaunen auf seinen Teller. Es wurden keine Platten oder Schüsseln mit Fleisch oder Beilagen serviert, nur Teller mit etwas, das ihm eine Krankenhaus-Diätkost zu sein schien: blasses, wäßriges Fischfilet, ungefähr sechs grüne Bohnen und drei Scheiben Tomaten. Er hatte

Hunger, und diese Mahlzeit würde nicht mal ein Loch in einem Socken ausfüllen, geschweige denn ein Loch in seinem Magen. Er blickte auf die Teller, die Taylor und Amanda vor sich hatten und die gleichermaßen bestückt waren wie seiner – nur daß Amandas Portion vielleicht noch winziger war als die anderen. Er mußte sich später etwas zu essen besorgen.

»Dr. Montgomery?« sagte Taylor.

Hank blickte ihn an. Dieser Driscoll, die Schultern gestrafft, den Nacken steif gereckt, nimmt sich eine Menge heraus, dachte Hank. Schließlich war er nur Amandas Verlobter und saß dennoch am Kopfende der Tafel im Haus eines anderen Mannes. Und warum wartete er noch damit, Amanda zu heiraten?

»O ja, Thesen«, murmelte Hank und nahm eine kleine Portion von seinem Fisch auf die Gabel. Er war so aromatisch wie ein schwammiges Stück Luft. »Ich denke, es dreht sich im wesentlichen darum, wem das Land gehört. Dem reichen Rancher oder dem Arbeiter? Hat der Rancher das Recht, die Arbeiter so zu behandeln, wie es ihm gefällt, oder wurde die Sklaverei abgeschafft? Wann werden Sie Miß Caulden heiraten?«

Amanda war sprachlos über die Anmaßung und Grobheit dieses Mannes; doch Taylor ging elegant über diesen Fauxpas hinweg, indem er so tat, als habe er die Frage gar nicht gehört.

»Ich glaube, das Land gehört dem Rancher. Die Arbeiter sind keine Sklaven, sie können gehen, wenn es ihnen beliebt«, erwiderte Taylor.

»Und ihre Frauen und Kinder verhungern lassen?« antwortete Hank. »Hören Sie – wir sollten uns lieber noch nicht in dieses Thema vertiefen.«

»Natürlich – Sie haben recht. Heute nachmittag wird Amanda Sie auf der Ranch herumführen, damit Sie einen Eindruck davon bekommen, wie so eine große Ranch funktioniert.«

Hank blickte über den Tisch zu Amanda hinüber und dachte, daß er lieber nicht mit ihr allein sein würde. Er fragte sich, wie lang ihr Haar wohl war, wenn sie ihren Zopf auflöste. Er hatte bereits seine karge Mahlzeit beendet und sah zu, wie sich Amanda und Taylor ihr geschmackloses Essen im Schneckentempo einverleibten. Sie benahmen sich so steif und züchtig; aber sie liebten sich und hatten sich die Ehe versprochen. Küßten sie sich leidenschaftlich unter den Palmen draußen? Schlich sich Amanda nachts in Taylors Zimmer?

»Wenn es Ihnen nichts ausmacht, suche ich mir eine Hängematte und verschlafe darin die Mittagshitze«, sagte Hank und bemerkte dann, daß die beiden jungen Leute ihn mit offenem Mund anstarrten. Was habe ich denn Falsches gesagt? überlegte Hank.

Taylor fing sich zuerst wieder. »Der Rundgang ist bereits arrangiert, und es gibt hier keine Hängematten«, erklärte er, als erwartete er keine weiteren Änderungen seiner Pläne mehr. Hank hätte diesem arroganten Hundesohn am liebsten Kontra gegeben; aber warum sollte er sich mit Taylor anlegen, wenn der ihm diese reizende Amanda aufzwang? Außerdem konnten sie dann gemeinsam in die Stadt fahren und sich etwas zu essen besorgen.

Amanda hatte gehofft, Taylor würde diesem Mann erlauben, den Nachmittag mit Faulenzerei in einer Hängematte zu vergeuden; aber das hatte er nicht getan, und er mußte seine Gründe dafür haben. Jedenfalls fügte sie Faulheit auf der Liste von Dr. Montgomerys schlechten Eigenschaften hinzu. Sie hatte bereits seine plumpen, zu legeren Tischmanieren registriert und seine Nachlässigkeit in der Kleidung. Wie viele Fehler würde sie wohl im Verlauf des Nachmittags an ihm feststellen?

Am Ende des Lunchs sagte Amanda: »Ich werde mich mit Ihnen um zwei Uhr fünfzehn im nördlichen Vestibül wieder treffen, Dr. Montgomery.«

Er meinte augenzwinkernd: »An welchem Ende des Vestibüls?«

»Wie bitte?«

Er lächelte sie an. »Ich werde genau um zwei Uhr fünfzehn dort sein und keine halbe Minute später.«

Als sie sich von ihm wegdrehte, runzelte sie die Stirn.

Aus irgendeinem Grund schien er sich über sie zu amüsieren. Sie ging nach oben, um sich zum Ausgehen herzurichten, und als sie wieder herunterkam, erwartete er sie bereits, an die Wand gelehnt, als wäre er zu müde, um gerade zu stehen. »Sollen wir aufbrechen?«

»Ihr Wunsch ist mir Befehl.«

Sie wußte nicht, warum; aber jedes Wort, das er sagte, schien auf sie zu wirken wie ein Reibeisen auf empfindlicher Haut. Der Chauffeur wartete schon auf sie. Dr. Montgomery zögerte, ehe er zu ihr in den Fond stieg.

Amanda bemühte sich sehr um ihn – oh, wie sehr sie sich bemühte! –; aber er schien ihr überhaupt nicht zuzuhören. Taylor hatte einen Geländeplan für sie gezeichnet, auf der die Route markiert war, die sie bei der Rundfahrt nehmen sollten, und hatte eine Liste von Fakten dazugelegt, die sie Dr. Montgomery vorzutragen hatte – Fakten, die sich auf die Kosten bezogen, die eine so große Ranch verschlang. Amanda hatte alles vorher auswendig gelernt. Sie sprach mit Dr. Montgomery über die Größe des bebauten Landes, die Zahl der Hopfenpflanzen und erzählte, wie viele Arbeiter hier beherbergt und verköstigt wurden. Sie zeigte ihm auch die übrigen Produkte der Farm: Feigen, Walnüsse, Mandeln, Mais und die Spargel- und Erdbeerfelder, die im Frühjahr abgeerntet wurden.

Aber er saß nur da, starrte zum Fenster hinaus und sagte kein Wort.

Sie zeigte ihm die Traubenfelder und die kleine Weinkellerei.

»Wie wäre es, wenn wir die probierten?« fragte er und zog eine Flasche aus einem Ständer.

»Meine Familie trinkt keinen Alkohol«, erklärte sie. »Die sind nur für den Verkauf bestimmt.« Sie drehte sich von ihm weg und fuhr fort, ihm die Fakten über die Weinkellerei vorzubeten.

»Sie sind ein kleines wandelndes Lexikon, wie?« lächelte er, als sie wieder in den Wagen stiegen.

Amanda hätte unter anderen Umständen diese Bemerkung vielleicht als Kompliment aufgefaßt, aber irgendwie paßte der Ton, in dem er das sagte, nicht so recht. Sie wußte nicht, was sie ihm darauf erwidern sollte.

Um fünfzehn Uhr einundfünfzig, wie es Taylors Stundenplan vorschrieb, gab sie dem Chauffeur Anweisung, sie wieder zum Wohnhaus zurückzubringen, so daß sie exakt um sechzehn Uhr dort eintrafen. Amanda schlug Dr. Montgomery vor, sich in der Bibliothek mit einem Buch zu beschäftigen, aber er hatte sie nur seltsam angesehen und gesagt, er wisse schon selbst, wie er sich die Zeit vertreiben könne. Nach diesen Worten hatte er das Haus verlassen. Später hatte Amanda dann seinen kleinen Zweisitzer ohne Verdeck die Straße zur Stadt hinunterrasen sehen.

Sie setzte sich an ihren Schreibtisch und versuchte, sich auf ihr französisches Textbuch zu konzentrieren; doch ihre Hände zitterten. Er war ein Mann, der sie wahrhaftig aus der Fassung brachte. Sie hatte noch nie sonderlich gut mit Fremden umgehen können, aber dieser Mann versetzte sie in permanente Peinlichkeit. Sie wollte gar nicht daran denken, aber sie mußte sich eingestehen, daß er sie irgendwie in Rage brachte. Er verspottete sie nicht direkt, machte sich nicht einmal über sie lustig; aber irgendwie spürte sie, daß etwas Kritisches, Mißbilligendes von ihm ausging. Dies betraf nicht die Ranch – zuweilen hatte er sogar ein gewisses Interesse an den Dingen gezeigt, zum Beispiel an dem raschelnden Geräusch, das eine Hopfenpflanze von sich gab, wenn sie reif war –; aber sie spürte, daß die Kritik sich auf ihre Person bezog.

Sie verließ ihren Schreibtisch und ging zu dem kleinen Spiegel über ihrer Kommode. Was hatte sie an sich, das ihm nicht gefiel? Fand er sie körperlich abstoßend? Dumm? Sie hatte versucht, ein möglichst informativer Fremdenführer zu sein, und hatte mehrere Tage damit verbracht, sich die Fakten, die Taylor ihr aufgeschrieben hatte, einzuprägen. Dennoch hatte sie das Gefühl, versagt zu haben. Waren Dr. Montgomerys Studentinnen so viel klüger als sie? War sie im Vergleich zu ihnen geistig minderbemittelt?

Abermals wollte so etwas wie Zorn in ihr aufwallen, doch sie unterdrückte dieses Gefühl und kehrte an ihren Schreibtisch zurück. Morgen, so stand es auf ihrem Plan, mußte sie ihm das Museum in Kingman zeigen und sollte ihm etwas von den Digger-Indianern, der Donner-Party und den Anfängen der Goldgräberei in diesem Bezirk erzählen. Es wurde Zeit, die dafür notwendigen Informationen zu lernen und zu wiederholen.

Hank saß auf einem Barhocker, verspeiste ein drei Zoll dikkes Corned-beef-Sandwich und trank ein Bier dazu – sein drittes.

Was für ein kleines affektiertes Geschöpf sie doch ist, dachte er bei sich. Was für ein dünkelhaftes, neunmalkluges, mit Wissen um sich werfendes kleines Wesen! Sie hatte ihm Vorträge gehalten, als wäre er ein Schüler in der ersten Grundschulklasse. Sie war die Lady vom Herrenhaus, und man hatte ihr die unangenehme Aufgabe übertragen, dem Dorfschmied Gesellschaft zu leisten – einem ungebildeten Burschen, der eine Gabel nicht von einem Messer unterscheiden konnte. Er hatte bemerkt, wie sie ihn von oben herab gemustert hatte, als sie diese geschmacklosen Miniportionen verzehrten.

Kein Zweifel, daß sie ihn genauso beurteilte wie ihr Vater seine Arbeiter: daß sie dankbar sein sollten, für so eine illustre Familie wie die Cauldens arbeiten zu dürfen. Woher nahmen diese Leute die Unverschämtheit, einen Ranchbesitzer um eine angemessene Bezahlung zu bitten? War es denn nicht schon genug, daß er ihnen erlaubte, sich auf seinen Feldern zu sonnen und seine Ackerfrüchte anzufassen? Sie, diese scheinheilige kleine Miß Amanda, dachte vermutlich, daß er vor Ehrfurcht erstarrte, weil er in einem Haus wie dem ihren wohnen durfte. Morgen würde sie ihn wahrscheinlich fragen, ob er schon einmal in seinem Leben ein Klosett mit Wasserspülung gesehen hatte, dachte er bei sich, und kippte den Rest seines Bieres hinunter.

Er war sich nicht schlüssig, was er nun tun sollte – das Haus der Cauldens auf der Stelle verlassen, sagte ihm sein Instinkt. Doch er fand, daß er den Gouverneur nicht im Stich lassen durfte; aber am meisten fühlte er sich den Leuten von der Gewerkschaft verpflichtet. Vielleicht *konnte* er durch seine bloße Anwesenheit ein Unheil verhindern. Möglicherweise konnte er die Rechte der Arbeiter besser wahren, wenn er im Haus der Cauldens blieb, oder durch seine bloße Anwesenheit ein Unheil aufhalten, ehe es schlimme Formen annahm. Die Logik sagte ihm, daß er hierbleiben sollte. Sein Gefühl drängte ihn dazu, sich von dieser gefühllosen kleinen Amanda und ihrem noch eisigeren Verlobten so weit wie möglich zu entfernen . . . und er hatte, als er sie zum ersten Mal sah, gedacht, daß sie . . .

Er wußte nicht genau, was er in jenem Moment wirklich empfunden hatte; aber sie hatte eine frostige Atmosphäre geschaffen und den Keim erstickt.

Er verließ die dunkle Bar, trat in das helle Sonnenlicht hinaus, schob die Hände in die Hosentaschen und ging zu seinem Wagen. Es war wohl jetzt Dinnerzeit bei den Cauldens. Was würden sie essen? Gekochtes Huhn, einen Löffel Reis und eine gekochte Kartoffel?

Amanda hatte Taylor noch nie so wütend erlebt.

»Das ist nicht das Kleid, das ich dir für das Dinner vorgeschrieben habe«, zischte er ihr zu.

Amanda bemühte sich, ihren Rücken geradezuhalten und nicht zu weinen. Taylor haßte Tränen. »Ich habe es vergessen. Dr. Montgomery hat mich so aufgeregt und ich . . .«

»Wie? Warum hat er dich aufgeregt?« Taylor richtete sich, wenn das überhaupt möglich war, noch mehr auf. »Ist er etwa frech zu dir geworden?«

»Frech? Das liegt ihm fern . . . Ich meine, ich habe den Eindruck, daß er mich nicht mag.«

»Er mag dich nicht?« Taylor war entsetzt. »Amanda, du überraschst mich. Ich dachte, du seist über solche weiblichen Eitelkeiten erhaben. Hast du auch die Route genau eingehalten? Hast du ihm alles über die Ranch erzählt?«

»Ja, alles, was auf dem Stundenplan stand und pünktlich auf die Minute.«

»Dann kann gar nichts schiefgegangen sein. Nun geh wieder nach oben, zieh dir das richtige Kleid, an und erzähle mir nichts mehr von deinen Einbildungen, sonst könntest du mich auf den Gedanken bringen, ich hätte mir die falsche Frau ausgesucht.«

»Ja, Taylor«, flüsterte sie und ging auf ihr Zimmer. Als sie dort allein war und sich so rasch, wie sie konnte, umzog, spürte sie es wieder, dieses kleine nagende Gefühl des Zorns. Seit Taylor zu ihnen gezogen war, hatte sie so ein Gefühl nicht mehr erlebt. Ehe er ins Haus kam, war sie öfter wütend gewesen. Damals hatte sie sich häufig über ihre Mutter, ihren Vater und ihre Freundinnen in der Schule geärgert.

Dann hatte ihr Vater Taylor angestellt und ihm die totale Kontrolle über ihr Leben überlassen. Er hatte sie aus ihrer Schule in Kingman genommen und angefangen, ihr Privatunterricht zu geben. Zu diesem Zeitpunkt veränderten sich die Dinge grundlegend. Amanda hatte rasch gelernt, daß Ärger und Trotz nutzlose Gefühle waren. Taylor tolerierte beides nicht. Er hatte Amanda einen Stundenplan vorgeschrieben, der keinen Ärger zuließ (16 Uhr 13 – Kontrolle der Emotionen). Und er hatte Mrs. Gunston engagiert, um sicherzugehen, daß Amanda auch tat, was ihr aufgetragen wurde.

Wenn sie nicht bei ihm im Unterricht weilte, so hatte Taylor behauptet, hätte Amandas Mutter einen schlechten Einfluß auf sie, denn es war ja bekannt, daß Grace Caulden eine »Vergangenheit« hatte. J. Harker hatte ihm recht gegeben, und Grace war auf eine lange Reise durch alle Heilbäder der Welt geschickt worden. Als sie wieder nach Hause kam, hatte man ihrer Tochter nicht einmal erlaubt, sie zur Begrüßung zu umarmen. Grace hatte sich in ein leeres Schlafzimmer an der Rückseite des Oberstocks zurückgezogen und hatte diesen Raum nur noch selten verlassen.

Als Amanda zum zweiten Mal die Treppe herunterkam, schwor sie, daß sie sich noch mehr anstrengen wollte, Dr. Montgomery zu gefallen – und somit Taylor.

Kapitel Vier

Hank kam zu spät zum Dinner, und er spürte Taylors empörte Mißbilligung, sobald er den Fuß ins Eßzimmer setzte. Herrschte in diesem Haus der Geist einer Kadettenanstalt? Wieder ließ sich J. Harker nicht beim Essen blikken, und sie saßen nur zu dritt beim Essen. Wenn man das, was auf dem Teller lag, überhaupt als Essen bezeichnen konnte. Allerdings hatte er sich in dem Menü getäuscht. Es war zwar gekochtes Huhn, auch ein Löffel gekochter Reis, aber es gab keine Kartoffeln, sondern *rote Bete*.

Er konnte sich eine Bemerkung nicht verkneifen. »Ernähren Sie Ihre Arbeiter auch so gut? Kein Wunder, daß die Gewerkschaftsführer Ihr Haus für einen Streik ausgesucht haben.«

Taylor strafte ihn mit einem eiskalten Blick. »Es ist besser für den Körper, wenn er leichte Kost bekommt. Amanda und ich führen einen Kampf gegen die Völlerei.«

»Sie haben ihn gewonnen«, seufzte Hank und schob seinen Teller von sich weg. »Sie entschuldigen mich doch? Ich muß noch etwas nachlesen.«

»Amanda ist auch schon mit dem Essen fertig«, behauptete Taylor. »Sie möchte Ihnen gern den Mandelgarten zeigen.«

»Sehr liebenswürdig von ihr, aber ich habe heute schon genug von der Ranch gesehen.« Hank stand auf und bewegte sich auf die Tür zu.

Taylor funkelte Amanda an, womit er ihr zu verstehen gab, daß sie dem Professor folgen müßte. Mit einem sehnsüchtige Blick auf ihren noch halbvollen Teller folgte Amanda Dr. Montgomery vor die Tür.

Hank blieb stehen, als er ihre Schritte hinter sich hörte. »Haben Sie Angst, ich könnte etwas sehen, was ich nicht sehen sollte?«

»Ich habe keine Ahnung, was Sie damit meinen, Dr. Montgomery«, erwiderte sie aufrichtig.

»Wissen Sie zufällig, wo sich hier die Küche befindet?«

»Dort entlang«, erklärte sie und deutete in eine Richtung,

dann folgte sie ihm. Sie war schon seit Jahren nicht mehr in der Küche gewesen – nicht seit Taylor sie dort eines Tages ertappt hatte, wie sie eine Milchsuppe mit eingebrocktem Zwieback aß. Er war entsetzt gewesen, daß sie sich so vergessen hatte.

In der Mitte der großzügigen Küche befand sich ein Eichentisch, auf dem viele Schüsseln mit Gerichten standen: Roastbeef, Soße, mindestens fünf verschiedene Gemüsesorten, Hefebrötchen, Butter, Fruchtsalat, grüner Salat, und auf einer Anrichte befanden sich noch Platten mit dreierlei Kuchen. Das Hauspersonal hatte sich gerade an den Tisch gesetzt, um ihr Dinner einzunehmen, doch nun blieben Gabel und Löffel auf halbem Weg zum Mund plötzlich in der Luft hängen, als die Bediensteten Hank und Amanda erblickten.

»Miß Amanda!« rief die Köchin erschrocken und sprang von ihrem Stuhl auf.

Hank betrachete nur mit offenem Mund den reichgedeckten Tisch. »Haben Sie was dagegen, wenn ich mit Ihnen esse?«

»Ja!« rief Amanda, wohl wissend, daß Taylor ihr eine fürchterliche Szene machen würde, wenn er erfuhr, daß sie Dr. Montgomery erlaubt hatte, beim Gesinde zu sitzen. »Ich meine . . .«

Die Köchin, die schon im Hause Caulden tätig gewesen war, als Amanda noch ein Wickelkind war, und sehr wohl wußte, was in der Familie so vor sich ging, war natürlich informiert über die magere Kost, die man diesem großen, kräftigen und so gesund aussehenden Dr. Montgomery heute verabreicht hatte. »Ich richte Ihnen einen Teller her«, versprach sie Hank.

»Danke«, war alles, was er erwidern konnte, weil ihm bereits das Wasser im Munde zusammenlief. Nach einer Weile setzte er hinzu: »Und von jetzt an möchte ich *richtige* Mahlzeiten haben.«

Die Köchin lächelte ihn an. »Wenn Mr. Taylor es erlaubt . . .«

»*Ich* werde es erlauben«, unterbrach sie Hank und nahm

ihr den Teller ab, der bis zum Rand mit leckeren Speisen gefüllt war.

»Miß Amanda?« forderte die Köchin auf und nahm einen leeren Teller in die Hand.

Amanda konnte sich nicht mehr daran erinnern, wann sie zuletzt solche Berge von Köstlichkeiten gesehen hatte, und sie fühlte sich vor Verlangen fast einer Ohnmacht nahe. Aber Taylor wäre zutiefst schockiert; er mochte keine korpulenten Frauen. »Nein, vielen Dank«, lehnte sie schließlich widerstrebend ab.

»Schön«, sagte Hank, »dann bringen Sie mich in den Mandelgarten oder an einen anderen Ort, wo ich mich hinsetzen kann.«

Amanda führte Hank durch die Hintertür ins Freie und ließ die köstlichen Verführungen der Küche hinter sich. Sie folgte dem Duft, der von Hanks Teller ausging, wie ein hungriger Hund.

»Dort«, sagte Hank mit vollem Mund und deutete mit dem Bratenstück, das er auf seine Gabel gespießt hatte, auf das kleine Sommerhaus. Es bestand aus einem Boden, einem Dach und vier Pfosten mit Lattenwerk, und darin standen Bänke, die sich über alle vier offenen Wände hinzogen.

Sie gingen in das Sommerhaus und setzten sich. Amanda konnte sich auf nichts anderes konzentrieren als auf die appetitlichen Speisen.

»Wollen Sie mir nicht sagen, wann dies gebaut wurde?« fragte Hank ironisch, während er ein Stück Roastbeef hinunterschlang. »Oder was das für ein Holz ist, aus dem es besteht?«

»Es wurde 1903 erbaut, gleich nachdem meine Eltern und ich hierherzogen. Das Baumaterial ist Zypressenholz, und das Häuschen ist eine genaue Kopie eines englischen Aussichtstürmchen, das meine Mutter in einem Magazin entdeckt hat.«

»Oh, bedaure. Sie sprechen vermutlich nicht gern von Ihrer Mutter.«

Sie war überrascht, daß er das wußte – aber jeder in Kingman wußte es – warum also nicht auch dieser Fremde? Er verzehrte jetzt ein mit Butter bestrichenes Hefebrötchen. Taylor hielt nicht viel von Brot und schon gar nichts von Butter. »Ich spreche in der Tat nicht gern von ihr.«

»Ich verstehe. Wann ist sie gestorben?«

»Gestorben?« gab Amanda zurück. »Meine Mutter ist nicht tot.«

»Aber sie wohnt doch nicht bei Ihnen, nicht wahr?«

»Meine Mutter pflegt sich in ihrem Zimmer aufzuhalten. Vielleicht sollten wir lieber das Thema wechseln, Dr. Montgomery.«

Sie drehte den Kopf zur Seite. Hank saß da, aß und beobachtete sie. Als er ihr Profil im Mondlicht betrachtete, erinnerte er sich wieder an seinen ersten Eindruck von ihr, als käme sie aus einer anderen Zeit und von einem anderen Ort und als hätte er sie schon früher gekannt. Aber ihre Kälte, ihr Hochmut und ihr Snobismus machten ihm deutlich, daß er sich irren mußte. Er fragte sich, ob in ihrem mageren kleinen Körper überhaupt ein Funken Gefühl steckte.

Er vernahm ein Geräusch vom Haus her und sah, wie die Köchin durch den dunklen Garten kam, in jeder Hand einen Teller, auf dem jeweils drei dicke Stücke Kuchen lagen.

»Ich dachte mir, Sie hätten sicherlich noch gern eine Nachspeise«, lachte sie, stellte den Kuchen auf die Bank, räumte Hanks leeren Teller ab und entfernte sich wieder.

Hank schob Amanda einen der beiden Teller hin, aber sie schüttelte nur den Kopf. »Wie Sie meinen, der Kuchen schmeckt ganz ausgezeichnet.« Hölzern bis in die Knochen, dachte er bei sich – zu beherrscht, um selbst ein einziges Stück Kuchen anzunehmen. Zweifellos glaubte sie, ihre Reinheit würde Schaden nehmen, wenn sie die Todsünde beginge, ein Stück Kuchen zu verzehren. Er fragte sich, ob sie und Taylor sich überhaupt küßten. Vermutlich war ein Kuß so geschmacklos wie der Fisch heute mittag.

Amanda wagte nicht, ihn anzusehen, solange er den Kuchen aß. Ihr Magen knurrte, und der Duft betäubte sie fast. Doch sie wagte nicht, auch nur von dem Kuchen zu kosten, aus Angst, Taylor könnte den Schokoladenguß in ihrem Atem riechen oder zwischen ihren Zähnen entdecken. Er würde sie nicht mehr mögen, wenn sie so einen schwachen Willen hatte und Kuchen aß, der nicht auf dem Speiseplan stand.

»Jetzt geht's mir besser«, sagte Hank, als er seinen leeren Teller beiseite stellte, sich gegen einen Pfosten lehnte und seine Beine ausstreckte. »Was haben Sie denn morgen für uns geplant? Ich nehme doch an, daß Sie den Tag bereits verplant haben.«

Sie runzelte die Stirn bei dem Ton, in dem er das sagte, und begann dann Taylors Tätigkeitsliste für den kommenden Tag zu zitieren: »Wir fahren vormittags in das Kingman-Museum und machen dann eine Besichtigunstour durch den Bezirk. Das sollte uns bis zum Dinner beschäftigen.«

»Wie zerstreuen Sie sich?«

»Ich male Aquarelle und nähe«, antwortete sie und lächelte. Taylor hatte ihr für ihre Aquarelle die Note ausgezeichnet gegeben, und sie durfte sie zur Belohnung malen, wenn sie sich in anderen Fächern besonders hervortat.

»Können Sie solche aufregenden Tätigkeiten überhaupt vertragen?« murmelte er. »Was machen Sie und Ihr Liebhaber denn an den Abenden, an denen Sie mit ihm in die Stadt fahren?«

»Wir fahren nie in die Stadt«, gestand sie verwirrt. Taylor behauptete, Kingman sei zu provinziell und seines Besuchs nicht würdig. Für Taylor war nur eine Stadt, die so groß wie San Francisco war, gut genug, um Kleider und andere notwendige Gegenstände zu kaufen. Von zwei Wochen jährlich abgesehen, die er dort verbrachte, verließ er kaum die Ranch.

»Zu gut dafür, wie?« fragte Hank und merkte, daß er boshaft wurde. Da war etwas in ihrem affektierten Wesen, ihrer Selbstgerechtigkeit, ihrer Weigerung, sich auch nur so weit gehenzulassen, daß sie ein Stück Kuchen aß, das ihn bis aufs Blut reizte.

Er stand auf. »Ich werde jetzt zu Bett gehen. Kommen Sie mit ins Haus?«

»Ja«, sagte sie leise und warf noch einen letzten Blick auf

den Schatten, der, wie sie wußte, den zweiten Kuchenteller barg.

Sekunden später befand sie sich wieder in ihrem Zimmer, und auf ihrem Schreibtisch lagen Zettel mit Notizen über die Geschichte von Kingman, die sie sich noch einprägen mußte, ehe sie zu Bett ging. Sie ließ sich schwer auf ihren Stuhl fallen und wünschte sich nun zum tausendsten Male, daß Dr. Montgomery nie hierhergekommen wäre. Aus irgendeinem Grund schien er sie zu verabscheuen, und diese Antipathie – das spürte sie – wuchs von Minute zu Minute. Und diese Antipathie mußte sie ertragen, doppelt so hart arbeiten als sonst, auf Mahlzeiten verzichten und immer wieder Taylors Zorn über sich ergehen lassen.

Heute hatte sie die Pflicht, bis in die späte Nacht aufzubleiben und zu studieren, morgen mußte sie ihn durch das Museum in Kingman führen, und sosehr sie sich auch bemühen würde, ihm ein guter Fremdenführer zu sein – er wäre bestimmt nicht begeistert. Warum war es so schwer, ihn zufriedenzustellen, während das bei Taylor so einfach war? Wenn sie tat, was Taylor ihr aufgetragen hatte, genau nach Plan und pünktlich auf die Sekunde, war Taylor glücklich. Vielleicht sollte sie Dr. Montgomery fragen, was er von ihr verlangte. Aber nein, das war keine gute Idee; denn wenn seine Wünsche sich nicht mit Taylors Vorschriften vertrugen, würde sie Dr. Montgomerys Wünsche ignorieren müssen.

Sie blickte auf die Wanduhr und dachte, sie sollte lieber das Grübeln lassen und an die Arbeit gehen.

Hank stand in der Abendkühle auf dem Balkon, betrachtete die Sterne, sog die süßen Düfte der Nacht ein und wünschte, daß er jetzt einen Whisky hätte. Zu seiner Linken lag Amandas Zimmer, und hinter den zugezogenen Vorhängen brannte Licht. Er konnte sogar den Schatten sehen, den sie gegen die Vorhänge warf. Er wußte, daß er nur von seinem Balkon auf das Verandadach steigen mußte und schon vor ihrem Fenster stand.

Und was dann? dachte er. Sollte ihm Miß Amanda erzählen, wie viele Schritte es vom Balkon bis zu ihrem Fenster waren? Er fragte sich, was sie wohl tun würde, wenn er es wagte, sie zu küssen – möglicherweise erzählte sie ihm dann etwas über die Geschichte des Kusses.

Er ging in sein Zimmer zurück, zog sich aus und legte sich ins Bett. Er schlief sofort ein, aber ein paar Stunden später wachte er wieder auf, zog sich, einem Impuls folgend, einen Hausmantel an und trat abermals auf den Balkon hinaus. In Amandas Zimmer brannte noch immer Licht, und ihr Schatten zeigte sie über den Schreibtisch gebeugt.

Stirnrunzelnd ging er zurück in sein Bett. Wie arrogant sie auch sein mochte: In ihrer Arbeit war sie gründlich und gewissenhaft.

Als er am nächsten Morgen erwachte, war es schon spät, und er spürte, daß die Bewohner des Hauses längst auf waren und ihren Tätigkeiten nachgingen. Er zog sich rasch an und lief die Treppe hinunter. Amanda und Taylor warteten im Durchgang zum Eßzimmer, Taylor blickte auf seine Taschenuhr, und Amanda stand hinter ihm.

»Ich schätze, ich habe mich schon wieder verspätet«, begann Hank unbekümmert und ging an den beiden vorbei ins Eßzimmer. Die Anrichte bog sich unter der Last silberner Platten und Schüsseln, die mit Rühreiern, Soßen, Schinken, Semmeln, aufgeschnittenen Pampelmusen, Waffeln und Sirup gefüllt waren. »Ah«, schwärmte er im Ton eines hungrigen Mannes, der sich köstlichen Speisen gegenübersieht.

Er füllte seinen Teller, setzte sich an den Tisch, und als er aufblickte, bemerkte er, daß Taylor und Amanda ihn beobachteten. Ein verächtlich-höhnischer Ausdruck lag auf Taylors kalten, perfekten Zügen; aber in Amandas Augen glaubte er für einen Augenblick ein sehnsüchtiges Verlangen zu erkennen – oder vielleicht war es auch echter Hunger –, ehe sie auf das wäßrige pochierte Ei in ihrer Tasse sah.

Nach dem Frühstück wurden sie bereits wieder von dem Chauffeur in der Limousine erwartet, und Hank hätte fast laut gestöhnt. Schon wieder eine Besichtigung mit lehrreichen Vorträgen.

Eine Stunde später standen sie im Kingman-Museum, das,

soweit Hank dies beurteilen konnte, nichts anderes war als eine übertriebene Lobeshymne auf die Familie Caulden.

»Mein Vater kaufte vier Ranches auf«, erläuterte Amanda. »Sie waren billig, weil der Abraum aus den Bergwerken hier in der Nähe den Glass River über die Ufer treten ließ, der den Schlamm dann auf dem Land ablagerte. Mein Vater ließ mit hohem Kostenaufwand den Schlamm abtragen, so daß der fruchtbare Boden wieder zutage trat. Er sorgte auch dafür, daß der Bergwerksbetrieb in der Nähe eingestellt wurde.«

»Ich wette, daß ihm das rasch gelang«, murmelte Hank.

»Dann entwässerte er das Land und . . .«

»Wurde reich«, ergänzte Hank.

Amanda blickte zur Seite. Wieder machte er kein Hehl daraus, daß er sie und ihre Familie verabscheute.

»Wann hat Ihr Vater dieses Museum gekauft?« fragte Hank plötzlich.

»Vor zwei Jahren.« Sie verstand nicht, was er daran so lustig fand.

»Kommen Sie – ich habe genug gesehen. Lassen Sie uns nach draußen gehen.«

»Aber die Zeit, die wir veranschlagt haben, ist doch noch nicht abgelaufen. Wir müssen noch zweiundvierzig Minuten hier im Museum verbringen.«

»Aber ich gedenke, mich zweiundvierzig Minuten lang an der frischen Luft zu erfreuen.«

Widerstrebend folgte sie ihm ins Freie. Sie hoffte nur, daß Taylor nie erfuhr, daß sie das Museum vorzeitig verlassen hatten. Und was sollte sie nun mit diesem Mann anfangen? Sie ging auf die wartende Limousine zu; aber er blieb nicht an ihrer Seite. Sie schaute nach ihm und sah ihn, die Hände in den Hosentaschen vergraben, dastehen. Er wirkte gar nicht wie ein Mann, sondern eher wie ein großer Junge. Sie wünschte sich so sehr, daß er Haltung zeigen würde wie . . . wie Taylor.

»Wie weit ist es bis zur Stadt?« fragte er.

»Zweieinviertel Meilen«, antwortete sie prompt.

»Ahnte ich es doch, daß Sie es wissen würden. Ich werde zu Fuß gehen. Wir treffen uns dann vor dem Opernhaus.«

Amanda durchlebte einen Moment der Panik. Sie ahnte, daß er niemals vor dem Opernhaus auftauchen würde, und wurde schon jetzt von der schaurigen Vision geplagt, wie sie Taylor gestehen mußte, daß sie Dr. Montgomery »verloren« hatte. »Der Fahrer kann . . .«, begann sie, hielt dann jedoch inne, weil er bereits mit raschen Schritten der Stadt zustrebte. Sie seufzte, sagte dem Chauffeur, wo er sie abholen sollte, hielt ihren Hut fest und eilte Dr. Montgomery nach.

Als die Limousine an Hank vorbeifuhr und er bemerkte, daß Miß Amanda nicht im Fond saß, drehte er sich um und war überrascht, daß sie ihn im Laufschritt einzuholen versuchte. Ungeduldig wartete er auf sie. Man sollte eigentlich denken, daß ich mich gern von einer schönen jungen Frau begleiten ließe, überlegte er, aber Amanda wirkte genauso echt wie ein Magazinfoto. »Man kann mich vermutlich nicht allein in die Stadt gehen lassen, wie? Ich könnte ja einem Gewerkschaftsführer begegnen und etwas Schreckliches anstellen, richtig?«

Amanda fühlte sich plötzlich sehr müde – erschöpft von den vielen Stunden, die sie gestern nacht aufgeblieben war, um zu lernen, was sie für diesen Mann wissen mußte; matt, weil sie so viele Mahlzeiten versäumt hatte und seine vielen sarkastischen Bemerkungen nicht mehr ertragen konnte. »Ich tue alles, was in meinen Kräften steht, um Ihnen den Aufenthalt bei uns so angenehm wie möglich zu machen, Dr. Montgomery. Es tut mir leid, wenn mir das nicht gelingt.« Sie hielt ihre Schultern sehr gerade, wie Taylor ihr das – mit Hilfe eines Stahlkorsetts – beigebracht hatte.

Hank ließ sich von diesen Worten erweichen. Vielleicht konnte sie nichts dafür, daß sie so ein kaltes kleines, affektiertes Ding war – er war ja auch nicht dafür verantwortlich, daß er dies alles nicht war. Es war nicht gerecht, ihr zu zürnen, weil sie nicht so war, wie er sie haben wollte. Also was kümmerte es ihn, wenn sie so steif ging wie ein Schürhaken mit zwei Beinen, ihre Haare so straff nach hinten gekämmt hatte, daß sie die Augen in die Höhe zogen, nur von Tatsachen sprach, so angezogen war, als wäre sie ihre eigene Mutter, keinen Funken Humor, Wärme und Leidenschaft besaß? Es ging ihn nichts an.

»Ich entschuldige mich, Miß Caulden. Ich bin rüde zu Ihnen gewesen. Aber seit ich das Haus meiner Mutter verließ, habe ich mir nicht mehr vorschreiben lassen, wie ich meine Zeit zu verbringen habe, und ich fürchte, ich bin zu alt dazu, mich jetzt wieder daran zu gewöhnen. Hören Sie – da drüben spielen ein paar Kinder. Können wir uns nicht eine Weile still hinsetzen und den Duft der Rosen genießen?«

»Rosen?« erwiderte sie. »Im Schulhof gibt es keine Rosen.«

Er stöhnte, nahm sie am Ellenbogen und führte sie auf den eingezäunten Schulhof zu. Der Unterricht war bereits zu Ende, und da waren drei kleine Kinder, die sich auf der Seil- und Wippschaukel vergnügten, und eine hübsche junge Mutter, die ihnen zusah. Hank ließ Amanda in der Nähe einer Bank unter einer mächtigen Eiche zurück und ging auf die Gruppe zu. Er hatte das dringende Bedürfnis, ein fröhliches Gesicht zu sehen.

»Hallo«, grüßte er, und die junge Mutter drehte sich um. Sie war wirklich hübsch, und sie *lächelte* ihn an. Es schien schon eine Ewigkeit her zu sein, seit eine Frau ihn angelächelt hatte.

»Hallo«, antwortete sie.

»Ich bin . . .«

»Nein, sagen Sie es mir nicht.« Sie blickte an ihm vorbei auf Amanda, die steif und mit geraden Schultern auf der Bank saß. »Sie müssen der Gast der Cauldens sein. Irgendein Lehrer, richtig?«

»Gut getroffen«, antwortete er und streckte ihr die Hand entgegen, die sie ergriff und schüttelte. »Hank Montgomery.« Er deutete mit einer Kopfbewegung auf die Kinder. »Eine vergnügte, gut aussehende Bande. Lebt der Vater noch?«

Sie lachte. »Vor einer Stunde war er noch am Leben.«

»Mein Pech«, erwiderte Hank mit einem Seufzen.

Sie ging zu der Schaukel, auf der ihr kleines Mädchen saß, und Hank folgte ihr. »Wie sieht es dort oben aus?« fragte sie leise, mit dem Kopf zu Amanda hinweisend. »Behandeln die Cauldens Sie auch gut? Sind sie hier, um Amanda zu unterrichten?«

»Die Behandlung ist in Ordnung, und Amanda scheint mich zu unterrichten.« Er schwieg einen Moment. »Sie kennen sie?«

»Ich kannte sie. Wir gingen zusammen in die Grundschule; aber ihr Vater hat sie aus der Schule genommen, als sie anfing, Gefallen an Jungen zu finden, verstehen Sie?«

Hank konnte sich nicht vorstellen, daß jemand Amanda gefallen könne; aber er nickte nur. »Er hat wohl einen Hauslehrer für sie engagiert?«

»Diesen Driscoll. Ich habe ihn nur ein paarmal gesehen. Er kommt nie nach Kingman; aber er ist einige Male im Auto an mir vorbeigefahren. Er ist nicht mein Typ«, sagte sie und lächelte Hank noch herzlicher zu.

Meiner auch nicht, dachte Hank. Also würde Amanda ihren Hauslehrer heiraten. Das ergab einen Sinn, da ihr kleiner Verstand ja nichts anderes war als ein Tatsachenkatalog.

Die junge Frau wollte ihm gerade noch etwas anvertrauen, als das kleine Mädchen von der Schaukel fiel, zu schreien begann und die Mutter es aufhob. Das Kind schien sich nicht ernsthaft weh getan, sondern nur erschreckt zu haben, denn es schielte neugierig um seine Mutter herum auf Hank.

Hank streckte die Arme aus, und das Mädchen lief zu ihm.

»Flirten, wie?« meinte die Mutter lachend.

Hank hob das Mädchen hoch, und sie musterten sich. Er mochte Kinder und hoffte, eines Tages auch eine Schar von eigenen Sprößlingen zu haben.

»Vermissen Sie Ihre Kinder?« fragte die Mutter, die wohl ein bißchen bei ihm auf den Busch klopfen wollte.

»Keine Kinder; keine Frau.«

»Sind Sie und Amanda . . .?«

»Gütiger Himmel, nein!« rief er, ohne nachzudenken. »Ich meine, sie ist doch mit ihrem Hauslehrer, Taylor Driscoll, verlobt. Ich dachte, alle in der Stadt wüßten das. Denn in kleinen Städten weiß doch in der Regel jeder über jeden Bescheid, nicht wahr?«

»Aber nicht über die Cauldens«, gestand sie und senkte wieder die Stimme. »Sie mögen ja so reich sein wie Krösus, aber es gibt Dinge, die man nicht mit Geld kaufen kann. Mir ist es ja egal, aber die Generation meiner Mutter hat es sehr getroffen.«

»Was hat sie getroffen?« hakte Hank nach.

Die Frau blickte an Hank vorbei und sah, daß Amanda jetzt näher kam. Sie nahm ihr Kind auf den Arm, und aus war es mit ihren Vertraulichkeiten.

»Hallo, Amanda«, rief die junge Frau.

»Hallo«, antwortete Amanda, und an ihrem ratlosen Gesichtsausdruck konnte man leicht erkennen, daß sie keine Ahnung hatte, wer diese Frau war.

»Lily Webster. Wir sind zusammen zur Schule gegangen.«

»Ja, natürlich«, nickte Amanda. »Wie geht es dir?«

»Überarbeitet. Nun – ich sollte jetzt wohl lieber wieder gehen. Es war nett, Sie kennengelernt zu haben, Hank.«

»Ich habe mich auch gefreut«, entgegnete er und lächelte, als sie fortging, umringt von den drei Kindern. Er drehte sich zu Amanda um. »Sind Sie so weit, daß wir weitermarschieren können?« Er hielt inne, weil sie der Frau nachstarrte, als wäre sie soeben einem Gespenst begegnet. »Ist Ihnen nicht gut?«

Amanda fing sich wieder. »Doch. Ich bin bereit.« Sie erinnerte sich wieder an Lily. Als sie noch in der vierten Klasse waren, hatten sie sich heimlich in den Garderobenraum geschlichen und alle Kleider, die sie dort fanden, aneinandergeknöpft. Sie waren gerade damit fertig, als der Lehrer sie bei ihrem Streich ertappte, sie zwang, alle Sachen wieder voneinander zu trennen und anschließend zwei Stunden an der Tafel stehen ließ, mit der Nase in einem mit Kreide aufgezeichneten Kreis. Als ihr Vater von dieser Geschichte erfuhr, war er entsetzt gewesen, aber ihre Mutter hatte herzlich darüber gelacht.

Das war geschehen, bevor Taylor ins Haus kam. Manchmal schien sie sich kaum noch an Dinge erinnern zu können, die vor Taylors Zeit passiert waren. Es war so, als hätte seine Gegenwart alles ausgelöscht, was vor seiner Ankunft existiert hatte.

Nun war die Klassenkameradin, mit der sie diesen Streich ausgeheckt hatte, verheiratet und Mutter dreier Kinder, und Amanda wußte nicht einmal, wann ihre eigene Hochzeit stattfinden sollte.

Sie blickte stirnrunzelnd auf Dr. Montgomerys Rücken. Seine Fragen begannen sie zu irritieren, und allmählich wurde sie neugierig, was Taylor für sie beide geplant hatte. Sie *wußte*, daß die Hochzeit erst sein würde, wenn Taylor überzeugt war, daß sie reif für die Ehe war, und keinen Tag früher. Und wenn es mit dem, was sie nach Taylors Wunsch bei Dr. Montgomery erreichen sollte, in diesem Tempo weiterging, würde sie *niemals* dahin kommen, daß Taylor sie für würdig hielt.

Sie blieb auf dem Rest des Weges immer dicht hinter Hank und seufzte erleichtert, als sie die Limousine vor dem Opernhaus warten sah. Doch zu ihrem Kummer drehte Dr. Montgomery der Limousine den Rücken zu. »Hier ist sie«, rief sie und hoffte, daß er den Wagen vielleicht nur übersehen hatte.

Aber er ging unbeirrt weiter auf ein Lokal zu. Amanda wich zwei alten Ford-Pritschenwagen aus und lief hinter ihm über die Straße. Sie mußte zum Lunch auf der Ranch sein, weil sie dort den Stundenplan für den Nachmittg von Taylor bekam.

Als er das Restaurant erreichte, hielt er für sie die Tür auf.

»Wir werden zu Hause zum Lunch erwartet«, protestierte sie.

»Warum den weiten Weg zurückfahren, nur wegen eines dürftigen Lunchs? Außerdem könnte es Ihnen vielleicht guttun, wenn Sie mal woanders essen.« Er ergriff ihren Arm und führte sie mit fester Hand in das kühle Restaurant, das wunderbar nach Gebratenem und Gebackenem roch.

Amanda konnte sich nicht mehr daran erinnern, wann sie zuletzt auswärts gegessen hatte. Sie war einmal mit ihrer Mutter hier gewesen. Eine Kellnerin brachte ihnen die Speisenkarte, und Amanda las da etwas von Kalbsnierenbraten, Schweinelendchen, Lammkeulen und gefüllten Hühnerbrüstchen – bei diesem Angebot lief ihr das Wasser im Mund zusammen. Aber sie wußte, daß nicht eines von diesen Gerichten Taylors Zustimmung gefunden hätte.

Sie legte die Speisenkarte auf den Tisch zurück.

»Haben Sie sich schon etwas ausgesucht?« fragte Hank.

»Ich esse hier nichts.«

Wütend warf er seine Karte auf die Tischplatte. »Was haben Sie gegen gewürzte Speisen einzuwenden? Oder sind Sie sich einfach zu gut dazu, in einem Lokal zu essen?«

Wieder rührte sich in ihr dieses kleine zornige Gefühl. »Weder noch. Ich möchte nur einfach nicht dick werden.«

Er starrte sie mit offenem Mund an. »Dick? Sie müssen mindestens zwanzig Pfund zunehmen, ehe man sie für *dünn* erklärt.« Er nahm wieder ihre Menükarte vom Tisch und drückte sie ihr in die Hand. »Ich bin Ihr Gast, und Sie sollen doch dafür sorgen, daß ich bei guter Laune bleibe – richtig? Ich möchte, daß Sie jetzt etwas essen.«

Sie fühlte sich schrecklich. Sie sollte nicht dick werden – Taylor mochte keine dicken Frauen. Aber Taylor verlangte auch von ihr, daß sie Dr. Montgomery unterhalten sollte – nur mochte Dr. Montgomery keine Museumsbesuche, keine Besichtigungstouren auf der Ranch und keine gesunde Nahrung. Er redete gern mit Frauen in Parks, schwenkte Kinder durch die Luft, ging gern zu Fuß und aß gern. Ja, das Essen schien er am meisten zu lieben.

Amanda versuchte sich das am wenigsten dickmachende Gericht auszusuchen; doch als die Kellnerin kam, bestellte er für sie gefüllte Hühnerbrüstchen mit Rahmspinat und mit Nelken gewürzte Pfirsiche sowie Brunnenkressesalat mit Sago und Hefebrötchen mit Butter.

»Miß Caulden«, begann er, »wenn ich schwöre, nicht wegzulaufen oder mich nicht in die Geschäfte ihres Vaters einzumischen – könnten wir dann morgen auf unsere wechselseitige Gesellschaft verzichten?«

»Ich . . . ich weiß nicht«, stammelte sie. Was würde wohl Taylor dazu sagen? Sie hatte Dr. Montgomery zu begleiten und darauf zu achten, wohin er ging. Doch es gehört auch zu ihren Aufgaben, ihn für die Cauldens einzunehmen. Und große Sympathien für die Cauldens schien sie in ihm noch nicht geweckt zu haben. Taylor hatte behauptet, dieser Professor würde beim Anblick ihres Hauses und ihrer Ranch in Ehrfurcht erstarren, doch bisher schien er vor gar nichts Respekt zu haben. Sie wußte nicht, was sie tun sollte. »Haben Sie denn für morgen eigene Pläne?« fragte sie. Vielleicht wollte er im Haus bleiben.

»Ich will in meinen eigenen Wagen steigen und herumfahren. Und was ich danach machen möchte, weiß ich jetzt noch nicht.« Außer daß er sich von dieser Frau fernhalten wollte, die ihn abwechselnd nervös und wütend machte.

Amanda verspürte eine momentane Panik. Taylor war bestimmt wütend, wenn er allein in der Gegend herumspionierte. »Würden Sie möglicherweise morgen gern lesen wollen? Wenn Sie mich so abstoßend finden, könnte ich mich sicherlich anderwärtig beschäftigen.«

Verdammt, verdammt, verdammt, dachte er. Kleines, ich finde dich nicht abstoßend. Du machst mich nur verrückt. Deine Haare, diese großen, traurigen Augen. Dieser Körper, der wirklich reizend wäre, wenn du etwas Fleisch auf den Knochen hättest. Wie konnte der Inhalt einer so schönen Verpackung nur so nichtssagend sein?

»Ich muß noch einige Arbeiten korrigieren und ein paar Briefe schreiben«, eröffnete er ihr schließlich. »Also rühre ich mich morgen nicht aus Ihrem Haus.«

Sie wirkte so erleichtert, daß er schon fürchtete, sie würde in Tränen ausbrechen, und für einen Augenblick kam ihm sogar der Gedanke, daß sie Schwierigkeiten bekäme, wenn er nicht tat, was sie für ihn vorgesehen hatte. Aber das konnte doch nicht sein. Sie war eine eiskalte Lady, sonst hätte sie sich nicht in diesen Driscoll mit dem steinernen Gesicht verliebt. Sie waren ein ideales Paar. Vielleicht lassen sie sich in gemeinsamen Nächten Liebessonette vor.

Die Kellnerin brachte ihnen das Essen, und Hank mußte lächeln, als er Amandas Gesichtsausdruck bemerkte.

»Sie sehen aus, als wollten Sie Ihren Teller anbeten, statt zu essen, was darauf liegt. Greifen Sie zu, und genießen Sie es.«

Es war schon Jahre her, seit Amanda so etwas zuletzt gegessen hatte. Taylor hatte ihr erzählt, daß der Körper ein Tempel wäre und mit Ehrfurcht behandelt werden müsse. Man dürfe ihm deshalb nicht ungesunde, fette Speisen zuführen.

Ihr erster Bissen war himmlisch – eine absolut paradiesische Wonne. Sie schloß die Augen und kaute und kostete den Geschmack mit Zunge, Gaumen und Lippen aus.

Hank blickte von seinem Teller auf und war erstaunt, daß sie die Augen geschlossen hatte, und ihr Gesicht war so verklärt dabei, wie er das nur von Frauen, die er geliebt hatte, kannte. Er ließ seine Gabel fallen, und sie riß erschrocken die Augen auf.

»Schmeckt –«, seine Stimme brach, »schmeckt es Ihnen?«

»Ja, vielen Dank, das tut es.«

Sie setzte ihre Mahlzeit fort, zum Glück jetzt mit offenen Augen. Dennoch hatte Hank noch Mühe mit dem Schlukken. Beruhige dich, Montgomery, beschwor er sich selbst. Sie ist nur ein hübsches Mädchen – mehr nicht. Du bist hierhergekommen, um mit Gewerkschaftsführern zu verhandeln, nicht um dich wie mit Blythe Woodley in Schwierigkeiten zu bringen.

»Miß Caulden – könnten Sie mir vielleicht etwas über Kingman erzählen?«

Wie ein Spielautomat loslegt, wenn man die richtige Münze hineinsteckt, so begann sie, Fakten und Daten herauszusprudeln. Sie erzählte ihm von den fünf Eisenbahngeleisen – eine durchgehende Hauptlinie, vier Nebengeleise – und den sieben Postzustellungen pro Tag. Sie erzählte ihm von den Bergwerks-Indianern, den spanischen Landlehen, den Kupferminen. Sie erzählte ihm von der Donner-Party östlich von Kingman auf der Johnson-Ranch, und sie rasselte ihm die Jahreszahlen herunter, wie viele Rettungsmannschaften wie viele Tote und Überlebende geborgen hatten. Sie nannte ihm die Jahre, wann die Stadt überschwemmt wurde und wann sie abgebrannt war. Sie erzählte ihm, welche Dämme und welche Brücken wann gebaut wurden. Sie nannte ihm die Zahl der Einwohner, wann die Schulen errichtet worden waren, wann . . .

»Aufhören!« rief er und rang nach Luft. Sie war wie ein aufgedrehtes Spielzeug, dessen Feder offenbar nie ausgeleiert war, aber zumindest hatte seine eigene Glut einen kräftigen Dämpfer erhalten. Taylor Driscoll konnte sie haben. Sie hatte nur eine schöne Fassade und nichts sonst. »Essen Sie Ihren Kirschkuchen«, forderte er sie auf und schob ihr den Teller mit dem Dessert zu. Er lächelte über die Art, wie sie den Teller leerputzte. Für jemand, der sich Sorgen machte, er könne dick werden, konnte sie verdammt viel verdrücken.

Kapitel Fünf

Taylor Driscoll stand hinter dem Schreibtisch in der Bibliothek und starrte unverwandt aus dem Fenster. Dann sah er zum wiederholten Mal auf die Uhr. Vierzehn Uhr dreizehn. Wo blieb sie? Er hatte ihr am Morgen den Stundenplan gegeben, der ihre Rückkehr Punkt zwölf Uhr vorsah. Warum hatte sie sich nun schon über zwei Stunden verspätet?

Vierzehn Uhr vierzehn. Immer noch kein Zeichen von dem Auto. Zur Hölle mit ihr! dachte er. Zur Hölle mit ihr, daß sie ihn solchen Gefühlen aussetzte. Er verfluchte sie und verfluchte sich, daß er sich solche Sorgen um sie machte. Er hatte sich vor langer Zeit geschworen, sich nie wieder in eine Frau zu verlieben – Frauen verdienten kein Vertrauen. Sie sagen einem, daß sie verliebt seien, und dann verließen sie einen.

Während er durch das Fenster starrte, schien er in seine Kindheit zurückversetzt zu werden, in der er ständig am Fenster gestanden und darauf gewartet hatte, daß seine Mutter heimkam. Sie tauchte dann endlich auf der Vortreppe auf, schwankend, von zwei jungen Männern gestützt, mit wirren rotgefärbten Haaren und wogenden schweren Brüsten. Und dann schwenkte sie ihre dicken Hüften, während einer der Männer sie hin und wieder in ihren üppigen Hintern kniff, was ihr ein rohes Lachen entlockte. Der junge

Taylor pflegte dann immer zuzusehen, wie sein Vater, der stets so lange aufblieb, bis seine Frau nach Hause kam, aus der Vordertür eilte und ihr in die Halle half. Die jungen Männer machten dann stets zweideutige höhnische Bemerkungen über Mr. Driscoll, die dieser jedoch nie zu hören schien.

Taylor wandte sich dann wieder vom Fenster ab und ging ins Bett; doch dort lag er auf dem Rücken, die kleinen Hände neben sich zu Fäusten geballt. Er haßte beide Elternteile: die Mutter, weil sie so fett, laut, dumm war und sich nie um ihn kümmerte, und den Vater, weil er so gebildet und edelsinnig war und doch so töricht, eine so unwürdige Frau zu lieben.

Taylor verbrachte jeden freien Moment mit Lesen und Studieren, um sich von seiner Mutter abwenden zu können, die sich auf dem Sofa herumfletzte, Schokolade aß und auch nicht die geringsten Anstalten machte, bei der Haushaltsführung zu helfen oder gar mit ihrem Sohn zu sprechen, der ihr einziges Kind war. Zuweilen stand Taylor in der Tür und funkelte seine Mutter wütend an, doch das brachte sie nur zum Lachen, und so blieb er die meiste Zeit auf seinem Zimmer. Seine Bücher wurden für ihn zum Inbegriff für Liebe, denn sonst war im ganzen Haus nicht ein Funken von Liebe zu spüren. Seine Mutter gab freimütig zu, daß sie seinen Vater nur seines Geldes wegen geheiratet hatte, und ihre Hauptsorgen waren nahrhafte, reichliche Kost, Kleider mit gewagtem Ausschnitt und Rüschen. Ihr einziges Bestreben war, »sich einen netten Abend zu machen«, worunter sie das Trinken von Whisky in Gesellschaft gutaussehender junger Männer verstand.

Der Vater war nur damit beschäftigt, sich elend zu fühlen und zu leiden, weil er diese heruntergekommene Frau liebte. Er schien diese Liebe zu ihr als eine unheilbare Krankkeit zu betrachten, mit der er sich irgendwo angesteckt hatte.

Taylor war zwölf, als sein Vater starb, und binnen eines Jahres hatte seine Mutter jeden Penny ausgegeben, den er ihnen beiden hinterlassen hatte. Taylor hatte ohne Bedauern einen Sack mit schmutziger Wäsche zusammengepackt – die

Dienstboten waren schon vor Monaten weggegangen –, hatte die hundert Dollar genommen, die er seiner Mutter aus der Tasche hatte stehlen können, als sie betrunken war, und hatte sich auf die Suche nach den Verwandten seines Vaters gemacht.

Jahrelang hatte er bei ihnen das Geld für seine Ausbildung zusammenbetteln müssen. Er hatte ein starkes Gefühl von Stolz entwickelt, als er noch im Haus seiner Eltern wohnte – er brauchte diesen Stolz, um die Schande, die Erniedrigungen und die Mißachtung seiner Person überleben zu können, aber er hatte unter Mühen seinen Stolz überwinden müssen, als er diesen Verwandten und jenen Verwandten um ein bißchen Geld anbettelte. Nach einem Jahr betrachteten sie ihn als eine Last, und sie wußten, falls sie ihm nicht Geld oder ein Empfehlungsschreiben schickten – oder was immer Taylor von ihnen verlangte –, würde er sie mit Briefen bombardieren oder andere Verwandte alarmieren, die Taylor um Vermittlung gebeten hatte.

Als er zwanzig war und mit *summa cum laude* das College absolvierte, nahm jeder Verwandte das ausschließliche Verdienst für sich in Anspruch, ihn durch das College gebracht und ihn ermutigt zu haben, als er schon aufgeben wollte.

Nach seinem Abschlußexamen am College versuchte sich Taylor in einer Reihe von Jobs, die ihn jedoch nicht befriedigten, und er spielte bereits mit dem Gedanken, wieder die Schulbank zu drücken, seinen Doktor der Philosophie zu machen und Lehrer zu werden, als er einen Brief von einem entfernten angeheirateten Vetter, J. Harker Caulden, erhielt. Caulden schrieb, er hätte eine aufsässige und streunende Tochter, die, wie er fürchtete, seiner Kontrolle entglitt. Ihre Mutter wäre ungeeignet, ihr Disziplin beizubringen, und er selbst hätte keine Zeit. Er wollte, daß Taylor in sein Haus käme und das Mädchen als Privatlehrer erzöge, bis sie das heiratsfähige Alter erreicht hatte.

Taylor hatte sogleich das Bild seiner Mutter vor Augen und sich eine vierzehnjährige wilde Göre vorgestellt, die nachts heimlich aus dem Fenster stieg, um zu Partys zu gehen. Taylor hoffte, daß er sie retten konnte, und wenn er energisch genug mit ihr verfuhr, mochte er vielleicht verhindern, daß noch einmal so ein Wesen wie seine Mutter entstand.

Er nahm J. Harkers Angebot an und fuhr nach Kalifornien auf die riesige Caulden-Ranch, um mit der Zähmung der jungen Miß Amanda zu beginnen.

Taylor hätte fast gelacht, als er Amanda zum ersten Mal sah. Er hatte eine junge Version seiner Mutter erwartet, und statt dessen wurde ihm ein großes, schlankes, fast hübsches Mädchen vorgeführt, das ihn mit großen erwartungsvollen Augen ansah. Und er brauchte nur zwei Tage dazu, um herauszufinden, daß sie einen exzellenten Verstand besaß – ein Gehirn, das jedoch nicht mit Lehrstoff, sondern mit Kleidern, Jungen, Tratsch und anderen frivolen Dingen vollgestopft war.

Sogleich erkannte er hier die große Chance. Sie war so formbar wie ein Klumpen nasser Lehm. Er konnte Amanda in eine Lady verwandeln, in das exakte Gegenteil seiner Mutter. Er konnte sie unterrichten, so daß sie sich auch über andere Themen als die gerade in Mode gekommenen Tänze unterhalten konnte. Er konnte sie anspruchsvoll, aber schlicht kleiden. Sie würde unter seiner Aufsicht niemals *dick* werden.

Sie war eine ausgezeichnete Schülerin – so lerneifrig, so leicht zufriedenzustellen. Er scheute nicht die Extrastunden, die er dafür benötigte, um ihre täglichen Stundenpläne niederzuschreiben; denn dann wußte er genau, wo sie war. Amanda würde niemals die *Zeit* haben, ihn zu verlassen.

Mit den Jahren verwandelte sich Amanda in eine sehr hübsche junge Lady, die auch nicht im entferntesten mit seiner Mutter zu vergleichen war. Und er verliebte sich allmählich in sie. Er wollte das nicht und kämpfte anfangs dagegen an, weil Frauen treulose Kreaturen waren, die einen mißbrauchten, sobald sie wußten, daß man ihnen zugetan war. Also hatte er seine Liebe vor ihr geheimgehalten, aber er hatte sie an sich gebunden, damit sie nicht von ihm weggehen konnte, und eines Tages, wenn die Vorstellung einer Ehe ihn nicht mehr so erschreckte, wollte er sie heiraten. Im Augenblick fürchtete er noch, daß sie sich verändern könnte, wenn er sie zu seiner Frau machte – daß sie sich in seine betrunkene, dicke, dumme Mutter verwandeln könnte.

Er blickte wieder auf seinen Chronometer. Vierzehn Uhr achtzehn. Immer noch kein Zeichen von ihr. Es gefiel ihm ganz und gar nicht, daß er ihr gestatten mußte, mit diesem Barbaren Montgomery zusammenzusein, aber er hatte keine andere Wahl. Montgomery konnte auf der Ranch beträchtlichen Schaden anrichten, und deshalb mußte er von ihr ferngehalten werden. Amanda war die einzige Person, die das fertigbrachte. Die Ranch war für Taylor sehr wichtig geworden; denn J. Harker hatte versprochen, daß sie eines Tages ihm gehören würde. Amanda war Harkers einziges Kind, und er beabsichtigte, alles, was er besaß, über Amanda ihm zu hinterlassen. Die Sicherheit, die Vermögen mit sich brachte, war etwas, was Taylor brauchte. Seine Kindheit – zumal nach dem Tod seines Vaters – war ein einziges Flehen um Geld, Bücher, Schuhe, Kleider und Kostzuschüsse gewesen. Die Jahre der Bettelei, selbst um das Lebensnotwendigste, hatten seinen Stolz tief verletzt.

So wurde er nun zerrissen zwischen der Notwendigkeit, alles für die Bewahrung der Ranch zu tun, und dem Drang, Amanda isoliert zu halten.

Er gestattete sich fast ein Lächeln, als er sich daran erinnerte, daß Amanda ihm gestanden hatte, Dr. Montgomery würde sie nicht mögen. Er mochte Amanda nicht? Eine Frau, die über fast jedes intelligente Thema in vier verschiedenen Sprachen sprechen konnte? Höchst unwahrscheinlich. Freilich bestand da noch die Möglichkeit, daß er zu jenen primitiveren Naturen von Männern gehörte, die Küchenmädchen und Nachtklubtänzerinnen bevorzugten.

Es war vierzehn Uhr zweiundzwanzig, und noch immer keine Spur von Amanda.

Er starrte so eindringlich durch das Fenster, daß er Kopfschmerzen bekam.

Amanda taten die Füße weh, und sie war so besorgt, weil sie den Plan nicht eingehalten hatte, daß sie ein ganz sonderbares Gefühl im Magen hatte. Dr. Montgomery wollte in der Stadt Kingman herumwandern, die Schaufenster betrachten, mit den Leuten reden und überhaupt die Zeit vergeuden. Taylor hatte Amanda nicht oft genug sagen können, wie kostbar Zeit war und daß man sie nicht an frivole Dinge verschwenden sollte, aber nun taten sie nichts, was ihren Geist geschärft hätte. Zudem hatte Taylor immer wieder betont, daß die Leute, die in Kingman wohnten, einfach schrecklich und primitiv waren. Hatten sie nicht den Stab über ihre Mutter gebrochen? Sie mochten die Cauldens nicht, und sie wäre gut beraten, nicht zu freundlich mit ihnen umzugehen. Aber da stand sie nun hinter Dr. Montgomery und nickte Passanten zu, von denen sie teilweise sogar noch die Namen kannte.

»Hat Ihnen doch nicht weh getan, mit ein paar von den gewöhnlichen Leuten zu reden, oder?« hatte Dr. Montgomery im ärgerlichen Ton gefragt, als sie ihn drängte, mit ihr auf die Ranch zurückzukehren.

Und da war noch ein anderer Umstand, der diesen Ausflug in die Stadt mit diesem Fremden so unangenehm machte: Er lächelte den Frauen, die an ihnen vorüberkamen, zu; aber sie selbst betrachtete er nur mit gerunzelter Stirn und funkelnden Augen und machte auch noch abfällige Bemerkungen dazu. Sie wollte zurückfahren in die Geborgenheit, die Taylor und ihre Bücher ihr gaben.

Sie wäre fast in Dr. Montgomery hineingelaufen, als er vor dem Drugstore stehenblieb. Da hing ein Plakat, das für den nächsten Samstag einen Tanz ankündigte.

»Gehen Sie mit Taylor dorthin?« fragte er sie. »Haben Sie vor, sich einen fetzigen Abend zu gönnen?«

Sie verstand, was er meinte, wenngleich er sich in einer Vulgärsprache ausdrückte, die nicht zu ihrem Wortschatz gehörte. »Wir gehen nie zum Tanzen«, erklärte sie steif.

»Sind es die Tänze oder die Stadtleute, die Ihnen nicht fein genug sind?«

Wieder spürte sie eine leise Regung des Zorns in sich. »Tanzen ist Zeitverschwendung; und was die Stadtleute betrifft . . .« Sie war nahe daran, ihm zu erzählen, wie sie ihre

Mutter behandelt hatten, aber sie hielt sich zurück. Sie wollte seine Grobheiten nicht mit gleicher Münze zurückzahlen. »Dr. Montgomery, ich würde jetzt gern nach Hause fahren. Es ist spät, und es gibt noch andere Dinge zu erledigen.«

»Dann fahren Sie doch nach Hause«, empfahl er ihr wütend. Ich *muß* mich von ihr und diesem ganzen Caulden-Clan befreien, dachte er. Diese beiden kalten Fische, Amanda und Taylor; der ungehobelte, feindselige J. Harker und die Mutter, die irgendwo im Hause eingesperrt war und von der man nur in geheimnisvollen Halbsätzen redete, waren mehr, als er ertragen konnte.

Doch als er Amanda ansah, die so gerade dastand wie ein Ladestock, ihre hochgezogenen mageren Schultern, ihre Augen mit einem winzig kleinen Funken von Feuer darin, da wußte er, daß er nicht einfach von hier wegfahren konnte. Etwas an ihr hielt ihn fest.

»Also gut«, seufzte er, »fahren wir zur Ranch zurück.«

Amanda hätte vor Erleichterung weinen können, als sie zu der Limousine zurückgingen. Er sprach auf der Rückfahrt kein Wort mit ihr, und sie war ihm dafür dankbar. Sie mußte ihre Kräfte für das bevorstehende Gespräch mit Taylor sammeln.

Sobald sie im Haus waren, kam ihnen Taylor in der Halle entgegen, und Amanda sah ihm sogleich an, daß er wütend war. Er wartete, bis Dr. Montgomery nach oben gegangen war, und rief sie dann in die Bibliothek hinein.

Einen Moment stand er mit dem Rücken zu ihr. Dann drehte er sich abrupt zu ihr um und sah sie mit funkelnden Augen an. »Ich bin von dir enttäuscht, Amanda, sehr enttäuscht. Du wußest, daß du Punkt zwölf Uhr wieder hier sein solltest, aber du hast dich nicht an meine Anweisung gehalten. Nein! Keine Entschuldigungen – ich will sie nicht hören. Begreifst du nicht, wie wichtig dein Auftrag ist? Wenn Gewerkschafter hierherkommen und Unruhe stiften, kann es passieren, daß wir die Ernte dieses Jahres abschreiben müssen. Und das alles nur, weil du dich nicht an deinen Stundenplan gehalten hast.«

Amanda sah auf ihre Hände. Wie konnte sie denn Dr.

Montgomery dazu zwingen, sich nach Taylors Stundenplan zu richten? Irgendwie mußte ihr das gelingen. Offenbar hing alles – das Gedeihen und die Rettung der Ranch – von ihr ab.

»Jetzt geh auf dein Zimmer und denke darüber nach, was du angerichtet hast. Du kommst heute abend nicht zum Dinner herunter, sondern gehst erst später in den Salon, um Dr. Montgomery etwas vorzulesen. Vielleicht schaffst du es mit meiner Hilfe, den Stundenplan einzuhalten.« Und ich brauche mir über deinen Verbleib keine Sorgen zu machen, setzte er in Gedanken hinzu und betrachtete stirnrunzelnd ihr gesenktes Haupt. »Geh jetzt, Amanda«, sagte er mühsam beherrscht.

Amanda ging langsam die Treppe hinauf zu ihrem Zimmer. Sie fühlte sich so schwer, als habe sie fünfzig Pfund zugenommen. Mrs. Gunston erwartete sie bereits. Amanda sollte in den Keller zu ihren Gymnastikübungen, anschließend baden – kein Dinner – und abends Dr. Montgomery vorlesen. Wie sehr sie diesen Mann verabscheute!

Hank blieb bis zum Dinner in seinem Zimmer und versuchte einige Prüfungsarbeiten seiner Studenten zu korrigieren. Wenn sich einer seiner Schüler durch Leistungen hervorgetan hatte, aber nach Hanks Empfinden nicht so einen guten Notendurchschnitt hatte, wie er ihn seiner Begabung nach verdiente, gab ihm Hank mit einem Sonderauftrag Gelegenheit, sich zu verbessern. So mußte Hank auch in den Semesterferien Prüfungsarbeiten korrigieren. Doch er war nicht in der Lage, sich auf diese Aufgabe zu konzentrieren; er mußte immer wieder an Amanda denken und war sich nicht sicher, was ihn an ihr so empörte; aber irgend etwas reizte ihn maßlos. Er erinnerte sich daran, wie sie mit geschlossenen Augen am Tisch gesessen hatte, ein himmlisches Entzücken auf ihrem Gesicht. »Ich wünschte, ich könnte den Ausdruck selbst auf ihr Gesicht zaubern«, murmelte er und widmete sich wieder seiner Arbeit.

Amanda kam nicht zum Dinner, und Hank war überzeugt, daß sie das Essen nur versäumte, weil sie seine Gesellschaft nicht ertragen konnte. Er saß ungewöhnlich schweigsam neben dem steifnackigen Mr. Taylor und aß

Kalbskoteletts, während Taylor wieder einmal gedünsteten Fisch zu sich nahm. Hank fragte sich, was Amanda wohl in ihrem Zimmer serviert wurde, wenn sie außer Taylors Sichtweite war. Auch gedünsteter Fisch oder vielleicht gebratenes Hähnchen?

Nach dem Dinner, als die Uhren überall im Haus Viertel nach sieben schlugen, erschien Amanda im Salon. Hank blickte von seiner Zeitung auf, nickte ihr kurz zu und verschanzte sich dann wieder hinter seiner Lektüre. Er fragte sich, ob sie wohl wieder aus dem Zimmer ging, wenn sie ihren geliebten Taylor hier nicht allein antraf?

Taylor verkündete, daß Amanda ihnen vorlesen würde.

»Ich möchte sie nicht davon abhalten«, sagte Hank hinter seiner Zeitung; aber als er spürte, wie sich ein bedrückendes Schweigen auf den Raum herabsenkte, wußte er, daß man von ihm eine angemessene Aufmerksamkeit erwartete. Langsam legte er die Zeitung zusammen, legte sie zur Seite und faltete dann, die Hände in dem Schoß, wie sich das für einen guterzogenen jungen Gentleman gehörte.

Amanda, die ein strenges, kleines blaues Kleid mit einem Spitzenkrägelchen trug, stand in perfekter gerader Haltung vor ihnen beiden, hielt ein aufgeschlagenes Poesiebuch in den Händen, und wie er erwartet hatte, las sie ihm nun die langweiligsten Gedichte vor, die jemals verfaßt worden waren. Er wäre darüber eingeschlafen, wenn die Vorlesung ihm nicht Gelegenheit gegeben hätte, sie zu betrachten: lange, dichte, fast üppige Wimpern; ein voller Mund, der sich beim Lesen verführerisch bewegte. Er lauschte ihrer Stimme, hörte, wie zärtlich sie mit Worten umging, die von Liebe sprachen, und fragte sich, wie ihre Stimme klingen würde, wenn sie ihm Liebesworte ins Ohr flüsterte.

Doch Liebesworte, die aus ihr selbst kamen, würde sie zu Taylor sagen. Hank musterte Taylor und merkte, daß der Mann ihren Vortrag nicht genoß, sondern ihn eher beurteilte. Er sah aus wie ein Lehrer vor seiner Studentin – nicht wie ein Mann, der der Frau zuhörte, die er liebte.

Dann wurde Hank sich bewußt, daß sie aufgehört hatte zu lesen, und er sah zu, wie sie auf Taylor zuging und ihm das Buch mit einem leisen, eher zaghaften Lächeln übergab und »bitte« hauchte. Hank spürte einen Stich der Eifersucht, als dieser kalte, ernste Taylor ihr das Buch abnahm. Hank hatte erwartet, daß er zumindest ihr Lächeln erwiderte – tatsächlich hätte er an seiner Stelle fast *alles* getan, wenn sie ihn so angesehen hätte; doch Taylor nahm nur das Buch entgegen, öffnete es und begann selbst vorzulesen.

Während Taylor mit monotoner Stimme rezitierte, beobachtete Hank Amanda, sah, wie sie Taylor anhimmelte, als wäre er ein Gott – als hätte er Gewalt über Tod und Leben. Taylor hingegen schien ihre Verehrung gar nicht wahrzunehmen. Es machte Hank plötzlich wütend, daß Amanda soviel geben sollte und so wenig dafür bekam. Wenn sie sein gewesen wäre, hätte er ihr die Welt zu Füßen gelegt. Alles, was sie vertragen konnte, und noch mehr. Wenn er mit ihr verlobt gewesen wäre, hätte er nicht die Abende damit verbracht, ihr Gedichte vorzulesen, sondern er hätte sie hinausgeführt, dorthin, wo der Jasmin wuchs, und hätte sie geküßt, während er ihr dieses gräßliche Kleid von den Schultern streifte. Er hätte sie . . .

»Dr. Montgomery?«

Die Stimme weckte ihn aus seiner Gedankenverlorenheit. Es war Amanda, die ihm nun das Buch überreichte.

»Vielleicht würden Sie uns auch gern etwas vorlesen?«

Hank war so in Gedanken gewesen, daß er zunächst gar nicht verstand, was sie gesagt hatte.

»Dr. Montgomery ist Ökonom«, erklärte Taylor mit seiner klirrenden Stimme. »Ich bezweifle, daß ihn Poesie interessiert.«

Hank nahm das Buch nicht entgegen, sondern sah nur Amanda an, und sein Blick war so glühend, wie er sich fühlte, während er ein glühendes Liebesgedicht von William Butler Yeats zu zitieren begann.

Als er endete, war es still im Zimmer, und er wurde nur gewahr, wie sich eine bezaubernde Röte über Amandas Hals und Gesicht stahl.

»Ich kann nicht sagen, daß dies etwas nach meinem Geschmack gewesen ist, Dr. Montgomery«, rügte Taylor wie aus der Ferne her. »Amanda«, kam dann seine scharfe Stimme, so daß sie ihre Aufmerksamkeit wieder auf ihn konzentrierte. »Ich denke, du solltest uns noch etwas anderes vortragen.«

Plötzlich konnte Hank es nicht mehr bei den beiden im Zimmer aushalten. »Wenn Sie mich bitte entschuldigen wollen«, brachte er mühsam hervor, und ohne erst ihre Antwort abzuwarten, verließ er den Salon. Er ging nach draußen; doch selbst dort fühlte er sich eingeengt, als drohte er zu ersticken und bekäme nicht genügend Luft. Er ging zu der großen Garage, in der sein Wagen untergestellt war, und ehe er wußte, was er tat, saß er schon im Mercer und fuhr davon.

Als er den kalten Zugwind auf seinem Gesicht spürte, fühlte er sich schon besser. Hank brauste die holperige Landstraße hinunter, wurde immer schneller, drängte den Mercer bis an den Rand seines Leistungsvermögens, obwohl er wußte, wie miserabel die Bremsen waren, weil er dieses Gefühl der Schnelligkeit und Freiheit brauchte. Er mußte einen größeren Abstand zwischen sich und diesem Haus herstellen.

Der Mercer fuhr mit einer Geschwindigkeit von sechzig Meilen pro Stunde, als er das Mädchen bemerkte. Es stand mitten auf der Straße. Das Scheinwerferlicht des Wagens hatte sie erschreckt, als sie gerade die Fahrbahn überqueren wollte. Sie stand wie erstarrt da, als Hank sich ihr schneller näherte, als sie sehen konnte.

Hank besaß die Reflexe eines Rennfahrers, und einen knappen halben Meter vor ihr riß er den Wagen nach rechts und durchbrach einen Zaun und riß die Pfosten auf einer Länge von fünfzehn Metern aus der Erde, während er mit aller Kraft auf die Bremsen trat und versuchte, den Wagen zum Stehen zu bringen. Er walzte auf einer Strecke von sechs Metern alle Hopfenpflanzen, -stangen und -drähte auf einem von Cauldens Feldern platt, ehe der Wagen endlich stand.

Er brauchte einige Zeit, um sich zu fangen, in der er einfach dasaß und auf das von den Autoscheinwerfern angestrahlte Hopfenfeld starrte. Dann begann er die Hopfenranken und -fäden beiseite zu räumen, damit er aussteigen konnte. Seine Knie waren weich; aber er sammelte neue Kräfte, als er zur Straße zurückging und dann auf die Stelle zurannte, wo das Mädchen sein mußte.

Es war dunkel; aber er konnte sie in der Mitte der Straße sitzen sehen. Er hatte nicht geglaubt, daß er sie gestreift hatte, doch jetzt war er sich dessen nicht mehr sicher.

»Ist Ihnen etwas passiert?« fragte er besorgt und kniete sich vor sie nieder.

»Ich habe in meinem Leben noch nie so etwas Schnelles gesehen«, stotterte sie benommen.

Hank roch den Alkohol in ihrem Atem und begriff, daß sie betrunken war. Sacht nahm er ihren Arm und zog sie auf die Füße. »Kommen Sie – ich bringe Sie jetzt nach Hause.«

Lächelnd fiel sie gegen ihn. Ihr Körper war wie Gummi. »Sind Sie der Mann, der bei den Cauldens wohnt?«

»Der bin ich. Kommen Sie mit. Wenn ich meinen Wagen aus dem Feld herausbringe, fahre ich Sie nach Hause.«

»Mit Ihnen nach Hause fahren? Amanda wird das nicht gefallen.«

»Sie wird es gar nicht bemerken«, sagte er und legte den Arm um ihre Taille, um sie zu stützen. So führte er sie zu seinem Wagen.

Er mußte noch mehr Ranken entfernen, um Platz auf dem Beifahrersitz für sie zu schaffen.

»Angenehm«, murmelte sie und lehnte sich im Ledersitz zurück.

Er brauchte noch einige Minuten, um die Vorderfront des Wagens von Hopfenpflanzen und -fäden zu befreien und den Boden zu inspizieren. Er war trocken, und er glaubte, ohne fremde Hilfe wieder auf die Straße gelangen zu können. Er bog den geborstenen Zaun auseinander und stieg dann in den Wagen.

Wenngleich Scheinwerfer und Mond nur spärliches Licht spendeten, konnte er doch sehen, daß die Frau jung und auf eine dunkle, aufdringliche Weise hübsch war. Sie hatte ein stark geschminktes Gesicht mit bereits ausgeprägten

Zügen; doch der rote Lippenstift lenkte seine Aufmerksamkeit auf ihren Mund.

Als sie seinen Blick bemerkte, lächelte sie auf eine langsame, verführerische Art. »Ich mag schnelle Männer.«

Er startete den Motor und steuerte den Wagen im Rückwärtsgang aus dem Feld. »Wohin kann ich Sie bringen?«

»Zu Charlies Roadhouse.«

Hank zögerte nur einen Moment, ehe er sagte: »In Ordnung.« Es mochte ihm guttun, wenn er ein bißchen Leben um sich hatte. »Aber nur, wenn dort keine Gedichte vorgelesen werden.«

Sie lachte auf eine Weise, die ihm kundtat, daß sie schon mehrmals in Charlies Roadhouse gewesen war und wußte, daß dort keine Gedichte rezitiert wurden.

Er genoß die Fahrt mit ihr zu der Straßenherberge, genoß den Anblick einer Frau, die entspannt im Sitz neben ihm saß, nicht kerzengerade und steif. Er liebte den Anblick einer Frau, die aussah, als könnte sie von Herzen lachen.

Die Gaststätte lag ungefähr fünf Meilen außerhalb der Stadt, ein bißchen abseits von der Fahrbahn, mit einem kiesbestreuten Parkplatz davor, auf dem in diesem Moment drei Wagen standen. Die Lichter und das Gelächter im Haus bewogen Hank, dort einzukehren.

Das Mädchen war bereits ausgestiegen, als Hank um den Wagen herumging, um ihr herauszuhelfen. Sie trug ein billiges rotes Satinkleid, und der Lippenstift war an einer Ecke ihres breiten Mundes verschmiert; doch der Fahrtwind schien ihren Kopf klarer gemacht zu haben; denn sie stand jetzt sicherer auf den Beinen.

Sie nahm seinen Arm und preßte ihren Körper an den seinen. Sie war wohlgerundet und reizend; doch in ein paar Jahren würde sie dick sein.

»Die Meute wird gelb werden vor Neid, wenn sie Sie sieht«, grinste sie. »Wie heißen Sie?«

»Hank Montgomery«, sagte er freundlich. »Und Sie?«

»Reva Eiler.« Sie zupfte ein bißchen an seinem Arm und führte Hank zur Vordertür der Kneipe.

Es befanden sich nur vier Gäste im Schankraum, der an

drei Wänden Nischen aufwies und an der vierten Wand eine lange Theke. Die Hälfte des Raumes war von winzig kleinen Tischen und vielen Stühlen in Beschlag genommen; die andere Hälfte gehörte der Tanzfläche und einem Podest für die Kapelle. Reva begrüßte den Mann hinter der Bar, aber niemanden sonst, als sie Hank zu einer Nische in einer Ecke führte.

»Nun erzählen Sie mir mal alles über sich«, forderte sie ihn auf, nahm ihre Puderdose aus einer kleinen Tasche aus Glasperlen und begann, ihr Make-up zu reparieren. Als sie damit fertig war, nahm sie sich eine Zigarette aus einem versilberten Etui, das schon sehr abgegriffen war. Hank nahm ihr das dazugehörende Feuerzeug aus der Hand und gab ihr Feuer, während sie ihre Haarfülle nach hinten schob. Sie reichten ihr knapp bis zu den Schultern, und Hank kam es zu Bewußtsein, daß er selten Frauen mit so kurz geschnittenen Haaren sah und daß es ihm gefiel. Er fragte sich, wie Amanda wohl mit so kurzen Haaren aussehen mochte.

»Es gibt nicht viel zu erzählen«, begann er. »Ich unterrichte Ökonomik an der . . .«

»Ökonomik!« flötete sie, als der Barkellner ihnen zwei Glas Bier auf den Tisch stellte. »Danke, Charlie«, murmelte sie, und dann: »Sie sehen mir gar nicht nach einem Wirtschaftslehrer aus. Ich dachte, Sie und Amanda wären vielleicht ein Liebespaar oder so was.«

Hank nahm einen kräftigen Schluck Bier. »Sie kennen Amanda?«

Sie blickte ihn lange an. Da war etwas an ihm, das sie zu ihm hinzog. Er sah gut aus – sehr gut sogar mit seinen dunkelblonden Haaren, blauen Augen, dieser Nase, die einem Prinzen gut zu Gesicht gestanden hätte, und – diesen ausdrucksvollen Lippen. Ihr gefiel sein Mund besonders gut. Aber da war noch etwas. Es war . . .

»Sie sind reich, nicht wahr?« sagte sie und entfernte mit dem Fingernagel einen Tabakkrümel von ihrer Zungenspitze.

Hank brachte einen Moment lang kein Wort heraus, so verblüfft war er.

»Keine Bange – ich werde es niemandem weitererzählen, wenn Sie es geheimhalten wollen. Ich kann es riechen, ob jemand reich ist. Wenn man so arm aufgewachsen ist wie ich, entwickelt man ein Gespür dafür. Nein, kein Mitleid – spendieren Sie mir nur noch ein Bier, und erzählen Sie mir, was bei den Cauldens los ist.«

Hank gab dem Barkeeper ein Zeichen mit der Hand und wandte sich dann wieder Reva zu. »Sie kennen Amanda? Ich meine – kennen Sie die Cauldens?«

Sie lächelte ihn an. Sie wirkte jugendlich, aber er spürte, daß das bald nicht mehr der Fall sein würde. Er glaubte nicht, daß sie mit Würde alt werden konnte.

»Amanda«, begann sie erneut. »Wie ist sie? Immer noch ein wilder Fratz?«

»Amanda?« erwiderte er erstaunt. »Amanda Caulden ein wilder Fratz? Sie müssen jemand anderen meinen. Amanda ist perfekt. Sie bewegt sich perfekt, spricht perfekt, unterhält sich nur über tadellose Themen, ißt nur absolut gesunde Kost und liebt einen perfekten Mann. Amanda ist kein Fratz.«

Reva leerte ihr erstes Glas Bier und nahm sich das zweite vor. »Haben Sie, als Sie noch in die Schule gingen, jemanden in der Klasse gehabt, der Ihr Erzfeind war? Jemand, der sie dauernd miesmachte und angiftete – egal, was Sie taten?«

»Jim Harmon«, nickte Hank und lächelte in der Erinnerung an ihn. »Ich hielt ihn für den gemeinsten Jungen, der jemals auf die Welt gekommen war. Wir haben uns ständig geprügelt.«

»Richtig. Nun – Amanda und ich waren vom ersten Schultag an Feindinnen. Mir steht das alles noch lebhaft vor Augen. Mein alter Herr war drei Tage lang betrunken gewesen, und meine Mutter war ihm wieder einmal davongelaufen, wie sie das immer tat, wenn er sie gemein behandelte, und so waren nur meine ältere Schwester und ich in der Wohnung zurückgeblieben. Meine Schwester zog mich so gut an, wie sie konnte, aber meine Kleider waren zerrissen, schmutzig und zerknittert, als ich in die Schule kam, und die anderen Kinder lachten mich aus. Ich war daran gewöhnt, daß man über mich lachte. Das konnte ich verstehen, aber dann kam die kleine Miß Amanda – blitzsauber und ganz in Weiß – auf mich zu, legte den Arm um mich und sagte zu den anderen, sie sollten aufhören zu lachen. Das machte mich verrückt. Ich konnte es zwar ertragen, wenn andere mich verspotteten, aber Mitleid – das konnte ich nicht ausstehen. Ich stieß Amanda zu Boden, fiel über sie her und ohrfeigte sie.«

Hank hörte ihr gespannt zu. »Und was hat Amanda getan?« fragte er und dachte, daß sie heulend zum Lehrer gelaufen war.

Reva grinste. »Sie hat mir ein Auge blaugeschlagen. Sie bekam Schwierigkeiten, aber ich nicht, weil der Lehrer gesehen hat, wie Amanda auf mir saß und mir die rechte Faust ins Gesicht schlug. Von diesem Tag an waren wir Feinde, bis der alte Caulden sie aus der Schule nahm. Seither hat man sie nur noch selten gesehen. Es ist so, als wäre sie in einen anderen Staat gezogen. Hat sie sich sehr verändert?«

Hank konnte sich nicht vorstellen, daß die Amanda, die er kannte, jemanden verprügeln könnte. Was hatte bei ihr diese dramatische Veränderung bewirkt? War ihr inzwischen bewußt geworden, daß sie das reichste Mädchen in der Stadt war und deshalb etwas Besseres als die anderen?

»Sie hat sich verändert«, antwortete er schließlich. »Sie ist nicht mehr die Amanda von damals. Möchten Sie noch ein Bier haben?«

Was ich haben möchte, dachte Reva bei sich, kann man nicht in einer Flasche finden: Ich wünsche mir jemanden wie dich: sauber, klug, stark – jemanden, der für mich sorgt. War er irgendwie an Amanda gebunden? »Besuchen Sie hier noch jemand anderen außer den Cauldens?« fragte sie.

Aus irgendeinem Grund mochte er nicht die Gewerkschafter erwähnen, die planten, nach Kingman zu kommen. Er wollte nicht, daß die Stadt in Unruhe versetzt wurde. Die Leute hatten eigenartige Vorstellungen von Gewerkschaftsangehörigen und was sie zu erreichen hofften. Also beschloß er, ihr das zu verschweigen.

»Ich will die Ranch kennenlernen. Ich wußte nicht, daß

J. Harker eine Tochter hat, als ich hierherkam. Amanda ist mit ihrem Hauslehrer verlobt.«

Reva lehnte sich zurück und lächelte ihn süß an. »Dann sollten Sie auch die Leute von Kingman kennenlernen. Am Samstagabend ist dort Tanz«, erklärte sie, und ihre Stimme hatte einen hoffnungsvollen Klang.

Hank wußte, daß Reva nicht sein Typ war, aber in den letzten paar Tagen, seit er Amanda getroffen hatte, war er sich nicht mehr sicher, wie »sein« Typ aussah. Zweifellos war er fasziniert von so einer prüden Lady wie Amanda. Aber wenn er einen Tanzball besuchte und dort anderen Frauen begegnete, konnte es sein, daß ihm nicht ständig diese selbstgefällige, magere kleine Amanda vor Augen stand.

»Könnte ich Sie vorher abholen?« fragte er schließlich.

Reva grinste breit und strich sich mit der Hand über die Haare. »Ich treffe Sie hier. Sagen wir – um acht?«

»Großartig«, sagte er. »Ich sollte jetzt besser wieder zurückfahren. Könnte sein, daß die Cauldens sonst die Haustür verriegeln.«

Sie hätte ihm fast angeboten, bei ihr zu übernachten; aber sie tat es nicht. Er brachte sie bis zu der Ecke der Fourth und Front Street und setzte sie dort ab. Sie mochte ihm nicht die Wohnung zeigen, in der sie lebte. Sie sah ihm nach, als er auf die große, dunkle Ranch der Cauldens zufuhr, und dachte, daß Amanda wieder einmal das hatte, was sie, Reva, sich wünschte. Reva hatte oft über den blinden Zufall der Herkunft nachgedacht und ihn verflucht, die einer Person alles schenkte und ihr selbst nichts. Amanda führte ein unbeschwertes Leben – ohne Kummer und Sorgen; ohne einen betrunkenen Vater, der sie jeden Tag bedrohte; ohne jemanden, der ihr ständig befahl, was sie tun sollte. Amanda hatte es immer nur gut gehabt; während Reva sich mit den schlechten Dingen des Lebens abzufinden hatte.

Reva ging nun auf die Bahngeleise zu. Aber vielleicht konnte Reva dieses Mal auf der Seite der Gewinner stehen! Sie begann sich auszurechnen, ob sie so viel Geld von ihrem mageren Lohn als Kassiererin abzweigen könne, daß es für ein neues Kleid für den Ball am Samstag reichte. Würden nicht alle staunen, wenn sie mit einem Mann wie *ihm* zum Tanzen kam?

Kapitel Sechs

Man konnte zwar nicht sagen, daß Amanda sich aus dem Haus »stahl«; aber sehr geräuschvoll verließ sie ihr Zimmer gewiß nicht. Sie nahm ein Notizbuch und ihren Füllfederhalter mit, aber keine Lampe. Sie hoffte, das Mondlicht würde für ihre Zwecke ausreichen. Zudem wollte sie die Konstellation der Sterne studieren, und das konnte sie am besten im Dunkeln tun.

Es war ein seltsamer Abend gewesen – wie überhaupt jede Minute, seit Dr. Montgomery im Haus eingetroffen war, merkwürdig verlaufen war. Nachdem er dieses ... dieses Gedicht rezitiert hatte, war er aus dem Zimmer gegangen, und sie hatte gehört, wie er anschließend mit seinem hübschen kleinen Automobil weggefahren war. Eine Weile lang hatte sie nicht ein Wort von dem gehört, was Taylor zu ihr gesagt hatte. Ihr stand nur vor Augen, wie Dr. Montgomery sie angesehen hatte, als er dieses Gedicht vorsagte.

Sie wünschte, daß er sie wenigstens ein wenig nett fand und sie vielleicht in Poesie unterrichten würde. Aber dieser Gedanke erschreckte sie – ein anderer Lehrer war fast so, als wäre sie Taylor untreu –, doch ging es letztendlich nicht darum, daß *sie* etwas lernte? Und wenn sie genug gelernt hatte, würde Taylor sie heiraten, und sie könnten hier auf der Ranch glücklich zusammen leben bis zum Ende ihrer Tage.

Als sie im Freien war, begab sie sich zum Sommerhaus, in dem sie mit Dr. Montgomery zusammengesessen hatte. Amanda hielt es für besser, nicht an die köstliche Mahlzeit, die er hier eingenommen hatte, zu denken, weil ihr Magen knurrte wegen des ausgefallenen Dinners.

Sie lehnte sich gegen einen Pfosten und blickte zu den Sternen hinauf. Obwohl sie nun mehrere Nächte hintereinander kaum geschlafen hatte, empfand sie keine Müdigkeit. Da war etwas in dieser trägen, heißen Luft, dazu der Duft der Blumen und die Klarheit des Himmels, was ein seltsames Gefühl in ihr auslöste.

Während sie zu den Sternen emporschaute, näherte sich das leise Motorengeräusch eines Automobils auf der Auffahrt, und sogleich versuchte sich Amanda so klein wie möglich zu machen, damit Dr. Montgomery sie nicht bemerkte. Sie hielt den Atem an, als der Motor zum Stillstand kam und Schritte sich auf dem Kies vernehmen ließen. Sie würde warten, bis er im Haus war, und dann erst wieder hineingehen. Sie wollte ihm nicht auf der Treppe begegnen, und noch weniger konnte sie jetzt seine ätzenden Bemerkungen ertragen!

Als sie wartete und lauschte, schien er – sie mochte es kaum glauben – nicht zum Haus zu gehen – er kam auf sie zu! Sie wagte nicht, sich zu bewegen.

»Habe ich mich also doch nicht getäuscht«, sagte er, als er noch ein paar Schritte von ihr entfernt war.

Amanda stieß mit einem Seufzer den Atem aus. Gefangen! dachte sie und murmelte: »Guten Abend, Dr. Montgomery.«

Hank betrat das Sommerhaus und setzte sich so weit von ihr entfernt nieder, wie es nur irgend ging. Er hatte lediglich ein Stück ihres weißen Kleides im Scheinwerferlicht aufblitzen sehen. Normalerweise hätte er davon wohl kaum Notiz genommen, aber er schien, was Amanda betraf, einen sechsten Sinn zu haben. Geh zu Bett, sagte er sich. Du hast Bier getrunken, fühlst dich gut nach der schnellen Fahrt mit dem Wagen und solltest nicht hier bei ihr sitzen. Doch sein Körper bewegte sich nicht; also blieb er sitzen. »Ich habe heute abend eine Freundin von Ihnen kennengelernt.«

Amanda konnte sich nicht vorstellen, wer sich als ihre Freundin betrachten könnte; seit Jahren sah sie nur noch Taylor und ihre Familie. »Oh?« machte sie. Sie mußte nach oben gehen. Taylor wäre entsetzt, wenn er von diesem Treffen wüßte. Das stand nicht auf seinem Plan; tatsächlich gehörten im Augenblick Sternenkonstellationen nicht zu ihren Studienthemen.

»Reva Eiler«, sagte er.

Einen Moment lang schien Amanda nicht zu wissen, wo sie diesen Namen unterbringen sollte, bis ihr wieder ihre Zweikämpfe mit Reva einfielen. War sie noch immer die Amanda von damals? Nein – Gott sei Dank hatte Taylor sie vor ihrem eigenen Temperament gerettet.

»Entsinnen Sie sich nicht mehr an Reva?« fragte Dr. Montgomery. »Reva erinnert sich sehr wohl an Sie – und an das blaugeschlagene Auge.«

Widerwillig mußte Amanda lächeln. »Ja, ich erinnere mich an sie. Sie tat mir leid; aber sie konnte das nicht ausstehen. Sie wollte stets . . .«

»Was?« drängte er.

»Sie schien sich immer zu wünschen, was ich hatte. Wenn ich ein blaues Kleid mit kleinen Herzen darauf trug, kam sie zwei Tage später in einem blauen Kleid mit kleinen Herzen darauf zur Schule. Einmal band mir meine Mutter eine große rosa- und weißgestreifte Schleife ins Haar, und am nächsten Tag erschien Reva mit einem ebensolchen Band. Ich . . .« Ihre Stimme verebbte.

»Was?«

»Ich habe meine Schleife in den Fluß geworfen.«

Er lächelte ihr im Dunkeln zu. »Ich gehe mit Reva am Samstag zum Tanzen«, verkündete er, ohne vorher nachgedacht zu haben.

»Gut«, sagte Amanda. »Reva hat wenig Freude in ihrem Leben gehabt.«

»Im Gegensatz zu Ihnen«, konnte er nicht umhin zu erwidern. Sie war so verdammt hübsch im Mondlicht, sah ein bißchen wie eine Elfe aus – fast überirdisch mit ihrem weißen Kleid und ihrem blassen ovalen Gesicht.

Sie zuckte ein wenig zusammen. »Ich habe sehr viel Glück in meinem Leben erfahren. Ich habe meine Familie, meinen Verlobten, meine Bücher. Das ist alles, was man sich wünschen kann.«

Es ist vermutlich genug für dich, dachte er, aber für die meisten Frauen sicherlich nicht. »Warum kommen Sie und Taylor nicht mit uns zum Ball?«

»Ich glaube kaum, daß daraus etwas wird«, sagte sie. Sie

konnte sich Taylor auf einer Tanzfläche nicht vorstellen. Sie stand auf, sammelte ihr Notizbuch und ihren Füller ein und wandte sich dem Haus zu. »Ich denke, ich sollte jetzt besser hineingehen.«

So rasch wie eine Katze war er auf den Beinen und verstellte ihr den Weg. Er stand sehr nahe bei ihr, und er konnte ihren Duft riechen. Ohne zu bedenken, was er tat, streckte er den Arm aus und berührte das Haar an ihrer Schläfe. »Gehen Sie nicht«, flüsterte er. »Bleiben Sie hier bei mir.«

Amanda schluckte heftig. Er blickte sie genauso glühend an wie bei seinem Gedichtvortrag. Kein Mann hatte sie jemals so angesehen oder so zu ihr gesprochen. Es war beängstigend; aber sie war dennoch nicht in der Lage, sich von der Stelle zu bewegen.

»Wie lang ist Ihr Haar?« flüsterte er.

»Wie lang?« fragte sie dumpf. »Es geht mir bis zur Taille. Es ist schwierig, es ordentlich zu pflegen.«

»Ich möchte es nicht ordentlich sehen, sondern lang und lose.«

Amanda war sonderbar zumute. Vielleicht war die versäumte Mahlzeit die Ursache. Vielleicht waren sogar mehrere Mahlzeiten, die sie in den letzten Wochen nicht zu sich genommen hatte, daran schuld, aber sie fühlte sich in der Tat etwas schwindlig im Kopf und schwach in den Gliedern. »Dr. Montgomery, ich glaube nicht . . .«, begann sie, stockte aber, während sie einen Schritt zurückwich und er einen vorrückte.

»Wie sind Ihre Schultern, Amanda? So weiß und glatt wie die Haut ihrer Wange?« Er berührte diese mit dem Finger.

Merkwürdig, dachte sie und sah ihm direkt in die Augen. Seine Worte sind nicht richtig, dachte sie, und er darf solche Sachen nicht zu mir sagen. Vielleicht sollte sie um Hilfe rufen? Aber sie wich nur wieder einen Schritt zurück, den er schnell nachkam.

»Deine Augen könnten einen Mann bei lebendigem Leib verschlingen.« Seine Stimme ergoß sich über sie wie etwas Heißes, Dickes und Kremiges. »Und deine Lippen – diese Lippen sind zum Küssen geschaffen. Dafür gemacht, um

Worte der Liebe zu sagen und die Haut eines Mannes zu liebkosen.«

Großer Gott, dachte sie, aber kein Wort kam über ihre Lippen. Sie fürchtete sich vor ihm, und deswegen schrie sie nicht und lief auch nicht vor ihm davon. Nur daß ihr dieses Gefühl irgendwie nicht so vorkam wie Angst, sondern . . . Es war unbeschreiblich. Sie konnte es mit nichts vergleichen.

»Amanda«, flüsterte er und legte seine Hände auf ihren Hals. Seine Daumen strichen liebkosend über ihr Kinn.

Sie war noch nie so berührt worden, und es war, als wäre sie am Verhungern. Sie schloß die Augen, legte den Kopf in den Nacken und überließ ihr Gesicht seinen Händen.

Eben noch spürte sie diese auf ihren Wangen, und im nächsten Moment war er fort. Einen Moment stand sie da, ganz allein in der Nacht, und fragte sich, ob sie das alles nur geträumt hatte; doch dann hörte sie, wie die Haustür geräuschvoll ins Schloß fiel, und wußte, daß er hineingegangen war.

Sie ließ sich auf die Bank fallen, und Block und Füller, die sie beide die ganze Zeit über festgehalten hatte, glitten in ihren Schoß. Falsch, dachte sie. Das war absolut, total falsch. Falsch, sich so zu verhalten, und noch schlimmer, so zu *fühlen.*

Sie dachte an Taylor, und ihre Brust zog sich zusammen. Er vertraute ihr so sehr; er glaubte so sehr an sie; doch sie hatte ihn verraten, als wäre sie eine verworfene Person ohne Moral. Wie konnte sie jemals Taylor eine gute Frau sein, wenn sie sich derartig schamlos einem Fremden gegenüber benahm, der mit ihr spielte? Dr. Montgomery mochte zwar wie ein Mann mit gutem Charakter erscheinen, wenn man seine akademischen Würden und Titel bedachte, aber er war es nicht. Er zitierte vulgäre Gedichte, fuhr zu schnell Auto, lud Frauen, die er nicht kannte, zum Tanzen ein und machte einem verlobten Mädchen unschickliche Avancen – praktisch unter den Augen ihres Bräutigams. Das war nicht das Verhalten eines Mannes mit hohen moralischen Grundsätzen. Taylor fuhr *niemals* zu schnell – er fuhr, genau genommen, überhaupt nicht. Taylor gab sich niemals mit so einem unziemlichen Zeitvertreib wie Tanzen ab, und Taylor würde nie, *niemals*, mitten in der Nacht losfahren und sich mit jemandem wie Reva Eiler treffen. Und er näherte sich niemandem, nicht einmal der Frau, die er heiraten sollte, auf eine so unschickliche Weise. Taylor sagte nicht zu einer Frau, daß ihre Lippen zum Küssen geschaffen seien oder zum Flüstern von Liebesworten oder zum Liebkosen ...

Die Haut eines Mannes liebkosen, dachte sie. Zum Küssen seiner bloßen Schulter oder seines Halses oder seines Handgelenks oder gar seines ... Nein! Schlage dir solche Gedanken aus dem Kopf. Oder stelle dir wenigstens vor, daß du Taylors bloße Schultern küßt, wenn dich solche Gedanken plagen – nicht Dr. Montgomerys Schulter ... Aber sie konnte sich noch so sehr anstrengen – sie konnte sich Taylor einfach nicht in Hemdsärmeln, geschweige denn mit bloßem Oberkörper, vorstellen.

Als sie sich auf den Rückweg zum Haus machte, wußte sie, daß sie noch nie in ihrem Leben so verwirrt gewesen war wie jetzt, und abermals wünschte sie sich, daß Dr. Montgomery niemals hierhergekommen wäre. Von nun an würde sie sich nach Kräften bemühen, seine Nähe zu meiden.

Hank schlief wenig in dieser Nacht. Er wußte nicht, ob es Schuldgefühle waren oder schlichtweg Verliebtheit, die ihn wach hielten. Warum schien er stets die Frauen zu begehren, die er gar nicht haben sollte? Er war nicht im mindesten an Blythe Woodley interessiert gewesen, als sie seine Studentin war; doch kaum war sie die Verlobte eines anderen Mannes, konnte er die Hände nicht von ihr lassen.

Nun war es Amanda – keineswegs die Sorte von Frau, die große Leidenschaften entfachte –, von der er sich nicht fernhalten konnte. Sie war hübsch, aber es gab eine Menge Frauen, die hübscher waren als sie. Sie war zu dünn, im Übermaß prüde und anständig, hatte zuviel von einer alten Jungfer. Weshalb war er dann so verrückt nach ihr?

Er stieg aus dem Bett, und ehe er seine Meinung wieder ändern konnte, fing er an zu packen. Morgen würde er das Caulden-Haus verlassen und sich ein Quartier in Kingman suchen. Das war in jedem Fall vorteilhafter, da die Gewerkschaftsführer ihn dort leichter erreichen konnten. Er würde sich ein Zimmer im »Kingman Arms« nehmen und jeden Abend mit einer anderen Frau ausgehen – mit einer Frau aus echtem Fleisch und Blut, die auch Schweinekoteletts aß, Bier trank und Tanzen nicht für eine Todsünde hielt. Er würde sich eine Frau suchen, mit der er *reden* konnte.

Es war bereits drei Uhr morgens, als er endlich einschlief.

»Amanda«, sagte Taylor streng. Sie waren im Eßzimmer und warteten mit dem Frühstück auf Dr. Montgomery. »Mrs. Gunston sagt, Montgomery hätte seine Reisetasche gepackt. Das bedeutet, daß er noch heute das Haus verlassen will.«

Amanda schluckte schuldbewußt. Sie war dafür verantwortlich, daß Dr. Montgomery abreiste.

»Vielleicht verstehst du nicht, was das bedeutet. Dieser Montgomery ist praktisch ein Sozialist. Alle seine Schriften bestätigen das – er glaubt daran, daß man den armen Leuten alles geben müsse. Er will dir dein Haus wegnehmen, deine hübschen Kleider. Er möchte, daß du auf dem Feld arbeitest, eine Dienerin bist, Amanda. Würde dir das gefallen, Amanda?«

Sie erinnerte sich an die Mahlzeit – Roastbeef und Kartoffelbrei –, die sich die Dienerschaft in der Küche einverleibt hatte, aber sie verdrängte dieses Bild rasch wieder. »Nein, das gefiele mir nicht«, erklärte sie feierlich.

»Dies könnte Wirklichkeit werden, wenn sich Dr. Montgomerys Ansichten durchsetzen würden. Wenn diese Gewerkschaftsleute hierherkommen, werden sie zu ihm gehen, und er wird sich auf ihre Seite stellen und die Arbeiter zum Streik animieren.«

Amanda sah auf ihre Hände nieder. Und wenn das passiert, wird es meine Schuld sein, dachte sie bekümmert, aber sie wußte nicht, was sie nun tun sollte. Sie hatte den bestimmten Eindruck, daß Dr. Montgomery sie verabscheute, und im nächsten Moment näherte er sich ihr so schamlos.

»Amanda!« bellte Taylor scharf. »Warum sind deine Haare so zerzaust?«

Eine Strähne hatte sich aus dem strengen Knoten im Nacken gelöst. Sie steckte sie rasch wieder fest. »Ich hatte heute nur wenig Zeit, weil Dr. Montgomery so lange im Badezimmer war.« Mit einemmal gab sie ihre Zurückhaltung auf: »O Taylor, ich wünschte, du würdest ihm auch einen Stundenplan geben. Er ist so unberechenbar! Er kommt und geht zu den unmöglichsten Zeiten; benützt das Badezimmer, wann es ihm paßt; ißt, wenn er hungrig ist, und tut alles, was ihm gefällt. Er macht allen anderen das Leben so schwer.«

Taylor erschrak und war zunächst über ihren Temperamentsausbruch ungehalten, aber dann verzog er den Mund zu einem Lächeln. Das war ein Beweis, daß Amanda eine Frau war, die logisch denken konnte. Sie würde nie um zwei Uhr morgens betrunken nach Hause kommen, bis Mittags schlafen oder für drei Tage verschwinden. Amanda würde niemals ihre Kinder oder ihren Ehemann verlassen.

Zu Amandas Verblüffung beugte Taylor sich leicht nach vorn und küßte sie auf die Stirn. Er hatte sie noch nie zuvor geküßt.

»Meine Liebe«, flüsterte er weich. »Vielleicht möchtest du heute gern ein bißchen Erdbeermarmelade zum Frühstück haben, und in ein paar Wochen, wenn der Hopfen gepflückt und Dr. Montgomery mit seinen Gewerkschaftsleuten wieder abgezogen ist, können wir vielleicht über unsere Heiratspläne sprechen.«

Amanda war so erschüttert, daß sie zu keiner Antwort fähig war. Was hatte sie gesagt? Was hatte sie getan? Eben noch war er zornig gewesen, weil sie Dr. Montgomery nicht so behandelte, wie er es sich wünschte, und im nächsten Moment sprach er über ihre Hochzeit.

Amanda setzte sich an den Frühstückstisch. Was auch die Ursache dieser Veränderung sein mochte: Sie war froh darüber. Sie strich Marmelade auf ihren Toast, schloß die Augen, und wie bei dem Lunch mit Dr. Montgomery kostete sie den Geschmack mit Zunge und Gaumen aus.

Diesmal war es Taylor, der ihren Gesichtsausdruck schockiert zur Kenntnis nahm. »Amanda!« keuchte er.

»Es . . . es tut mir leid«, stammelte sie. »Es schmeckt einfach so gut.«

Er schob den Marmeladentopf auf die andere Seite des Tischs hinüber, als würde er einem Alkoholiker die Schnapsflasche wegnehmen, und Amanda bemühte sich, nicht voller Verlangen dorthin zu sehen.

Hank fühlte sich schrecklich, als er aufwachte, und deshalb ging er ins Badezimmer, füllte die Wanne zur Hälfte mit eiskaltem Wasser und setzte sich hinein. Seine Zähne klapperten, und seine Haut zog sich wie eine Bandage um seinen Körper zusammen; aber das ernüchterte ihn und half ihm, seine Träume von Amanda zu vergessen.

Noch eine Mahlzeit mit ihr, dachte er, und dann würde er dieses seltsame Haus verlassen, in dem vier Leute lebten, von denen er jedoch immer nur zwei zu Gesicht bekam.

Nachdem er sich angezogen hatte, wollte er gerade die Treppe hinuntergehen, hielt aber dann inne. Jenseits des Treppenabsatzes befand sich das Zimmer von Amanda, dessen Tür einen Spalt offen stand. Zu seiner Linken, hinter der Wand, konnte er die schwachen Tritte des Dienstmädchens hören, das die Hintertreppe hinunterstieg. Er war allein im Oberstock.

Ohne erst zu bedenken, was er tat, ging er die paar Schritte zu Amandas Zimmer und schob die Tür ganz auf. Er wußte nicht, warum ihn das überraschte; aber der Raum hatte weniger Charakter als die Grundrißzeichnung eines Architekten. Da war nichts Falsches in diesem Raum; er war möbliert, Bilder hingen an den Wänden und Vorhänge an den Fenstern, aber es befand sich nichts Persönliches darin. Die Gästezimmer im Haus seiner Mutter waren mit Häkeldeckchen auf den Tischen versehen, mit einem bunten Schal, den man über die Füße breiten konnte, wenn man nachts lesen wollte; gestickte Kissen lagen auf jedem Stuhl und Romane neben dem Bett, frische Blumen standen herum, wo immer sie Platz fanden; und kleine Duftkissen lagen auf der Frisierkommode.

Amandas Zimmer wies nichts dergleichen auf. Die Oberflächen der Möbel waren kahl. Das Bett mit seiner Überdecke aus blauer Baumwolle wirkte spartanisch: es gab keine kleine Kissen mit Spitzensäumen. Die Bilder waren langweilige Stiche von Landschaften – zu perfekt, um schön zu sein. Die Vorhänge waren dunkelblau – aber nicht von dieser tiefen, leuchtendblauen Farbe, die dem Zimmer etwas Charakter gegeben hätte, sondern von einem stumpfen, langweiligen und leblosen Blau.

Er trat an den Schreibtisch, an dem Amanda damals des Nachts saß, als er ihre Silhouette auf dem geschlossenen Vorhang betrachtet hatte. Die Tischplatte war so kahl wie die übrigen Möbel. Er öffnete die Schublade auf der rechten Seite, und deren Inhalt war so penibel aufgeräumt wie das Zimmer. Obenauf lag ein mit der Hand beschriftetes Papier mit der Kopfzeile: Stundenplan. Darunter stand das Datum, und dann folgte eine genaue Aufstellung, was Amanda mit Dr. Montgomery zu jeder Minute des Tages anstellen sollte, wohin sie mit ihm fahren und was sie mit ihm reden mußte. Da stand sogar, was für eine Kost er heute zu bekommen und was sie bei den Mahlzeiten zu tragen hatte.

Angewidert schob er die Lade wieder zu. Was war das nur für eine Frau, die über jede Minute im Leben eines anderen verfügen wollte? Sie hatte nicht nur ihr eigenes Dasein verplant, so daß ihr keine Freiheit mehr blieb, sondern zwang diese Ordnung auch allen anderen auf. Plötzlich empfand Hank Mitleid mit Taylor und fragte sich, ob dieser wußte, was ihn eigentlich erwartete. Würde Amanda auch einen Stundenplan für Taylor aufstellen, wenn er ihr Ehemann war? *11 Uhr 01: Vierter Versuch, ein Kind zu zeugen.* Wenn es beim sechsten Versuch noch nicht klappte – würde sie ihn dann vor die Tür setzen? Er konnte sich nicht vorstellen, daß Amanda *11 Uhr 01: Eine Stunde der Leidenschaft* auf ihren Stundenplan schreiben würde.

Er ging aus dem Zimmer und ließ die Tür offen – er unternahm keinen Versuch, seine Spur zu verwischen. Warum auch, da er in wenigen Stunden sowieso das Haus verlassen wollte?

Im Eßzimmer saßen Amanda und Taylor bereits am Tisch

und frühstückten. Nach einem knappen Kopfnicken als Begrüßung bediente sich Hank von den silbernen Platten auf der Anrichte. Er versuchte, seinen Zorn nicht zu zeigen, aber das war gar nicht so einfach. Er fühlte sich wie ein in Freiheit geborenes Tier, das man eingefangen, in einen Zoo gesteckt und dort einem streng geregelten Fütterungsplan unterworfen hatte. Hatte sie auch für Taylor so einen Stundenplan aufgestellt wie für ihn? Verlor Taylor die Ranch, wenn er sich nicht strikt an seinen Plan hielt? ›Heirate mich und gehorche mir aufs Wort; dann wird dir das Anwesen gehören.‹ War es das, was sie zu ihm sagte?

Armer Kerl, dachte Hank und sah mit einer gewissen Anteilnahme zu dem Hauslehrer hinüber. Sie duldete keine Tanzveranstaltungen und Partys; sie strafte Frauen, mit denen sie einst befreundet gewesen war, mit Verachtung.

»Dr. Montgomery«, sagte Taylor, »Amanda würde heute so gern nach Terrill City fahren und sich dort eine Vorlesung über Eugenik anhören. Sie kann unmöglich allein dorthin gehen, und ich muß mich um die Buchhaltung kümmern. Wäre es eine Zumutung, Sie zu bitten, Amanda zu dieser Vorlesung zu begleiten?«

Hank öffnete den Mund, um ihm diese Bitte abzuschlagen, dann dachte er jedoch daran, daß er ihr liebend gern gesagt hätte, was er von ihren Methoden, das Leben anderer Menschen zu verplanen, hielt.

»Ich werde sie mit Freuden begleiten«, entgegnete er und betrachtete Amanda, wobei sein Zorn sich unverhüllt in seinen Augen spiegelte.

Amanda fing seinen Blick auf, und als sie die Wut bemerkte, hätte sie beinahe gesagt, daß sie sich weigerte, mit Dr. Montgomery das Haus zu verlassen. Aber damit riskierte sie, sich wieder Taylors Zorn zuzuziehen, nachdem er eben erst mit ihr über die Hochzeit gesprochen hatte. Nur war da etwas in Dr. Montgomerys Blick, das ihr Angst einjagte.

Nach dem Frühstück wartete sie eine geschlagene halbe Stunde beim Wagen – bis Hank endlich lässig aus dem Haus geschlendert kam.

»Habe ich Ihren Stundenplan durcheinandergebracht, Miß?« bemerkte er bissig.

Sie wich vor ihm zurück, als hätte er sie geschlagen. »Wir ... wir sollten eigentlich schon unterwegs sein«, gestand sie zaghaft.

»Was hält uns davon ab?« Er drehte sich dem Chauffeur zu. »Wir werden Sie heute nicht brauchen.« Er blickte mit funkelnden Augen auf Amanda zurück. »Entweder nehmen wir meinen Wagen, oder wir fahren gar nicht.«

»In Ordnung«, antwortete sie leise; und im Grunde war es ihr sogar lieber, wenn sie in seinem hübschen offenen Wagen nach Terrill City fuhren.

»Das steht aber auch nicht auf Ihrem Stundenplan, nicht wahr?« beharrte er zornig und stapfte dann an ihr vorbei zur Garage.

Sie stand einen Moment regungslos da und starrte auf seinen Rücken. Hatte Taylor ihm eine Kopie des heutigen Stundenplans gegeben? Vielleicht war Dr. Montgomery nur wütend auf sich selbst, weil er einsah, daß er sich verspätet hatte oder weil er im Badezimmer gewesen war, als es nicht vorgesehen war.

Er führte die komplizierten Handgriffe aus, die für das Starten seines kleinen gelben Wagens nötig waren, fuhr dann rückwärts aus der Garage und steuerte ihn so dicht an sie heran, daß er ihr fast die Zehen abgefahren hätte.

»Steigen Sie ein!« befahl er.

Amanda folgte dieser Aufforderung nur zu gern. Dieser kleine Wagen war wunderbar, und sie lächelte, als sie in das Polster des Beifahrersitzes sank und ihren Hut festhielt, während Dr. Montgomery die Kupplung losließ und der Wagen sich in Bewegung setzte. Dieses Automobil fuhr ganz anders als die Limousine. Sie beobachtete fasziniert, wie er die Gänge einlegte. Der Wagen beschleunigte. Sie war bisher nie rascher als zwanzig Meilen in der Stunde gefahren, und das war ihr schon schnell vorgekommen, doch jetzt, da der Wind ihre Haare zerzauste und sie ständig blinzeln mußte, weil ihr sonst Insekten in die Augen geflogen wären, wußte sie, daß sie sehr, sehr schnell fuhren. Und es gefiel ihr. O ja, es gefiel ihr sogar sehr. Sie liebte den Wind und die Geschwindigkeit, mit der Felder und Bäume an ihr vorbeirasten.

Sie waren nicht sehr weit gefahren – nicht so weit, wie Amanda es gern gehabt hätte –, als es einen Knall gab und der Wagen rasch nach rechts hinüberzog. Es folgte ein wütender Ausruf von Dr. Montgomery, und Amanda sah interessiert zu, wie er mit dem Lenkrad kämpfte und der Wagen langsamer wurde. Er war mit Händen, Füßen und Augen zugleich bei der Sache, und sie hatte nicht einen Moment das Gefühl, daß er die Beherrschung über den Wagen verloren hatte.

Als Dr. Montgomery den Wagen endlich zum Stehen gebracht hatte, wandte er sich ihr zu, und auf seinem Gesicht spiegelte sich – wenn dies überhaupt möglich war – eine noch größere Wut als beim Frühstück. »Ein geplatzter Reifen. Das sollte Ihre Pläne vollends durcheinanderbringen.«

Da sie heute lediglich die Aufgabe hatte, Dr. Montgomery von Kingman fernzuhalten, hoffte Amanda, daß Taylor ihr nicht zürnen würde, wenn sie zu spät zu dem Vortrag kamen. Was sie selbst betraf, so wäre sie am liebsten den ganzen Tag mit diesem schnellen Wagen herumgefahren.

Sie legte ihren Kopf an die Rückenlehne, schloß die Augen und lächelte in der Erinnerung an die letzten zehn Minuten.

Ehe sie wußte, wie ihr geschah, hob Hank sie von ihrem Sitz, zog sie in seine Arme und küßte sie. Er küßte sie so heftig und leidenschaftlich, wie er mit seinem Wagen fuhr.

Sie war so verblüfft von seiner Handlungsweise, daß sie zu keiner Reaktion fähig war. Sie hatte nicht einmal Zeit, die Augen zu schließen; aber als sie begriff, was mit ihr passierte, und dachte, daß sie das gar nicht so übel fand, stieß er sie so heftig von sich, daß sie mit dem Rücken gegen den Wagen prallte.

Sie preßte den Handrücken gegen den Mund und starrte ihn mit wilden Augen an.

»Stand *das* auf Ihrem Stundenplan, kleine Miß Schicklich? Hat die Autofahrt Sie so erschreckt? War die Geschwindigkeit zu groß für Ihre perfekte kleine Welt? Sie bilden sich vielleicht ein, Sie könnten jeden Mann in Ihrer Umgebung herumkommandieren; aber da täuschen Sie sich. Das mag für den armen Taylor zutreffen, weil er die Ranch Ihres Daddys haben möchte, aber das gilt nicht für alle Männer.«

Wütend begab er sich dann zum Heck des Wagens, nahm einen der beiden Ersatzreifen herunter und begann, ein Hinterrad zu wechseln.

Amanda blieb dort stehen, wo sie war. Seine Worte, sein Kuß – sein ganzes Verhalten überhaupt – waren ihr unverständlich. Sie wußte gar nicht, wovon er eigentlich sprach, und einen Moment lang hatte sie sogar Angst vor ihm. Sie waren hier ganz allein auf der Landstraße, zehn Meilen von Kingman entfernt, und es befand sich weder ein Haus in ihrer Nähe, noch waren irgendwelche Menschen auf der Straße zu sehen.

Courage zeigen, Amanda, ermahnte sie sich. Sie trat auf Hank zu, hielt sich so aufrecht wie möglich und sagte: »Dr. Montgomery, ich bedaure, daß ich Ihr Mißfallen erregt habe. Es tut mir leid, daß Sie sich ärgern, weil wir den Stundenplan nicht einhalten können. Aber ich denke, ich sollte jetzt wieder nach Hause gehen.« Sie drehte sich um und machte sich auf den Weg nach Westen – auf Kingman zu.

Hank zog den Reifen auf der Felge auf. »Wenn Sie Ihr Temperament eine Weile bändigen können, werde ich Sie zurückbringen und dann Ihre kostbare Ranch verlassen . . .« Er hörte das Knirschen von Kies, drehte sich um und sah sie fortgehen.

Geschieht ihr recht, daß sie zu Fuß gehen muß, dachte er. Wenn sie mal selbst was unternehmen muß, statt immer nur zu kommandieren. Während er den Ersatzreifen in die Felgenmulde drückte, lehnte er die Stirn gegen das kühle Blech der Chassis. Er bezweifelte, daß er jemals in seinem Leben so wütend gewesen war wie jetzt. Ungerechtigkeit war es, was ihn so erzürnte – nicht die Launen eines hübschen Mädchens. Er haßte es, mit ansehen zu müssen, wenn andere Menschen mißhandelt wurden; haßte Baracken, die reichen Grundstücksbesitzern gehörten; haßte es, wenn arme Landpächter sich abrackern mußten, um dem Land den geforderten Pachtzins abringen zu können; haßte es, erleben zu müssen, wie man Menschen ihre Grundfreiheiten nahm.

Vielleicht hatte ihn so erbost, daß Amanda versucht hatte, ihm seine Freiheit zu nehmen. Sie hatte ihn auf einen Stundenplan gesetzt und erwartete, daß er genau das tat, was sie von ihm erwartete. Gleich ihrem Vater, J. Harker, glaubte sie, daß jeder, der auf seinem Land arbeitete, keine Rechte hatte.

Er drehte sich um und blickte Amanda nach, die in der Entfernung immer kleiner wurde.

Sie ist wie ihr Vater, dachte er. Wie ihr Vater versuchte sie ständig, andere Leute unter ihre Kontrolle zu bringen, und dieser Driscoll ist aus dem gleichen Holz geschnitzt wie Harker. Die beiden würden am liebsten die ganze Welt und alles, was darin lebte, unter ihre Fuchtel bringen.

Hank setzte sich plötzlich kerzengerade auf, als würde er von einem neuen Gedanken erschreckt. »Wollen sie die ganze Welt unter ihre Fuchtel bringen – oder nur eine kleine Tochter und Frau?« flüsterte er.

Sogleich war er auf den Beinen und rannte los.

Amanda blieb stehen, als er ihr mit einemmal den Weg versperrte, und zog die Schultern ein, als erwartete sie einen Schlag.

»Amanda«, begann er vorsichtig, wütend auf sich selbst, weil er ihr angst machte. »Erzählen Sie mir alles über Ihre Stundenpläne.«

Er schien nicht mehr ungehalten zu sein, aber Amanda traute ihm nicht. »Taylor erstellt jeden Abend eine exakte Liste mit meinen Pflichten, die ich am kommenden Tag zu erfüllen habe.«

»Und wie lange tut er das schon?« fragte Hank nach und hielt den Atem an. Er war sich nicht sicher, was er jetzt erfahren würde, aber er ahnte etwas.

Amanda blieb mißtrauisch. Warum fragte er sie über eine so selbstverständliche Sache wie einen Stundenplan aus? »Seit ich vierzehn Jahre alt war. Taylor wurde schließlich als Hauslehrer für mich engagiert.«

»Der Stundenplan, den ich gesehen habe, schien jede Minute des Tages aufzulisten.«

Sie runzelte die Stirn. »Ja, natürlich. Auf ihm steht, was ich tagsüber mache. Schreibt Ihr Stundenplan Ihnen denn nicht vor, was Sie zu tun haben?«

Hank beantwortete ihre Frage nicht. Er stieß den Atem aus. »Und auf Ihrem Plan steht auch, was Sie anziehen sollen?«

»Ja.«

»Und was Sie essen sollen?«

»Ja.«

»Selbst die Zeit, die Sie im Badezimmer verbringen dürfen?«

Sie sah errötend zur Seite. »So etwas muß in einem ordentlichen Haushalt geregelt sein.«

Hank sah sie lange an – betrachtete ihr Profil und die Wölbung ihres Nackens. Als er ihr zum ersten Mal begegnet war, waren ihm ihre melancholischen Augen aufgefallen, und nun kannte er den Grund für ihre Traurigkeit. Mit vierzehn war sie ein Schmetterling gewesen, der gerade aus seiner Puppenhülle schlüpfen wollte, doch ihr Vater hatte sie in diesem Moment gefangengenommen und einen Schmetterlingstöter engagiert, der sie wieder in ihren Kokon einspinnen sollte. Und dort war sie bis heute geblieben.

Er wollte sie in die Arme nehmen, sie an seine Brust drükken und ihr sagen, daß jetzt alles gut würde, doch damit konnte er ihr nicht helfen, weil sie nämlich gar nicht wußte, daß etwas nicht stimmte und in Ordnung gebracht werden mußte.

»Amanda«, erklärte er geduldig, als redete er mit einem verschüchterten Kind, »Sie werden gefangengehalten. Wie Ihr Vater die Leute mißhandelt, die für ihn arbeiten, so werden Sie von Driscoll mißhandelt. Andere Leute haben keinen Stundenplan; andere Leute können essen, auf was sie Lust haben, ins Badezimmer gehen, wann es ihnen paßt, Driscoll hat Ihnen alle Freiheiten genommen, und Freiheit ist ein Recht, das jedem zusteht, der unter der Amerikanischen Verfassung lebt. Kommen Sie mit mir, Amanda, ich werde

Sie von hier wegbringen. Ich werde dafür sorgen, daß Sie nie mehr nach einem Stundenplan leben müssen.« Er streckte ihr die Hände mit nach oben gedrehten Handflächen hin, um ihr seine ehrlichen Absichten zu bekunden.

Amanda war über sein Angebot so verblüfft, daß sie einen Moment lang nichts erwidern konnte. Sie blickte gegen das Licht der Sonne zu diesem großen, gutaussehenden Mann hinauf, der ihr in diesem Moment vorkam wie ein Evangelist, der versuchte, Sünder von ihrer verworfenen Lebensweise abzubringen, und der Zorn, der sich seit seiner Ankunft in ihrem Haus in ihr regte, entlud sich jetzt wie ein ausbrechender Vulkan.

»Wie können Sie sich ein Urteil über mein Leben anmaßen«, zischte sie mit zusammengepreßten Zähnen. »Wie können Sie es wagen, meinen Vater und meinen Verlobten zu kritisieren!« Sie trat einen Schritt vor, und der Zorn ließ sie größer – oder ihn kleiner – erscheinen, während sie ihm in die Augen starrte. »Was wissen Sie schon von mir oder meinem Leben? Sie kommen als Gast in unser Haus und meinen, Sie hätten das Recht, auf uns herunterzuschauen und Ihren Hohn über uns auszugießen? Wenn ich Sie aufklären darf – mir *gefällt* das Leben, das ich führe. Ich *liebe* die Ordnung. Ich *liebe* das Gefühl, etwas leisten zu können, und vor allem *liebe* ich meinen Vater und meinen Verlobten. Und was Ihre amerikanische Freiheiten betrifft, glaube ich, daß auch das Recht eines jeden Bürgers dazugehört, sich zu *entscheiden*, wie er sein Leben einrichten möchte. Und ich habe mich dafür entschieden, mein Leben einer Ordnung zu weihen. Und nun, Dr. Montgomery, schlage ich vor, daß Sie in Ihren kleinen schnellen Wagen steigen und so rasch davonfahren, wie sich die Räder drehen können. *Ich* werde nach Hause laufen, und sobald ich dort eingetroffen bin, werde ich als erstes veranlassen, daß man Ihnen Ihre Kleider nachschickt.«

Mit steifem Rücken ging sie um ihn herum und wanderte weiter die Straße hinunter, wobei jeder Schritt ihren Zorn verriet.

Hank blieb in einem Zustand des Schocks auf der Straße stehen und lauschte ihren wütenden Schritten, die sich immer mehr entfernten. Er kam sich vor wie ein Narr. Von dem Moment an, als er sie zum ersten Mal sah, hatte er das Gefühl gehabt, daß etwas zwischen ihnen sei. Er war ihr böse gewesen, weil sie das nicht wahrhaben wollte. Er war eifersüchtig auf Taylor gewesen, und er hatte nach einem Indiz gesucht, das ihm bestätigte, daß sie Taylor gar *nicht wirklich* liebte. Er kam sich vor wie ein eitler, aufgeblasener Idiot – so eitel, daß es ihm gar nicht in den Sinn gekommen war, sie könnte außer ihm einen anderen lieben. Er konnte spüren, wie ihm das Blut ins Gesicht schoß bei der Erinnerung an seine Arroganz, mit der er ihr gesagt hatte, er würde sie retten und von dem großen, bösen Taylor erlösen.

Er fuhr sich mit der Hand übers Gesicht und wischte sich den Schweiß ab. Seit er Amanda begegnet war, kannte er sich selbst nicht mehr. Er hatte sich wie ein Schuljunge benommen, der das Mädchen, das er mochte, beschenkte und eine Stunde später ohrfeigte. Wenn er im Geiste die letzten paar Tage Revue passieren ließ, schämte er sich. Er erinnerte sich, wie er durch die Straßen gegangen war und sie hinter sich herlaufen ließ, wie er sie mit ätzendem Spott und zuweilen mit Grobheiten überschüttet hatte. Er hatte sie gewaltsam geküßt – ein Betragen, das ihm früher niemals eingefallen wäre.

Und womit hatte Amanda das alles verdient? Sie hatte nichts anderes getan, als sie selbst zu sein. Sie hatte ihn durch ein Museum geführt, und er hatte ihr Bemühen mit Hohn quittiert. Sie hatte sich erboten, mit ihm über Themen zu sprechen, die ihn ihrer Meinung nach interessierten, und er hatte sie mit Verachtung gestraft. Sie hatte ihn nach dem Dinner zu einer schlichten Lyriklesung gebeten, und er hatte sie damit lächerlich gemacht, daß er ein anstößiges Gedicht rezitierte.

Er hatte sich noch nie in seinem Leben so klein gefühlt.

Er drehte sich um, ging ihr nach und hielt sie an, indem er sich vor sie stellte. »Miß Caulden«, murmelte er, ehe sie protestieren konnte, »ich vermag in Worten gar nicht auszudrücken, wie sehr ich mich schuldig fühle. Sie haben in allem recht, was Sie zu mir gesagt haben. Mein Verhalten Ihnen gegenüber war unentschuldbar. Ich habe alle Regeln des Anstands verletzt. Ich erwarte nicht von Ihnen, daß Sie mir das alles verzeihen, und deshalb werde ich sofort Ihr Haus verlassen. Ich habe nur noch eine Bitte – darf ich Sie mit meinem Wagen heimbringen?«

Amandas Zorn kühlte sich bereits ab, und sie dachte jetzt nur noch daran, wie wütend Taylor sein würde, wenn sie ihm beichtete, daß sie Dr. Montgomery befohlen hatte, ihr Haus sofort zu verlassen.

»Ich sollte mich bei Ihnen entschuldigen«, entgegnete sie hastig, obwohl ihr nicht danach zumute war. Sie dachte im Augenblick nur daran, daß ihre zukünftige Ehe mit Taylor von dieser Lüge abhängen konnte. »Auch mein Verhalten war unentschuldbar. Bitte, bleiben Sie unser Gast.«

Bitte, dachte er. Sie sah ihn mit diesen großen Augen an, aus denen Trauer sprach, und sagte bitte. Er sollte von hier fortgehen – er wußte das. Er wußte, daß sie nicht gut für ihn war. Sie war so verlockend wie eine Torte für einen Übergewichtigen, so unwiderstehlich wie Branntwein für einen Alkoholiker. Doch er wußte auch, daß er sie nicht verlassen konnte. Er würde in ihrem Haus bleiben und lernen, sie in Ruhe zu lassen. Er war mit einem Auftrag hierhergekommen, und diesen würde er ausführen.

»Ja, ich werde bleiben«, sagt er endlich. »Wollen Sie mit mir zum Wagen zurückkehren und dort im Schatten so lange warten, bis ich den Reifen gewechselt habe? Ich werde Sie nach Terrill City zu Ihrem Vortrag bringen und verspreche Ihnen, daß ich nicht schnell fahren werde.«

Sie murmelte zustimmend und setzte sich unter einen Baum, während er die Felge mit dem neuen Reifen an der Hinterachse befestigte. Sie war im Recht gewesen mit allem, was sie zu ihm gesagt hatte. Jedes Wort, jede Silbe waren richtig gewesen; aber seine Rede hallte noch in ihren Ohren nach. Stimmte es, daß andere Menschen keine Stundenpläne hatten? Stand es ihnen frei, zu essen, wann und was sie wollten?

Sie versuchte diese Gedanken aus ihrem Bewußtsein zu verdrängen. Es war ihre *freiwillige Entscheidung*, Taylors Tageseinteilung zu befolgen.

Kapitel Sieben

Hank fuhr mit einer Geschwindigkeit von sechzehn Meilen pro Stunde nach Terrill City. Die Stadt war ungefähr dreimal so groß wie Kingman und viel moderner, mit vielen Läden und interessanten Sehenswürdigkeiten, und die Leute auf den Straßen waren modischer gekleidet.

Einige Damen verfolgten Hank in seinem sportlichen gelben Wagen mit wohlwollenden Blicken, aber er war in einer zu bedrückten Stimmung, um das zu bemerken. Er hielt vor der Freimaurer-Halle, in der der Vortrag stattfinden sollte, stieg aus und öffnete den Wagenschlag für sie.

»Wann ist der Vortrag zu Ende?« fragte er mit tonloser Stimme.

»Um eins. Sie kommen nicht mit?«

»Ich fürchte, Eugenik ist nicht mein Fall.«

»Die Bibliothek ist . . .«

»Ich habe ein Plakat gesehen, daß hier eine Matinee stattfindet. Ich denke, ich werde sie besuchen.«

Amandas Augen weiteten sich. »Eine Filmvorführung?«

Hank hatte seine Hände in den Taschen vergraben. »Ja, natürlich. Ich sehe Sie dann um eins.«

Amanda stand auf dem Gehsteig und sah ihm nach. Eine Filmvorführung, dachte sie. Er besuchte doch *tatsächlich* eine Filmvorstellung. Worum es in diesem Film wohl ging?

In der Freimaurer-Halle redete die Frau, die den Vortrag hielt, mit Begeisterung von der menschlichen Zuchtwahl, die dem Ziel diente, eine reine Rasse intelligenter, perfekter Wesen zu erschaffen, und die ganze Zeit über kreisten Amandas Gedanken nur um die Filmvorstellung.

Nach dem Referat ging sie wieder ins Freie, und dort stand Dr. Montgomery, seitlich gegen seinen Wagen gelehnt, und wartete auf sie.

»Möchten Sie erst lunchen und dann nach Hause fahren?« fragte er.

Sie war mit dieser Reihenfolge einverstanden, und er fuhr mit ihr zu einem hübschen kleinen Restaurant am Rande der Stadt. Amanda lief das Wasser bereits im Munde zusammen, als sie den Fuß über die Schwelle des Lokals setzte. Als sie das letzte Mal zusammen mit Dr. Montgomery auswärts gegessen hatte, hatte sie eine überaus köstliche Mahlzeit eingenommen.

Amandas Magen knurrte erwartungsvoll, als die Kellnerin kam, um ihre Bestellungen aufzunehmen, aber Dr. Montgomery sagte, ehe sie zu Wort kommen konnte: »Die Lady hält eine Spezialdiät ein. Könnten Sie ihr ein paar einfache gekochte, ungewürzte Kartoffeln bringen, gedünstete grüne Bohnen und gedünsteten Fisch, ebenfalls ungewürzt?«

Die Kellnerin blickte Amanda an, und Amanda hoffte, die junge Frau würde sagen: ›Nein, das ist unmöglich‹; das tat sie jedoch nicht. »Sicher, wenn Sie das so wünschen. Und was haben Sie sich ausgesucht?«

»Ich möchte die Spezialität des Hauses haben«, sagte Hank.

Amanda versuchte ihre Enttäuschung zu verbergen. Es war natürlich besser, wenn sie gute, ehrliche, gesunde Kost zu sich nahm statt fettiger, buttertriefender ... An dieser Stelle hielt sie ihren Gedankengang an.

»Haben Sie sich einen Film angesehen, Dr. Montgomery?« fragte sie.

»Klar«, murmelte er, ohne sie anzusehen. Tatsächlich hatte er so gut wie gar nichts von dem Film mitbekommen, weil er immer nur an Amanda dachte. Er *mußte* von ihr weg. Er konnte es nicht ertragen, sie ständig vor Augen zu haben.

»Hat er Ihnen Spaß gemacht?« Sie wollte ihm Hunderte von Fragen stellen, traute sich aber nicht. Filme waren frivole Erzeugnisse, die dem Verstand keineswegs dienlich waren.

»Die alte Leier«, brummte er. »Böser Junge gegen guten Jungen, und ein unschuldiges Mädchen mit zuviel Make-up steht zwischen ihnen.«

»Ja«, murmelte sie, weil sie nicht wußte, wie sie ihn zu einer ausführlicheren Berichterstattung bewegen konnte.

Ihre Mahlzeit wurde serviert, und Amanda fielen fast die Augen aus dem Kopf, als sie die vielen Schüsseln sah, die um Dr. Montgomery herumgruppiert wurden: ein Obstsalat aus Erdbeeren und Pampelmusen; in Butter gesottene Forelle;

Sahnekartoffeln; Gurken mit französischer Salatsoße; Spargelsoufflé, Brandteigkuchen und Kaffee. Sie betrachtete ihren Teller – das sah öde und geschmacklos aus, und sie fürchtete, man könnte ihr den Neid von den Augen ablesen, wenn sie nicht an etwas anderes dachte als an die Leckereien.

»Sollen wir ein Tischgespräch führen?« fragte sie.

Hank blickte überrascht auf. Ihre Augen waren riesengroß, ihre Züge weich. Es wäre besser, wenn er nie mehr mit ihr gesprochen hätte, aber er murmelte: »Klar.«

»Worüber wollen wir uns unterhalten?« fragte sie. »Ich habe Präsident Wilsons Reform der Einfuhrzölle studiert. Oder vielleicht würden Sie lieber mit mir den wirtschaftlichen Wiederaufbau der Balkanstaaten erörtern?«

Jedesmal, wenn sie so redete, wußte er, daß sie keine Frau für ihn war. Er lächelte schwach. »Darüber weiß ich nichts.«

»Oh«, sagte sie und sah zu, wie er mit dem Fischmesser seine Forelle zerteilte. Die Buttersoße glänzte.

»Amerikanische Einkommenssteuer?« fragte sie mit hoffnungsvoller Stimme. »Ich weiß auch über die englische und dänische Einkommenssteuer Bescheid.«

Hanks Lächeln wurde breiter. »Ich nicht.«

Er zerschnitt einen Brandteigkuchen, und Amanda sog den Duft ein. Die Butter, die er auf den noch heißen Kuchen strich, schmolz und sammelte sich in den weichen kleinen Löchern. »Serbien?« sagte sie rasch. »Adrianopel? Janina? Die Türkei?« Wenn sie über einen Krieg sprachen, würde das vielleicht ihr Bewußtsein von diesen Gerüchen und diesem Augenschmaus ablenken.

»Ich weiß nichts von alledem«, verkündete er vergnügt. Nun erinnerte er sich wieder, was ihn an ihr so gestört hatte. »Warum belehren Sie mich nicht über diese Dinge?« Wenn er sie lange genug reden ließ, hielt vielleicht auch sein Mißfallen so lange an, daß er in ihr Haus zurückfahren, sein Gepäck abholen und verschwinden konnte.

Sie plapperte drauflos, während er aß. Sie sprach von den Bulgaren, die Adrianopel drei Tage lang berannt und dann eingenommen hatten. Sie führte aus, wie Österreich auf die Eroberung reagierte, und spekulierte dann darüber, ob Serbien und Montenegro sich vereinigen würden.

Je mehr sie redete – dozierte –, um so besser fühlte sich Hank. Dies war die Amanda, die ihm zuwider war. Er konnte mit Gelassenheit daran denken, daß diese Amanda zu Taylor gehörte. Vielleicht würden die beiden eine Reihe von Nachschlagewerken veröffentlichen.

Die Kellnerin servierte als Nachtisch zwei Pfirsich-Melbas. Hank wollte ihr sagen, daß sie Amandas Dessert wieder abräumen sollte, aber Amanda hatte sich schon über ihre Portion hergemacht. Sie aß auf eine Weise, wie er das noch nie bei einem anderen Menschen gesehen hatte: mit sinnlichem Wohlbehagen und einem Entzücken in den Augen – fast so, als wäre es ein Liebesakt.

»Ist das alles, was Sie über diesen Krieg wissen?« fragte er gereizt.

Amanda war daran gewöhnt, daß man ihr Wissen in Frage stellte; aber es war nicht einfach, nachzudenken, wenn diese Köstlichkeiten Zunge und Gaumen erfreuten. »R . . . Rußland ist wütend auf Österreich, und Österreich ist . . .« Sie verlor den Faden und schloß die Augen.

»Österreich ist was?« fragte Hank schroff.

»Wütend«, sagte sie endlich. »Österreich ist wütend auf Rußland.«

»Gut«, urteilte er. »Sind Sie fertig mit dem Essen? Wir sollten zurückfahren. Denken Sie an Ihren Stundenplan. Müssen Sie nicht etwas studieren, um Ihr Wissen zu bereichern?«

»Ja«, sagte Amanda und kehrte in die Wirklichkeit zurück. Morgen sollte sie über die gegenwärtigen politischen und wirtschaftlichen Konsequenzen des Panama-Kanals geprüft werden, und sie hatte noch viel zu lernen. Sie blickte voller Bedauern auf ihren leeren Teller. Taylor hatte recht: ungesunde Nahrung war nicht nur in einer Hinsicht schlecht. Der Nachtisch hatte sie nur noch hungriger gemacht. »Wir sollten aufbrechen.«

Er brachte sie im langsamen Tempo zur Caulden-Ranch

zurück. Nicht ein Härchen in Amandas Frisur war in Unordnung, als sie dort eintrafen. Sie wußte, daß sie als erstes Taylor aufsuchen und ihn fragen mußte, ob er vielleicht ihren Stundenplan zu ändern wünschte, weil sie früher als geplant von Terrill City zurückgekehrt waren. Heute würde sie zumindest mit ihren Studien schon so zeitig fertig werden, daß sie nicht die halbe Nacht am Schreibtisch verbringen mußte.

Ein Diener teilte ihr mit, daß sie Taylor in der Bibliothek finden würde.

Hank stellte seinen Wagen in die Garage und blieb im Freien, während Amanda ins Haus eilte. Zweifellos kann sie es nicht erwarten, ihren geliebten Taylor wiederzusehen, dachte er und merkte, daß er wieder in Wut geriet. Im Augenblick konnte er es nicht ertragen, die beiden beisammen zu sehen.

Die Hände in den Hosentaschen, schlenderte er an der Seitenfront des Hauses entlang und betrachtete angelegentlich den Garten und das Gebäude. Die Tür zum Treibhaus stand offen, und er ging hinein. Ein paar Sekunden lang genoß er den Duft des Jasmins, dann hörte er Stimmen hinter sich in der Bibliothek. Er wollte das Treibhaus wieder verlassen, aber als er erkannte, daß diese Stimmen Taylor und Amanda gehörten, blieb er stehen und lauschte.

»Du bist vor der Zeit zurückgekommen, Amanda«, rügte Taylor mit kalter Stimme. »Du hättest ihn bis zum Abend vom Haus fernhalten sollen.«

»Ich bitte um Entschuldigung; aber er schien den Wunsch zu haben, wieder zurückzufahren.«

»Die Bedürfnisse von Dr. Montgomery sind nicht von Belang. Oder hat das Wohlergehen der Ranch für dich überhaupt keine Bedeutung? Willst du etwa, daß wir alle – ich, dein Vater, deine Mutter, du selbst – mittellos auf die Straße geworfen werden, nur weil du einen gewöhnlichen Mann der Arbeiterklasse nicht beschäftigen kannst?«

»Es tut mir leid«, flüsterte Amanda. »Ich weiß nicht, was ich mit ihm reden soll. Wir haben uns nichts zu sagen.«

»Nichts zu sagen!« rief Taylor. »Vergißt du alles, was du gelernt hast, wenn du mit ihm zusammen bist?«

»Nein, das nicht; aber er vertreibt sich die Zeit auf ausgesprochen oberflächliche Weise. Er ... er geht ins Kino.«

»Aber der Mann ist Hochschulprofessor«, protestierte Taylor im verwunderten Ton. Dann wieder streng: »Du mußt etwas falsch machen.«

»Sollte ich ...«, begann Amanda zögerlich, »... sollte ich vielleicht mit ihm ins Kino gehen? Oder zu einem Tanzball? Ich glaube, er tanzt gern.«

Taylors Stimme war kalt genug, um die Pflanzen im Gewächshaus in Eis zu verwandeln: »Gehörst du zu dieser Art von Frauen, Amanda? Habe ich etwa einer sittenlosen Frau einen Heiratsantrag gemacht? Hast du all diese Jahre über deine wahre Natur vor mir versteckt? Vielleicht möchtest du als nächstes, daß man dir eine Flasche Gin aufs Zimmer bringt?«

»Nein, Sir«, sagte sie, in den Ton der Zeit zurückfallend, als Taylor nur ihr Hauslehrer und noch nicht Verlobter war.

»Oder möchtest du vielleicht kurze Kleider tragen und einen Job in einem Büro annehmen?«

»Nein, Sir«, flüsterte sie leise. »Ich möchte nur das, was ich habe.«

»Du hörst dich aber gar nicht so an. Amanda, du hast ja keine Ahnung, wie gut es dir hier geht. Du hast alle Annehmlichkeiten, die das Leben zu bieten hat. Du brauchst weder um Geld noch um eine Ausbildung zu betteln, aber du bist bereit, das alles wegzuwerfen.« Er schwieg einen Moment. »Oder vielleicht bin ich es nur, dem du entgegenarbeiten willst. Vielleicht möchtest du mich nicht mehr auf der Ranch haben. Ist es das, Amanda? Du willst mich nicht heiraten, und ist das deine Art, mir das mitzuteilen?«

»Nein«, schluchzte Amanda. »Mehr als alles andere in der Welt wünsche ich mir die Ehe mit dir; aber ich verstehe diesen Mann nicht. Ich weiß nicht, wie ich ihm eine Freude machen könnte.«

»Noch scheinst du zu wissen, wie du mir eine Freude machen kannst.« Es folgte wieder eine Schweigepause. »Du darfst jetzt auf dein Zimmer gehen. Und dort bleibst du für den Rest des Tages – auch während der Dinnerzeit – und widmest dich deinen Büchern, bis du ein Thema findest, das diesen Montgomery interessieren wird. Wenn er dieses Haus verläßt und sich mit seinen Gewerkschaftsführern trifft, wäre das deine Schuld, und dann wirst du« – er senkte die Stimme – »für deinen Ungehorsam bestraft werden. Und jetzt geh. Ich kann deinen Anblick nicht länger ertragen.«

Hank vernahm Amandas Schritte, als sie die Bibliothek wieder verließ, und sein erster Impuls war, hineinzugehen und Taylor ins Gesicht zu schlagen. Aber seine Hände zitterten heftig. Was er soeben gehört hatte, machte ihn krank. Er erinnerte sich, wie wütend er gewesen war, als er Blythe Woodley zusammen mit ihrem Verlobten erlebte, weil dieser Blythe anmaßend behandelt hatte; aber der Zukünftige von Blythe war nichts im Vergleich mit diesem Taylor Driscoll! Taylor maßte sich die absolute Macht über das Leben eines anderen Menschen an.

Hank verließ das Gewächshaus und ging nach draußen und versuchte dort, genügend Luft zum Atmen zu finden; aber es schien nicht mehr genug Sauerstoff auf der Erde zu geben. Das war es, was er in Amandas Augen gesehen hatte – diese Traurigkeit, dieser Blick eines im Käfig gehaltenen Tieres. Nicht verschreckt, sondern resigniert. Taylor beherrschte ihren Geist, ihre Gedanken, sogar ihren Körper, als wäre sie kein autonomes menschliches Wesen – als wäre sie etwas, das er erschaffen hatte.

Hank fing nun an, ihm bisher Unbegreifliches zu verstehen – zum Beispiel den rigorosen Stundenplan von Amanda. Natürlich hatte sie damals gewußt, wie lange sie sich noch im Badezimmer aufhalten würde, denn das war die Zeit, die Taylor ihr zugestanden hatte. Ihre Kleider waren von düsterer Farbe und ihre Haare straff nach hinten gekämmt, weil Taylor das so haben wollte. Sie sprach nur von Dingen, die sie in Büchern gelesen hatte, weil Taylor ihr nicht erlaubte, sich im wirklichen Leben umzusehen.

Hank dachte an den Tag zurück, als Amanda noch spät nachts an ihrem Schreibtisch gesessen hatte. Sie mußte ihm tagsüber Gesellschaft leisten und dennoch ihre Studien fortführen und dafür ihren Schlaf opfern. Amanda war in einem

Alter, in dem man bereits sein Examen am College abgelegt hatte; und dennoch wurde sie noch immer ohne Essen zu Bett geschickt, wenn sie ihrem Meister nicht gehorchte.

Meister! dachte Hank. Wie er dieses Wort haßte. Jeder Mensch war Meister seines eigenen Schicksals; aber einige Menschen schwangen sich kraft ihres Reichtums oder ihrer Ahnenreihe zu Herrschern über andere Menschen auf. Taylor hatte vorhin gesagt, Hank gehöre der Arbeiterklasse an, als würden in Amerika noch Klassenunterschiede eine Rolle spielen. Und er hatte Amanda erzählt, wenn die Gewerkschaftsführer hierherkämen, würde man ihr und ihrer Familie die Ranch wegnehmen. Die Gewerkschaft war das Schreckgespenst der Eigentümer.

Hank schloß einen Moment die Augen und bedachte alles, was Taylor unternahm, um Amanda zu unterjochen, um sie bei der Stange zu halten und ihr die von Gott gegebenen Freiheiten zu verwehren: die Freiheit der Wahl, die Freiheit zu lieben und ihrer Neigung oder Abneigung zu folgen, die Freiheit zu lachen oder ein finsteres Gesicht zu machen oder zu weinen. Er hatte ihr das alles genommen und hielt über ihrem Kopf das Damoklesschwert des Bankrotts und der Zurücknahme seines Eheversprechens.

Hank ging zur Vorderseite des Hauses und blickte zu Amandas Zimmer hinauf. Er verstand nun – verstand, warum er sich sofort zu ihr hingezogen gefühlt hatte. Es war sein Haß auf Unterdrückung und Ungerechtigkeit. Etwas in ihm hatte die Sklaverei in ihr erkannt und gewußt, daß sie seine Hilfe brauchte. Er würde ihr helfen zu begreifen, daß sie ebenso viele Rechte hatte wie jeder andere auch und daß sie nicht nach dem Stundenplan, den ein anderer Mensch aufstellte, essen, schlafen und atmen mußte. Er würde ihr diese Dinge beibringen, und wenn er damit fertig war, würde sie dazu fähig sein, Taylor Driscoll zum Teufel zu schicken.

Er lächelte zu Amandas Zimmer hinauf. »Dornröschen«, murmelte er, »ich werde dich aufwecken.«

Er wandte sich vom Haus ab und ging zur Garage. Er mußte eine Weile fort von hier und Pläne schmieden – Pläne, wie er Miß Amanda Caulden zum Leben erwecken konnte.

Hank stand in seinem Zimmer im ersten Stock des Caulden-Hauses und schnallte sich den Segeltuch-Rucksack, den er soeben gekauft hatte, auf den Rücken. Er ließ sein Jackett im Schrank hängen und trug nur sein Hemd, dessen Ärmel bis über die Ellenbogen aufgekrempelt waren, und eine Hose mit Hosenträgern. Er trat auf den Balkon, verharrte dort einen Moment und sah zu den Sternen hinauf. Zu seiner Linken konnte er ein Licht hinter den Vorhängen von Amandas Schlafzimmer sehen und nur einen Hauch ihres Schattens, den sie, über ihren Schreibtisch gebeugt, gegen den Stoff warf.

So leise, wie es irgend ging, schwang er ein Bein über das Balkongeländer und stieg auf das Verandadach, das sich knapp unter Amandas offenen Fenstern befand. Das Dach war steiler, als er gedacht hatte, und er glitt mit den Schuhen darauf aus, konnte jedoch mit der einen Hand Amandas Fenstersims und mit der anderen das Fensterkreuz ergreifen. Er war schon zur Hälfte im Zimmer, ehe sie aufsah und ihn erblickte. Sie war so züchtig gekleidet wie stets – alle Knöpfe bis zum Hals hinauf geschlossen, jedes Härchen lag an der Stelle, an die es hingehörte – obwohl die Wanduhr schon zehn Uhr zeigte und sie allein in ihrem Zimmer war.

Amanda blickte von ihrem Buch über Wirtschaftsgeschichte auf und beobachtete reglos, wie Dr. Montgomery durch ihr Fenster einstieg. Schockiert war nicht der richtige Ausdruck für das, was sie empfand. Ihr erster Gedanke war: ›Taylor wird das nicht gefallen.‹

Sie stand steif hinter ihrem Schreibtisch, und wieder war da dieses Gefühl aufwallenden Zorns. »Dr. Montgomery«, empörte sie sich, »Sie können unmöglich in mein Zimmer kommen.«

»Pst«, zischte er, als er vom Fensterbrett herunterstieg. »Sie werden ja alle aufwecken.« Er deutete mit dem Kopf auf den nackten Fußboden in der Mitte des Zimmers. »Das scheint mir ein gutes Plätzchen zu sein.« Er schnallte seinen Rucksack ab und reichte ihn ihr hin. »Da – nehmen Sie das.«

Und dann, was Amanda noch viel unglaublicher fand, ging er zu ihrem Bett und entfernte die Tagesdecke. »Dr.

Montgomery!« protestierte sie außer sich. »Sie können doch nicht . . .«

»Sie werden wirklich noch jemanden aufwecken.« Er hob die Decke, schwenkte sie mit beiden Armen, daß sie von der Luft aufgebläht wurde, breitete sie dann auf dem Boden aus und setzte sich darauf. Er hob die Hand und forderte so, daß sie ihm wieder den Rucksack geben sollte, und Amanda beobachtete, wie er Lebensmittel zutage förderte.

Da war zunächst ein Schnittsalat und etwas, das wie Hummer- oder Langustenfleisch aussah, ein weiterer Salat mit Erbsen und gehacktem Hühnerfleisch, kleine belegte Weißbrotschnitten, Oliven, Mixed Pickles, Erdbeeren und hübsche kleine weiße Kuchen.

Dr. Montgomery hielt eine Flasche mit einer dicken roten Flüssigkeit hoch. »Erdbeersirup für die Törtchen.«

Amanda stand da wie angewurzelt und starrte verwundert auf die Lebensmittel.

»Sind Sie denn nicht hungrig? Ich habe heute das Dinner ausfallen lassen und dachte, Ihnen wäre es vielleicht ebenso ergangen, und deshalb hoffte ich, wir könnten uns gemeinsam an einer Mahlzeit erfreuen. Ich sehe wirklich keinen Unterschied zwischen einer gemeinsamen Mahlzeit hier auf dem Boden oder unten im Speisezimmer – oder Sie etwa? Wenn Sie jedoch anderer Meinung sind, können wir ja auch nach unten gehen, die Dienerschaft aufwecken, und die könnte dann irgend etwas Langweiliges für Sie kochen. Vielleicht möchten Sie sogar Taylor aus dem Bett holen, damit er mit uns speist.«

»Nein«, sagte Amanda rasch und erbleichte bei dem Gedanken, daß sie Taylor wecken sollte. Der Duft der Speisen stieg ihr in die Nase, und sie spürte, wie ihr die Knie weich wurden. Sie sank vor den ausgebreiteten Speisen nieder.

»Sandwiches?« fragte er und hielt ihr die Platte mit kleinen, krustenfreien Weißbrotschnitten hin. »Sie sind mit gehacktem Schinken und einem Hauch von Senf belegt.«

Amanda nahm eine der Schnitten entgegen, knabberte mit den Vorderzähnen daran, und dann verschwand das ganze Stück in ihrem Mund. Es schmeckte himmlisch.

Hank reichte ihr nun lächelnd einen hübschen kleinen Porzellanteller zu. »Bedienen Sie sich. Es ist nicht viel; aber es ist das Beste, was ich in der kurzen Zeit auftreiben konnte. Ich hoffe, Sie mögen Hummer.«

»Ja, alles«, murmelte sie, griff nach dem Teller und aß viel zu schnell – aber jeder Happen schmeckte so köstlich, und sie hatte das Gefühl, daß man ihr die restlichen Sachen gleich wieder wegnehmen würde.

»Sie haben gerade studiert?« fragte er.

»Wirtschaftsgeschichte«, murmelte sie, den Mund voller Hühnersalat, der mit einer fettreichen, cremigen Mayonnaise angemacht war.

»Ah ja, mein Aufenthalt in diesem Haus ist vermutlich der Grund für dieses Studium. Oder hatten Sie schon immer Wirtschaftsgeschichte als Studienfach?«

»Ich dachte, es wäre etwas, worüber wir diskutieren könnten. Ich hatte keine Ahnung, daß Sie . . .« Sie stockte, weil sie ihm sagen wollte, sie hätte nicht gewußt, daß er mehr an schnellen Autos, Filmen und Frauen interessiert sei.

»Bisher haben wir nur wenig Zeit darauf verwendet, über Ökonomik zu reden, nicht wahr?« fragte er. »Oder uns überhaupt über etwas zu unterhalten. Ich bin schrecklich rüde zu Ihnen gewesen, Miß Caulden. Ich hoffe doch, daß Sie mir verzeihen. Noch einen Happen Hummersalat?«

»Ja, bitte«, sagte sie. Sie begann sich etwas zu entspannen. Es war natürlich schamlos von diesem Mann, so spät abends in ihr Schlafzimmer einzudringen; aber er stellte ja nun wirklich keine Gefahr für sie dar und schien ehrlich zerknirscht zu sein, was sein bisheriges Benehmen anging.

»Sie lieben das Wirtschaftsfach so sehr, daß Sie, um es zu studieren, sogar Mahlzeiten ausfallen lassen?«

»Nein, Taylor . . .« Sie hätte ihm fast die Wahrheit gesagt, besann sich aber noch rechtzeitig. »Es war besser, hier im Zimmer zu bleiben und zu studieren.«

»Ich bewundere Ihre Hingabe. Ich habe viele Jahre studiert, glaube aber nicht, daß ich in dieser Zeit auch nur eine Mahlzeit ausgelassen habe. Wenn ich über den Büchern sitze und hungrig werde, möchte ich etwas essen. Nur könnte ich nicht essen, was Sie gewöhnlich zu sich nehmen. Sie besitzen eine unglaubliche Selbstdisziplin, Miß Caulden.«

»Möglich«, erwiderte sie leise, aber im Augenblick benahm sie sich nicht sonderlich diszipliniert. Sie hatte das Empfinden, daß sie für diese Platte voller Erdbeertörtchen ihre Seele verkaufen könnte.

»Wann machen Sie Ihr Examen?«

»Examen?« fragte sie und betrachtete die Erdbeeren.

»Ja. Sie sind wie alt? Dreiundzwanzig? Vierundzwanzig? Die meisten Frauen Ihres Alters haben bereits das College absolviert; aber Sie haben noch immer einen Hauslehrer.«

»Ich werde mein Studium abschließen, wenn ich heirate«, erklärte sie und griff nach einer Erdbeere.

Hank begann ihren Teller mit Törtchen und Erdbeeren zu füllen und das Ganze mit dickem Erdbeersirup zu übergießen. »Wenn Sie Taylor heiraten, meinen Sie damit? Erzählen Sie mir von Ihren Heiratsplänen.«

»Wir haben noch keine gemacht.«

»Ist das nicht ungewöhnlich? Wie lange sind Sie jetzt verlobt?«

Abrupt stellte Amanda ihren halbleeren Teller auf den Boden und funkelte ihn an. Sie begriff allmählich, was er tat und weshalb er in ihr Zimmer eingedrungen war. Wie der Teufel mit verlockenden Dingen an die Menschen herantritt, um sie zu verführen, so trat er auch an sie heran. »Dr. Montgomery, ich bin, trotz Ihrer gegenteiligen Meinung, kein Dummkopf. Wollen Sie jetzt bitte sofort mein Zimmer verlassen und diese Platten und Teller mitnehmen?«

»Da liegen noch Erdbeeren darauf.«

»Ich möchte keine Erdbeeren mehr«, log sie. »Würden Sie jetzt bitte gehen?«

Er blieb sitzen, wo er war, da er wußte, daß sie niemanden zu Hilfe rufen konnte. Wenn sie wütend wurde, verloren ihre Augen diesen Ausdruck stiller Traurigkeit. »Wo gehen wir morgen hin?«

»Ich denke, Sie und ich werden möglicherweise nirgendwohin gehen. Ich habe Dinge hier im Hause zu erledigen.« Ein Angstkloß bildete sich in ihrem Hals, als sie sich vorstellte, daß sie Taylor sagen mußte, sie würde Dr. Montgomery morgen nicht beschäftigen.

»Taylor verlangt von Ihnen, mich von der Ranch fernzuhalten. Er will, daß Sie mich irgendwohin bringen, wo die Leute von der Gewerkschaft mich nicht finden können, richtig?«

Sie zögerte. »Ich soll nur einem Gast einen angenehmen Aufenthalt bereiten.«

»Soso.«

Sie funkelte ihn an, und der Teller mit den halb aufgegessenen Erdbeertörtchen lockte sie. »Dr. Montgomery, Sie *müssen* jetzt gehen.«

»Erst, wenn Sie mir sagen, was Sie morgen für mich geplant haben.«

Sie fürchtete, daß er etwas Peinliches anstellen würde, wenn sie ihm nicht verriet, was er wissen wollte. Sie ging zu ihrem Schreibtisch, um den Plan zu holen, den Taylor ihr um acht Uhr abends gegeben hatte. »Wir fahren morgen nach Terrill City in das Pionier-Museum.«

»Oh, das freut mich aber! Ich fürchtete schon, es wäre die Stadtbibliothek, in der ich die Daten des Spanisch-Amerikanischen Krieges auswendig zu lernen habe.«

Sie blickte ihn aus schmalen Augen an. »Wo haben Sie Ihren Doktorgrad erworben, Dr. Montgomery? Aus einem Versandkatalog?«

Er lachte amüsiert. »Ich habe eben noch andere Interessen im Leben außer den Wissenschaften, das ist alles; und es könnte auch Ihnen gut bekommen, wenn Sie noch etwas anderes sehen würden als die Innenseite eines Buches. Könnten wir uns auf einen Kompromiß einigen? Ich gehe mit Ihnen ins Museum, wenn Sie mich nachmittags begleiten.«

»Ich vergeude meine Zeit nicht mit Kinobesuchen«, schnaubte sie ihn an. »Ich möchte meinen Verstand ausbilden und . . .«

Er sprang auf die Beine. »Sie sollten versuchen, Ihr *Leben zu verbessern*!«

Einen Moment standen sie sich gegenüber und starrten sich an, und dann wich Amanda vor ihm zurück. Seit ihrer

Kindheit hatte sie niemand mehr in Rage gebracht; aber dieser Mann machte sie wütend. Doch da war noch etwas anderes, als sie ihm in die tiefblauen Augen schaute, etwas, das sie überhaupt nicht verstand –, etwas, das sie tief in ihrem Inneren fühlte.

»Bitte, gehen Sie jetzt«, flüsterte sie.

Er drehte sich von ihr weg und begann Speisereste und Geschirr in seinen Rucksack zu schieben. Er hatte recht gehabt, dachte er bei sich. Irgendwo hinter der Eisschrank-Fassade steckte eine Frau. Er konnte sie wütend machen, und das war ein Schritt auf dem richtigen Weg. Und eben hatte er noch etwas anderes in ihren Augen entdeckt – etwas, das zum ersten Mal den Gedanken in ihm weckte, sie betrachtete ihn auch als einen *Mann.*

Er hob den Teller mit den halb aufgegessenen Erdbeertörtchen hoch und stellte ihn auf ihren Schreibtisch.

»Nehmen Sie das mit«, bat sie. »Ich möchte es nicht haben. Ich hätte gar nicht mit Ihnen essen sollen.«

»Sie wollen alle Ihre Mahlzeiten mit Taylor einnehmen? Ist er die einzige Person, die es verdient, mit Ihnen zu essen?«

»*Sie* verdienen es nicht, mit ihm an einem Tisch zu sitzen.«

»Das ist das beste Kompliment, das ich in diesem Jahr gehört habe. Ich sehe Sie also morgen früh wieder, und vergessen Sie nicht – der Nachmittag gehört mir.« Er schnallte sich den Rucksack um und verließ das Zimmer durch das Fenster.

Amanda setzte sich aufs Bett. Ihr Körper fühlte sich schwer und müde an nach der Auseinandersetzung mit diesem Mann. Was für eine verrückte Zeit hatte sie doch erlebt, seit dieser Mann im Hause war, der alles auf den Kopf stellte! Taylor sagte ihr, er könnte ihren Anblick nicht ertragen, und dieser schreckliche Dr. Montgomery brachte sie dazu, daß sie sich wieder wie ein Schulmädchen benahm. Es war so, als wollte er sie dazu bewegen, alles zu vergessen, was Taylor ihr in jahrelanger Arbeit beigebracht hatte. Zweimal hatte sie von ihrem Buch aufgeblickt und sich dabei ertappt, wie sie ans Essen dachte – an eine für sie nicht gute Ernährung, die ihr Dr. Montgomery jedoch immer wieder aufzwang.

Während ihr das durch den Kopf ging, blickte sie zu ihrem

Schreibtisch hinüber, auf dem noch immer der Teller mit den Erdbeertörtchen stand. Während sie sich sagte, daß sie diese *nicht* essen würde, stand sie auf, ging durchs Zimmer und hob den Teller hoch. Da lag keine Gabel darauf, und obwohl sie sich das Gegenteil vorgenommen hatte, nahm sie eines der klebrigen Törtchen in die Hand und begann es wie eine Verhungernde zu verschlingen.

Als sie es aufgegessen hatte, blickte sie entsetzt auf ihre sirupbekleckerten Finger. Obwohl ihr Geist das nicht zulassen wollte, schleckte sie sie ab. Sie seufzte entsetzt über sich selbst, ging zur Tür und öffnete sie leise. Sie schlich den nur spärlich erleuchteten Korridor zum Badezimmer hinunter, machte dabei so wenig Lärm wie möglich, in der Hoffnung, daß Taylor sie nicht hören würde.

Als sie wieder aus dem Badezimmer kam, musterte sie nervös Taylors Tür; aber da war kein Licht zu sehen. Auch in den Ritzen an den Türen, hinter denen ihr Vater und Dr. Montgomery wohnten, war kein Lichtschimmer zu entdekken. Als Amanda sich umdrehte, nahm sie ein Licht an der Türschwelle des kleinen Zimmers wahr, in dem ihre Mutter ihre Tage verbrachte. Einen Moment lang fragte sich Amanda, was ihre Mutter wohl zu so später Stunde noch trieb. Vor Jahren hatte Taylor ihr verboten, ohne Aufsicht mit ihrer Mutter zu verkehren, da seiner Meinung nach Grace Caulden einen schlimmen Einfluß auf ihre Tochter ausübte. Und Grace hatte sich rasch die geregelten Zeiten eingeprägt, zu denen ihre Tochter sich außerhalb ihres Zimmers bewegte, und deshalb sahen sie sich nur noch selten.

Amanda schüttelte den Kopf. Auch daran war Dr. Montgomery schuld, daß ihre geregelten Zeiten nicht mehr eingehalten wurden. Ihre Mutter *übte keinen* guten Einfluß auf sie aus – einen genauso üblen Einfluß wie Dr. Montgomery. Doch sie mußte ihn ertragen, bis der Hopfen eingebracht und alle Gefahren eines Streiks gebannt waren. Wenn das erledigt war, konnte sie zu ihrem normalen Leben zurückkehren. Dann würde sie nach dem Dinner wieder mit Taylor im Salon sitzen und mit ihm intelligente, bedeutende Dinge erörtern. Und sie konnten sich wieder von Sachen ernähren, die gut waren für den Körper. Und sie wußte dann wieder, was tagsüber geschehen würde. Es würde keine Fahrten in Rennautos mehr geben und keinen Mann, der nachts durch ihr Fenster kam. Und es würde sich auch kein Zorn mehr in ihr regen. Sie war so ruhig und friedlich, wenn sie mit Taylor zusammen war; aber in Dr. Montgomerys Gegenwart mußte sie ständig gegen ihre Wut ankämpfen.

Wieder in ihrem Zimmer angekommen, zog sie sich ihr Nachthemd an, breitete die Tagesdecke über ihr Bett und versteckte dann den schmutzigen Teller, den Dr. Montgomery bei ihr zurückgelassen hatte. Mrs. Gunston sollte ihn besser nicht sehen, wenn sie morgens zum Wecken kam.

Sie räumte ihre Schreibtischplatte ab, weil Mrs. Gunston Taylor täglich berichten mußte, in welchem Zustand sie morgens Amandas Zimmer vorfand. Amanda plagte ein bißchen das schlechte Gewissen, weil sie ihre Studien nicht fortsetzte, aber sie fühlte sich mit vollem Magen so müde und schläfrig, und zudem – was nützten ihr schon ihre Studien? Dr. Montgomery diskutierte mit ihr nie über intelligente Themen. Er aß nur und fuhr mit seinem kleinen Wagen schneller als der Wind – was sie beides verabscheute, setzte sie im Geiste hinzu.

Morgen würde sie sich besser anstellen als heute. Morgen würde sie sich so benehmen, als stünde Taylor neben ihr. Sie würde ihr Gespräch auf kluge Themen lenken, und es würde ihm nicht gelingen, sie so herauszufordern, daß sie ihm zeigte, wie wütend sie auf ihn war.

Und sie würde auch nicht essen, was er ihr anbot. Und wenn er schnell fuhr, würde sie ihn bitten, sein Tempo zu drosseln. Sie mußte energisch auftreten und ihm beweisen, daß sie durchaus Herrin über ihr eigenes Leben war. Wie konnte er es wagen, sie als unterdrückte Person zu bezeichnen! Sie würde ihm zeigen, daß sie fähig war, eigene Entscheidungen zu treffen.

Sie legte sich ins Bett und träumte von in Butter gerösteten Mais, Roastbeef und Erdbeeren mit Schlagsahne, und als sie aufwachte, hatte sie rasenden Hunger, und der Gedanke an ein einziges Ei im Glas mit einer trockenen Scheibe

Toast bereitete ihr Übelkeit. Aber sie würgte dieses Gefühl hinunter, so daß sie sich wieder vollkommen in der Gewalt hatte, als Mrs. Gunston sie wecken kam.

Kapitel Acht

Als Hank am nächsten Morgen erwachte, fühlte er sich großartig. In der vergangenen Nacht hatte er bei Amanda erreicht, was er sich vorgenommen hatte – sie nämlich dazu zu bringen, Gefühle zu zeigen. Wenn er ihren Zorn erregen konnte, vermochte er auch andere Empfindungen in ihr wachzurufen, und Emotionen würden für Amanda der Schlüssel zu der Erkenntnis sein, daß sie sich dem Willen eines anderen Menschen unterworfen hatte.

Er pfiff leise vor sich hin, als er zum Frühstück herunterkam, und dort wurde er von einem stirnrunzelnden Taylor Driscoll begrüßt.

»Guten Morgen«, sagte Hank heiter. »Warten Sie schon auf ein herzhaftes Frühstück aus Rühreiern und Schinken?« Lächelnd ging er an Taylor vorbei ins Eßzimmer. Wie in aller Welt konnte Amanda sich nur einbilden, daß sie diese Karikatur von einem Mann lieben würde?

Er bedachte Amanda mit einem warmherzigen Lächeln, die bereits am Tisch hinter ihrem mageren Frühstück saß, und ging zur Anrichte, um sich dort von dem üppigen Büfett zu bedienen.

»Speck?« fragte er Amanda, ehe Taylor das Zimmer betrat. »Er schmeckt verdammt gut.«

»Und schadet Ihrem Organismus«, versetzte sie kalt.

»Haben Sie Angst, daß er Sie beim Essen ertappt? Keine Bange – Sie können sich später beim Lunch für das Entgangene entschädigen. Ich werde Ihnen etwas Gutes servieren.«

Amanda wollte diesem Mann eine gründliche Abfuhr erteilen, aber in diesem Moment betrat Taylor das Eßzimmer. Sie fing an, Dr. Montgomery ehrlich zu hassen. Seine Eitelkeit schien keine Grenzen zu kennen. Er maßte sich an, das

Rezept zu haben, das jedermann auf Erden glücklich machte.

Sie blickte zwischen Taylor und Dr. Montgomery hin und her. Es waren beide ansehnliche Männer, aber sie mochte Taylors dunkle distanzierte Erscheinung lieber als Dr. Montgomerys blondes, jungenhaftes gutes Aussehen. Ihr gefielen die gerade Sitzhaltung von Taylor und seine untadeligen Manieren. Dr. Montgomery aß mit zu viel Enthusiasmus, und ihr schien die bequeme, fast nachlässige Weise, mit der er am Tisch zu sitzen pflegte, lümmelhaft zu sein. Er war zu groß, zu . . . zu maskulin. Ja, sie zog die eher gebändigte Kraft von Taylor entschieden vor. Taylor war ein Mann, der genau wußte, was er wollte, und dieses Ziel unbeirrt ansteuerte. Und Amanda wußte, was Taylor von ihr erwartete, während Dr. Montgomery etwas zu verlangen schien . . . Nun, sie wußte eigentlich nicht, was er sich von ihr erhoffte, aber was es auch war, er würde es nicht von ihr bekommen.

Nach der schweigend eingenommenen Mahlzeit ging Amanda mit Dr. Montgomery zu seinem Wagen. Sie machte sich nicht einmal die Mühe, zu fragen, ob er nicht die Limousine benützen wollte. Kaum waren sie losgefahren, als er schon mit lästigen Fragen über sie herfiel: »Haben Sie Hunger?«; »Soll ich irgendwo anhalten, damit Sie etwas essen können?«; »Wollen Sie lieber zum Baden gehen statt ins Museum?«; »Hat Driscoll Sie heute morgen schon examiniert?«; »Hat Driscoll Ihnen dieses Kleid gekauft?«; »Wollen Sie sich nicht lieber etwas kaufen, das Ihnen steht?«

So ging es endlos weiter; aber Amanda beherrschte sich und wurde nicht wütend. Er war ein törichter, egoistischer, aufgeblasener Mann, der sich einbildete, er wüßte alles über das Leben anderer, und es lohnte sich nicht, seinetwegen die Kontrolle über sich zu verlieren.

Er fuhr im langsamen Tempo nach Terrill City, und Amanda nutzte die Zeit, ihn dabei zu beobachten, wie er das Fahrzeug chauffierte. Als sie vor dem Museum anlangten, konnte sie bereits genau sagen, wann er den Schalthebel bedienen mußte. Wenigstens lernte sie *etwas* von ihm und mußte nicht ihre Zeit mit diesem frivolen Mann vergeuden.

Im Pionier-Museum benahm er sich unmöglich. Sie erzählte ihm von der Tragödie der Donner-Party, die in dem Museum figürlich dargestellt war. »Hier fand die Rettungsmannschaft die Überreste der anderen«, erklärte sie, den Kannibalismus andeutend, von dem sie nicht direkt sprechen wollte.

»Vermutlich waren sie zäher gewesen als Schuhleder«, sagte er pietätlos. »Hören Sie – ich muß jetzt mal telefonieren, um den Nachmittag vorzubereiten. Warten Sie hier auf mich.«

Es paßt ihm zwar nicht, daß andere mich herumkommandieren, aber *er* darf sich das natürlich erlauben, dachte sie. Und aus Trotz verließ sie das Gebäude und stellte sich in den kühlen Schatten des Verandadaches. Die roten Blüten einer Bougainvillea hingen von einem Spalier herab, das die linke Seite der Veranda begrenzte, und plötzlich spürte sie das Heimweh wie eine Welle in sich aufsteigen und sehnte sich an ihren Schreibtisch und zu ihren Büchern zurück. Was für schreckliche Dinge plante dieser Mann für den Nachmittag?

»Da sind Sie ja«, rief er hinter ihrem Rücken. »Haben Sie schon genug von diesem Museum? Lassen Sie uns zum Essen gehen. Ich habe Hunger.«

»Das scheint bei Ihnen ein Dauerzustand zu sein. Verraten Sie mir, wie Sie Ihren Doktorgrad erworben haben, Dr. Montgomery? Indem Sie Ihre Studenten im Essen übertrafen?«

Er warf ihr einen feindseligen Blick zu. »Ich schwängerte alle meine Studentinnen, und damit sie mich wieder loswurden, besorgten sie mir einen Doktorhut.« Er nahm ihren Arm und führte sie zum Auto, und als sie Platz genommen hatte, drehte er sich ihr zu und sagte: »Hören Sie – ich möchte gar nicht grob zu Ihnen sein, aber Sie reden mit mir immer nur über Dinge, die Sie in Ihren Büchern gelesen haben. Doch dort liegt eine ganze Welt«, fuhr er fort und beschrieb mit dem Arm einen Kreis. »Und ich denke, in die sollten Sie wenigstens einen Blick werfen.«

»Ich weiß nicht, warum Sie annehmen, daß ich dumm bin, Dr. Montgomery. Ich habe genug von der Welt gesehen, um zu wissen, wie sie beschaffen ist. Sie ist ein schmutziger, böser Ort voller schmutziger, zorniger Leute.«

»Und wer hat Ihnen das erzählt?«

»Taylor sagte ...«, erwiderte sie, hielt jedoch mitten im Satz inne. »Das ist meine eigene Beobachtung.«

»Richtig, und ich bin Christopher Kolumbus«, sagte er. »Sie haben Ihr Haus schon so lange nicht mehr verlassen, daß Sie inzwischen vergessen haben, wie es in dieser Welt aussieht.«

Ganz bestimmt wollte sie auch gar nicht mehr davon sehen, wenn sie von Leuten wie ihm bevölkert war.

Er hielt vor einem Restaurant an und kam eine Minute später mit einem großen Karton wieder, den er hinten zwischen seinem Ersatzreifen und dem Benzintank am Wagen festband.

»Wir veranstalten ein Picknick«, verkündete er, als wollte er sie zum Widerspruch herausfordern, legte rasch den ersten Gang ein und gab Gas.

Wieder so eine Zeitverschwendung, dachte sie bei sich. Sie würde so schrecklich mit ihren Studien ins Hintertreffen kommen, daß sie niemals heiraten konnte.

Er fuhr durch das offene Land auf die Berge der Sierra Nevada zu, an Farmhäusern, Obstgärten und bestellten Feldern vorbei bis zu einem Wäldchen, in dessen Mitte sich ein hübscher Teich befand. Er stellte den Wagen im Schatten der dicht beieinanderstehenden Bäume ab, zwischen denen sich nur ein schmaler Pfad hinschlängelte. Es war ein stiller, durch die Bäume vor neugierigen Blicken abgeschirmter Ort.

Amanda sah sich um und bemühte sich, die wilden Blumen und die Vögel zu identifizieren. Wenn Taylor sie fragte, was sie an diesem Tag gelernt habe, konnte sie ihm eine zufriedenstellende Antwort geben.

»Hübsch hier, nicht wahr?« fragte Hank, während er den Karton vom Heck des Wagens losband. »Man hat mir im Restaurant diesen Platz empfohlen. Fassen Sie bitte mal mit an?«

Amanda nahm das Tuch, das er ihr hinhielt. Es war ihr gar nicht in den Sinn gekommen, daß es hier hübsch sein könne;

aber das stimmte. Das Gras war hier grüner als anderswo unter der prallen Sonne, das Wasser blau, und das Summen der Insekten angenehm ... Sie riß sich zusammen. Sie wollte sich ja so verhalten, als stünde Taylor neben ihr, rief sie sich ins Gedächtnis.

»Sollen wir uns etwa auf den feuchten Boden setzen?« fragte sie.

»Nein, auf das trockene Tuch. Ein bißchen Feuchtigkeit wird Ihnen nicht schaden. Dafür ist schließlich Ihre Haut da – zum Schutz für Sie.« Er begann, Behälter mit Eßwaren auszupacken.

Amanda schwor sich, daß sie nichts essen würde – egal, was in diesen Schachteln stecken mochte. Wenn sie fortfuhr, sich der Völlerei hinzugeben, würde sie binnen einer Woche so dick sein wie eine Tonne, und Taylor würde sie verabscheuen. Es gehörte viel Selbstbeherrschung dazu, die Lekkereien anzuschauen. Da waren Hühnerbrüstchen in goldfarbener Soße, ein kaltes geröstetes Perlhuhn, Stangenbrot, Endiviensalat mit Pampelmusenstücken, kalte gewürzte, gekochte Kartoffeln, geschmorte Auberginen, Erdbeeren und Tapioka, hübsche kleine Schaumgebäck-Kringel und kandierte Mandeln auf einer prächtigen Schokoladentorte. Er goß aus einem großen, auf Eis kühlgehaltenen Krug Limonade in zwei Gläser.

Amanda schluckte, drehte aber den Kopf zur Seite.

»Womit wollen Sie anfangen?« fragte Hank.

Sie nahm ihm einen Teller ab, legte zwei Kartoffeln darauf und begann mit winzigen Bissen zu essen. Sie nippte nicht einmal an der Limonade, weil sie wußte, daß sie Zucker enthielt.

»Ist das alles?« fuhr Hank sie an.

Sie ignorierte die Frage und den Tonfall. »Dr. Montgomery, könnten wir etwas weniger Persönliches als meine Eßgewohnheiten erörtern? Warum erzählen Sie mir nicht, was Sie zu der Überzeugung brachte, die Gewerkschaften könnten etwas Gutes bewirken? Waren Ihre Eltern vielleicht Wanderarbeiter?«

»Nein, das waren sie nicht. Wollen Sie den Zustand Ihrer

Unterjochung so weit treiben, daß Sie die Nahrung verweigern?«

Sie aß wieder ein kleines Stück von einer Kartoffel und hoffte, daß sie dem qualvoll herrlichen Duft der Speisen, die vor ihr ausgebreitet lagen, widerstehen konnte. »Ich denke, Sie haben mich mit Ihren Wanderarbeitern ganz konfus gemacht. Schließlich gehöre ich ja zu den reichen Tyrannen. Es sind solche Leute wie ich, die ihnen Arbeit geben und ihnen damit unsägliche Schmerzen und Elend zufügen.« Sie konnte den Blick nicht von der Schokoladentorte abwenden. Sie sah, daß diese Leckerei aus sieben, durch eine fette Schokoladencreme voneinander getrennten Schichten bestand.

»Sie wissen nicht, wovon Sie reden«, sagte Hank. »Sind Sie während der Erntezeit auch nur einmal draußen auf den Feldern gewesen? Wissen Sie, daß viele Farmer Trinkwasser an die Arbeiter *verkaufen*? Sie arbeiten bei über vierzig Grad im Schatten und können nicht einmal Wasser umsonst bekommen.«

»Ich bin sicher, daß Sie übertreiben. Natürlich können die Arbeiter jederzeit woanders hingehen, wenn ihnen die Art, wie man sie behandelt, nicht gefällt. Dies ist ein freies Land, aber wenn man Sie hört, glaubt man, die Arbeiter wären Sklaven, die ihren Herren gehörten.« Sie betrachtete noch immer die Torte, beobachtete, wie das Licht sich im Tortenguß brach, und bemerkte nicht, daß Hanks Augen gefährlich dunkel wurden. Sie sprach über eine Sache, die ihm besonders am Herzen lag.

»Es sind Leute wie Sie«, sagte er leise, »die eine Gewerkschaft notwendig machen. Die Arbeiter sind einfache Menschen. Sie haben weder die Ausbildung noch die Mittel, um sich den Luxus leisten zu können, den Job zu wechseln, wenn ihnen die Bedingungen nicht gefallen. Sie haben Kinder zu ernähren und zu kleiden; und sie können es sich nicht erlauben, einen Job aufzugeben. Also arbeiten sie in der sengenden Hitze und sparen sich einen Nickel, indem sie sich kein Trinkwasser kaufen, bis sie der Hitzschlag trifft und sie in Ohnmacht fallen.«

Amanda runzelte bei seinen Worten die Stirn. Das Bild,

das er da zeichnete, wollte ihr nicht gefallen. Was würde Taylor dazu sagen? fragte sie sich. »Ich kann nicht für die ganze Armut dieser Welt verantwortlich gemacht werden, Dr. Montgomery. Meine Familie bietet lediglich Jobs an. Wenn den Arbeitern die Arbeitsbedingungen nicht gefallen, können sie ja zur nächsten Ranch weiterziehen.«

Nun kochte Hank vor Wut. »Sie kleines, prüdes, hochmütiges Ding«, zischte er mit kaum hörbarer Stimme, »Sie sitzen dort in Ihrem seidenen Kleid, umgeben von schmackhaften Speisen, und sind sich sogar zu fein dazu, diese zu essen, während andere sich abrackern, um sich wenigstens einen Laib Brot leisten zu können. Leute wie Sie empören mich so, daß ich . . .« Er brach ab, zu zornig, um noch weiterreden zu können. Ohne zu überlegen, was er da tat, griff er mit der rechten Hand in die Torte, die sie so sehr zu faszinieren schien, riß ein Viertel davon ab und schleuderte es Amanda ins Gesicht. »Da!« schrie er und rieb ihr Guß, Kuchen und Schokoladencreme übers ganze Gesicht. »Sie könnten essen und wollen nicht. Die wollen essen, aber sie können nicht!«

Er zitterte am ganzen Körper vor Wut. Amandas Gesicht und ein Gutteil ihrer Haare waren schwarz von der Schokolade, ihre Augen geweitet vor Entsetzen.

»Ich werde Sie aufwecken, Amanda Caulden«, schrie er sie an. »Ich werde Sie aus Ihrem Kokon herausziehen, egal, wieviel Mühe mich das kosten wird.«

Es war sehr schwierig, Haltung zu bewahren, wenn einem das Gesicht mit Schokoladencreme eingeschmiert wird; aber Amanda tat ihr Möglichstes. »Ist Ihnen schon einmal der Gedanke gekommen, daß einige von uns mit dem, was sie sind, glücklich sein könnten?« fragte sie und war ebenso wütend wie er. »Sie schwingen sich zu einem Gott auf und beschließen, mich zu verändern, die Arbeiter zu verändern, während wir vielleicht die Art, wie wir beschaffen sind, *mögen*? Wenn ich schlafe, möchte ich lieber in diesem Zustand verharren als an einer Welt teilhaben, in der Männer Frauen mit Lebensmitteln bombardieren.« Damit ging sie zum Teich, um sich das Gesicht zu waschen.

Es war ihr zum Weinen – zum Schreien zumute. Doch am meisten setzte ihr dieses Gefühl zu, daß sie Taylor enttäuscht haben könnte. Er wäre über alle Maßen entsetzt gewesen, wenn er sie jetzt gesehen hätte. Sie drehte sich um, als sie Dr. Montgomerys Schritte hinter sich hörte.

»Wenn Sie mir noch so etwas antun, werde ich Sie verklagen«, drohte sie, wich aber vor ihm zurück.

Er verzog das Gesicht und hielt ihr dann ein sauberes Taschentuch hin. »Ich dachte, Sie könnten so etwas gebrauchen.«

Sie riß ihm das Tuch aus der Hand und wischte sich damit das Gesicht ab. Sie hatte geglaubt, sich gründlich mit dem Wasser gereinigt zu haben, aber als sie das Tuch betrachtete, waren noch braune Schmierflecke darauf. Taylor würde sie *umbringen.* Vermutlich war sie jetzt einen Monat lang vom Abendbrot ausgeschlossen. Wie sehr wünschte sie sich, daß die Erde sich öffnen und die Flammen der Hölle Dr. Montgomery verschlingen mochten!

»Lassen Sie mich das machen«, sagte Hank und kniete sich neben sie.

»Rühren Sie mich ja nicht an«, fauchte sie.

Er nahm ihr das Taschentuch weg und tauchte es ins Wasser. »Amanda, Sie sehen schlimm aus. Ihr Gesicht, Ihre Haare, sogar Ihre Kleider sind voller Schokoladencreme.«

Amanda spürte, wie ihr das Blut aus den Wangen wich. Sie hatte nie etwas getan, was Taylors echten, berechtigten Zorn erregt hätte. Was würde er wohl tun, wenn sie heute in diesem Zustand nach Hause kam?

Hanks Gesicht veränderte sich, als er Amanda erbleichen sah. »Sie haben Angst, nicht wahr?« fragte er leise. »Schlägt man Sie?«

»Natürlich schlägt mich niemand«, gab sie zurück, aber ihr Ton verriet ihre Zweifel.

Er stand auf, nahm ihre Hand und zog sie in die Höhe. »Gut – wir werden Sie wieder tadellos in Ordnung bringen. Wir werden Ihre Haare und Ihr Kleid waschen, und bis wir von hier wegfahren, wird alles wieder trocken sein. Sie sehen dann wieder so gut wie neu aus.«

»Mein Kleid waschen?« erwiderte sie entsetzt. »Meine Haare?«

»Natürlich«, sagte er. »Entweder das, oder Sie müssen sich in diesem Zustand Ihrem geliebten Taylor präsentieren.«

Einen Moment lang wog sie das Für und Wider ab und kam zu dem Schluß, fast alles sei besser, als sich in dieser Verfassung vor Taylor sehen zu lassen.

Hank beobachtete, wie die verschiedenartigsten Gefühle sich auf ihrem Gesicht spiegelten, und das erinnerte ihn an die Wanderarbeiter, wenn sie zwischen ihrem Wunsch, keine Probleme zu schaffen, und ihrem Verlangen, einer Gewerkschaft anzugehören und ihren Nöten Ausdruck zu verleihen, hin und her gerissen wurden. War Amandas Angst vor Driscoll tatsächlich so groß?

Hank erleichterte ihr die Entscheidung, indem er seine Hosenträger von den Schultern streifte, sein Hemd auszog und es ihr reichte. »Gehen Sie zwischen die Bäume, ziehen Sie dort Ihr Kleid aus und das da an. Wir waschen dann die Schokolade heraus, und das Kleid wird im Nu wieder trokken sein.«

Amanda blickte zu ihm auf, als er so vor ihr stand – im Unterhemd, mit entblößten breiten Schultern und muskulösen Armen. Und sein Anblick war weder abschreckend noch furchterweckend, wie sie geglaubt hatte, sondern tatsächlich eher erfreulich.

»Gehen Sie«, forderte er, und seine Stimme klang ein wenig tiefer als sonst.

Amanda erhob sich, ging um den Teich herum und trat in den tiefen Schatten der Bäume. Sie trug ein strenges Kleid mit geradem, eher jungenhaftem Schnitt, und im Augenblick hätte sie sich lieber ein zweiteiliges Gewand gewünscht, das ihr erlaubte, den Rock anzubehalten. Aber dies war nur einteilig. Und so zog sie es über den Kopf und entblößte einen knöchellangen Unterrock aus fleischfarbenem Chiffon mit einem breiten Rand aus Chantilly-Spitzen. Es war schon ein komisches Gefühl, so ohne lange Ärmel und hochgeschlossenen Kragen unter freiem Himmel zu stehen; aber sie empfand das auch als Vorteil – erfrischend für die Haut. Sie sah auf ihren Unterrock hinunter und betrachtete stirnrunzelnd die Spitzen. Von den Knien abwärts war das Gewebe so transparent, daß man ihre schwarzen Seidenstrümpfe hindurchschimmern sah. Abermals hielt sie sich Taylors Zorn eindringlich vor Augen, wenn er sie mit einem schokoladebekleckerten Kleid zu Gesicht bekäme.

Sie zog die Nadeln aus ihrem Haar und ließ es bis zu ihrer Taille hinunterfallen, schüttelte es, daß es sich fächerartig ausbreitete, und lächelte. Zuweilen waren ihre Haare so stramm nach hinten gezogen, daß ihr der Kopf weh tat.

Sie nahm Dr. Montgomerys Hemd und hielt es einen Moment ausgebreitet vor sich hin. Ihres Wissens nach hatte sie noch nie ein Männerhemd in der Hand gehabt und war überrascht über dessen Größe. Sie fragte sich, ob Taylors Hemden auch so groß waren.

Absurd, dachte sie und streifte sich hastig das Hemd über den Kopf. So weit konnte es nicht kommen, daß ich Taylor mit Dr. Montgomery vergleichen würde! Das Hemd reichte ihr nur bis zu den Knien, und darunter war ein mehrere Zoll breiter Streifen aus Spitzen, der mit ihren schwarzen, seidebekleideten Beinen Versteck spielte.

Ihr Kleid über dem Arm, trat sie zögerlich auf die Lichtung.

Dr. Montgomery lag, lang hingestreckt, auf dem Tuch, immer noch mit seinem Unterhemd und seiner Hose bekleidet. Er blickte zu den Baumwipfeln empor und machte den Eindruck, als schliefe er halb. Faul, dachte sie bei sich. Der Mann war ein Faulpelz. Aber sie dachte das ohne Zorn.

»Fertig?« fragte er und sah ihr entgegen.

Er hatte einen Ausdruck auf seinem Gesicht, den sie noch nie zuvor bei einem Mann wahrgenommen hatte. Taylor hatte sie ganz bestimmt noch nie so angeblickt wie dieser Montgomery. Sie konnte diesen Ausdruck nicht deuten, aber er ließ sie erröten.

»Ich glaube, die . . . die Schokolade wird sich leicht auswaschen lassen«, sagte sie mit verhaltener Stimme, weil dieser Mann sie so anstarrte. Er setzte sich auf, drehte sich langsam in ihre Richtung, und seine Lider zuckten nur kurz, während er sie ansah.

»Amanda, Sie sind schön«, flüsterte er.

»Schönheit ist nicht wichtig. Nur der Geist zählt«, entgegnete sie und kam sich dann ein bißchen lächerlich vor, weil sie in ihrem Unterrock vor ihm stand und ihn belehrte. Doch sie überwand dieses Gefühl: Dr. Montgomerys Blicke mochten sie vielleicht zum Erröten bringen, aber es war der gleiche Mann, der ihr eben noch eine Torte ins Gesicht geschleudert hatte.

Sie drehte sich von ihm weg und ging zum Teich, wo sie versuchte, die Creme aus ihrem Kleid und ihren Haaren zu waschen. Mit dem Kleid ging das leicht, und sie fühlte sich viele Pfunde leichter, als die Schokoladenflecke in dem braunen Köperstoff nicht mehr zu sehen waren. Doch ihre Haare waren eine andere Sache. Sie brauchte einen Spiegel, damit sie die Stellen, wo sie waschen mußte, erkennen konnte.

»Erlauben Sie?« sagte Hank hinter ihr, so daß Amanda zusammenschreckte.

Sie traute ihm nicht. »Schütten Sie mir jetzt die Tapioka-Früchte über den Kopf, wenn ich nicht Ihrer Meinung bin?«

Er kniete sich vor sie hin und benützte sein Taschentuch dazu, Tortenguß und Buttercreme aus ihren Haaren zu waschen. »Daß Sie nicht meiner Meinung waren, war nicht der Grund, sondern . . .«

»Ja?« sagte sie, »was war der Grund, daß Sie sich so abscheulich benommen haben?«

Er hatte seine Hand an ihrer Wange, hörte mit dem Waschen auf und blickte auf ihren Mund hinunter. Dann bewegte er den Daumen über die sanfte Kurve ihrer Unterlippe.

Amandas Herz begann schneller zu schlagen. Du solltest ihm nicht gestatten, das zu tun, dachte sie; aber sie hielt still. »Gewerkschaften«, flüsterte sie, während er ihren Mund betrachtete.

Er sah ihr wieder in die Augen und schien sich zu fangen. »Sie wissen nicht, wovon Sie reden. Sie plappern nur das nach, was Ihr Vater sagt und dieser Mann, den Sie zu lieben glauben.«

»*Den ich liebe,* Dr. Montgomery.«

Er nahm seine Hände von ihrem Gesicht und spülte sein Taschentuch aus. »Sie wissen nicht, was Liebe ist.«

Sie entriß ihm das Taschentuch. »Sie haben keine Ahnung, was ich alles weiß. Zufällig weiß ich eine ganze Menge über die Liebe, da ich ja schon seit meinem vierzehnten Lebensjahr in Taylor verliebt bin. Sie ist dauerhaft und unerschütterlich.«

»Ich habe Sie beide zusammen erlebt. Er ist Ihr *Lehrer,* nicht Ihr Liebhaber. Wie oft hat er Ihnen gesagt, daß Sie schön sind? Wie oft war er so überwältigt von der Leidenschaft für Sie, daß Sie ihn aus Ihrem Zimmer weisen mußten?«

»Taylor ist ein Gentleman. Natürlich mußte ich ihn niemals aus meinem Zimmer weisen. Ich möchte keinen Mann haben, der so . . . so . . .«

». . . leidenschaftlich ist?« ergänzte Hank. »Moment, das muß jetzt entfernt werden.« Er nahm das im Teich gespülte Taschentuch, um noch ein wenig Schokoladencreme aus ihrem Haar zu wischen, aber das wollte ihm nicht gelingen. »Das Zeug ist verdammt klebrig. Legen Sie sich auf den Rükken, betten Sie Ihren Kopf auf diesen Stein, und ich werde Ihre Haare mit dem Teichwasser waschen.«

Amanda gefiel dieser Vorschlag gar nicht; aber sie gehorchte. Hank holte eines von den Gläsern, das mit dem eingemachten Gemüse gefüllt war, und leerte es aus. Als er mit dem Glas zum Teich zurückkam, lag sie auf dem Gras im Schatten, ihren Kopf auf den Stein gebettet und ihre Haare wie einen Fächer um sie ausgebreitet. Er stöhnte laut, so daß sie überrascht zu ihm aufsah.

»Ich kann Sie beruhigen. Ich bin durchaus imstande, mir meine Haare selbst zu waschen«, erklärte sie und schickte sich an aufzustehen.

»Nein!« protestierte er rasch. Er spülte das Glas im Teich aus, füllte es mit Wasser, das er über ihre Haare goß. Da war ein Teil in ihm, der nicht glauben mochte, was er da tat. Wenn er in der Vergangenheit mit einer jungen Frau allein gewesen war, die Unterwäsche und Seidenstrümpfe an langen, schönen Beinen trug, dann nur, weil er ihr vorher das Kleid ausgezogen hatte, um mit ihr zu schlafen. Doch hier kniete er in aller Unschuld neben dieser halbbekleideten Frau und wusch ihr die Haare.

»Wovon sprachen wir vorhin?« fragte er. »Vielleicht konnte er aufhören, sie anzuschauen, wenn sie miteinander redeten.

»Sie haben mich beleidigt, wie das Ihre Gewohnheit ist«, versetzte sie, aber es lag kein Zorn in ihrer Stimme. Sie schloß die Augen und spürte seine Hände auf ihrem Kopf. Dieser Tag war von Anfang an schrecklich gewesen und natürlich eine reine Zeitverschwendung. Dr. Montgomery hatte nicht eine Spur von Interesse für das Museum gezeigt und ihr das auch auf eine äußerst schnöde Weise zu verstehen gegeben. Dann hatte er sie angeschrien und ihr die Torte ins Gesicht geschleudert – in der Tat ein gräßlicher Tag; doch im Augenblick wollte sie nirgendwo anders sein als hier in dieser schläfrig machenden Hitze, während ihr das warme Wasser durch die Haare rann.

Es schien die natürlichste Sache der Welt zu sein, als Dr. Montgomery sie küßte. Sie öffnete nicht die Augen, sondern genoß nur das Gefühl seiner warmen Lippen auf ihrem Mund. Sie legte ihre Hand auf seinen Hinterkopf. Er berührte nur mit der Zungenspitze die ihre, und das war sehr angenehm. Sie hätte hier ewig so liegen können, wenn er nicht seine Hand auf ihre Brust gelegt hätte.

Diese Berührung war so überraschend, daß sie ihre Augen aufriß. Sie schob ihn von sich weg und setzte sich auf, daß ihre nassen Haare an den Schultern seines Hemds klebten. »Wie können Sie es wagen!« keuchte sie.

»Ganz einfach«, sagte er grinsend, »und mit großem Vergnügen. Mit dem gleichen Vergnügen, daß Sie empfanden, möchte ich hinzufügen.«

»Sie haben mich berührt!« sagte sie und erhob sich.

Er grinste sie auf eine so wissende Weise an, daß sie mit rotem Gesicht zur Seite blickte. »Sie müssen mich jetzt nach Hause bringen«, bat sie steif.

Hank stand ebenfalls auf. »Natürlich. Ich steuere ohne

Hemd den Wagen, und Sie sitzen in Ihrer Unterwäsche neben mir, mit nassen Haaren.«

Amandas Vorstellungsvermögen reichte nicht aus, um sich ausmalen zu können, was passieren würde, wenn Taylor sie in diesem Aufzug sah. Er würde sie verlassen – die Ranch verlassen. Das könnte ihr Leben ruinieren, und ihr Vater würde sie hassen, weil sie Taylor aus dem Haus getrieben hatte. Zuweilen hatte Amanda den Eindruck, daß ihr Vater Taylor mehr liebte als seine leibliche Tochter.

Schwerfällig setzte sich Amanda wieder ins Gras. »Nein«, sagte sie leise, »Ich werde so lange warten müssen, bis meine Haare und mein Kleid trocken sind.«

Hank drehte sich lieber von ihr weg, als noch ein Wort zu ihrer Angst vor dem Mann zu sagen, den sie angeblich liebte. Wie sollte er ihr begreiflich machen, daß Angst und Liebe nicht zusammenpaßten?

»Haben Sie einen Kamm in Ihrer kleinen Handtasche, die noch im Wagen liegt?«

»Ja«, murmelte sie und ging zu seinem Auto. Sie war schrecklich verwirrt in diesem Moment, und abermals wünschte sie, daß dieser Dr. Montgomery niemals in ihr Leben getreten wäre. Sie mußte ihn wegschicken. Noch an diesem Abend würde sie Taylor eröffnen, daß der Professor ein unmöglicher Mann sei und sie keine Minute länger mit ihm beisammen sein wollte. Taylor würde das verstehen. Er würde sie verstehen und die Erlaubnis dazu geben – Nein! sagte sie sich. Sie waren ein Liebespaar, nicht Schülerin und Lehrer, und deshalb würden sie die Situation besprechen und ...

»Halten Sie still«, befahl Hank, kniete hinter ihr nieder und begann sacht ihr Haar zu kämmen.

»Dr. Montgomery, Sie können mich nicht dauernd anfassen«, protestierte sie und rückte ein wenig von ihm weg.

»Weil dies das Recht Ihres Liebhabers ist, richtig? Hören Sie – das mit der Torte tut mir leid, und dies ist meine Abbitte, die ich dafür leiste, verstanden? Und jetzt drehen Sie sich wieder um, und sitzen Sie still. Außerdem kämmt Ihnen Ihr Verlobter niemals die Haare, richtig?«

Amanda drehte sich um, und seine Berührung löste ein wunderbares Gefühl in ihr aus – sie war so entspannend, so zärtlich. Nein, dachte sie, Taylor hatte noch nie ihr Haar berührt oder ihr Kinn und sie auf den Mund geküßt. Doch sie wußte, daß er sie liebte. Liebe bestand nicht nur aus Zärtlichkeit. Dazu gehörten auch Respekt und das Aufblicken zu der Person, die man liebte. Und Dr. Montgomery verdiente keines von beidem.

»Sind Sie verheiratet?« fragte sie unvermittelt, zu ihrer eigenen Überraschung.

»Nein, auch nicht verlobt oder verliebt.«

»Ah, also wissen Sie gar nicht, was es bedeutet, jemanden zu lieben!«

»Da Sie das ebenfalls nicht wissen, sind wir uns in diesem Punkt wohl gleich.«

»Taylor und ich sind . . .«, begann sie. »Ach – es hat doch keinen Sinn. Sie haben sich Ihre Meinung gebildet, und nichts, was ich sage, wird Sie davon abbringen. Könnten wir nicht von etwas anderem sprechen?«

»Damit meinen Sie wohl eine Ihrer ›Konversationen‹, nicht wahr? Eine Debatte über irgendeine auswärtige Politik oder über eine Liste von Ursachen, weshalb der Krieg zwischen den Nord- und Südstaaten stattgefunden hat, wie?«

»Das ist ein ausgezeichnetes Thema. Sie wissen natürlich, daß die Sklaverei nur eine von zahlreichen Gründen gewesen ist. Als Professor der Wirtschaftswissenschaft . . .«

»Still – oder ich werde Sie wieder küssen.«

Amanda hätte bei diesen Worten fast gelächelt; aber sie beherrschte sich. »Wissen Sie ein wenig über Botanik Bescheid?«

»Wissen Sie etwas über Ihre Mutter?« gab er zurück.

Amanda wollte wieder von ihm wegrücken; aber er hielt sie mit beiden Händen fest, so daß sie sich nicht zu bewegen vermochte. »Ich glaube, das ist eine sehr persönliche Sache, Dr. Montgomery.«

»Könnte ich Sie mit einem Limonen-Schmalzkringel bestechen?« fragte er, während er fortfuhr ihr Haar zu kämmen.

Da mußte sie, ob sie wollte oder nicht, ein wenig lächeln. Im Augenblick schien ihr jeder Gedanke an Taylor abhanden gekommen zu sein. Während sie hier im Gras saß, mit einem Männerhemd bekleidet, die Hände eines Mannes in ihren Haaren, schienen Taylor und ihr Vater in weite Ferne entrückt zu sein. »Meine Mutter pflegte mir meine Haare zu bürsten und mit mir zusammen Limonen-Schmalzkringel zu essen«, gestand Amanda mit weicher Stimme. Sie hatte in den letzten beiden Jahren kaum noch an ihre Mutter gedacht.

»Und warum hat das aufgehört?« Hank fuhr fort, ihre Haare zu streicheln, mit dem Kamm hindurchzufahren, sie um seinen nackten Unterarm zu wickeln. Er wollte sie nur noch berühren. Er wollte die Arme um sie legen, ihren Nakken küssen, ihr das Hemd von den Schultern streifen und ...

»Weil man mir sagte ...«, antwortete sie, »ich meine, weil ich die Wahrheit über meine Mutter herausfand. Sie hatte keinen guten Einfluß auf mich.«

Hank konnte den nachdenklichen Ton aus ihrer Stimme heraushören. Also hatte Taylor sie ihrer Mutter entfremdet, die ihre Haare kämmte und ihr etwas Schmackhaftes zu essen gab. »Ich hatte mal so einen Vetter – einen, der ebenfalls einen schlechten Einfluß auf mich ausübte, meine ich. Er gab mir Whisky und Zigaretten, nahm mich mit in ein ... nun ... in ein Haus mit lockeren Damen, brachte mir viele gemeine Flüche bei und stiftete mich dazu an, viel zu schnell zu fahren. Wenn etwas schlecht für meine Gesundheit war oder mich sogar umbringen konnte – der olle Charlie brachte es mir bei. Es ist ein Wunder, daß ich überhaupt sechzehn Jahre alt geworden bin. Ich schätze, Ihre Mutter war genauso wie mein Vetter, wie? Sie hat mit Ihnen Whisky getrunken, ja? Hat sie Sie auch mit Drogen bekanntgemacht? Ist sie mit Ihnen in eine Opiumhöhle gegangen? Hat sie sich mit fremden Männern herumgetrieben? Hat sie es vor Ihren Augen mit denen getrieben? Oder ...«

»Hören Sie auf!« rief Amanda zornig. »Meine Mutter hat nie etwas Derartiges in ihrem Leben getan. Sie war wunderbar zu mir. Sie pflegte alle meine Kleider selbst zu nähen –

hübsche Kleider mit bestickten Krägelchen –, und sie kaufte mir wunderbar glänzende Schuhe dazu, und jeden Samstag nahm sie mich mit nach Kingman und kaufte mir dort Eiscreme und ...« Sie hielt abrupt inne, weil sie Schmerzen empfand. Noch mehr Schmerzen, die mir Dr. Montgomery zufügt, dachte sie bei sich.

»Ich verstehe«, erwiderte er mit vor Sarkasmus triefender Stimme. »Das hört sich ja wirklich nach einem schrecklichen Einfluß an.«

Sie drehte sich von ihm weg und riß sich dann von ihm los. »Sie haben ja keine Ahnung. Sie urteilen – und verurteilen etwas, von dem Sie absolut nichts wissen.«

»Dann erklären Sie es mir, Amanda«, bat er, indem er sie zum ersten Mal beim Vornamen nannte.

Sie legte die Hände an die Schläfen. »Sie verwirren mich. Warum sollte ich Ihnen etwas erklären? Ich kenne Sie nicht. Sie sind ein Fremder. Sie werden in ein paar Tagen wieder fort sein; warum soll ich Ihnen also etwas über meine Familie erzählen?«

»Ist es das, oder haben Sie Angst, mit mir darüber zu sprechen? Verraten Sie mir, was für eine schreckliche Sache Ihre Mutter verbrochen hat, damit ich sie ebenfalls hassen kann. Ich verabscheue Unterdrückung und Tyrannen, die jenen weh tun, die schwächer sind als sie selbst. Verraten Sie mir, was für eine schreckliche Sache Ihre Mutter Ihnen angetan hat, daß sie zwar unter dem gleichen Dach leben, sich aber nie sehen.«

»Sie hat mir überhaupt nichts getan«, brach es fast unfreiwillig aus Amanda heraus. »Sie hat in ihrem ganzen Leben niemandem etwas zuleide getan; aber sie hat ... hat ... *getanzt*!« Sie funkelte Dr. Montgomery trotzig an. Nun wußte er es.

»Oh«, machte er nach einer langen Pause. »Professionell? Mit oder ohne Kleider?«

Amanda konnte ihn nur mit offenem Mund anstarren. Sie hatte ihm dieses tiefe, dunkle Geheimnis offenbart – ein Geheimnis, das nach Taylors Worten ihr Blut verunreinigt und Amanda nichtswürdig gemacht hatte, und doch hatte Dr.

Montgomery diesem Umstand nicht die geringste Beachtung geschenkt. Wie beschränkt dieser Mann doch war! »*Mit* ihren Kleidern, natürlich«, fauchte sie. »Begreifen Sie das denn nicht? Sie war bei der *Bühne* gewesen!«

»War sie denn einigermaßen gut gewesen auf der Bühne?«

Amanda machte ein Geräusch, das teils Ärger, teils Trauer verriet, stand auf und ging auf den Wagen zu. Der Mann besaß die Empfindsamkeit eines Basaltfelsens!

Er ergriff ihren Arm und schwenkte sie zu sich herum. »Nein, *ich* begreife das nicht. Vielleicht können Sie es mir erklären. Alles, was ich bisher hörte, war, daß Ihre Mutter Sie liebte und Sie Ihre Mutter liebten, bis jemand zu Ihnen sagte, sie wäre bei der Bühne gewesen, dann haßten Sie Ihre Mutter plötzlich.«

»Ich hasse sie nicht, ich . . .« Sie löste mit einem Ruck ihren Arm aus seinem Griff. Er verwirrte sie so sehr! Er zwang sie, Dinge in Frage zu stellen, von denen sie wußte, daß sie richtig waren.

Hank bemerkte den Schmerz und die quälenden Zweifel in ihren Augen und sagte behutsam: »Sie haben vorhin so gut wie nichts zu sich genommen. Warum kommen Sie nicht hierher, essen und erklären mir die Sache mit Ihrer Mutter? Ich kann ein guter Zuhörer sein, und zuweilen hilft es einem, wenn man über solche Dinge spricht.«

Gehorsam folgte ihm Amanda zu dem ausgebreiteten Tuch und den Speisen. Plötzlich wollte sie ihm ihre Situation erklären. Er verurteilte sie ständig; aber wenn er die ganze Geschichte erfuhr, verstand er sie vielleicht – und wenn er sie verstand, würde er vielleicht auch damit aufhören, sie mit seinen hinterlistigen Andeutungen zu reizen.

Er goß ihr ein Glas von der noch immer kalten Limonade ein, füllte für sie einen Teller mit Salaten und Fleisch und reichte ihn ihr dann zu. »Essen und erzählen Sie«, forderte er sie auf.

»Meine Mutter war gut zu mir, als ich noch ein Kind war«, begann sie mit vollem Mund; »aber ich wußte nicht, daß sie nur so viel Zeit mit mir verbrachte, weil die andern Frauen in Kingman mit ihr nichts zu tun haben wollten.«

»Weil sie als Tänzerin auf der Bühne aufgetreten war?«

»Ja. Sie müssen wissen, daß mein Vater keine Ahnung von ihrer Vergangenheit hatte, als er sie heiratete. Meine Mutter stammt aus einer ausgezeichneten Familie. Ihre Vorfahren sind mit der *Mayflower* nach Amerika gekommen, und er hatte ihr vertraut, als man sie ihm vorstellte.«

»Sie meinen wohl damit, daß Ihr Vater glaubte, sie sei rein und unschuldig und wäre im Haus ihrer Eltern versteckt worden, bis er sie kennenlernte?«

Amanda runzelte die Stirn. »So etwas Ähnliches, ja. Später, als sie bereits verheiratet waren, erkannte jemand Mutter wieder. Das war ein Mann, der sich Dreistigkeiten mit ihr erlaubt hatte, glaube ich – ein Mann, den sie abgewiesen hatte. Er erzählte jedem in Kingman von ihr.« Amanda blickte zur Seite. »Er hatte auch ein Foto von Mutter in ... in einem engen Trikot.« Das letzte Wort flüsterte sie förmlich.

»Was geschah dann?« fragte Hank. »Sie wurde von der ganzen Stadt geächtet?«

»Ja«, sagte Amanda leise und blickte auf ihren Teller hinunter. »Als ich in die dritte Klasse ging, sagte ein Mädchen zu mir, ich bildete mir wohl ein, etwas Besseres zu sein, weil meine Mutter auf der *Mayflower* nach Amerika gekommen sei, doch dabei wäre sie doch nur eine billige Tänzerin.«

Hank begann nun eine Menge zu begreifen. »Wer hat den Leuten von Kingman über die Herkunft Ihrer Mutter erzählt?«

»Mein Vater war sehr stolz auf seine Frau.«

Hank sah zu, wie sie stumm, mit gebeugtem Kopf, weiteraß. Demnach hatte J. Harker also eine Frau geheiratet, die er für rein, unschuldig und blaublütig hielt, um später zu entdecken, daß sie Temperament und Persönlichkeit besaß – und vermutlich genauso gute Beine wie ihre Tochter hatte, setzte er in Gedanken hinzu und lächelte.

»Dr. Montgomery, ich glaube nicht, daß dies eine Angelegenheit ist, die zur Heiterkeit Anlaß gibt.«

»Also hat Ihr Vater vor allen Leuten damit geprahlt, daß seine Frau besser sei als jeder andere, um später herauszufinden, daß sie eine Tänzerin gewesen war, die, möchte ich hinzufügen, sich Zudringlichkeiten von jungen Männern nicht gefallen lassen wollte. Damit hatte sie die ganze Stadt gegen sich, nicht wahr? Ich möchte wetten, die Leute waren froh, daß sie jemanden verachten konnten, von dem sie befürchtet hatten, er würde sie sonst zuerst verachten. Was hat Ihre Mutter dann getan?«

Amanda hatte noch nie daran gedacht, daß die Stadt im Unrecht sein könnte – sie hatte nur das skandalöse Verhalten ihrer Mutter verurteilt. Sie war mit achtzehn Jahren ihrer Familie davongelaufen, nachdem man sie mit einem Mann verlobt hatte, der fünfzehn Jahre älter war als sie, und ihr Vater hatte sie zwei volle Jahre nicht wiederfinden können. In dieser Zeit hatte sich Grace mit einer Anstellung in einem Varietétheater in San Francisco durchgebracht, indem sie mit sieben anderen jungen Damen Ballett tanzte. Graces Vater hatte sie gewaltsam in sein Haus zurückgebracht, und ein halbes Jahr später war sie mit J. Harker Caulden verheiratet – einem Mann, der keineswegs den gleichen gesellschaftlichen Hintergrund wie Grace hatte; aber Graces Vater meinte, nur der soziale Hefesatz sei noch gut genug für so eine gefallene Frau wie Grace.

»Meine Mutter blieb mit mir zu Hause«, antwortete Amanda. »Wir zogen zusammen Puppen an, und sie las mir Geschichten vor, ließ mich ihren Schmuck anprobieren und . . .« Sie stockte, weil ihr weh wurde ums Herz bei diesen Worten. Sie erinnerte sich an den einschmeichelnden Duft, den ihre Mutter verströmte, an ihre Gutenachtküsse, an die Zeiten, in denen sie aus einem bösen Traum erwachte und ihre Mutter zu ihr gekommen war und sie in ihre Arme genommen hatte.

»Dann trat Taylor Driscoll in Ihr Leben und behauptete, Ihre Mutter hätte einen schlechten Einfluß auf Sie, und das hat Sie dazu veranlaßt, sich von Ihrer Mutter fernzuhalten, richtig?«

»Ja«, antwortete sie leise. Sie war mit ihren Gedanken noch immer bei ihrer Mutter.

»Ich vermute, sie hat Ihnen geraten, als Tänzerin im Varieté aufzutreten«, sagte Hank. »Hat sie Ihnen ihr Trikot angezogen, Ihnen Geschichten aus ihrem Leben als Tänzerin erzählt, in Ihnen die Lust geweckt, im Theater aufzutreten?«

»Sie hat mir niemals etwas von ihrer Bühnenzeit erzählt. Und ganz gewiß hat sie mich nicht dazu ermuntert, von zu Hause wegzulaufen, wie sie es getan hat.«

»Dann verraten Sie mir mal, Miß Caulden«, sagte Hank leise, »wieso Ihre Mutter einen schlechten Einfluß auf Sie ausgeübt haben soll.«

Kapitel Neun

Ich möchte nicht mehr über meine Mutter sprechen, Dr. Montgomery«, sagte Amanda streng.

Hank sah sie eindringlich an. »Das kann ich Ihnen nicht verübeln. Sie muß schon eine schreckliche Person sein. Dann wollen wir uns einem angenehmeren Thema zuwenden. Zum Beispiel, wann Sie Hochzeit feiern werden.«

»Bald«, behauptete sie und verputzte den Rest auf ihrem Teller.

»Torte?« fragte er. »Oder haben Sie davon schon genug gehabt?« setzte er augenzwinkernd hinzu.

Amanda hätte die Torte, die er ihr anbot, eigentlich ablehnen müssen, aber sie tat es nicht.

»Lassen Sie uns über so unverfängliche Dinge reden wie die Liebe«, sagte er. »Über Ihre Verlobungszeit und Ihre Hochzeitsnacht mit unserem Freund Taylor.«

Sie erstickte fast an ihrem Bissen.

»Limonade?« fragte er scheinheilig und hielt ihr ein Glas hin. »Vermutlich wissen Sie ja gründlich über solche Sachen wie Sex Bescheid, da Sie ja eine Mutter mit entsprechendem Vorleben haben und überhaupt so viel studieren. Sagen Sie – hat Taylor auf seinen täglichen Stundenplänen auch praktische Übungen in der Kunst der Liebe vorgesehen? Oder macht er so etwas spontan?«

»Er macht nichts . . .«, erwiderte sie gereizt und hielt mitten im Satz inne. »Taylor ist ein Gentleman.«

»Ich bin überzeugt, das wird er auch in Ihrer Hochzeitsnacht sein. Ist Ihnen schon mal der Gedanke gekommen, daß er bei all seiner Liebe für eine gebildete Frau enttäuscht sein könnte von einer Braut, die so wenig über – wie soll ich sagen –, über die physischen Aspekte einer Ehe weiß?«

»Taylor ist mein Lehrer, und ich bin sicher, daß er mir das, was ich wissen muß, beibringen wird.«

»Demnach soll er also auch nach Ihrer Hochzeit noch Ihr Lehrer bleiben? Das wird mit der Trauung nicht aufhören? Hat er vor, Ihnen für den Rest Ihres Lebens jeden Tag einen Stundenplan zu verpassen?«

Amanda stand abrupt auf und blickte zornig zu ihm hinunter. »Sie sind verabscheuungswürdig, Dr. Montgomery.«

Hank blieb sitzen, den Blick auf ihre Beine geheftet – auf ihre langen, schlanken, von schwarzen Seidenstrümpfen umhüllten Beine. »Amanda«, flüsterte er und streckte die Hand aus, um eine ihrer Waden zu berühren.

Aber Amanda war bereits mit zwei raschen Schritten unterwegs zum Teich, um dort ihr noch feuchtes Kleid aufzuheben. Binnen weniger Minuten hatte sie es angezogen und ihre nassen Haare zu einem strengen Knoten geschlungen. Dann kam sie zu Dr. Montgomery zurück. »Ich möchte jetzt nach Hause«, sagte sie so kalt wie möglich.

Er blickte mit zornigen Augen zu ihr hinauf. »Nach Hause in die offenen Arme des Mannes, der Sie liebt?«

»Dr. Montgomery, mein Leben geht Sie nichts an. Wie oft muß ich Ihnen das noch sagen, bis Sie es begreifen?«

Er rollte sich rasch auf den Bauch, und in der nächsten Sekunde stand er vor ihr und brachte sein Gesicht ganz nahe an ihres heran. »Ich werde es begriffen haben, sobald ich erkenne, daß es Ihr Leben *ist.* Was ich im Augenblick sehe, ist eine Marionette, nicht eine Frau, deren Fäden Taylor in der Hand hält – er zwingt Sie dazu, zu tun, was er verlangt.«

»Das ist absurd! Ich verfüge selbst über mein Leben. Ich . . .«

»Beweisen Sie es doch!« schnaubte Hank. »Beweisen Sie

mir, daß Taylor Sie haben möchte und nicht nur die Ranch Ihres Vaters, und ich werde Sie in Ruhe lassen.«

Sie wich einen Schritt vor ihm zurück. Er hatte ihre geheimste Befürchtung laut ausgesprochen. »Natürlich möchte er mich haben«, hauchte sie. »Taylor liebt mich und beweist mir das täglich. Jeden Abend setzt er sich hin und erstellt für mich den Stundenplan. Er kümmert sich um meine Nahrung, meine Kleider, leitet meine Studien und ...«

». . . behält so seinen Job«, unterbrach sie Hank gepreßt. »Solange er Sie noch unterrichtet, kann Ihr Vater ihn nicht entlassen. Sie sind jetzt zweiundzwanzig, Amanda. Wann werden Sie Ihr Examen machen? Wann werden Sie endlich Ihre Fäden kappen und frei sein?«

Er verwirrte sie und machte sie zugleich zornig. »Sie bereiten mir Kopfschmerzen, Dr. Montgomery. Bitte, bringen Sie mich nach Hause.«

»Heim zu diesem Automaten, den Sie angeblich lieben? Mein *Wagen* hat mehr Gefühle als dieser Taylor Driscoll.«

Amandas Verwirrung legte sich, und zurück blieb der Zorn. »Welchen Beweis brauchen Sie?« schnaubte sie ihn an. In diesem Moment hatte sie das Gefühl, daß sie einfach *alles* tun würde, um ihn zu zwingen, sein feindseliges Verhalten ihr gegenüber einzustellen. »Sagen Sie mir, was ich tun muß, um Ihnen zu beweisen, daß Taylor der Mann ist, den ich liebe.«

»Leidenschaft«, antwortete Hank rasch, »der Mann ist zu keiner Leidenschaft fähig. Selbst wenn Sie ihn heiraten, werden Sie als alte Jungfer sterben. Bringen Sie ihn dazu, Ihnen zu beweisen, daß er Ihnen die Jungfernschaft nehmen kann.«

Sie wurde puterrot im Gesicht, und ihr Zorn wich einer peinlichen Verlegenheit: »Ich werde ihn bitten . . .«

»Nein, *bitten* Sie ihn um nichts. Laden Sie ihn in Ihr Zimmer ein. Werfen Sie sich an seine Brust. Setzen Sie sich auf seinen Schoß, und fahren Sie ihm mit beiden Händen durch die Haare.«

Amanda starrte ihn einen Moment an und versuchte angestrengt, sich vorzustellen, wie sie auf Taylors Schoß saß; aber es wollte ihr nicht gelingen. Sie drehte sich von Dr. Montgomery weg und trat einen Schritt auf den Wagen zu. »Sie sind ein frivoler Mensch«, sagte sie leise.

Hank faßte sie am Arm, drehte sie wieder um und zog sie an sich. Er preßte seinen Mund auf ihre Lippen. Es war eine Mischung aus Wut und Verlangen, die ihn dazu trieb.

Vielleicht war es auch die Wut in Amanda, die sie veranlaßte, nicht vor ihm zurückzuweichen. Sie hob gleichzeitig beide Arme, legte sie um seinen Oberkörper und drückte ihn an sich, als sein Mund sich über dem ihren öffnete. Und sie kostete seine Zunge mit dem gleichen Vergnügen, das sie beim Genuß der Speisen empfand, mit denen er sie bekanntgemacht hatte. Ihre Brüste preßten sich gegen seinen Brustkorb, ihre Hüften gegen seine Hüften, als er sie fest an sich zog. Sein Knie schob sich zwischen ihre Beine, und Amanda glitt mit ihrem Körper in die Höhe, ließ ihn ihr ganzes Gewicht tragen, so daß nur noch der große Zeh ihres linken Fußes den Boden berührte.

Hanks Lippen bewegten sich von ihrem Mund fort, zogen eine heiße Spur hinunter zu ihrem Hals.

Amandas ganzer Körper pulsierte und pochte, ihr Herz schlug wild, und dennoch gelang es ihr, ihn von sich wegzuschieben. »Ist es das, was Sie unter Leidenschaft verstehen, Dr. Montgomery?« brachte sie dann irgendwie fertig zu sagen.

Die Wut in seinen Augen reichte aus, um einen Menschen zu töten. Er sagte kein Wort, packte nur die Zipfel des Picknick-Tuches und rollte Geschirr und Eßwaren darin ein. Dann warf er alles in den Karton und befestigte diesen wieder am Heck seines Wagens.

»Steigen Sie ein«, befahl er und öffnete den Wagenschlag für sie. Amanda gehorchte.

Er fuhr viel zu schnell zur Caulden-Ranch zurück, und hatte dann verflixt viel Mühe, mit den schwachen Bremsen den Wagen wieder zum Stehen zu bringen. Als Amanda vor der Garage aussteigen wollte, hielt er sie am Arm fest. »Vergessen Sie unsere Abmachung nicht!«

Amanda mochte ihn nicht einmal mehr anschauen. Seine Hände, seine Lippen, seine kulinarischen Verführungen, seine Worte – dies alles machte ihr Leben zur Hölle.

»Sie müssen beweisen, daß Taylor Leidenschaft entwikkeln kann, um diese Wette zu gewinnen.«

»Dr. Montgomery, ich glaube . . .«

»Nennen Sie mich Hank«, schnaubte er. »Ich denke, so intim dürfen Sie schon mit mir sein.«

Sie blickte noch immer geradeaus und wünschte sich, daß er endlich aus ihrem Leben verschwände, damit sie wieder zu dem zurückkehren konnte, was sie wußte und verstand. »Ich hatte das nur aus einer momentanen Laune heraus gesagt und glaube nicht . . .«

»Wenn Sie gewinnen, verlasse ich Kingman.«

Nun drehte sie ihm das Gesicht zu und blickte ihn an, und die Hoffnung, die er in ihren Augen las, machte ihn noch wütender.

»Wenn ich gewinne, gehen Sie heute abend mit mir zum Tanzen.«

›Mit Ihnen und Reva Eiler‹, hätte sie beinahe gesagt; aber es bestand keine Veranlassung, auch nur einen Gedanken an diesen Tanzabend zu verschwenden, weil sie nicht verlieren würde. Sie war durchaus bereit, auf fast jeden männlichen Schoß zu krabbeln, wenn das zur Folge hatte, daß sie diesen unausstehlichen Dr. Montgomery wieder loswurde. »Und was wird dann aus Ihren Gewerkschaftsanhängern?«

»Ich werde jemand anderen hierherschicken – jemanden, dem die hübsche Caulden-Tochter egal ist; jemanden, der sich einen Teufel darum schert, ob Sie Ihr Leben wegwerfen und an wen.«

»Wie melodramatisch Sie sein können«, höhnte sie. »Sagen Sie – wie gedenken Sie, den Sieger dieser idiotischen Wette festzustellen? Wollen Sie sich hinter der Tür verstekken und den Spion spielen?«

»Ich werde mich auf Ihr Wort verlassen. Sie haben bis neunzehn Uhr dreißig Zeit, Taylor zu einer Art primitiver Enthüllung herauszufordern, oder . . .«

»Zu einer Art, wie Sie sie demonstrierten?« unterbrach sie ihn.

»Oder Sie gehen mit mir zum Tanzen«, fuhr er fort, indem er ihre Frage ignorierte.

»Sie sollten lieber packen.«

»Ich werde in die Stadt fahren«, meinte er mit einem selbstgefälligen Lächeln, »und ein Kleid für Sie besorgen, das Sie heute abend anziehen können. Ich bezweifle, daß Driscoll Ihnen etwas gekauft hat, was sich zum Tangotanzen eignet.«

Sie stieg aus dem Wagen. »Ich hoffe, Sie kennen eine andere Person, der dieses Kleid paßt; denn ich werde es bestimmt nicht brauchen.« Sie warf die Wagentür zu und sah ihn mit einem boshaften Lächeln an. »Es war interessant, Sie kennengelernt zu haben, Dr. Montgomery – nicht angenehm, aber interessant. Ich werde Sie um neunzehn Uhr dreißig im Sommerhaus treffen und erwarte, daß Sie dort mit fertig gepackter Reisetasche erscheinen.« Damit drehte sie sich auf dem Absatz um und ging zum Haus, während er den Wagen Richtung Stadt steuerte.

Amanda behielt ihre Courage noch auf dem Weg in den Oberstock bis zu ihrem Zimmer bei; doch als sie die Tür hinter sich zumachte, schien ihr letztes Quentchen Kraft aufgebraucht zu sein, und sie lehnte sich mit geschlossenen Augen gegen die Tür. In dem Wäldchen, als sie mit diesem schrecklichen Mann allein gewesen war, hatte sie sich in eine andere Person verwandelt – in eine wagemutige, aufbegehrende junge Frau, die mit der wirklichen Amanda so gar nichts gemein hatte.

Sie blickte sich in ihrem tadellos aufgeräumten, farblosnüchternen Zimmer um und wußte, daß dies zur echten Amanda gehörte. Sie ging zum Schreibtisch und nahm dort den letzten von Taylor ausgefertigten Stundenplan zur Hand: Sie war bereits mit dem nächsten Kursus in Verzug, und sobald sie das Papier mit den Händen berührte, spürte sie, wie die Macht, die Taylor über sie besaß, zurückkehrte.

Sie ließ sich schwerfällig auf ihren Stuhl sinken. Was in aller Welt hatte sie getan? Sie sollte Taylor *herausfordern*?

Sich ihm auf unschickliche Weise nähern? Eher würde sie mit nackten Füßen über glühende Kohlen gehen!

Aber wenn sie nichts in dieser Richtung unternahm, würde sie mit Dr. Montgomery zum Tanzen gehen müssen. Natürlich konnte sie Dr. Montgomery immer noch sagen, das Ganze sei nur ein Scherz gewesen. worauf er sie dann, so zivilisiert wie er war, zweifellos über seine Schulter werfen und zur Haustür hinaustragen würde. Und das wiederum mußte zu einem unheilbaren Bruch der Beziehung zwischen ihr und Taylor führen.

Sie stützte die Ellenbogen auf die Tischplatte und barg das Gesicht in den Händen. Was in aller Welt hatte sie nur verbrochen? Womit hatte sie sich diesen Fluch in Gestalt von Dr. Montgomery verdient? Gott schickte den Ägyptern die zwölf Plagen, und ihr schickte er diesen Dr. Montgomery. Hiob hätte sogar aufgegeben, wenn er es mit *diesem* Mann zu tun gehabt hätte.

Sie öffnete die Augen und las noch einmal ihren Stundenplan. Sie war verspätet mit Dr. Montgomery von ihrem Museumsbesuch zurückgekommen und sollte sich in diesem Augenblick über den Krieg zwischen Griechen und Bulgaren informieren, so daß sie beim Dinner heute abend mit Taylor darüber debattieren konnte – falls sie zur Dinnerzeit noch am Leben war. Taylor würde sie möglicherweise umbringen, wenn sie tat, wozu Dr. Montgomery sie auf heimtückische Weise verpflichtet hatte.

Wenn da nur jemand gewesen wäre, mit dem sie reden könnte. *Wie* verleitete man einen Mann wie Taylor zu einer leidenschaftlichen Handlung? Bei Dr. Montgomery schien es zu genügen, daß man ein, zwei Sekunden lang an einer Stelle verharrte, und schon war er in Glut. Amandas Gedanken glitten zu dem Schauplatz dieses Nachmittags zurück. Die laue Luft, der Gesang der Vögel, die appetitlichen Lekkereien, Dr. Montgomerys Lippen und Hände – das alles schien zu einer einzigen köstlich langen Empfindung zusammenzufließen.

Nein, sagte sie sich, hör auf, an so etwas zu denken! Dr. Montgomery ist ein anmaßender, ungehobelter Mensch –

ein Mann der Unterklasse, der es nicht verdient, Taylor die Stiefel zu putzen. Aber er brachte es tatsächlich fertig, ihre Gefühl zu . . .

Mutter, dachte sie plötzlich. Ihre Mutter würde wissen, was hier zu tun war.

Und ohne noch einmal darüber nachzudenken, was sie genau vorhatte, verließ Amanda ihr Zimmer, ging den Korridor hinunter und klopfte an die Tür des Zimmers, in dem Grace Caulden nun lebte.

»Kommen Sie herein, Martha«, rief Grace, in der Meinung, ihr Zimmermädchen stünde draußen.

Amanda öffnete die Tür und spürte, wie ihr Herz klopfte, als wäre sie im Begriff, eine Sünde zu begehen. Ihre Mutter saß mit dem Rücken zu ihr an einem kleinen Schreibtisch, und der Stift, den sie in der Hand hielt, glitt rasch über ein Stück Papier. Amanda hatte in den letzten paar Jahren ihre Mutter natürlich gesehen, jedoch stets die Augen abgewendet, wenn sie sich begegneten. Taylor konnte sehr böse werden, wenn er sie dabei ertappte, wie sie mit ihrer Mutter redete.

»Ich bin's«, flüsterte Amanda.

Grace drehte sich auf ihrem Stuhl herum, und ihre Augen schienen ihre Tochter zu verschlingen; aber sie rührte sich nicht. Es war nicht leicht, das Verlangen, Amanda in die Arme zu schließen, zu unterdrücken.

»Etwas ist passiert«, stellte Grace mit einer sanften, sorgfältig artikulierenden Stimme fest. Sie war so hübsch wie ihre Tochter mit ihren dunklen Haaren und Augen; aber da war keine Traurigkeit in ihrem Blick. Für eine Frau, die praktisch von ihrer eigenen Familie geächtet wurde, wirkte sie bemerkenswert heiter.

Amanda empfand schreckliche Gewissensbisse, weil sie sich im Zimmer ihrer Mutter befand, hatte jedoch gleichzeitig ein so gutes Gefühl dabei. Sie wußte, daß dieser paradoxe Gemütszustand Dr. Montgomerys Schuld war. »Ich brauche einen Rat«, sagte Amanda leise.

Grace legte ihren Stift beiseite und schenkte ihrer Tochter ihre volle Aufmerksamkeit. »Ich werde mein Möglichstes tun.«

»Ich . . . ich habe etwas sehr Dummes getan.« Amanda blickte auf ihre Hände hinunter.

Grace unterdrückte den Impuls, ›gut!‹ zu sagen, und wartete, während ihre Tochter dastand und mit ihren Fingern spielte. Amandas schrecklich unmodernes häßliches Kleid war zerknittert und voller Flecken, ihre Haare zerzaust.

»Ich habe eine Wette abgeschlossen«, gestand Amanda und erklärte so rasch, wie sie sprechen konnte, wie es dazu gekommen war.

Als sie geendet hatte, saß Grace mit offenem Mund vor ihr. »Dieser Dr. Montgomery ist . . .«, ihre Stimme verebbte.

»Er ist ein schrecklicher Mann! Es wäre mir nicht im Traum eingefallen, auf diese lächerlichen Bedingungen einzugehen, wenn er mir nicht versprochen hätte, Kingman zu verlassen, falls ich gewinne. Taylor hat keine Vorstellung davon, wie dieser Mann ist, sonst hätte er mich nie gebeten, meine Zeit mit ihm zu verbringen.«

Graces Augen fingen zu leuchten an, während sie rasch überlegte. »Du mußt diese Wette gewinnen. Zum Vorteil aller, die auf dieser Ranch leben, mußt du sie gewinnen. Jetzt ist nicht der Zeitpunkt, an dich zu denken. Du mußt dich Taylor an den Hals werfen und der Natur ihren Lauf lassen. Ich bin sicher, Taylor wird das verstehen – und darauf eingehen. Schließlich ist er doch ein normaler, gesunder Mann, und du bist eine schöne junge Frau. Zudem ist nichts Unrechtes dabei, da ihr verlobt seid und euch das Heiratsversprechen gegeben habt. Ich möchte wetten, Taylor muß sich sehr beherrschen, daß er dich nicht anfaßt. Er nimmt lediglich Rücksicht auf dich.«

»Du glaubst also nicht, daß Taylor mich verabscheuen wird, wenn ich zu . . . zu dreist werde? Er scheint aufdringliche Frauen nicht zu mögen.«

»Ich sagte dir doch – er nimmt Rücksicht auf *dich*. Zeige ihm nur, daß du ein bißchen weniger Respekt brauchst und etwas mehr Liebesbeweise, und du wirst nicht nur deine Wette gewinnen, sondern auch einen verbindlichen Hochzeitstermin bekommen – und obendrein diesen schrecklichen Dr. Montgomery loswerden. Was kannst du noch mehr verlangen?«

Amanda lächelte ihrer Mutter zu. »Ich glaube, du hast recht. Vielen Dank.« Sie wandte sich wieder zum Gehen; aber Grace rief sie noch einmal zurück.

»Amanda«, fragte sie leise, »was hat dich dazu bewegt, zu mir zu kommen?«

»Dr. Montgomery hat mich nach dir gefragt, und ich ... nun, ich schätze, ich ...«

»Ich verstehe. Und jetzt geh. Du hast nur zweieinhalb Stunden Zeit, deine Wette zu gewinnen.«

Amanda lächelte noch einmal ihrer Mutter zu und verließ das Zimmer.

Grace lehnte sich zurück und richtete ihren Blick himmelwärts. »Bitte, lieber Gott«, betete sie, »ich brauche deine Hilfe. Ich weiß nicht, wie ich jemals in den Himmel kommen soll mit diesen Haßgefühlen, die ich gegen Taylor Driscoll hege.«

Dann sah sie sich wieder im Zimmer um und lächelte. Wenn Amanda diesem kalten Fisch Taylor Avancen machte, war er bestimmt entsetzt. Dr. Montgomery hatte recht – in Taylor steckte nicht ein Funken von Leidenschaft. Grace hoffte, daß Amanda sich ihm an den Hals werfen und Taylor dies so abscheulich finden würde, daß er die Verlobung löste. Vielleicht war es ihm sogar so peinlich, daß er die Ranch verließ.

»Das wird dieser Halunke niemals tun«, murmelte Grace. Taylor begehrte diese Ranch so sehr, daß er Amanda unterjocht, Grace geächtet und Harker in den Glauben versetzt hatte, er könnte ohne ihn die Ranch nicht mehr leiten.

Dr. Montgomery, dachte Grace, bevor sie wieder an ihre Schreibarbeit ging, sie mußte sich diesen jungen Mann einmal anschauen.

Amanda stand inzwischen vor dem offenen Kleiderschrank. Ich habe nur zweieinhalb Stunden Zeit, dachte sie, und bereits fünfzehn Minuten davon vergeudet in dem Bemühen, das richtige Kleid auszusuchen. Sie war nicht daran gewöhnt, ihre Garderobe selbst zusammenzustellen, da ihr Taylor seit Jahren vorschrieb, was sie anzuziehen hatte. Sie glaubte nicht, daß sie ihn fragen könnte, was sie zu seiner eigenen Verführung anziehen sollte.

Endlich suchte sie ein einfaches pinkfarbenes Kleid heraus, da Rosa der Farbe Rot noch am nächsten kam, und als sie sich ankleidete, überlegte sie, was an praktischen Maßnahmen zum Gewinnen der Wette erforderlich wäre. Ein Kuß auf den Mund, dachte sie bei sich. Mehr braucht es nicht. Einen Moment lang hing sie dem Gedanken nach, mit welcher Glut sie wohl den Kuß des Mannes erwidern würde, den sie liebte, wenn sie schon auf Dr. Montgomerys Küsse so leidenschaftlich reagiert hatte. Schon der Gedanke daran rief eine Gänsehaut auf ihren Armen hervor.

Als sie angezogen war, unternahm sie einen ungeplanten Ausflug ins Badezimmer und ging dann nach unten, um Taylor zu suchen. Das Dienstmädchen sagte ihr, er befände sich in der Bibliothek. Amanda verharrte noch einmal vor der Tür und holte tief Luft. Sie tat das alles nur für die Ranch, erinnerte sie sich, und klopfte an.

Bei Taylors »Herein« zitterte ihre Hand auf der Klinke, als sie die Tür öffnete.

Taylor blickte vom Schreibtisch auf, offenbar überrascht, sie hier zu sehen, und musterte sie dann kalt. »Ich glaube nicht, daß dies das Kleid ist, das ich für dich ausgesucht habe.«

»Es hat einen Unfall gegeben«, antwortete sie zungenfertig, als wäre sie daran gewöhnt zu lügen. »Im Museum fiel ein Kind mit einem Stück Torte gegen mich. Mit einer Schokoladentorte.«

»Abscheulich«, entrüstete er sich. »Die Kinder haben heutzutage kein Benehmen mehr.«

Amanda holte tief Luft: »Unsere Kinder werden nicht so ungezogen sein.«

Diese Worte schienen ihn zu schockieren, und Amanda empfand eine kleine Genugtuung darüber, daß sie so viel Wirkung bei ihm erzielte. »Warum studierst du nicht?« fragte er leise.

»Ich wollte mit dir reden«, antwortete sie und kam ein paar Schritte näher an den Schreibtisch heran. »Ich dachte ...« Sie zögerte. »Ich dachte, vielleicht könnten wir über unsere Heiratspläne sprechen.«

Taylor brauchte eine Weile, um sich von diesen Worten zu erholen. Ihm gefiel das ganz und gar nicht. Amanda sollte jetzt nicht hier in der Bibliothek sein; sie sollte nicht dieses Kleid tragen; und ganz gewiß sollte sie nicht mit ihm über die Hochzeit sprechen ... und über Kinder! Er mußte dem Einhalt gebieten. Wenn sie damit anfing, zu gehen, wohin sie wollte und wann sie wollte, wo würde sie da als nächstes landen – in einem Wirtshaus? Er stand auf.

»Amanda, du hast jetzt ...«

»Ich würde mich gern mit dir über unsere Hochzeit unterhalten«, unterbrach ihn Amanda rasch und versteckte ihre bebenden Hände auf dem Rücken.

Taylor kam um den Schreibtisch herum und blickte auf sie herunter. »Wir werden über unsere Hochzeit sprechen, wenn *ich* das sage.«

Zum allerersten Mal empfand Amanda so etwas wie Ärger über Taylor. Daran war dieser unselige Dr. Montgomery schuld, dachte sie bei sich. Er verdrehte ihre Gedanken und säte Zweifel, wo vorher absolute Klarheit geherrscht hatte. »Ich bin zweiundzwanzig. Ich bin eine *Frau*, kein kleines Mädchen«, sagte sie mit der Stimme einer Zehnjährigen.

»Du benimmst dich nicht wie eine verantwortungsbewußte Erwachsene«, tadelte er mit vorgerecktem Kinn. »Du führst dich wie ein forderndes, nörgelndes, herrschsüchtiges Weib auf. Du beträgst dich keineswegs wie eine Frau, die sich irgendein Mann als Gattin wünschen würde.«

Amanda erinnerte sich an die Worte ihrer Mutter – daß Taylor nur Rücksicht auf sie nahm und er ein normaler, gesunder Mann war. Und sie erinnerte sich zugleich an ihre Wette. Rasch, ehe sie wieder der Mut verließ, stellte sie sich auf die Zehenspitzen und preßte ihre Lippen auf Taylors Mund.

Nichts passierte. Vielleicht hatten Dr. Montgomerys barbarische Sitten ihr Wahrnehmungsvermögen verdorben;

doch jedesmal, wenn sie noch gut einen Meter von ihm entfernt war, hatte sie bereits seine Hände auf ihrem Körper. Aber Taylor reagierte nicht, bewegte sich nicht, beugte nicht einmal einen Millimeter den Nacken. Sie öffnete ein wenig die Lippen; aber es passierte dennoch nichts.

Sie öffnete die Augen, blickte ihn an und bemerkte, daß er sie wütend anstarrte. Sie löste sich von ihm. Er war kirschrot im Gesicht, eine Ader pochte auf seiner Stirn, und Amanda beschlich die Angst. Sie erinnerte sich an Dr. Montgomerys Worte: ›Schlägt er Sie?‹ Sie stand wie gelähmt da und sah zu ihm hoch.

Taylor brauchte eine Weile, um sich so weit zu erholen, daß er sprechen konnte. Er war in der Tat entsetzt. Die Frau, die er so sorgfältig erzogen hatte, verwandelte sich – genauso wie seine Mutter – in eine Hure. Waren denn alle Frauen gleich? Waren Frauen nur an dieser einen Sache interessiert?

»Bist du jetzt fertig?« fragte Taylor schließlich, und seine Stimme war kalt genug, um seinen Atem in Frost zu verwandeln. »Oder verlangst du vielleicht noch mehr? Sollen wir uns hier auf dem Teppich paaren? Ist es das, wonach es dich gelüstet?«

»Nein«, flüsterte sie. »Ich . . .«

»Habe ich dich falsch eingeschätzt, Amanda? All diese Jahre über dachte ich, daß du anders wärst – eine Frau, die der Liebe würdig ist; eine Frau, die höhere Ziele im Leben verfolgt als nur die Fortpflanzung –, und nun stelle ich fest, daß du gar nicht anders bist. Sag mir – hast du mich die ganze Zeit über belogen? Hattest du gar kein echtes Interesse am Lernen?«

»Natürlich hatte ich das«, protestierte sie und fühlte sich nun wirklich wie eine Dirne. »Ich hatte nicht vor . . .«

»Was hattest du nicht vor?« schnaubte er. »Dich wie eine Frau aus der Gosse zu benehmen? Was für eine Art von Frau wirft sich denn einem Mann an den Hals, wie?«

»Aber wir sind doch verlobt«, entgegnete sie im flehenden Ton. »Sollten Verlobte nicht Gefühle füreinander zeigen?«

»Habe ich dir nicht meine Zuneigung bewiesen? Meinst

du etwa, daß das Planen und die Vorbereitungen deiner Studien; die Zeit, die wir miteinander verbringen, keine Beweise meiner Zuneigung sind?«

»Natürlich sind sie das«, murmelte sie. Sie war sich noch nie im Leben so verworfen vorgekommen wie jetzt. Wie hatte sie sich nur so vulgär benehmen können? »Es tut mir sehr leid. Es wird nicht mehr vorkommen. Ich bitte um Entschuldigung.«

»Es fällt mir schwer, an deine Reue zu glauben. Vielleicht bin ich nicht der richtige Mann für dich. Vielleicht sollte ich die Ranch verlassen und . . .«

Amandas Kopf fuhr hoch. Er begehrte die Ranch nicht mehr als sie. Sie hätte fast gelächelt. »Nein, bitte, verlasse sie nicht. Ich werde dir keinen Kummer mehr machen. Ich werde mich nie mehr so . . . so unverschämt zu dir benehmen. Bitte, verzeih mir. Ich werde jetzt hinaufgehen und die ganze Nacht – ohne Dinner – studieren. Und morgen werde ich dafür sorgen, daß du stolz auf mich bist.«

»Das wird schwierig sein.«

»Ich werde dafür sorgen; du wirst schon sehen«, versprach Amanda und wich zur Tür zurück. »So etwas wird nicht wieder passieren. Ich schwöre es.« Sie schob sich durch die Tür auf den Flur und lief die Treppe hinauf zu ihrem Zimmer.

In der Bibliothek ließ Taylor sich schwer auf seinen Sessel fallen und bemerkte voller Entsetzen, daß er zitterte. Er hätte um ein Haar alles verloren: die Ranch, Amanda, die gesicherte Zukunft – alles. Doch was ihn außerdem noch beunruhigte, war, daß der Kuß von Amanda ihn nicht im geringsten erregt hatte.

Er erhob sich wieder vom Sessel. Das war absolut normal. Er sollte in ihr nichts anderes als eine Schülerin sehen, bis sie verheiratet waren. Dennoch – dieser Auftritt hatte ihn erschüttert. Dem Verlust der Ranch so nahezukommen und mit ansehen zu müssen, daß Amanda, die einzige Frau, der er jemals sein Vertrauen geschenkt hatte, sich benahm wie eine Frau von der Straße, hatte in ihm ein Gefühl hinterlassen, als würde ihm das Fundament unter den Füßen weggezogen.

Zum ersten Mal in seinem Leben vergriff er sich an J. Harkers Whiskykaraffe, goß zwei Fingerbreit Bourbon in ein Glas und kippte das Zeug hinunter. Er war sicher, daß seine Kehle in Flammen stand, und als die heiße Flüssigkeit seinen Magen erreichte, schoß ihm das Wasser in die Augen. Aber er fühlte sich schon besser, als er an den Schreibtisch zu seinen Kontobüchern zurückkehrte. Was war nur in Amanda gefahren? Vielleicht hatte sie zuviel freie Zeit. Vielleicht waren die Lektionen, die er ihr verordnete, nicht schwierig genug und forderten ihren aktiven Geist nicht genügend heraus. Er würde ihren Studienplan straffen und ihr etwas geben, was ihren Verstand gründlich beschäftigte.

Amanda versuchte, ihre Haltung zu bewahren, aber es gelang ihr nicht. Sobald sie sich in ihrem Zimmer befand, warf sie sich auf ihr Bett und weinte, als wäre ihr Leben zu Ende. Sie hätte es beinahe so weit gebracht, daß Taylor sie verließ.

Sie schlug mit den Fäusten in ihr Kissen und trommelte mit den Füßen auf die Tagesdecke. Sie haßte, haßte, *haßte* Dr. Montgomery. Er ruinierte ihr ganzes Leben. Warum ging er nicht dorthin zurück, wo er hergekommen war? Warum konnte er sie nicht in Ruhe lassen?

Sie weinte fast eine halbe Stunde, bis es an ihre Tür klopfte und sie Mrs. Gunston öffnen ging. Amanda wendete ihr Gesicht ab, damit die Frau nicht sah, daß sie geweint hatte.

»Das schickt er Ihnen«, sagte die stattliche Person und schien sich insgeheim über etwas zu freuen.

Amanda nahm das Buch und das Papier entgegen und schloß die Tür wieder vor Mrs. Gunstons Nase.

»Einführung in die Differentialrechnung«, las sie laut und betrachtete dann ihren neuen Stundenplan. Sie sollte dieses Buch studieren, und morgen um sechs Uhr in der Früh sollte sie über den Lehrstoff der ersten vier Kapitel geprüft werden.

»Aber morgen ist doch Sonntag«, flüsterte sie, und dann sackten ihre Schultern nach unten, als sie das Lehrbuch durchblätterte. Es sah alles so schrecklich kompliziert aus, und wenn sie bei der Prüfung nicht versagen wollte, mußte sie die ganze Nacht aufbleiben. Sie würde ihren Lehrstoff beherrschen! Sie würde Taylor beweisen, daß sie keine leichtfertige, frivole Frau war.

Sie ging zu ihrem Schreibtisch und schlug die erste Seite des Buches auf.

Sie war so sehr darin vertieft, die Grundbegriffe der Differentialrechnung zu erfassen, daß sie nicht hörte, wie Hank durch das Fenster in ihr Zimmer stieg. Und als er sie ansprach, erschrak sie furchtbar.

»Sie haben die Wette verloren, nicht wahr?« sagte Hank hinter ihr.

Amanda legte die Hand aufs Herz, als sie sich zu ihm umdrehte. »Wahrhaftig, Dr. Montgomery – müssen Sie wie ein Einbrecher in mein Zimmer schleichen? Können Sie nicht an die Tür kommen und anklopfen, wie es sich für einen gebildeten Mann mit Manieren gehört? Aber vielleicht verlange ich zuviel von Ihnen. Vielleicht sind Sie im Stall mit Hühnern und Schweinen aufgewachsen.«

Hank grinste sie an. »Hat er Sie so böse abblitzen lassen, daß Sie schnippisch geworden sind, wie?«

Sie schickte ihm einen Blick, der, wie sie hoffte, töten konnte. Aber er wischte ihm nicht einmal das Grinsen aus dem Gesicht. Sie wandte sich wieder ihrem Lehrbuch zu.

»Sind Sie so weit, daß wir gehen können? Ich habe Ihnen ein neues Kleid gekauft. Es soll der letzte Schrei für eine junge Lady sein, die eine Nacht hindurch Tango tanzen will.«

Sie knirschte mit den Zähnen und wandte den Blick nicht von ihren Gleichungen ab. »Ich fürchte, mir ist etwas dazwischengekommen, so daß ich nicht mitgehen kann.« Sie wartete auf seinen Wutausbruch; aber als sie sekundenlang nicht das mindeste Geräusch von ihm hörte, drehte sie sich wieder um. Er lag auf ihrem Bett, und sein Körper nahm dessen ganze Breite und Länge ein. Einen Moment lang wirkte er recht verführerisch, doch sie brach diese Überlegungen rasch ab.

»Nun?« sagte sie. Sie wollte, wenn es zum Streit kommen sollte, diesen rasch hinter sich bringen.

»Nun was?« Er blickte weiter zur Decke.

Er hatte mehr Methoden, einen Menschen zu reizen, als die meisten Leute Haare auf dem Kopf. Sie stand auf, die zu Fäusten geballten Hände an den Seiten. »Dr. Montgomery, ich möchte, daß Sie mein Zimmer verlassen und es nie mehr betreten. Auch verlange ich, daß Sie sich nicht mehr in mein Leben einmischen. Was diesen Nachmittag anbelangt, so war ich ... nun ... ich war außer mir und sagte Dinge, die ich nicht so meinte. Wenn Sie mich mißverstanden haben und dachten, ich würde mit Ihnen zum Tanzen gehen, dann tut mir das leid. Aber ich habe zu tun und kann das Haus nicht verlassen.«

Er lag nur da, die Hände hinter dem Kopf verschränkt, und erwiderte kein Wort.

»Ich habe Sie aufgefordert, mein Zimmer zu verlassen!«

»Was haben Sie zu tun?« fragte er endlich.

Sie seufzte verärgert. »Wenn Sie das unbedingt wissen müssen – es ist die *Einführung in die Differentialrechnung*, und ich werde schon morgen in aller Früh darin geprüft; also muß ich jede Minute auf das Studium verwenden.«

Er wälzte sich vom Bett und stellte sich vor sie hin. »Also sind Sie noch überdies bestraft worden, wie? Eine Prüfung am Sonntagmorgen? Was haben Sie mit ihm angestellt? Mit ihm einen Ringkampf auf dem Boden aufgeführt? Oder sind Sie zu ihm in die Badewanne gestiegen?«

»Verlassen Sie mein Zimmer!«

»Oder haben Sie lediglich versucht, seine kalte Hand zu halten?«

Sie wandte den Blick von ihm ab.

Er beugte sich zu ihr und brachte seine Lippen dicht an ihr Ohr: »Oder sollten Sie ihn etwa geküßt haben?«

Amanda sank auf ihren Stuhl zurück. »Würden Sie jetzt *bitte* gehen?« flüsterte sie.

Er legte seine Hände auf ihre Schultern und hob sie hoch, daß ihr Gesicht dicht vor dem seinen war. »Sind Sie jetzt bereit, zuzugeben, daß ich recht hatte? Ihr Taylor hat kein Blut in seinen Adern. Er ist unfähig zu irgendeiner leidenschaftlichen Regung.«

Sie wand sich aus seinem Griff. »Er ist ein guter Mann, und ich will ihm Freude machen.«

»Warum machen Sie sich nicht selbst eine Freude?«

Sie schenkte ihm ein falsches kleines Lächeln. »Es würde *mir* Freude bereiten, wenn ich meine Studien fortsetzen könnte. Und es würde mich glücklich machen, wenn Sie mein Zimmer wieder verließen. Noch mehr würde es mich freuen, wenn Sie Amerika verließen.«

Er zog seine Uhr aus der Westentasche. »Wir müssen uns beeilen. Ich bin für acht mit Reva verabredet, und das gibt Ihnen genau zehn Minuten Zeit zum Umziehen. Ihnen wird das Kleid gefallen, das ich gekauft habe.«

»Hat es ein Oberteil? Oder fehlt der Rock? Dr. Montgomery, ich habe nicht die Absicht, mit Ihnen oder einem Ihrer widerwärtigen Freunde zu einer lärmenden bierseligen Party zu gehen.«

Er grinste sie an. »Sie haben heute bereits eine Wette verloren. Wollen wir wetten, daß Sie doch mitgehen?«

Kapitel Zehn

Als Hank in den Tanzsaal kam, mit einer Frau an jeder Seite, war er fast dazu bereit, in ein Kloster einzutreten. Reva war wütend, weil er zu der Verabredung mit ihr eine zweite Frau mitgebracht hatte, und Amanda war wütend, weil er ihr so lange gedroht hatte, bis sie ihn zu dieser Tanzveranstaltung begleitete. Dazu kam noch der Umstand, daß die beiden Frauen seit ihrer Grundschulzeit miteinander verfeindet waren und sich den Beifahrersitz des Mercer teilen mußten. Schon auf der Fahrt hierher hatte Hank an Amandas Vorschlag Gefallen gefunden, das Land zu verlassen – vielleicht zu einer langen Kreuzfahrt auf einem Schiff, vielleicht sogar auf einem Kriegsschiff, wo er monatelang nichts anderes sehen würde als Männer.

»Da ist ein freier Tisch«, verkündete Reva, den Lärm der Ragtime-Musik übertönend. »Natürlich hat er nur Platz für zwei.« Sie schickte Amanda einen vernichtenden Blick. Reva hatte nicht übel Lust, Amanda gleich hier neben der Tanzfläche zu erwürgen. Da hatte sie nun endlich die Chance bekommen, einen prächtigen, angesehenen und vor allem reichen Mann wie Dr. Montgomery kennenzulernen, und wer tauchte in diesem Moment auf der Bildfläche auf? Natürlich Amanda! Und was die Sache noch schlimmer machte: Amanda trug ein hinreißendes weißes Satinkleid mit einem geschlitzten Überrock, der am Saum mit Kristallperlen besetzt war. Reva hatte gar nicht gewußt, daß solche Kleider überhaupt existierten, und es ließ ihr gerüschtes blaues Gewand, das sie einen Wochenlohn gekostet hatte, billig und schäbig erscheinen.

»Ich denke auch, daß der Tisch nicht für drei reicht«, sagte Amanda. »Nur für euch beide. Ich suche mir einen anderen.«

Hanks Hand legte sich wie eine Klammer um ihren Oberarm.

»Vielleicht sollte ich mir lieber einen anderen Tisch suchen«, bot Reva an, und da packte Hank auch ihren Arm und begann beide Frauen zu dem kleinen Tisch zu ziehen.

Cocktails wurden nicht serviert; aber Wein und Bier gab es im Überfluß, und so bestellte Hank eine Flasche Champagner. Die drei saßen stumm da, umgeben von Gelächter, Musik und tanzenden Paaren, und warteten auf ihren Schaumwein. Als er kam, sprachen Reva und Hank dem Getränk tüchtig zu; aber Amanda ignorierte ihr Glas.

»Trinken Sie«, befahl Hank.

»Und auf welche Weise werden Sie mich demütigen, wenn ich Ihnen nicht gehorche?« fragte Amanda.

»Ich werde Sie zwingen, mit mir zu tanzen«, antwortete er so leise, daß nur sie es hören konnte.

»Um das zu vermeiden, trinke ich sogar aus der Flasche«, zischte sie und ergriff ihr Glas. Der Wein schmeckte himmlisch – herb, prickelnd, kalt. Sie leerte ihr Glas, und der Kellner füllte es sofort nach.

»Sie müssen sich nicht gleich betrinken. Stehen Sachen auf der Speisenkarte, die Sie nicht mögen?«

»Es gibt hier nur *Männer*, die ich nicht mag.«

»Entschuldigung«, sagte Reva, »aber ich habe das Gefühl, ich werde hier nicht gebraucht. Dort drüben sitzen ein paar Leute, die ich kenne. Ich denke, ich werde mich zu denen setzen.«

»Moment«, protestierte Hank, »lassen Sie uns tanzen.« Er nahm Revas Hand, und als er aufstand, blickte er zu Amanda hinunter und sagte: »Wenn Sie gehen, werden Sie es bereuen.«

Sie blickte nur in ihr drittes Glas Champagner und lächelte.

»Und trinken Sie den Wein nicht wie Wasser.«

Hank führte Reva auf die Tanzfläche, und sie schmiegte sich so eng an ihn, wie sich das gerade noch mit dem Anstand vertrug; aber sie glaubte nicht, daß er es überhaupt wahrnahm. Er blickte nur immer stirnrunzelnd zu Amanda hin, Reva nahm sein Kinn in die Hand und drehte sein Gesicht zu sich, bis ihre Blicke sich kreuzten. »Was ist los mit Ihnen?« fragte sie. »Sind Sie in sie verliebt oder so was Ähnliches?«

»Himmel, nein«, entrüstete sich Hank. »Ich bin nur zufällig mit dem Fluch eines sozialen Gewissens belastet. Ich kann einfach nicht untätig bleiben, wenn ich erlebe, wie jemand einen anderen unterjocht.«

»Sie meinen damit Amanda? Ein schönes Joch, was sie da tragen muß: eine Menge Geld und ein großes Haus. Allein das Kleid, das sie anhat, würde schon hinreichen, daß eine Frau alle Probleme vergißt, die sie jemals gehabt hat.«

»Wirklich? Gefällt Ihnen das Kleid? Amanda meinte, es würde eher zu einem Saloonmädchen passen.«

»Sie hat Sie belogen. Glauben Sie mir – sie hat gelogen.« Diese Bemerkung schien Hank zu gefallen, und Reva lächelte, als er sie etwas fester an sich zog. Er war ein ausgezeichneter Tänzer, und sie liebte das Gefühl dieser vielen Muskeln unter ihren Händen und dieser Beine, die die ihren berührten. Wenn Amanda sich diesen Mann angeln wollte, würde sie um ihn kämpfen müssen.

Amanda mußte ihr viertes Glas Champagner zur Hälfte austrinken, ehe diese Verkrampfung in ihrem Körper sich löste. Vielleicht war Verkrampfung nicht das richtige Wort, sondern Furcht traf wohl schon eher dieses Gefühl, das sie beherrschte. Dr. Montgomery hatte damit gedroht, Taylor alles zu erzählen, was sich seit seiner Ankunft in ihrem Haus zwischen ihnen abgespielt hatte, wenn Amanda nicht mit ihm zum Tanzen ginge. Amanda war mit der Alternative konfrontiert worden, Taylor hundertprozentig zu verlieren, falls Dr. Montgomery sich ihm offenbarte, oder ihn nur vielleicht zu verlieren, falls jemand zufällig in ihr Zimmer kam und feststellte, daß sie nicht zu Hause war. Und sie mochte gar nicht erst daran denken, was für eine Note sie morgen früh bei der Prüfung bekommen würde.

Sie nahm wieder einen Schluck von ihrem Wein und begann, sich im Saal umzublicken. Er sah gar nicht so vulgär aus, wie sie zuerst gedacht hatte, und die Musik hörte sich auch viel hübscher an, als sie befürchtet hatte.

»Amanda?«

Sie blickte auf und sah, wie sich ein bestrickend schöner Mann über sie beugte. Nicht so schön wie Taylor natürlich, selbst nicht ganz so hübsch wie Dr. Montgomery, aber sehr gut aussehend mit dunkelbraunen Haaren, dunkelbraunen Augen und einer vollen Unterlippe unter einem üppigen Schnurrbart. Ihr Blick blieb an dieser Unterlippe haften, als er neben ihr Platz nahm.

»Du bist es tatsächlich, Amanda. Es muß Jahre her sein, daß ich dich zuletzt gesehen habe. Erinnerst du dich noch an mich? Sam Ryan.«

Sie blickte wieder in seine Augen. »Sam Ryan, der Liebling der ganzen Schule. Ich erinnere mich noch, wie wir Mädchen abwechselnd in Ohnmacht fielen, wenn du an uns vorbeigekommen bist.« Amanda war selbst schockiert, daß sie solche Dinge sagte; aber sie fühlte sich im Augenblick so gelöst, daß sie nicht über jedes Wort, das sie äußerte, vorher nachdenken wollte.

Sam zog verlegen den Kopf ein. »Ich weiß davon nichts; aber du siehst großartig aus. Mir gefällt dein Kleid.«

»Wirklich? Das habe ich schon seit einer Ewigkeit.« Er schien ihr bei jedem Schluck, den sie von diesem Zaubertrank nahm, besser auszusehen.

»Würdest du gern mit mir tanzen?«

»Ich fürchte, ich weiß nicht, wie das geht.«

»Oh.« Er lächelte sie an und beugte sich vor. »Bist du allein hier? Ich meine, war der Bursche, mit dem du gekommen bist, mit dir oder Reva verabredet?«

»Mit Reva!« Sie schrie das förmlich heraus. »Er hat nicht das geringste mit mir zu tun. Er war lediglich der Chauffeur. Er ist mit Reva hier und mit niemandem sonst. Jedenfalls nicht mit mir. Ich kenne ihn kaum. Ich *will* ihn auch gar nicht kennen.« Sie machte den Mund wieder zu.

Sam betrachtete sie eine Weile. Sie war zu einer schönen Frau herangewachsen, mit Haaren, die weich ihr Gesicht umschmeichelten. Ihre schönen weißen Schultern schimmerten durch den transparenten Stoff ihrer Ärmel. »Es ist schrecklich laut hier drinnen, meinst du nicht auch? Warum gehen wir nicht woanders hin, besorgen uns etwas zu essen und reden von alten Zeiten?«

»Etwas zu essen wäre herrlich«, schwärmte sie und dachte daran, daß sie seit dem katastrophalen Picknick mit diesem schrecklichen Mann keinen Bissen mehr zu sich genommen hatte. Als Amanda aufstehen wollte, wäre sie fast unter den Tisch gefallen; aber Sams starker Arm stützte sie, und sie lächelte ihn an, als hätte er soeben ihr Leben gerettet. Sie war sehr glücklich, in seinen Augen einen Ausdruck zu sehen, den sie schon ein paarmal bei Dr. Montgomery beobachtet hatte. Sie wollte nicht daran denken, wie Taylor sie angesehen hatte. Seine Zurückweisung hatte sie tiefer verletzt, als sie zugeben wollte.

»Vielen Dank«, murmelte sie und hielt sich an ihm fest, und die Wärme in seinen Augen nahm noch zu. Sie fühlte sich in seiner Gesellschaft sehr wohl. Sie klammerte sich an seinen Arm, als wäre sie gehbehindert, während er sie zur Saaltür führte.

Der Tango war zu Ende, und Hank drehte sich wieder der Stelle zu, an der er Amanda zurückgelassen hatte. Der Tisch war bis auf die Champagnerflaschen und drei Gläser leer. Wie gehetzt ging sein Blick nun durch den Saal, bis er Amanda in der Nähe der Saaltür erspähte, wo sie sich an den Arm eines großen, athletisch aussehenden Burschen klammerte und zu ihm mit schmachtenden Augen und flatternden Lidern aufblickte. Es dauerte einen Moment, ehe Hank darauf zu reagieren vermochte; dann verließ er die Tanzfläche und ließ Reva einfach stehen. Amanda und der lange Bursche, der sie begleitete, waren bereits auf der Vortreppe.

»Wo zum Teufel wollen Sie jetzt hingehen?« forschte er und hielt Amanda am Arm.

»Moment mal, Mister!« empörte sich Sam.

»Du hast dich ja schon immer gern mit jedem angelegt, nicht wahr, Amanda?« rief Reva von der obersten Treppenstufe herunter.

Amanda lächelte sie alle an und beschloß, bis zum Ende ihres Lebens jeden Tag Champagner zu trinken.

Hank blickte Sam in die Augen. Sie waren gleich groß; aber Sam war etwas kräftiger gebaut, und sein Gesicht spiegelte nicht diese Intelligenz wider, die Hanks Züge prägten. »Die Frau steht unter meinem Schutz«, erklärte Hank, als spräche er mit einem seiner dümmeren Studenten. »Ich kann nicht erlauben, daß sie mit irgendeinem . . .«

»Moment mal!« unterbrach ihn Sam. »Ich kenne Amanda schon von kleinauf, und ich dachte, Sie wären mit Reva verabredet.«

»Das dachte ich auch«, warf Reva ein.

»Sie ist es«, bestätigte Amanda lächelnd.

»Sie sind betrunken«, sagte Hank verärgert und zog Amanda zu sich heran. »Ich werde Sie nach Hause bringen.«

Sie riß sich von ihm los. »Ich *möchte* betrunken sein. Ich *möchte* mit Sam weggehen. Ist das nicht Ihre erklärte Absicht gewesen, Dr. Montgomery? Mich dazu zu bringen, das zu tun, was *ich* will?«

»Ja; aber ich hatte nicht damit gemeint, daß Sie sich betrinken sollten.«

Sam schickte sich an, sie wieder zu sich herüberzuziehen; aber Amanda hob die Hand. »Sie wollten doch nur erreichen, daß ich tue, was *Sie* wollten, nicht wahr?« Rasch wirbelte sie herum und pflanzte ihre Lippen auf Sams Mund. Sie empfand dabei nichts anderes als Wut, und als Sams Hände sie um die Taille faßten, schob sie ihn von sich weg und blickte auf Hank zurück.

»Da! Das war etwas, was *ich* tun wollte. Jetzt werden Sam und ich zum Essen gehen.«

Reva packte Hanks Arm. »Das ist großartig. Denn wir beide wollen jetzt wieder auf die Tanzfläche gehen.« Reva zog an seinem Arm; aber Hank bewegte sich nicht von der Stelle, während er Sam und Amanda nachsah, die die Straße hinuntergingen.

»Ich glaube, ich habe jetzt auch Hunger«, sagte Hank und bewegte sich in die gleiche Richtung, in die Sam und Amanda gegangen waren.

Zähneknirschend folgte ihm Reva. »Haben Sie vorhin nicht gesagt, daß Amanda Ihnen nichts bedeutet?«

»Sie ist nur eine Verpflichtung«, bestätigte Hank und steuerte mit ihr das gleiche Lokal an, in dem Amanda und Sam verschwunden waren. »Haben Sie etwas dagegen, wenn wir uns zu Ihnen setzen?« fragte er, als er sich mit Reva auf der anderen Seite des Tisches niederließ, den Sam und Amanda sich gerade ausgesucht hatten.

»Könnte mir mal jemand verraten, was hier eigentlich los ist?« rief Sam. »Wer ist dieser Kerl?«

»Ich würde auch liebend gern die Antwort auf diese Frage wissen«, sagte Amanda. »Was sind Sie nur für ein Mensch, Dr. Montgomery? Warum haben Sie mich eigentlich mitgenommen?«

»Eine gute Frage«, mischte sich Reva ein.

Hank nahm eine Speisenkarte vom Tisch und vertiefte sich darin. »Was kann man hier Gutes essen? Nicht, daß das für Amanda von Belang wäre. Sie verschlingt alles, was man ihr vorsetzt.«

Es blieb einen Moment still am Tisch, und die drei anderen starrten Hank an, der jedoch erst von der Karte aufblickte, als die Kellnerin an den Tisch kam. Er wußte nicht, was ihn wütender machte: daß die bisher so prüde kleine

Amanda mit diesem Muskelprotz durchbrennen wollte oder daß sie ihn ständig so einladend anlächelte. Sie schien von einem Extrem in das andere zu verfallen – von Taylor, der nur aus Lehrbüchern zu bestehen schien, zu diesem Kraftmeier, der vermutlich nur Muskelfleisch im Gehirn hatte.

»Sam und ich werden jetzt spazierengehen«, stellte Amanda fest.

»Nur über meine Leiche«, versetzte Hank gemütlich.

»Ich glaube, daß ließe sich arrangieren, Doc; obwohl ich es hasse, mich an einem älteren Mann zu vergreifen.«

Hank wäre fast aus seinem Stuhl herausgeschossen; aber Reva legte ihm noch rechtzeitig die Hand auf den Arm. Ihr gefiel Hank mit jeder Minute besser. Wenn sie ihn nur von Amanda wegbringen könnte!

»Ich halte das für eine großartige Idee«, sagte Reva. »Wir gehen alle spazieren, und ich schlage den Weg zum Museum vor.« Das war eine lange, dunkle Straße mit Hopfenfeldern auf beiden Seiten. Und vielleicht konnte sie Hank dazu überreden, mit ihr unter den dunklen Doldendächern zu verschwinden.

»Vielleicht kann Amanda uns das Museum aufsperren lassen«, höhnte Hank, »und eine Führung für uns veranstalten.«

Amanda warf ihm einen kalten Blick zu und rutschte noch dichter an Sam heran. »Heute abend will ich mich vergnügen. So war es doch beabsichtigt, nicht wahr?«

Hank beobachtete, wie Sam Amanda anschaute, und dabei hätte er fast die Gabel, die er in der Hand hielt, zerbrochen.

»Passen Sie auf, daß Sie sich nicht verletzen, Doc«, mahnte Sam. »In Ihrem Alter heilen Wunden nicht mehr so schnell. Amanda, bist du so weit, daß wir gehen können?«

»Ja.« Sie blickte Hank mit einem boshaften Lächeln an.

Hank mußte die Rechnung für alle bezahlen, und dann wollte Reva noch auf die Toilette gehen. Hank wäre sich schäbig vorgekommen, wenn er nicht auf sie gewartet hätte, aber er verlor deshalb Amanda und diesen Jungen aus den Augen.

»Los, kommen Sie«, drängte Hank ungeduldig, als Reva in das Gastzimmer zurückkehrte.

»Das scheint sich ja zum schlimmsten Rendezvous meines Lebens zu entwickeln«, murmelte Reva, als sie sich auf den Weg machten. Sie bemühte sich nach Kräften, Hank in die dunklen Hopfenfelder hineinzulocken; aber er schien sie gar nicht wahrzunehmen.

Schließlich pflanzte sie sich vor ihm auf. »Hören Sie – ich möchte jetzt mal wissen, was eigentlich los ist. Sie laden mich zum Tanzen ein; kreuzen aber mit einer anderen Frau auf, die Ihnen angeblich nichts bedeutet. Doch ich bekomme nur einen Tanz, und dann hetzen wir hinter Amanda her, als wäre sie die Liebe Ihres Lebens. Ich möchte jetzt wirklich wissen, was für eine Rolle mir in diesem Spiel zugedacht ist. Wenn Sie Amanda haben möchten, dann sollten Sie nicht mit *mir ausgehen.*« Sie wußte, daß sie damit Gefahr lief, ihn zu verlieren; aber inzwischen taten ihr die Füße in ihren engen Tanzschuhen so weh, daß ihr alles andere egal war.

»Amanda hat bisher in einem Glaskasten gelebt. Sie hat keine Ahnung, wozu Männer fähig sind, und sie hat sich diesem Fußballspieler an den Hals geworfen.«

»Sam ist ein braver Junge. Amanda ist bei ihm in guten Händen.«

»Ha!« machte Hank und begann sich wieder in Bewegung zu setzen. »Ich bin für sie verantwortlich. Ich habe sie gezwungen, heute abend auszugehen, und ich werde es mir nie verzeihen können, wenn ihr etwas passiert.«

»Sind Sie sicher, daß das alles ist? Daß Sie kein persönliches Interesse an ihr haben?«

»Nur als Studienobjekt. Sie ist nicht mein Typ.«

Reva mußte jetzt fast laufen, um mit ihm Schritt halten zu können. »Beweisen Sie es«, forderte sie ihn heraus.

Hank blieb einen Moment stehen und betrachtete sie im Mondlicht. Ihre Schminke war zu dick aufgetragen, das Kleid, das sie trug, war billig, und man durfte bezweifeln, daß sie eine Ahnung hatte, was zur Zeit in Serbien passierte; aber im Augenblick war sie nicht ohne Reiz. Er legte ihr die Hände auf die Schultern und zog sie zu einem raschen, flüchtigen Kuß an sich. Aber mit seinen Gedanken war er nur bei Amanda und seinem Wunsch, sie wiederzufinden.

»Ich glaube, wir haben ihn abgeschüttelt«, stöhnte Amanda außer Atem. Sie war sehr schnell gelaufen, um Hank zu entrinnen.

»Ist er dein Aufpasser oder was?« fragte Sam.

»*Was* ist das treffende Wort. Er bildet sich ein, ich wäre sein Eigentum.«

»Aber ich habe doch vorhin gehört, daß du mit irgendeinem Kerl verlobt bist, der bei dir wohnt.«

Vielleicht war es der Champagner, der bewirkte, daß Amanda nun der demütigende Auftritt mit Taylor in der Bibliothek wieder lebhaft vor Augen stand. Wenn er ein normaler Mann mit rotem Blut in den Adern war, dann mußte sie die Ursache seiner Abneigung gegen sie bei sich selbst suchen. Dr. Montgomery schien sie jedenfalls körperlich nicht abzustoßen; aber er fand offensichtlich alle Frauen begehrenswert. Er flirtete im Park mit Lily Webster, er lud Reva zum Tanzen ein. Es schien keine Frau zu geben, die er nicht mochte.

Sie lehnte sich ein bißchen an Sam. »Sag – hast du mich überhaupt bemerkt, als wir noch in die gleiche Schule gegangen sind?«

»Na klar. Du warst Cauldens Tochter, das reichste Kind von allen.«

»Oh«, machte sie enttäuscht, »hast du mich deswegen zum Tanzen aufgefordert? Weil ich einen reichen Vater habe?«

Lächelnd nahm er ihre Hand in die seine und führte sie an den Rand der Straße. »Ich habe zuerst gar nicht gewußt, wer du bist. Ich dachte nur, daß du das hübscheste Mädchen bist, das ich seit vielen Jahren gesehen habe.«

»Tatsächlich?« flüsterte sie und blickte mit großen Augen zu ihm auf. Warum wollte Taylor sie nicht berühren, wenn sie wirklich so hübsch war? Sie fragte sich, ob Sam sich von ihr abgestoßen fühlte, wenn sie ihn küßte. Sie brachte ihr Gesicht an das seine heran und war angenehm überrascht, als sein Atem sich beschleunigte.

»Komm – wir wollen uns die Hopfenfelder im Mondlicht anschauen«, murmelte er und zog sie hinter sich her. Als sie zum Zaun kamen, hob er sie darüber.

Diese jähe Bewegung machte Amanda ein wenig schwindlig; aber das Mondlicht, dieser große, gutaussehende Mann, der Champagner und Sams offenkundiges Interesse an ihr überzogen ihre Haut mit einer sanften Glut. Sie sah zu, wie er nun selbst über den Zaun kletterte, und bemerkte einen großen Muskel, der an seinem Schenkel hervorragte. Als sie ihm wieder ins Gesicht sah, erkannte sie, daß ihm ihr Blick zu seinen Schenkeln nicht entgangen war.

»Komm, mein Zuckerpüppchen«, flüsterte er heiser, nahm ihre Hand und führte sie unter das Dach der Hopfenreben.

Amanda folgte ihm mit einem guten Gefühl, weil sie zum ersten Mal als Frau betrachtet wurde. Hier war ein Mann, der sie um ihrer selbst Willen mochte – ein Mann, der ihr nicht etwas beibringen oder sie einer Prüfung unterziehen wollte. Hier war ein Mann, der nicht wütend war, weil sie ihm in irgendeiner Beziehung nicht behagte.

Plötzlich drehte sich Sam um, zog sie in seine Arme und begann sie zu küssen. Es tat so gut, geküßt zu werden. Er war nicht Taylor, der ihre Küsse haßte; er war nicht Dr. Montgomery, der sie nur küßte, wenn er ihr etwas beweisen wollte.

Sie stand auf den Zehenspitzen, erwiderte seine Küsse und legte ihm die Arme um den Hals.

Seine Lippen wanderten zu ihren Wangen, ihren Ohren, ihrem Hals. Seine Hände streichelten über ihren ganzen Körper, faßten ihre Gesäßbacken, preßten ihre Hüften gegen die seinen.

»O ja, Schatz, zeig es mir«, murmelte er, und sein Mund glitt zu ihrer Schulter hinunter.

Sie spürte seine Hand an dem transparenten Stoff ihrer Schulter und hörte dann ein kleines berstendes Geräusch.

»Sam«, keuchte sie und versuchte, ihn von sich wegzuschieben; aber er ließ nicht locker. Sein Mund machte ihre

Schulter naß, und seine Hüften, die an den ihren scheuerten, taten allmählich weh. »Sam, laß mich bitte los.«

»Noch nicht, Schatz. Nicht, bis ich bekommen habe, was du mir versprochen hast.«

Amanda kamen nun Bedenken. Seine Arme faßten immer fester zu, seine Hände bewegten sich rastlos. Eine große Hand umfaßte ihre Brust.

»Nein!« rief sie; aber er preßte sofort wieder seinen Mund auf ihre Lippen. Sie mochte seine Küsse nicht. Sie waren weitaus weniger angenehm als die Küsse von Dr. Montgomery. Sie drehte den Kopf zur Seite. »Hör auf! Ich möchte nach Hause gehen.«

Er legte einen Arm unter ihre Knie und hob sie hoch, während er zu Boden sank.

Sie fürchtete sich jetzt richtig und begann sich nun ernsthaft zu wehren; aber sie war zu schwach, und ihre Bemühungen zeigten wenig Wirkung. »Nein!« schrie sie und stemmte sich gegen ihn. Sie trommelte mit beiden Fäusten gegen jeden Teil seines Körpers, den sie erreichen konnte.

Er packte ihren Ärmel, und sie spürte, wie der Stoff zerriß, während er begann, die ganze Vorderseite ihres Körpers mit heißen Küssen zu bedecken. Sie legte den Kopf zurück, um um Hilfe zu schreien; aber er preßte den Daumen auf ihre Luftröhre. »Kein Grund, so viel Lärm zu machen, Baby«, raunte er. »Ich gebe dir doch nur, was du den ganzen Abend hindurch von mir verlangt hast.«

Sein Mund saugte sich an ihrer Brust fest, und alles, was Amanda nun noch tun konnte, war, nach Luft zu ringen. Sie wußte, daß sie bald das Bewußtsein verlieren würde.

Und dann, ganz plötzlich, wurde der Daumen wieder von ihrem Hals entfernt. Sie öffnete die Augen und sah, daß Dr. Montgomery Sam bei den Haaren gepackt hatte.

»Du Mistkerl«, zischte Hank kochend vor Wut. »Du bist genau das, wofür ich dich gehalten habe.«

Sam riß sich von Hank los. »Sie wollte es doch so haben! Sie hat den ganzen Abend hindurch danach verlangt! Oder bist du nur wütend, weil sie dich nicht an sich ran lassen wollte?«

Im nächsten Moment lag Sam auf dem Rücken, und das Blut schoß aus seiner geplatzten Oberlippe, wo ihn Hanks Faust getroffen hatte.

»Ich werde Hackfleisch aus dir machen, alter Mann! Und dann werde ich sie nehmen«, drohte Sam und sprang wieder auf die Beine, um Hank anzugreifen.

»Du, und wer hilft dir dabei?« gab Hank leise zurück, ehe er mit einem raschen Schritt zur Seite Sams ungestümen Angriff ins Leere laufen ließ. Er schob die Finger beider Hände ineinander und ließ dann die Doppelfaust mit voller Wucht auf Sams Hinterkopf heruntersausen.

Sam lief noch ein paar Schritte weiter und taumelte dann mit dem Gesicht nach unten in eine Hopfenpflanze.

»So viel zu den alten Männern«, spottete Hank und drehte sich dann zu Amanda um. Ihr Gesicht war weißer als der Seidenstoff ihres Kleides, und sie hielt das Oberteil mit beiden Händen über ihren Brüsten fest.

»Kommen Sie – wir wollen von hier weggehen«, sagte er so behutsam wie möglich, obwohl er wirklich Grund gehabt hätte, ihr gründlich die Leviten zu lesen. Er streckte ihr die Hand entgegen; aber sie ging, ihre kleine Nase in die Luft gereckt, wortlos an ihm vorbei. Schön – wenn sie es so haben wollte, beherrschte er dieses Spiel auch. Er hatte sie trösten wollen; doch sie sah nicht so aus, als brauchte sie irgendeinen Trost. Er würdigte den bewußtlosen Sam keines Blickes, rieb nur kurz seine schmerzenden Hände und folgte dann Amanda zur Straße.

Reva erwartete sie dort; aber Amanda ging einfach an ihr vorbei und lief weiter auf die Stadt und den Wagen zu.

»Hat Sam das getan?« fragte Reva, auf Amandas zerrissenes Kleid anspielend.

»Ja«, murmelte Hank und behielt Amanda im Auge, die ihnen vorauslief.

»Ich schätze, damit ist unser Rendezvous zu Ende«, seufzte Reva. »Es war zumindest interessant.«

Hank hörte ihr nicht zu. Er hatte Amandas Schrei nur leise vernommen. Wenn er nicht ganz in ihrer Nähe gewesen wäre, hätte er sie vermutlich gar nicht gehört. Wenn er daran dachte, wie er den Kerl angetroffen hatte – seinen feisten Körper an Amanda gepreßt –, wäre er am liebsten noch einmal umgekehrt und hätte diesen Schuft umgebracht.

Amanda hielt nicht eher an, bis sie den Mercer erreicht hatte. Dann stieg sie in den Wagen, setzte sich hin und starrte geradeaus.

»Rücken Sie zur Seite, damit Reva auch Platz findet«, befahl Hank grollender, als er eigentlich wollte.

»Nein, danke«, warf Reva ein. »Ich denke, ich werde wieder in den Ballsaal zurückgehen. Aber dennoch vielen Dank, Doc. Vielleicht ergibt sich noch einmal eine Gelegenheit für ein Beisammensein.« Dann rannte sie über die Straße zu den Stufen des Opernhauses.

Hank startete den Motor und lenkte den Wagen in die Richtung der Caulden Ranch, ohne ein Wort mit Amanda zu sprechen, obwohl er sie die ganze Fahrt hindurch im stillen verfluchte. Sie hatte keinen Verstand, was Männer betraf – wenn man es genau betrachtete, hatte sie von nichts eine Ahnung. Alles, was sie im Kopf hatte, waren Stundenpläne und angelesenes Zeug aus Büchern. Wie kam sie nur auf die Idee, sie könnte so einen lüsternen jungen Mann wie diesen Sam im Zaum halten? Und im Grunde konnte er diesem Sam ja gar nicht richtig böse sein, wenn er bedachte, wie Amanda sich ihm an den Hals geworfen hatte.

Er sah sie zornig an, aber als er ihren Gesichtsausdruck gewahrte, verflog seine Wut sofort. Sie schien von einer panischen Angst ergriffen zu sein, als sei ihr Leben jetzt zu Ende. Er lenkte den Wagen an den Straßenrand, hielt unter einer Eiche an und ging dann zum Beifahrersitz hinüber.

»Steigen Sie aus«, forderte er.

»Ich möchte nach Hause«, flehte sie mit kaum vernehmbarer Flüsterstimme.

Er legte die Hand auf ihren Arm; aber sie zuckte sofort zurück.

»Rühren Sie mich nicht an!« rief sie im schrillen, hysterischen Ton.

»Amanda, ich bin kein Frauenschänder, und verdammt möchte ich sein, wenn ich Sie in dem Glauben ließe, alle

Männer wären so wie Sam.« Er schob einen Arm hinter ihren Rücken, den anderen unter ihre Knie und hob sie aus dem Sitz und den Wagen.

Als er sie berührte, wurde sie plötzlich sehr lebendig, trommelte gegen seine Brust, stieß ihn mit den Füßen und zog an seinen Haaren. Doch er hielt sie fest, schnaubte nur ein paarmal, wenn sie eine empfindliche Stelle traf. Nach einer langen Weile begann sie zu weinen, und Hank setzte sich mit ihr unter den Baum, hielt sie umarmt und streichelte ihr übers Haar, während sie weinte.

»Sind Sie verletzt?« fragte er leise.

Amanda erholte sich langsam. »Mein Stolz.«

Hank gab ihr ein Taschentuch. »Sonst nichts? Nur ein häßliches Kleid zerrissen?«

»Es ist ein *schönes* Kleid. Es war das hübscheste im Tanzsaal.«

»Meinen Sie das wirklich?« fragte Hank angenehm überrascht.

Amanda schneuzte sich zum zweiten Mal. »Ich weiß nicht, wie das passieren konnte. Er war so nett zu mir im Saal. Und es war angenehm, einen Mann bei mir zu haben, der mich küssen wollte.«

Hank fühlte sich persönlich verletzt. »Ich küsse Sie ständig, und Sie scheinen das gar nicht so angenehm zu finden.«

»Doch; aber Sie wollten mir damit nur eine Lektion erteilen. Sie wollten, daß ich mich in etwas verwandle, was ich Ihrer Meinung nach sein sollte, und Taylor möchte, daß ich das bin, was er immer in mir sehen will. Sam dachte nur, daß ich . . . daß ich hübsch bin.«

Hank wußte, daß mehr Wahrheit in ihren Worten steckte, als er zugeben wollte. »Aber Sie haben doch ganz schön mit ihm geflirtet und ihn selbst auf den Gedanken gebracht, Sie wären leicht zu haben.«

»Ich wollte nur begehrt sein.«

»Ich verstehe. Möchten Sie mir nicht verraten, was heute zwischen Ihnen und Taylor vorgefallen ist?«

Sie erschauerte bei der Erinnerung an die Szene in der Bibliothek. »Nein, das möchte ich nicht.«

»War es so schlimm?«

Sie saß nun sehr gerade auf seinem Schoß, und trotz des Körperkontakts hätten sie sich ebensogut im Salon des Caulden-Hauses auf steiflehnigen Stühlen gegenübersitzen können.

»Ich möchte dennoch etwas von Ihnen wissen: wenn Sie sich wünschten, daß ein Mann Sie begehrenswert findet – warum sind Sie dann nicht zu mir gekommen?«

»Zu Ihnen?« gab sie zurück. »Aber Sie geben mir doch dauernd das Gefühl, daß ich reizlos bin. Sie halten mich offensichtlich für dumm. Sie vermitteln mir den Eindruck, daß alles, was ich mache, Unsinn ist. Sie brüllen mich an, machen mich lächerlich, drohen mir, sagen zu mir, ich hätte keine Ahnung vom wirklichen Leben und der wahren Liebe. Taylor mag in mir vielleicht nicht das Gefühl wecken, daß ich umwerfend bin, aber er hält mich für klug.«

Sie rutschte von seinem Schoß herunter, stand vor ihm und versuchte, ihr zerrissenes Kleid zusammenzuhalten. »Taylor sucht meine Garderobe aus; Sie kaufen ein Tanzkleid für mich. Ich sehe da im Grunde keinen Unterschied, außer daß Taylor seine Aufgabe ohne Gebrüll erledigt. Ich muß dennoch einräumen, Dr. Montgomery, daß mir Ihr Geschmack, was das Essen betrifft, besser gefällt als seiner; aber was den Umgang miteinander betrifft, ziehe ich Taylors Schweigsamkeit Ihrem lauten Wesen bei weitem vor, und nach den Ereignissen dieses Abends bin ich mehr denn je davon überzeugt, daß er der richtige Mann für mich ist. Verraten Sie mir mal – sind Rendezvous immer so ›vergnüglich‹ und erholsam? Ich denke, wenn Sie nichts dagegen haben, werde ich das nächste Mal lieber zu Hause bleiben. Wollen wir jetzt in mein Haus zurückkehren, wo ich mich sicher fühle?«

Sie drehte sich von ihm weg und stieg in den Wagen, wobei sie krampfhaft zu verbergen suchte, daß sie immer noch am ganzen Körper zitterte.

In den Jahren, die sie mit Taylor in ihren vier Wänden verbracht hatte, mußte wohl ein wichtiger Aspekt in ihrer Ausbildung ausgespart worden sein. Taylor küßte sie nie, aber dieser Dr. Montgomery küßte sie. Er hatte ihr dabei jedoch weder die Kleider zerfetzt noch ihr in irgendeiner anderen Weise weh getan, und seine Hände fühlten sich auf ihrer Haut auch keineswegs so schleimig an wie Sams Hände.

Sie drehte ihr Gesicht in den Wind und bemühte sich, nicht in Tränen auszubrechen. Zum tausendsten Male wünschte sie sich, daß sie Dr. Montgomery niemals kennengelernt hätte. Wenn Taylor sie selten küßte, hätte sie das nicht gestört, weil sie nie etwas von Küssen gewußt hatte – oder von schnellen kleinen Autos, vom Tanzen oder schmackhaften Speisen, nur weil dieser Dr. Montgomery in ihr Haus gekommen ist ... Und sie hätte auch ihre alte Bekanntschaft mit Sam oder Reva nicht erneuert, die sie den ganzen Abend über mit ihren Blikken durchbohrt hatte. Ihr Leben wäre nicht so aus den Fugen geraten, wenn sie diesen Dr. Montgomery nicht kennengelernt hätte.

Und nun mußte sie ihr Leben wieder auf die Bahn zurückbringen, auf der es vorher verlaufen war. Sie mußte nach Hause, sich auf ihr Zimmer schleichen – etwas, was sie vor ihrer Bekanntschaft mit Dr. Montgomery nie zu tun brauchte – und sich ihrem Lehrbuch der Differentialrechnung widmen, damit sie morgen früh ihre Prüfung bestehen konnte.

Hank hielt in einiger Entfernung vor dem Haus an, so daß niemand das Licht der Scheinwerfer sehen und den Lärm des Motors hören konnte. »Amanda«, sagte er und wandte sich ihr zu, »Sie können mir wirklich nicht die Schuld für das geben, was heute abend passiert ist.«

»Natürlich nicht. Ich habe Sie inständig gebeten, mich zum Tanzen mitzunehmen, Ihnen sogar aufgetragen, mir dafür ein Kleid aus halb durchsichtigem Stoff zu kaufen. Und ich habe Ihnen gesagt, wie sehr ich Ihre kleinen Picknicks liebe und die anderen Zerstreuungen, die Sie für mich geplant haben. Warum sollte ich Ihnen daher die Schuld geben für die schrecklichen Dinge, die seit Ihrer Ankunft in meinem Haus geschehen sind? Mein Verlobter kann meinen Anblick kaum noch ertragen; ich werde von einem alten Freund attackiert. Aber ich bin überzeugt, daß das alles nur meine Schuld ist – nicht die Ihre.«

Hank gab ihr keine Antwort, sondern half ihr nur aus dem Wagen und ging mit ihr zum Haus zurück. Er wußte, daß das, was er tat, richtig war; aber zuweilen weckte sie in ihm Zweifel an sich selbst. Vielleicht sollte er sie beim Wort nehmen und sie in Ruhe lassen.

Vor der Tür ihres Schlafzimmers nahm er Amandas Hand und küßte deren Innenfläche. »Gute Nacht, Miß Caulden«, flüsterte er leise und ging dann in sein Zimmer, ehe sie etwas sagen konnte.

Er schlief nicht gut in dieser Nacht, und immer wieder hallten ihre Worte, daß er kein Recht dazu habe, sich in ihr Leben einzumischen, in ihm nach. Sie hatte recht, wenn sie ihm vorwarf, all die schlimmen Dinge, die ihr passiert waren, gingen zu seinen Lasten. Heute abend wäre sie beinahe vergewaltigt worden, und falls dies gelungen wäre, hätte er das zu verantworten. Sie hatte seine Hilfe nicht verlangt – er hatte sie ihr aufgezwungen.

Um drei Uhr morgens trat er auf den Balkon. In Amandas Zimmer brannte noch Licht, und er sah den Schatten ihres über den Schreibtisch gebeugten Körpers. Sie lernte zweifellos für ihre Prüfung und bemühte sich nach Kräften, dem Mann, den sie liebte, zu gefallen.

Hank kehrte in sein Zimmer zurück und packte wieder einmal seine Sachen. Er war sich nicht sicher, was er Amanda zu beweisen versucht hatte; aber im Augenblick kam er sich wie ein totaler Versager vor. Die Missionare, die nach Hawaii gingen, glaubten im Recht zu sein; doch am Ende hatten sie nur Krankheiten und Verderben über die Hawaiianer gebracht – genauso, wie er Amanda zerstörte, die Frau, die er . . . Er blockte diesen Gedanken ab. Er wußte nicht, was er für Amanda empfand; aber es war ihm klar, daß er fast zu allem bereit war, nur damit er ihr nicht mehr weh tat. Vielleicht lag seinem ganzen Tun nur Selbstgefälligkeit zugrunde – der Ehrgeiz, Amanda diesem Taylor Driscoll möglicherweise ausspannen zu können. Und was wäre, wenn er gewinnen würde? Wäre sie dann eine zweite Blythe Woodley, die meinte, er sollte sie heiraten? Würde auch Amanda Tapetenmuster zerreißen und ihm die Fetzen an den Kopf werfen? Nein, es ging ihr dort besser, wo sie war – bei Taylor Driscoll –, und wenn sie jede Minute ihres Lebens verplant haben wollte, war das allein ihre Entscheidung.

Er schrieb ein Billett für Mr. und Mrs. Caulden, in dem er sich für ihre Gastfreundschaft bedankte, obwohl er letztere nie gesehen hatte und ersteren kaum, und versuchte dann einen Brief an Amanda zu schreiben, brachte es aber nicht fertig. Was konnte er ihr sagen? »Verzeihen Sie mir, daß ich versucht habe, die Kontrolle über Ihr Leben zu übernehmen, obwohl sie diese Kontrolle schon einem anderen überlassen haben?«

Um fünf Uhr dreißig hörte er ein Geräusch und wußte, daß nun bald die Stunde für Amandas Strafexamen schlug. Er schluckte seinen Zorn über diese Ungerechtigkeit hinunter und schloß seinen Koffer. Das war nicht länger sein Problem – das war es eigentlich nie gewesen –, und er ging nach unten. Als er sein Abschiedsbillett auf den Tisch in der Halle legte, bemerkte er Licht in der Bibliothek und sah, daß die Schiebetüren nicht ganz geschlossen waren.

Obwohl er sich sagte, daß ihn das alles nichts mehr anginge, schielte er durch den Türspalt in die Bibliothek. Amanda, die klein und zerbrechlich wirkte, saß hinter dem großen Schreibtisch, ein Blatt Papier und einen Federhalter vor sich. Sie hatte den Kopf auf die Platte gelegt, und ihre Handflächen waren nach oben gedreht. Sie sah aus wie ein schlafendes Kind.

Er hatte ein schlechtes Gewissen. Sie schlief dort am Tisch, weil er sie am Abend aus ihrem Haus entführt hatte und sie dann den Rest der Nacht zum Studieren verbringen mußte. Vorsichtig schob er die Tür ganz auf, zog sie hinter sich wieder zu und ging zu ihr. Sie schlief so fest, daß sie ihn nicht hörte, und bewegte sich auch nicht, als er das Papier mit den Aufgaben vom Tisch nahm und es betrachtete. Es war eine schwierige, komplizierte Rechenaufgabe, die Taylor ihr aufgegeben hatte, und Hank verfluchte diesen Driscoll abermals.

Hank überlegte keinen Moment, was er jetzt machen sollte. Er nahm Amandas Federhalter zur Hand und einige

Blätter von Cauldens teurem Briefpapier und begann die Aufgaben auszurechnen. Eine halbe Stunde später war er damit fertig und schrieb dann noch rasch ein kurzes Billett, das er Amanda in den Schoß legte. Daraufhin küßte er ihre Fingerspitzen, strich ihr noch einmal sacht übers Haar, das wieder so straff zurückgekämmt war wie früher, und flüsterte: »Lebe wohl, Dornröschen.« Damit verließ er den Raum und das Haus.

Kapitel Elf

Nun, Amanda«, rief Taylor laut und riß sie aus dem Schlaf, so daß sie fast vom Stuhl gefallen wäre. »Es scheint, daß meine Aufgabe dich gelangweilt hat – als wäre es dir gleichgültig, ob du meine Prüfungen bestehst oder nicht. Vielleicht bedeute ich dir nichts mehr.«

Amanda brauchte einen Moment, um sich zurechtzufinden und zu begreifen, was überhaupt los war, und wurde dann von einem Gefühl der Panik ergriffen. Sie hatte diese Prüfungsaufgabe unbedingt bestehen wollen und war die ganze Nacht aufgeblieben, um zu lernen, und in dem Augenblick, in dem sie sich hingesetzt hatte, um die Aufgaben zu lösen, war sie einfach eingeschlafen.

Sie ballte die Hände unter dem Tisch zu Fäusten. Wieder einmal war dieser Dr. Montgomery schuld, daß Taylor sich über sie ärgern mußte. Wäre er nicht nach Kingman gekommen, wäre sie weder zum Tanzen gegangen noch beinahe vergewaltigt worden. Sie hätte sich nicht einmal am Sonntagmorgen um sechs Uhr einer Prüfung in Mathematik unterziehen und schon gar nicht mit ansehen müssen, wie Taylor jetzt das leere Prüfungspapier in die Hand nahm.

»Ich kann das erklären«, begann sie, schwieg dann aber wieder. Wie und was erklären? überlegte sie verzweifelt und bemühte sich, sich eine Geschichte auszudenken, die der Wahrheit auch nicht im entferntesten nahe kam. »Ich . . .«

Taylor hob den Kopf und blickte sie überrascht an. »Du

hast deine Sache sehr gut gemacht«, lobte er leise. »Ich hatte ja keine Ahnung, daß du so begabt bist für Mathematik.« Er hatte sie in dieser Disziplin kaum unterrichtet – nicht weil sie nicht mit Zahlen hätte umgehen können, sondern weil er in diesem Fach selbst nicht sonderlich gut abgeschnitten hatte. Er zog die freien Künste und die Literatur dieser strengen Disziplin bei weitem vor. Er war so wütend gewesen über ihren abscheulichen aufreizenden Auftritt, daß er ihr die denkbar schwierigste Aufgabe stellen wollte. Er hatte ihr befohlen, die Anfangsgründe der Differentialrechnung zu studieren, aber der schriftliche Test stammte aus dem Buch für Fortgeschrittene im dritten Studienjahr. Wie er seinem Lösungsblatt für Lehrkräfte entnehmen konnte, hatte sie alle Aufgaben perfekt gelöst. Nach dem Maßstab dieses Tests übertrafen ihre Mathematikkenntnisse bei weitem die seinen.

»Gut?« echote Amanda dümmlich. »Aber ich habe ja nicht einmal die Fragen verstanden.«

Er maß sie mit einem kalten Blick. Wollte sie ihn etwa auf die Schippe nehmen? »Du hast deine Prüfung bestanden«, sagte er. »Nun geh und zieh dir ein anderes Kleid an. Nimm das malvenfarbene aus Seide. Mir gefällt das Kleid, das du anhast, ganz und gar nicht. Und richte deine Haare. Der Knoten löst sich bereits wieder auf. Nach dem Frühstück werde ich deine Näharbeiten kontrollieren.«

Er legte das Prüfungspapier auf den Tisch und verließ die Bibliothek so abrupt, daß Amanda annehmen mußte, der Grund seines Ärgers konnte nicht nur die Tatsache sein, daß sie hier in der Bibliothek geschlafen hatte. Vermutlich war es das leere Prüfungspapier, über das er nicht ein Wort verloren hatte.

Sie langte über den Tisch, nahm das Papier und starrte es verblüfft an. Sauber, wie gestochen, war jede Prüfungsfrage beantwortet in einer Schrift, die ihrer zum Verwechseln ähnlich sah. Selbst die Fünfer waren so geschrieben, wie sie es immer machte. Hatte sie etwa die Aufgaben im Schlaf gelöst?

Schon als sie diese Frage an sich richtete, wußte sie, daß das unmöglich war. Und während sie den Zettel anstarrte, wurde sie auf das zweite zusammengefaltete Papier aufmerksam, das in ihrem Schoß lag. Sie faltete es auseinander.

Teure Miß Caulden,

verzeihen Sie mir, daß ich mich in Ihr Leben eingemischt habe; ich tat Ihnen damit Unrecht. Die gelösten Prüfungsaufgaben können selbstverständlich meine Aufdringlichkeit nicht wiedergutmachen; aber ich hoffe, sie sind Ihnen wenigstens eine Hilfe.
Ich wünsche Ihnen und Ihrem Verlobten alles Gute für die Zukunft
Mit den allerbesten Empfehlungen
Henry R. Montgomery

P.S.: Meinen Doktortitel habe ich nicht aus einem Versandhaus bezogen.

Amanda brauchte einige Sekunden, um zu begreifen, daß Dr. Montgomery ihren Ruf bei Taylor gerettet hatte und der Tenor dieses Briefes nur bedeuten konnte, daß er das Haus verlassen hatte. Plötzlich war sie erleichtert. Er hatte damit seine Schuld an dem Schrecken der letzten Nacht ein wenig abgetragen, aber nichts, was er unternahm, konnte das vollends wiedergutmachen, was er ihr in den letzten Tagen alles angetan hatte.

Sie lehnte sich einen Augenblick zurück und seufzte beglückt. Nun konnte sie ihr Leben wieder in die geordneten, ruhigen Bahnen lenken, in denen es sich vorher befunden hatte. Nun konnte sie Taylor dazu bringen, daß er den Wunsch äußerte, sie zu ehelichen. Sie würde seine Anweisungen befolgen, seine Stundenpläne auf die Minute genau einhalten und unentwegt lernen. Und dann konnte es nicht lange dauern, bis er wieder vom Heiraten sprach, und nachdem sie den Ehebund eingegangen waren, würden sie ... was? Würde sie damit fortfahren, Taylors Stundenpläne zu befolgen? Ihr Leben lang studieren? Würde sie am Morgen ein Kind zur Welt bringen und am Nachmittag eine Prüfung in der französischen Sprache ablegen?

Hör auf damit! befahl sie sich. Sie würde Taylor heiraten und ihn bis zum Ende ihrer Tage glücklich machen – das würde sie tun! Und sie wollte sofort damit anfangen, indem sie nach oben ging, ein anderes Kleid anzog und ihre Haare richtete.

Sie schob Dr. Montgomerys Billett in ihre Tasche und nahm sich vor, es in hundert Stücke zu zerreißen und diese in der Toilette hinunterzuspülen; aber als sie allein in ihrem Zimmer war, ertappte sie sich dabei, wie sie das Billett in der hintersten Ecke ihrer obersten Schublade versteckte – unter ihrer Unterwäsche. Sie entschuldigte ihr Tun vor sich selbst mit der Ausrede, daß sie das Papier vielleicht als Beweisstück brauchen würde – als Beweis für etwas, von dem sie jetzt noch gar nichts wußte – aber jedenfalls bewahrte sie es auf.

Sie ging zu ihrem Kleiderschrank, nahm das malvenfarbene Kleid heraus und runzelte die Stirn. Sie mochte diese Farbe nicht. Dieses blasse, bläuliche Purpur ließ ihre Haut gelbstichig und ihre Augen farblos erscheinen. Einem Impuls folgend, holte sie ihre Hutschachtel oben vom Kleiderschrank und entfernte das Seidenpapier, bis sie das mit Perlen besetzte weiße Satingewand erreichte, das sie gestern nacht getragen hatte. Sie hielt es vor sich hin und betrachtete sich im Spiegel. Der Saum aus Perlen sah beim Tanzen bestimmt prächtig aus.

Ihr Herz hätte fast ausgesetzt, als Mrs. Gunston wie üblich nur kurz anklopfte und dann sofort ins Zimmer kam. Amanda stand in ihrer Unterwäsche vor dem Spiegel und versteckte rasch das Satinkleid hinter ihrem Rücken.

»Sie sind noch nicht angezogen?« fragte Mrs. Gunston schockiert. »Sie hätten schon vor drei Minuten im Eßzimmer sein sollen.«

»Ich war beschäftigt«, entgegnete Amanda, während sie das weiße Kleid in den Schrank hinter sich schob. »Ich werde so schnell wie möglich hinunterkommen.«

»So schnell wie möglich . . .!« wiederholte Mrs. Gunston und schnaubte entrüstet. »Sie haben den Plan nicht eingehalten. Ich werde dem Meister davon Mitteilung machen.«

Sie drehte sich auf dem Absatz um und verließ das Zimmer, wobei sie fast die Tür hinter sich ins Schloß geschleudert hätte.

»Dem *Meister*?« murmelte Amanda und gab sich dann einen Ruck. Sie mußte sich fertigmachen zum Frühstück und es so einrichten, daß sie wieder die Zeit einholte, die auf dem Stundenplan vermerkt war. Dann fiel ihr ein, daß sie heute morgen ja noch gar nicht auf ihren Stundenplan geschaut hatte.

Sie zog sich in fliegender Hast um, bemühte sich, ihren Stundenplan auswendig zu lernen und sich so rasch wie möglich nach unten zu begeben; aber irgend etwas schien Sand in ihr Getriebe gebracht zu haben. Vielleicht lag es an der Hitze, vielleicht auch an der Tatsache, daß heute Sonntag war – jedenfalls kam sie jetzt noch mehr mit dem Plan in Verzug.

Taylor stand im Durchgang zum Speisezimmer, seine Taschenuhr in der Hand, einen finsteren Ausdruck auf dem Gesicht. »Du kommst heute aber *sehr* spät herunter, Amanda.«

»Ja, ich weiß; aber ich war die ganze Nacht aufgeblieben, um die Differentialrechnung zu studieren, und seitdem hinke ich ständig hinter der Zeit her. Was gibt es denn zum Frühstück?« Sie segelte an ihm vorbei und bemerkte nicht, wie ihm die Kinnlade herunterfiel.

Taylor schloß rasch wieder den Mund. Gestern das Küssen und heute die Unpünktlichkeit. Er mußte sie wieder unter Kontrolle bringen.

Amanda blickte auf ihr pochiertes Ei und die trockene Toastschnitte und wäre fast bis an die Wand zurückgeprallt. Sie hatte einen so gewaltigen Hunger, und dies reichte nicht einmal aus, den Magen eines Kaninchens zu füllen. Aber sie wollte ja in ihre sichere kleine Welt zurückkehren, und dieses magere Frühstück war ein Teil davon. Sie nahm ihren Löffel in die Hand.

»Nun, Amanda, möchtest du mit der morgendlichen Konversation beginnen, oder soll ich in den Anfang machen?«

»Entschuldigung – was hast du eben gesagt? Ach ja, die

Konversation. Ich fürchte, ich habe vergessen, was für ein Gesprächsthema heute auf dem Stundenplan steht. Ich habe einen überaus hektischen Morgen hinter mir.« Sie sah auf, als die Mädchen eine verdeckte Schüssel hereinbrachten und diese auf die Anrichte stellten. Amandas Magen bekundete ihr vernehmlich seine Sehnsucht, mit diesen Speisen bekanntgemacht zu werden. Sie blickte voller Verlangen zu den silbernen Schüsseln hinüber.

»Amanda!« rügte Taylor. »Soll das etwa heißen, daß du heute noch nicht einmal deinen Stundenplan angesehen hast?«

»Ich habe ihn gelesen, aber ich kann mich einfach nicht an das erinnern, was daraufstand. Wenn du mir sagst, was es war, könnte ich vielleicht mit der Konversation beginnen.«

Taylor hatte keine Zeit, sich von seiner Entrüstung zu erholen, weil J. Harker ins Zimmer stürmte, eine Zigarre in den Mundwinkel geklemmt.

»Er ist fort«, verkündete Harker statt eines Morgengrußes. »Dieser Professor und sein komischer kleiner Wagen sind weg.«

Beide, Taylor wie Harker, richteten einen anklagenden Blick auf Amanda.

»Ich tat mein möglichstes«, entschuldigte sie sich. »Ihm paßte es nicht, sich nach einem Stundenplan richten zu müssen.«

Harker drehte sich Taylor zu: »Du hast ihn auf einen deiner verdammten Stundenpläne gesetzt? Wie hast du das angestellt? Den Plan mit Reißzwecken an seine Tür geheftet? Hast du ihm gesagt, wann er aufs Klo zum Pinkeln gehen darf?«

Taylor hielt seinen Rücken sehr gerade. »Das habe ich natürlich nicht getan. Amanda sollte ihm lediglich tagsüber nicht von der Seite weichen. Und ich habe den beiden Anregungen für einige Zerstreuungen gegeben. Das war alles.«

J. Harker schob die Zigarre von einem Mundwinkel zum anderen. Er war stets zutiefst beeindruckt gewesen von Taylors Bildung, aber in diesem Augenblick fragte er sich, ob in Taylors Gehirn überhaupt ein Funken praktischer Menschenverstand vorhanden war. »Was für Zerstreuungen? Bibliotheken? Museen? Er mußte zuhören, wie Amanda ihr Wissen herunterspulte?«

Amandas Gesicht wurde rot bei dieser Bemerkung, aber keiner der beiden Männer beachtete sie.

»Dr. Montgomery ist Professor. Ich bin sicher, er genoß diese . . .«

»Einen Dreck genoß er!« schnaubte J. Harker. »Ich hatte gleich meine Bedenken, dir diese Sache anzuvertrauen. Von Anfang an war ich im Zweifel, ob du weißt, was du tust. Ich habe dich gewarnt, Amanda mit ihm losszuschicken. Montgomery ist ein großer, potenter Hengst, nicht ein müder, abgehalfterter Wallach. Verdammt! Warum habe ich dir nur diese Sache überlassen? Jetzt ist er fort, und statt ihn auf unsere Seite zu ziehen, hast du ihn vermutlich dazu gebracht, daß er die Gewerkschaftsleute unterstützt.«

»Das bezweifle ich. Wir haben ihm in jeder Hinsicht unsere Gastfreundschaft bewiesen. Er hatte eine intelligente Person als Gesellschafterin, mit der er sich unterhalten konnte. Erst heute morgen hat Amanda in einer Prüfungsarbeit in Differentialrechnung eine Eins geschrieben.«

Einen Moment lang rang Harker nach Luft, ehe er loslegte: »Du hast erwartet, daß so ein junger Stier wie Montgomery sich mit einem hübschen Mädchen auf eine Bank setzen und über . . . über Bücherwissen reden würde? Hast du Eiswasser in den Adern? Um Himmels willen, ich könnte es nicht länger als zehn Minuten mit einem so kleinen prüden Klugscheißer wie Amanda aushalten – und sie ist meine eigene Tochter –, wie kannst du dann so einem heißblütigen Mann wie Montgomery zumuten, mit ihr seine Zeit zu verbringen?«

Keiner der beiden sah, wie Amanda das Blut aus den Wangen wich.

»Ich bin sicher, daß Amanda sich die größte Mühe gegeben hat, Dr. Montgomery angemessen zu unterhalten. Vielleicht hat ein Notfall in der Familie ihn gezwungen, abzureisen.«

»Ja, der Notfall vielleicht, hier an Langeweile zu sterben.«

Harker nahm seine Zigarre zwischen zwei Finger und deutete damit auf Taylor. »Du möchtest diese Ranch haben, mein Junge, aber du mußt schon etwas mehr tun, als das Leben meiner Tochter zu organisieren. Wenn diese Gewerkschafter mir auch nur einen Penny Verlust einbringen, fliegst du hier achtkantig raus. Hast du mich verstanden?« Mit diesen Worten stürmte Harker wieder aus dem Zimmer.

Taylor blieb stehen, wo er war, während Amanda auf ihrem Stuhl verharrte und in ihre leere Tasse starrte. Nun hatte Dr. Montgomery sogar ihren Vater dazu gebracht, solche häßlichen Dinge über sie zu sagen. In der kurzen Zeit, die dieser Mann hier gewohnt hatte, hatte Taylor ihr bewiesen, daß er kein körperliches Verlangen nach ihr verspürte, und ihr Vater hatte zugegeben, daß er ihre Nähe nicht ertragen konnte. Ein Teil in ihr hatte sich stets gefragt, warum ihr Vater niemals mit ihr und Taylor frühstückte oder warum er sich nie nach dem Dinner mit ihnen in den Salon setzte. Aber sie wäre niemals auf die Idee gekommen, daß er beides unterließ, weil er nicht mit ihr zusammensein wollte.

Sie blickte zu Taylor auf, der wie gelähmt dastand und auf die Tür starrte. War er so empört über das, was Harker über seine Tochter gesagt hatte? Amanda bezweifelte das. Sie wußte, daß dieser Ausdruck auf seinem Gesicht Angst war – Angst, die Ranch zu verlieren.

Dr. Montgomery wäre wütend gewesen über die Worte, die J. Harker für seine Tochter gefunden hatte, überlegte sie und erstickte dann diesen Gedanken.

Sie stand auf. »Ich werde auf mein Zimmer gehen«, sagte sie leise und bewegte sich dann auf die Tür zu, aber Taylor kam ihr zuvor und lehnte sich mit dem Rücken dagegen.

»Was hast du getan? Warum hat er das Haus verlassen?«

In Amandas Kopf schwirrten die verschiedenartigsten Antworten herum. Sie hatte Dr. Montgomery damit beleidigt, daß sie das tat, was Taylor von ihr verlangte. Sie hatte Dr. Montgomery nur damit Freude gemacht, daß sie aß, was nicht auf Taylors Plan stand; mit ihm dorthin ging, wo sie laut Taylors Plan nicht sein sollte, und solche skandalöse Sachen machte, wie ihn zum Tanzen zu begleiten. Aber sie konnte Taylor das alles nicht beichten.

»Ich warte, Amanda«, forderte Taylor.

»Ich tat mein Bestes, den Plan einzuhalten; aber Dr. Montgomery mag keine Museen.«

Taylors Augen musterten sie kalt und zornig. »Vielleicht hast du diese Museumsbesuche nicht interessant genug gestaltet. Vielleicht war dir das Wohlergehen der Ranch nicht wichtig genug, so daß du es versäumt hast, dich für diese Museumsbesuche gründlich vorzubereiten.«

Das war alles so gemein. Wenn Taylor sie liebte – warum empörte er sich dann nicht über die Worte, die ihr Vater vor ein paar Minuten über sie gesagt hatte? Man hatte ihr, ehe Dr. Montgomery ins Haus gekommen war, nur selten erlaubt, ihr Zimmer zu verlassen, und dann hatte man sie, ohne sie zu fragen, ihm aufgedrängt und von ihr erwartet, daß sie wisse, wie man mit einem Mann verfahren müsse, der ihre Beine anstarrte, sie küßte und ihr Schokoladentorten ins Gesicht schleuderte. Nicht einmal ein lebenlanges Studium konnte sie auf so einen Mann vorbereiten!

»Deine Trägheit wird uns noch die Ranch kosten«, verurteilte Taylor sie. »Die Gewerkschaftsleute werden sie uns wegnehmen. Die Hopfendolden werden auf den Feldern verfaulen, ohne daß sie jemand pflückt, und das wird alles deine Schuld sein.«

»Ich habe mein möglichstes getan.« Tränen der Enttäuschung schossen ihr in die Augen. Sie hoffte, Dr. Montgomery raste mit seinem kleinen Wagen über den Rand einer Steilwand, und niemand würde ihn jemals wiedersehen.

»Dein möglichstes war eben nicht gut genug«, erwiderte Taylor mit einem kleinen höhnischen Lächeln auf den Lippen. »Ich möchte, daß du den ganzen Tag auf deinem Zimmer verbringst und es vor morgen früh nicht verläßt, während ich mir überlege, wie wir den Schaden, den du angerichtet hast, wiedergutmachen können. Und da dir ja Differentialrechungen so leicht zu fallen scheinen, wollen wir doch mal sehen, wie gut du dich an deine griechischen Sprachkenntnisse erinnern kannst. Ich möchte, daß du anfängst, *Moby Dick* ins Griechische zu übersetzen.« Er trat von der Tür weg. »Jetzt geh und laß dich in den nächsten vierundzwanzig Stunden nicht mehr hier unten blicken.«

Amanda ging, aber sie empfand keine Reue oder Scham – nein, sie war wütend. Taylor hatte sich keineswegs fair verhalten. Er hatte ja keine Ahnung, was für ein Mensch dieser Dr. Montgomery war. Er hatte keinen Begriff davon, was sie mit diesem Mann durchgemacht hatte.

Halt, sagte sie sich – Taylor ist ein guter Mensch. Er hatte recht. *Sie* hatte versagt und nicht das geleistet, was er verlangt hatte. Die Gründe dafür spielten keine Rolle, allein das Ergebnis zählte, und Taylor hatte allen Anlaß, sie zu bestrafen.

Als sie ihr Zimmer erreichte, war sie davon überzeugt, daß Taylor absolut recht hatte, und sie bemühte sich nach Kräften, nicht an die Worte ihres Vaters zu denken. Aber als der Tag voranschritt, geriet ihre Überzeugung wieder ins Schwanken. Es war heiß in ihrem Zimmer, und ihr Kleid aus dichtgewebtem schweren Seidentuch war streif und verschaffte ihr nicht die geringste Kühlung. Die Lunchzeit kam und ging vorüber, und ihr war ganz schlecht vor Hunger. Zweimal sah sie zu den Fenstern hin, als erwartete sie, Dr. Montgomery mit einem Rucksack voller Eßwaren auftauchen zu sehen. Aber es war ganz still im Haus, und niemand kam, um ihre Studien zu unterbrechen.

Gegen zwei Uhr nachmittags war sie fast ohnmächtig vor Hunger und dabei seltsam ruhelos. Sie schien ihre Gedanken nicht auf die Übersetzung konzentrieren zu können. Statt dessen drängten sich ihr ständig Erinnerungen an den gestrigen Tanzabend auf. Sie hörte im Geist wieder die Musik, kostete den Champagner, sah die Paare, die sich auf der Tanzfläche drehten. Sie schob ihren Stuhl zurück und versuchte die Tanzschritte, die sie gesehen hatte, zu wiederholen. Was hätte sie wohl gedacht, wenn sie allein zum Ball gekommen wäre oder in Begleitung einer Frau, und Dr. Montgomery beim Tanzen kennengelernt hätte? Wenn er sich nicht gerade unausstehlich benahm, war er ein ausgesprochen anziehender Mann. Hätte er sie zum Tanzen aufgefordert? Hätte er an ihr als Frau Interesse gefunden? Oder wäre sie für ihn dann auch ein Studienobjekt gewesen, dessen Verhaltensweise er verändern wollte?

Sie wirbelte im Zimmer herum, aber plötzlich wurde ihr so schwindlig, daß sie sich aufs Bett setzen mußte. Sie legte die Hand an den Kopf, bis der Schwindel sich legte. Das ist lächerlich, dachte sie. Wie Dr. Montgomery bereits sagte: Sie war zweiundzwanzig und wurde noch immer bestraft, als wäre sie ein kleines Schulmädchen.

Sie hielt den Kopf hoch und ignorierte ihr klopfendes Herz, als sie ihr Zimmer verließ und sich nach unten ins Eßzimmer begab. Vielleicht fand sie dort ein Mädchen, das ihr ein belegtes Brot bringen konnte, das sie dann heimlich mitnehmen wollte auf ihr Zimmer. Zu ihrem Kummer saß ihr Vater allein am Kopfende des Eßtisches, und eine mächtige Portion Roastbeef, ungefähr acht verschiedene Gemüse, eine Pastete mit Schweinefleisch, drei verschiedene Brotsorten und zwei Salate waren im Halbkreis um ihn her gruppiert. Amanda starrte die Schüsseln so lange an, daß sie keine Zeit fand, wieder zu verschwinden, ehe J. Harker sie bemerkte.

»Nun?« fragte Harker angriffslustig.

»Darf ich mich zu dir setzen?« hörte sie sich fragen und segelte dann buchstäblich auf den Tisch zu, ehe er ein Wort erwidern konnte. Ein Mädchen stellte einen Teller vor sie hin und legte das nötige Besteck dazu.

»Bist du hierhergekommen, um etwas zu erklären oder dich zu entschuldigen?« fragte er.

»Ich wollte lediglich etwas essen«, gestand Amanda und füllte ihren Teller. Sie hätte am liebsten mit beiden Händen gegessen; aber sie beherrschte sich.

Harker betrachtete sie einen Moment, und zum ersten Mal seit Jahren erschien ihm seine Tochter wieder wie ein menschliches Wesen. Denn in der Regel benahm sie sich sehr altklug und ließ ihn nur zu oft seine mangelnde Bildung fühlen. »Warum hat also der Professor das Haus verlassen?«

Amanda begrub ihren Löffel in den kandierten Karotten.

»Er wollte sich keinen Stundenplan aufzwingen lassen. Er mag Filme, Tanzveranstaltungen und Picknicks. Er kann Museen oder Vorträge über Eugenik nicht ausstehen. Auch hat ihm weder die Größe unseres Hauses noch unser Fuhrpark imponiert.« Amanda mochte kaum glauben, daß sie so mit ihrem Vater redete; aber vielleicht war es das köstliche Essen, das sie so unbefangen machte.

J. Harker dachte eine Moment über ihre Worte nach. »Und du konntest dich nicht dazu überwinden, mit ihm zum Tanzen zu gehen?«

»Ich bin ein verlobtes Mädchen und zudem hatte ich schon genug Schwierigkeiten damit, meine Vorbereitungen für die Museumsbesuche mit meinen anderen Studien in Einklang zu bringen.« Die Erbsen mit den kleinen Perlzwiebeln schmeckten himmlisch.

Harker beobachtete sie. In der Regel waren ihre Mahlzeiten winzig und außerordentlich unappetitlich, aber heute aß sie wie ein Scheunendrescher. Taylor hatte Amanda die Schuld dafür gegeben, daß Montgomery das Haus verlassen hatte, aber in diesem Moment fragte sich Harker ernsthaft, ob Amanda den jungen Professor nicht dazu gebracht hatte, überhaupt ein paar Tage hierzubleiben. Als Kind war sie wild und starrköpfig gewesen – genauso wie ihre Mutter –; doch dann hatte er Taylor engagiert, und binnen weniger Monate hatte sich Amanda in ein fügsames Wesen verwandelt. Zunächst hatte das Harker erleichtert zur Kenntnis genommen, aber mit den Jahren mußte er zusehen, wie sich Amanda zu einem affektierten und fügsamen kleinen Automaten entwickelte. Da hatte er angefangen, sich zu wünschen, sie möge sich doch wenigstens einmal auf einen ihrer ehemaligen Streiche besinnen. Aber er hatte zuviel zu tun, um sich mit der Erziehung seiner Tochter befassen zu können. Erst als sie schon zwanzig war und noch immer Verse aufsagte wie ein zehnjähriges Kind, hatte er ihren Anblick nicht mehr ertragen können.

Als er aber jetzt sah, daß sie zulangte wie ein Feldarbeiter, spürte er, daß sich etwas verändert haben mußte. Heute morgen erst hatte ihn Grace, die ihn gewöhnlich mied wie die Pest und ihn herzlich haßte, seit Taylor ins Haus gekommen war, angelächelt. Harker selbst betrachtete Taylor seit einiger Zeit mit anderen Augen. Er sah nicht mehr voller Ehrfurcht zu der Bildung des jüngeren Mannes auf und begann sich zu fragen, ob Taylor überhaupt so viel wußte, wie er und Amanda glaubten. Vor Jahren hatte Grace verlangt, daß Taylor das Haus verließ. Harker hatte sich damals aus Prinzip, wenn nicht sogar aus anderen Gründen, geweigert, ihn zu entlassen. Er hatte sich zu etwas entschlossen, und dabei blieb es – ob falsch oder richtig –, und als sich Grace daraufhin sogar geweigert hatte, mit ihm zu schlafen, solange Taylor mit ihr unter einem Dach wohnte, hatte er sich selbst dadurch nicht beeinflussen lassen. Doch heute morgen, als Grace ihm zulächelte, hatte er sich daran erinnert, was für eine gutaussehende Frau sie war, und sich gewundert, warum er sich eigentlich für Taylor und gegen seine schöne Ehefrau entschieden hatte.

»Bringen Sie noch ein Stück von dieser Pfirsichtorte herein«, befahl Harker dem Dienstmädchen. »Meine Tochter ist hungrig.«

Amanda schenkte ihm ein schwaches Lächeln. »Du glaubst nicht, daß ich davon dick werde?«

»Ich mag Frauen, die ein bißchen Fleisch auf den Knochen haben.«

»Das ist es, was . . . ich meine . . .«, stammelte sie, sich an das erinnernd, was Dr. Montgomery zu ihr gesagt hatte.

Unwillkürlich ging Amandas Blick zu dem leeren Stuhl ihr gegenüber und dachte dabei: Er fehlt mir. Sie sagte sich, daß das ein törichter und ausgesprochen verwerflicher Gedanke sei. Trotzdem wollte ihr die Strafarbeit nicht aus dem Sinn gehen, die oben auf sie wartete, und sie wünschte sich, sie könnte mit Dr. Montgomery zu einem Picknick fahren. Nein! korrigierte sie sich: mit Taylor.

Sie versuchte sich vorzustellen, wie Taylor sich auf einer Wiese ausstreckte, wie er mit einem Wagen fuhr. Sie *wollte* sich Taylor vorstellen, wie er ihr Haar wusch und sie dann küßte, aber es gelang ihr nicht, diese Bilder in ihr heraufzubeschwören.

J. Harker bemerkte, daß sie zu dem leeren Stuhl hinübersah, als erblickte sie ein Gespenst. »Du – äh – magst diesen Professor?«

Amanda richtete sich kerzengerade in ihrem Stuhl auf. »Er war ein . . .« ». . .ein frivoler Mann«, wollte sie sagen; aber er hatte Mitgefühl für sie gezeigt und die Art, wie er die Mathematikaufgaben gelöst hatte, bewies, daß er nicht ganz ungebildet war. »Er war ein ungewöhnlicher Mann«, sagte sie schließlich. »Vollkommen unberechenbar. Man wußte nie, was er im nächsten Augenblick anstellen würde.«

»Keine Stundenpläne, wie?« fragte J. Harker und beobachtete sie scharf.

Amanda lächelte. »Dr. Montgomery lehnt Stundenpläne prinzipiell ab. Er glaubt an die persönliche Freiheit für jedermann.«

Wenn sie so lächelte wie jetzt, erinnerte sie Harker so sehr an Grace, daß ihm die Knie weich wurden. Er hatte schon so lange einen Groll gegen seine Frau gehegt, daß er sogar imstande gewesen war, sie fast zu vergessen. Woher nahm sie die Dreistigkeit, ihm zu sagen, wen er anstellen durfte und wen nicht? Schließlich hatte sie ihn betrogen, weil sie ihm verschwiegen hatte, daß sie eine Tänzerin gewesen war, bevor sie heirateten. Und er hatte überall in der Stadt damit geprahlt, daß ihre Familie mit der *Mayflower* nach Amerika gekommen sei. Alle hatten über ihn gelacht.

Doch jetzt, da er Amanda betrachtete, erinnerte er sich an Graces schlanken, festen Körper. Sie war eine wunderbare Geliebte, aber er hatte das alles aufgegeben, als sie von ihm verlangt hatte, Taylor aus dem Haus zu werfen. Im Augenblick beherrschte ihn nur der Gedanke, daß sein eigensinniger Stolz ihn seine Frau und seine Tochter gekostet hatte.

»Weißt du, wo sich deine Mutter heute nachmittag aufhält?« fragte er unvermittelt.

»Ich? Nein, ich sehe sie nicht sehr oft.« Nicht, seit ich sie um Rat gefragt habe, ob ich Taylor küssen sollte, dachte sie, und die Erinnerung daran ließ sie erröten.

J. Harker schob seinen Stuhl zurück und stand auf. »Ich denke, ich werde sie suchen gehen.« Er bewegte sich zur

Tür, drehte sich dort aber noch einmal um. »Vielleicht möchtest du heute abend mit mir essen.«

»Ja«, stimmte sie verwundert zu. »Das würde ich gern tun.«

Als sie allein war, warf sie wieder einen ratlosen Blick zu dem leeren Stuhl ihr gegenüber. Irgendwie war Dr. Montgomery die Ursache für diese Einladung. Er hatte zwar Schuld daran, daß sie fast vergewaltigt worden wäre – richtig –, aber er hatte auch bewerkstelligt, daß ihr Vater nun ihre Mutter aufsuchte und seine Tochter zum Dinner einlud. Natürlich, dachte sie und zog eine Grimasse, war er auch schuld daran, daß sie nun *Moby Dick* ins Griechische übersetzen mußte. Wenigstens jetzt, mit einem vollen Bauch, würde sie mit dieser Arbeit ein wenig vorankommen. Langsam stieg sie die Treppe hinauf zu ihrem stickigen Zimmer.

»Und Sie haben das in ihrem Zimmer gefunden?« fragte Taylor Mrs. Gunston, während er das zerrissene weiße Satinkleid in den Händen hielt, dessen Kristallperlen in der Sonne glitzerten.

»Ich wußte gleich, daß sie etwas vor mir verstecken wollte«, erklärte Mrs. Gunston auf ihre selbstgerechte Art. »Ich sah, wie sie den Arm in ihren Schrank hineinstreckte, und deshalb durchsuchte ich ihr Zimmer, nachdem sie nach unten gegangen war. Sie hatte es in Seidenpapier eingewikkelt und in ihrer Hutschachtel versteckt. Es ist keines von den Kleidern, die Sie für sie gekauft haben, und wie Sie ja sehen können, ist es vorne zerrissen. Sie hat etwas getan, was sie nicht hätte tun sollen, und ich vermute, es hat etwas mit diesem Dr. Montgomery zu tun. Seit er in dieses Haus gekommen ist, gingen hier seltsame Dinge vor. Ich fand auch einen schmutzigen Teller, den sie in ihrem Zimmer versteckt hatte, und eine Tages . . .«

»Das reicht!« zischte Taylor scharf und knüllte das Kleid in seinen Händen zusammen. »Sie können jetzt wieder gehen.«

»Aber da ist noch mehr.«

Taylor fand ihre Art, heimlich in fremden Zimmern herumzustöbern, allmählich widerlich. »Das ist alles. Gehen Sie jetzt.«

Mit einer ärgerlichen Grimasse ließ die stattliche Frau Taylor allein in der Bibliothek zurück. Er schob die Türen zu, nachdem sie den Raum verlassen hatte.

Taylor stand eine lange Weile still und starrte, ohne etwas zu sehen, aus den Fenstern. Seine alte Angst kehrte jetzt wieder zurück. Es war, als würde alles, wofür er jahrelang gearbeitet hatte, unter seinen Händen zerrinnen. Harker drohte ihm damit, ihn auf die Straße zu werfen; Amanda trieb heimlich Dinge – möglicherweise sogar mit einem anderen Mann.

Er betrachtete das Satinkleid. Wann? Wie? Wo? *Was* hatte sie getan? Hatte sie sich so elend gefühlt, daß sie von ihm weggehen wollte?

Gestern hatte sie ihn geküßt, und er war sehr ärgerlich geworden, aber heute fragte er sich, ob das richtig gewesen war. Vielleicht brauchte sie eine andere Art von Aufmerksamkeit als die, die sie von ihm empfing. Vielleicht wollte sie . . . hofiert werden.

Amanda war eine vernünftige junge Frau, und sie würde sich niemals von den Aufschneidereien einer Person wie Dr. Montgomery täuschen lassen, aber deshalb blieb sie dennoch eine Frau, und Frauen mochten derartige Sachen.

Was für Sachen? fragte er sich. Wie genau hofierte man eine Frau? Mit Blumen und Süßigkeiten? Er schluckte. Gewiß nicht mit Aufgaben, Texte ins Griechische zu übersetzen! Machte Montgomery ihr etwa den Hof? War das weiße Kleid Bestandteil seiner Werbung? Vielleicht hatte Amanda es zerrissen und es versteckt, bis sie eine Gelegenheit fand, es gänzlich beseitigen zu können.

Je mehr er über das Hofieren nachdachte, um so überzeugter wurde er, daß er etwas in dieser Richtung unternehmen sollte. Tatsächlich hätte er ihr schon lange seine Gunst beweisen sollen. Er würde Amanda einige Wochen lang den Hof machen – mit Blumen, Süßigkeiten, Handküssen, all das –, und dann mußte er einen Termin für die Hochzeit festsetzen, die so bald wie möglich stattfinden sollte. Sobald sie verheiratet waren, konnte man ihm die Ranch nicht mehr nehmen, und auch Amanda wäre dann sein gesichertes Eigentum. Er würde sie in *seinem* Zimmer einsperren, wo er sie immer unter Beobachtung hatte, und sie würde nie mehr die Gelegenheit haben, perlenbesetzte Kleider von anderen Männern geschenkt zu bekommen.

Er ballte die Faust, und die Spannung in seinem Körper ließ nach. Er hatte die unter Liebenden üblichen Schmeicheleien nicht eingeplant, da Amanda bereits mit ihm verlobt war, aber nun schien er sich daran zu erinnern, daß man von Männern erwartete, daß sie Frauen verwöhnten. Also war Amanda möglicherweise enttäuscht darüber, daß er sich so zurückgehalten hatte.

Als er an ihr Verlöbnis dachte, fiel ihm ein, daß er ihr nie einen Ring geschenkt hatte. Er warf das Satinkleid in die unterste Schreibtischschublade und ging dann hinaus zur Garage. Er würde den Chauffeur auffordern, ihn nach Kingman zu bringen, und dort wollte er Amanda dann einen Diamantring kaufen – nichts Prunkhaftes, sondern etwas Vornehmes und Elegantes.

Reva Eiler kochte noch immer vor Wut, wenn sie an diesen Tanzabend dachte. Es schien, als sei Amanda Caulden nur auf die Welt gekommen, um ihr das Leben so sauer wie möglich zu machen. Da bekam Reva nun eine Chance, sich einen Traummann wie Hank Montgomery zu angeln, und wer kommt mit ihm zu der Verabredung? Natürlich Miß Lady vom Herrenhaus, die so tut, als *wollte* sie nicht einmal mit Hank zum Tanzen gehen. Ha, dachte Reva. Amanda hatte alles getan, was überhaupt nur möglich war, um seine Aufmerksamkeit auf sich zu lenken – zum Beispiel daß sie sich diesem betrunkenen Sam Ryan an den Hals warf und sich dann so aufführte, als wollte dieser sie vergewaltigen. Und der liebe Hank war ihr natürlich voll auf den Leim gegangen.

Als Reva sich anschickte, die Straße zu überqueren, sah sie eine von den Limousinen der Caulden-Ranch vor dem Juwelierladen halten, und der Chauffeur stieg aus und öffnete den hinteren Wagenschlag für den Mann, mit dem Amanda angeblich verlobt war – wenn sie nicht gerade hinter Hank herjagte, dachte Reva verbittert. Sie beobachtete, wie der große, magere, dunkle Mann an der Türklinke des Juwelierladens rüttelte und sie dann verdutzt ansah, weil sie versperrt war. Er ging weiter zum leeren Schaufenster, in dem Mr. Robbins an Wochentagen seine Juwelen ausstellte, und spähte durch die Scheibe. Er sieht ziemlich gut aus, dachte Reva, und sie mußte widerwillig Amanda einen guten Geschmack bescheinigen, was Männer betraf.

Rasch überquerte Reva nun die Straße. »Heute ist Sonntag«, rief sie, und der Mann drehte sich um und sah sie an. Reva spürte, daß ihr ein kleiner kalter Schauer über den Rükken lief. Er war ein hochmütig aussehender Mann, und er machte den Eindruck, als hätte er einen Rücken aus Stahl und nicht aus Fleisch und Blut. Aber da war noch etwas anderes, das Reva als Verwandtschaft im Geist erkannte. Er wirkte nach außen hin kühl; aber sie vermutete, daß unter dieser frostigen Schale die Leidenschaft glühte. Er bemühte sich nach Kräften, auf sie herabzusehen – auf ihre rotgeschminkten Lippen und den glitzernden Türkisring, den sie trug; aber sie spürte sein Interesse an ihr. Würde es Amanda nicht verdienen, daß ihr Freund mit ihr fremdging?

»Es ist Sonntag, und deshalb hat der Laden geschlossen«, erklärte Reva abermals.

»Ja, natürlich«, murmelte Taylor und sah von dieser Frau weg, die in ihm ein seltsames Gefühl auslöste. Er machte sich auf den Weg zum Wagen.

»Mr. Robbins wohnt nur eine Straße weiter, und inzwischen muß er bereits vom Gottesdienst nach Hause gekommen sein. Ich könnte Sie zu ihm bringen, und vielleicht sperrt er dann den Laden auf.« Reva sah zu ihm hoch. »Natürlich nur dann, wenn Sie etwas Wichtiges kaufen wollen – einen Verlobungring mit einem Diamanten etwa, um nur ein Beispiel zu nennen.« Sie hatte bemerkt, daß Amanda keinen Ring trug, und es machte Sinn, daß er ihr nun sein Brandzeichen aufdrücken wollte nach dem Zustand, in dem Amanda gestern nacht nach Hause gekomen war. Reva sah ein Zukken in diesen dunklen Augen und wußte, daß sie ins Schwarze getroffen hatte.

»Wenn Sie mir nur den Weg dorthin beschreiben wollten«, bat Taylor.

»Nein, wir gehen gemeinsam zu ihm. Geben Sie Ihrem Chauffeur für den Rest des Tages frei. Zudem brauchen Sie ja jemanden, bei dem Sie den Ring anprobieren können. Amanda und ich haben ungefähr die gleiche Größe.«

Taylor runzelte die Stirn. Diese junge Frau nahm sich entschieden zuviel heraus, war zu grell geschminkt und gehörte offensichtlich nicht zu seiner Klasse; aber er erlaubte ihr, sie zu der Wohnung des Juweliers zu führen. Dieser Ring war sehr wichtig für seine Zukunft.

Zwei Stunden später, als er das Juweliergeschäft wieder verließ, lächelte er. Miß Eiler war eine vulgäre, laute, ungebildete Person; aber sie hatte etwas an sich . . .

»Wollen Sie jetzt irgendwohin gehen, wo Sie was essen können?« fragte Reva. »Vielleicht, um Ihren letzten Tag als freier Mann zu feiern? Im ›Diner‹ gibt es sonntagsabends immer gebratene Hühnersteaks.«

Taylor wollte entsetzt protestieren; aber die Worte wollten ihm nicht über die Lippen kommen. »Das hört sich gut an«, sagte er schließlich und bot ihr seinen Arm an. Gemeinsam überquerten sie dann die Straße.

Kapitel Zwölf

Amanda saß im Dunkel auf der Bank im Sommerhäuschen und lauschte den Nachtgeräuschen. Sie hatte ein köstliches Dinner mit ihrem Vater eingemommen, und es war ein angenehmer Abend gewesen, obwohl sie beide nicht viel geredet hatten. Sie hatte Angst, den Mund aufzumachen, da er am Morgen erst gesagt hatte, sie würde ihn zu Tode langweilen. Sie hatte irgendwie das Gefühl, daß er mit ihr nicht über die neuen Zollgesetze des Präsidenten sprechen wollte. Während des Essens hatte sie sich öfter gewünscht, daß Montgomery bei ihnen am Tisch säße. Er hätte gewußt, worüber sie sprechen sollten. Er konnte über das

Wetter reden, ohne Zirrostratuswolken mit Kumulonimbuswolken zu vergleichen, wie sie, Amanda, das tun würde. Schließlich hatte sie nur gesagt: »Es ist heiß heute«, und J. Harker hatte nur geantwortet: »Ja, das ist es.« Doch selbst ohne Tischgespräch war es nett gewesen, mit ihrem Vater am Tisch zu sitzen und etwas zu essen, was den Namen Essen auch verdiente.

Nach dem Dinner war sie dann nicht mehr auf ihr Zimmer gegangen, um noch mehr *Moby Dick* ins Griechische zu übersetzen, sondern war statt dessen auf der Treppe umgekehrt und hinausgegangen in die zunehmende Dunkelheit. Und nun saß sie im Sommerhaus und blickte zu den Sternen. Sie erinnerte sich daran, wie sie hier mit Dr. Montgomery gesessen und ihm zugesehen hatte, als er drei Stück Torte verzehrte; sie erinnerte sich, wie er sie geküßt und gebeten hatte, ihr Haar zu lösen, und dachte an den Abend, an dem er nur den Schatten ihres Kleides erspäht hatte und zu ihr in das Sommerhaus gekommen war.

Sie ermahnte sich, an Taylor zu denken und nicht an Dr. Montgomery; doch im Augenblick fiel ihr nur ein, daß er sie mit der griechischen Übersetzung bestraft hatte. Taylor hatte ihr einfach die Schuld, daß Dr. Montgomery das Haus verlassen hatte, in die Schuhe geschoben, ohne ihr die Erlaubnis zu einer Erklärung zu geben und ohne ihren spärlichen Angaben, die sie hatte vorbringen können, zu glauben.

Ein Wagen fuhr in die Garage, und Amanda hielt einen Moment die Luft an. Es war natürlich nicht Dr. Montgomery, der jetzt nach Hause kam, und sie wollte selbstverständlich nicht, daß er zurückkehrte; aber es konnte ja – vielleicht – sein, daß *er* es war.

Doch als sie dann Schritte auf dem Kies hörte, wußte sie, daß es Taylor war. Dr. Montgomerys Schritte waren schwerer, eher die eines . . . Beutemachers; während Taylor leicht auftrat und rasch dahinschritt – fast so, als würde er rennen.

Er sah sie nicht, wie sie sich das gleich gedacht hatte, und ging ins Haus hinein. Amanda müßte jetzt eigentlich auf ihrem Zimmer sein und an der Übersetzung von *Moby Dick* arbeiten; aber statt dessen saß sie hier draußen und genoß die Stille der Nacht.

Sie lauschte, wie Türen im Haus geöffnet und wieder geschlossen wurden, und wußte, daß ihre Abwesenheit entdeckt worden war. Zum Glück hatte gestern abend niemand nach ihr gesehen, als sie zu dieser Tanzveranstaltung gegangen war.

Nach einer Weile wurde es wieder still im Haus, und die Hintertür wurde geöffnet und wieder geschlossen. Sie konnte dann Taylors Schritte auf dem Kies hören. »Amanda?« rief er mit einer leicht reservierten Stimme.

Aus irgendeinem Grund hätte Amanda ihm fast nicht geantwortet. Schließlich hatte er sie ungerecht behandelt, und außerdem war Taylor bestimmt kein Mann, mit dem eine Frau unter dem Sternenhimmel sitzen mochte. Diese Gedanken hatte sie natürlich wieder Dr. Montgomery zu verdanken, sagte sie sich. Wenn er nicht hierhergekommen wäre . . .

»Hier«, rief sie Taylor zu und beobachtete, wie er näher kam.

»Hast du etwas dagegen, wenn ich mich zu dir setze?«

»Natürlich nicht«, erwiderte sie und begann dann zu erklären: »Es war so heiß in meinem Zimmer, daß ich keinen klaren Gedanken fassen konnte. Im Augenblick mache ich nur eine Pause.« Sie stand auf. »Ich gehe jetzt wieder an die Arbeit.«

»Warte«, bat er, und als sie auf der Schwelle der Hintertür stehenblieb, fuhr er fort: »Amanda, vielleicht war ich heute morgen ein bißchen zu barsch zu dir. Du hast bisher dein Bestes bei jeder Arbeit gegeben, die ich dir auftrug, und ich vermute, daß du dich, was die Betreuung von Dr. Mongomery betrifft, bemüht hast. Ich fürchte, ich war heute genauso wütend über mich selbst wie über jeden anderen, und diese Wut habe ich dann an dir ausgelassen.«

Amanda verharrte regungslos auf der Stelle. Taylor hatte bisher noch nie einen Fehler zugegeben. »Ich verstehe«, flüsterte sie. »Dr. Montgomery ist uns allen auf die Nerven gegangen.«

»Ich glaube, ich habe dich mit ihm aus dem Haus geschickt,

weil ich ihn, wenn ich ehrlich sein will, nicht ausstehen konnte.«

»Oh?« meinte Amanda und kam in das Sommerhäuschen zurück. Taylor hatte bisher noch nie über so persönliche Dinge mit ihr gesprochen.

»So ein unverschämter, fauler Mann. Er hatte offenbar noch nie mehr als zwei Nickel in der Tasche gehabt, und es ging mir wohl gegen den Strich, daß er in dem schönen Haus deines Vaters wohnte. Kannst du mir verzeihen?«

»Nun, ja, natürlich.« Sie zögerte. »Muß ich noch mehr *Moby Dick* übersetzen?«

Taylor zuckte zusammen. »Nein.« Sie schwieg eine Weile still. »Amanda«, sagte Taylor schließlich. »Ich habe dir etwas Wichtiges mitzuteilen.«

Amanda betete im stillen, daß er ihr nicht noch mehr Differentialrechnungen aufgeben möge. Da »sie« ihren Test mit »ausgezeichnet« bestanden hatte, fürchtete sie, Taylor wollte ihr Mathematik als Hauptfach zuteilen.

»Ich denke, es wäre an der Zeit, daß wir über unsere Hochzeit redeten.«

»Oh«, staunte Amanda, die das ganz und gar nicht erwartet hatte, und ließ sich dann schwer auf die Bank auf der anderen Seite des Eingangs fallen.

»Du wirst jetzt eine junge Frau, und es wird Zeit, daß wir uns ernsthaft überlegen, wann wir heiraten. Ich habe bereits darüber nachgedacht und meine, wir sollten uns heute in zwei Monaten trauen lassen. Wenn du mit diesem Termin einverstanden bist, natürlich.«

Amanda schwirrte der Kopf. Heute morgen hatte ihr Vater damit gedroht, Taylor aus dem Haus zu werfen, und heute abend schlug er vor, daß sie möglichst bald heiraten sollten. Sie konnte nicht umhin, sich zu fragen, ob das nicht ein Versuch war, sich seinen Platz auf der Ranch zu sichern.

»Hast du dazu nichts zu sagen?«

Amanda hätte fast geantwortet, daß es in dieser Sache scheinbar gar nicht auf ihre Meinung ankam. »Ich hätte nichts dagegen einzuwenden.«

Taylor runzelte die Stirn. Dieser Nachmittag war so angenehm verlaufen, als er und Miß Eiler zusammen den Verlobungsring ausgesucht hatten. Sie hatte behauptet, daß Amanda außer sich sein würde vor Freude, weil sie so ein Glück hatte, so jemanden wie Taylor zum Ehemann zu bekommen; aber im Augenblick sah Amanda nicht so aus, als wäre sie überglücklich. Er holte tief Luft. »Amanda, vielleicht möchtest du mich gar nicht heiraten.«

Ehe sie sich gestattete, nachzudenken, platzte sie damit heraus: »Möchtest du mich oder die Ranch?« Sie schlug sich entsetzt mit der Hand auf den Mund.

»Oh, das ist es also«, seufzte er, und seine Stimme klang erleichtert. »Hat dieser Montgomery dir solche Gedanken in den Kopf gesetzt?«

»Ich bitte um Entschuldigung. So etwas Häßliches hätte ich niemals sagen dürfen. Natürlich werde ich überglücklich sein, dich zu jeder Zeit, die du bestimmst, zu heiraten. Wenn du mir ein Datum nennst, werde ich mit den Vorbereitungen für die Hochzeit beginnen – oder nein, du wirst das natürlich selbst übernehmen wollen. Aber der Bräutigam darf das Hochzeitskleid eigentlich nicht vorher sehen; also sollte es lieber jemand anderer aussuchen; aber wenn du willst, kannst du das machen. Ich werde tun, was ich kann, um dabei zu helfen. Zwar nimmt mich das Studieren den ganzen Tag in Beschlag; aber ich werde . . .«

»Amanda!« unterbrach sie Taylor mit scharfer Stimme. »Natürlich darfst du deine eigene Hochzeit planen. Zuweilen gibst du mir das Gefühl, als wäre ich ein Gefängniswärter – als würde ich dich hinter Schloß und Riegel halten. Ich habe lediglich nach besten Kräften versucht, dir Bildung zu vermitteln. Ich entschuldige mich, wenn du dir dabei wie eine Gefangene vorgekommen bist.«

Erst seit ich Dr. Montgomery kenne, dachte sie, murmelte aber: »Natürlich bin ich mir nie wie eine Gefangene vorgekommen.«

Taylor griff in seine Jackentasche und holte eine kleine Schatulle hervor. »Gibst du mir deine linke Hand?«

Amanda hatte keine Ahnung, was er vorhatte. Sie fürchtete, sie würde mit dem Lineal einen Schlag auf die Handfläche bekommen, und daher war sie sprachlos, als er ihr einen Ring auf den Finger schob. Der Diamant funkelte im Mondlicht. Sie konnte ihn nur anstarren.

»Paßt er?« fragte er besorgt. »Wir versuchten, ihn in der richtigen Größe auszusuchen.«

»Er sitzt perfekt.« Amanda konnte noch immer kaum Worte finden. Das war ein Verlobungsring. Nun war es offiziell, und sie hatte sich verpflichtet, Taylor zu heiraten. Warum war ihr also jetzt nicht nach Jubeln zumute? Warum hüpfte sie nicht lachend im Sommerhaus herum? »Wer ist ›wir‹?« fragte sie beiläufig, um Zeit zu schinden.

»Eine Freundin von dir, Reva Eiler, half mir beim Aussuchen des Ringes. Tatsächlich hätte ich dir gar keinen Ring mitbringen können, wenn sie nicht gewesen wäre. Es ist Sonntag, und der Juwelierladen hatte geschlossen; aber Miß Eiler brachte mich zur Wohung des Juweliers und überredete ihn, seinen Laden aufzusperren. Miß Eiler sagte, der Ring würde passen.«

Amanda mußte sich eisern beherrschen, daß sie den Ring nicht sofort wieder abzog. Eine andere Frau hatte ihren Verlobungsring vor ihr getragen! Genügte es nicht, daß Reva Dr. Montgomery hatte? Wollte sie auch noch Taylor und Amandas Verlobungsring dazu haben? »Wie hilfreich von ihr«, gelang es Amanda schließlich hervorzubringen. Sie hatte überhaupt keinen Spaß mehr an dem Ring und hätte ihn am liebsten in den dunklen Park hinausgeworfen.

»Amanda«, sagte Taylor nach einer Weile, »was den gestrigen Abend anbelangt, als du . . . als du mich geküßt hast.«

Abrupt stand sie auf. »Das tut mir leid. Ich habe mich gestern dafür entschuldigt und entschuldige mich jetzt noch einmal.« Sie spürte, daß sich eine gereizte Stimmung in ihr breitmachte, und der Ring brannte an ihrem Finger.

Taylor stand ebenfalls auf. »Das ist es nicht, was ich meinte. Es ist nur so, daß es mir zuweilen schwerfällt, dich schon als Erwachsene zu betrachten. Ich neige noch immer dazu, in dir das schlaksige Mädchen von damals zu sehen, als wir uns kennenlernten.«

Amanda begann sich ein wenig zu entspannen. Das

machte Sinn. Vielleicht wirkte sie doch nicht so abstoßend auf ihn, wie sie das gestern abend hatte annehmen müssen.

»Wenn ich darf?« sagte er und streckte ihr die Arme entgegen.

Amanda zögerte; aber dann ging sie zu ihm und legte ihre Wange an seine Brust. Er war dünn, sie konnte sein Herz klopfen hören, und sogleich begann sie ihn mit Dr. Montgomery zu vergleichen. Dr. Montgomery war größer, kräftiger, seine Arme und sein Körper schienen sie zu umwickeln, und inzwischen wären seine Hände schon überall an ihrem Körper gewesen, seine Lippen in ihren Haaren und an ihrem Hals auf dem Weg nach unten.

Taylor schob sie ein wenig weg, um sie zu betrachten. Dann preßte er seine Lippen auf die ihren.

Nichts, dachte sie. Ich empfinde absolut nichts. Ich spüre weder Wärme noch Interesse, noch eine Neigung, irgend etwas darüber hinaus zu tun. Ich könnte ebensogut eine Statue küssen.

Taylor zog sich von ihr zurück, um sie zu mustern. »Also – überzeugt dich *das*, daß ich dich will und nicht die Ranch?«

Sie nickte mit einem kleinen Lächeln. Was stimmte nur nicht mit ihr? Dies war Taylor – der Mann, den sie liebte. Vielleicht würde sie bei einem erneuten Versuch, ihn zu küssen, etwas empfinden. Sie stellte sich auf die Zehenspitzen und hob das Gesicht zu ihm empor; aber Taylor zuckte zurück und quittierte ihre Bemühung mit einem, wie ihr dünkte, empörenden kleinen Kichern.

»Ich denke, das war genug für den Anfang, meinst du nicht auch?« Er ließ die Arme von ihren Schultern herabfallen. »Zu viel Aufregung könnte dich um deinen Schlaf bringen.«

Der Zorn stieg in Amanda hoch, so daß sie nicht sprechen konnte – obwohl sie ihm gern gesagt hätte, daß seine Küsse wahrlich nicht aufregend waren.

»Und jetzt, Amanda, ist es Zeit für dich, zu Bett zu gehen. Morgen ist wieder ein Werktag, und eine Prüfung in Geschichte steht auf deinem Stundenplan. Ich hoffe doch, daß du dich darauf vorbereitet hast. Morgen haben wir vielleicht

Gelegenheit, weiter über unsere Hochzeit zu reden.« Er lächelte sie an und legte dann die Fingerspitze auf ihre Nase. »Und wenn du ein braves Mädchen bist, gibt es möglicherweise noch mehr Küsse. Sobald die Hopfenernte eingebracht ist, werden wir mit der Planung unserer Hochzeit beginnen. Das sollte dich zum Lächeln bringen.«

Amanda wagte nun wirklich nicht mehr, den Mund aufzumachen, weil sie Angst hatte, daß etwas Unpassendes entschlüpfen könnte. Nun war es *Taylor*, der sie für dumm verkaufen wollte. Verwandelten sich denn alle Männer an irgendeinem Punkt in gönnerhafte, anmaßende Besserwisser? Jeder Mann schien überzeugt zu sein, genau zu wissen, was richtig für sie war. Ihr Vater nahm sie aus der Schule und behielt sie im Haus unter der Aufsicht eines Privatlehrers. Ihr Privatlehrer nahm sie ihrer Mutter weg und erstellte für sie genaue Tagespläne. Dann kam Dr. Montgomery, zwang sie dazu, ihren Studienplan aufzugeben und mit der Völlerei zu beginnen.

»Ja, ich gehe jetzt ins Bett«, sagte Amanda und drehte sich rasch um, bevor sie so etwas Furchtbares sagte wie: »Willst du in Zukunft meine Arbeiten mit Küssen benoten? Wirst du zu mir sagen: ›Du hast vier Fragen über den schottischen Feldzug von Edward dem Ersten nicht beantwortet; also gibt es heute keinen Kuß, Amanda!‹?«

Sobald sie auf ihrem Zimmer war, brach sie in Tränen aus. Sie zog so lange an ihrem Verlobungsring, bis er sich von ihrem Finger löste, und warf ihn auf den Nachttisch. Dann fiel sie der Länge nach auf ihr Bett und weinte verzweifelt. Alles in ihrem Leben war durcheinandergeraten. Vor einem Monat noch hatte sie genau gewußt, was sie sich vom Leben erwartete. Sie hatte sich Taylor gewünscht und nichts sonst. Aber dann hatte sie Dr. Montgomery kennengelernt, und nichts schien mehr so zu sein wie früher. Sie war mit *nichts* mehr zufrieden. An die Stelle ihrer Überzeugung, sie würde mit ihren Studien ihre Bildung ständig erweitern, hatte Dr. Montgomery das Gefühl gesetzt, sie wäre nichts als ein zu alt gewordenes Schulmädchen.

Gegen Mitternacht stand sie vom Bett auf, zog ihr Nachthemd an und schlüpfte unter die Decke; aber sie fand nur wenig Schlaf. Wenn sie nur eine Vorstellung gehabt hätte, was sie *tun* sollte! Wenn es doch nur eine Möglichkeit gegeben hätte, diese Verwirrung loszuwerden!

Der Morgen kam und mit ihm Mrs. Gunston, die Amanda Taylors letzten Stundenplan aushändigte; aber Amanda warf kaum einen Blick darauf. Und sie erkannte, daß sie Mrs. Gunstons Verhaltensweise ebenfalls mißbilligte. Wer war schließlich von ihnen beiden der Arbeitgeber und wer die Angestellte?

Amanda verabscheute das magere Frühstück, das sie mit Taylor teilte, und ebenso den mageren Lunch. Taylor schickte sie nach dem Lunch in ihr Zimmer zurück, damit sie den Verlobungsring holen sollte, den sie sich anzustecken vergessen hatte. Um zwei Uhr nachmittags hatte sie mit knapper Not ihre Geschichtsprüfung bestanden, und Taylor hatte kein einziges Wort gesagt. Sein kaltes Schweigen war schlimmer, als wenn er sie geschlagen hätte. »Ich vermute, damit sind alle weiteren Küsse gestrichen«, murmelte sie in sich hinein, als er ihr das Prüfungspapier mit einem »gerade noch ausreichend« zurückgab.

Sie kehrte in ihr Zimmer zurück und warf einen Blick auf die letzten Eintragungen des Stundenplans. Dabei überkam sie ein bedrückendes Gefühl. Wenn sie schon keine Gefangene war, warum kam sie sich dann so vor?

Um fünfzehn Uhr dreißig trat sie ans Fenster und sah ihre Mutter Zeitung lesend im Schatten zweier Mandelbäume sitzen. Amanda verschwendete nicht einmal einen Gedanken daran, daß sie das Zimmer verließ, obwohl sie sich laut Stundenplan mitten im Studium von Vermeers' Gemälden befand.

»Hallo«, sagte Amanda leise, als sie unter den Mandelbäumen anlangte.

Grace blickte von ihrer Zeitung auf und bemerkte sofort, daß ihre Tochter geweint hatte – sehr lange und viel geweint, ihrem geschwollenen Gesicht nach zu schließen. Sie fragte sich, was dieser Schuft Taylor Driscoll ihr nun schon wieder angetan hatte.

»Nimm dir den Stuhl dort«, empfahl Grace. »Die Limonade ist noch kalt.«

Amanda goß sich ein Glas kalter Limonade ein, setzte sich und nippte daran. Da war auch eine bis zum Rand gefüllte Schale mit Plätzchen, und sie aß zwei davon, ehe sie sagte: »Bist du schon einmal so verwirrt gewesen, daß du nicht wußtest, was du tun solltest?«

»Täglich; aber warum sagst du mir nicht genau, was dich verwirrt? Außer wenn es sich um lateinische Verben handeln sollte. Bei Schularbeiten bin ich noch nie eine große Hilfe gewesen.«

»Es geht um Männer«, gestand Amanda und schluckte die Tränen hinunter.

»Auf diesem Gebiet könnte ich dir vielleicht helfen.«

Amanda wußte nicht, wo sie anfangen sollte. »Ich fürchte, dieser schreckliche Dr. Montgomery hat mein Leben ruiniert.«

Grace verlor fast die Fassung. Sie sah ihr erstes Enkelkind bereits unehelich zur Welt kommen. Sie würde mit Amanda in die Schweiz fahren. Sie würde . . .

»Er scheint mich – äh – ruhelos gemacht zu haben«, fuhr Amanda fort. »Ich liebe Taylor. Ich habe ihn immer geliebt, und ich weiß, daß ich ihn heiraten möchte. Er hat mir gestern abend einen Verlobungsring geschenkt. Oh, verflixt! Ich habe ihn schon wieder oben liegenlassen. Egal – ich weiß, daß ich Taylor liebe, aber seit Dr. Montgomery hier war, kann ich mich anscheinend über nichts mehr freuen. Meine Studien sind mir plötzlich zur Last geworden. Meine Gedanken schweifen ständig umher.«

»Das halte ich für normal«, urteilte Grace.

»Für normal? Es ist normal für eine verlobtes Mädchen, daß es an einen anderen Mann denkt?«

»Ja, natürlich. Weiß du – was du jetzt wirklich brauchst, ist eine Kur, die dein Nervensystem von diesem Dr. Montgomery befreit. Einem Mann wie ihm bist du noch nie begegnet, verstehst du? Das ist alles. Es ist genauso wie bei einem Kind, das zum ersten Mal Eiscreme ißt. Man sollte dem Kind gestatten, soviel davon zu essen, bis es ihm davon schlecht wird, damit es beim nächsten Mal seinen Verstand gebraucht und sich nicht wieder den Bauch vollschlägt mit dem Zeug.«

»Du meinst, ich sollte noch *mehr* Zeit mit diesem Dr. Montgomery verbringen? Ich dachte, es wäre am besten für mich, wenn er das Haus und die Stadt verließe.«

»Genau das Gegenteil ist der Fall«, erwiderte Grace. »Du hast ihn gerade oft genug gesehen, um von ihm fasziniert zu sein. Schließlich bist du bisher ja ein sehr behütetes Mädchen gewesen, und diese Art von Mann weicht immerhin so weit vom Durchschnitt ab, daß er deine Neugierde geweckt hat. Wenn du nun noch mehr Zeit mit ihm verbrächtest, würdest du bald erkennen, daß er in Wahrheit nicht einmal die Hälfte von dem ist, was Taylor als Mann darstellt. Nach einer Reihe von Partys, Tänzen und sonstigen Zerstreuungen, denen ihr jungen Leute von heute so nachgeht, wirst du wieder hier sein – hungrig nach Taylor und der Lebensweise, die du stets so geliebt hast.«

Alles, was sich Amanda wünschte, war, daß diese Verwirrung in ihrem Kopf aufhörte. Sie wollte nicht länger auf einen leeren Stuhl starren und sich Dr. Montgomery herbeisehnen. Sie wollte nicht länger Taylor mit einem anderen Mann vergleichen und erleben, daß Taylor dabei schlecht abschnitt.

»Dr. Montgomery ist ein frivoler Mensch«, sagte Amanda. »Er geht lieber ins Kino, wenn er eine Vorlesung besuchen soll, und ein Picknick gefällt ihm besser als ein Museum.«

»Das hört sich ja schrecklich an«, behauptete Grace mit leuchtenden Augen. Nun wußte sie ganz sicher, daß sie sich ihre Chance, in den Himmel zu kommen, verscherzt hatte.

»Aber wie soll ich ihn denn wiedersehen? Muß ich ihn zum Dinner einladen? Ich glaube nicht, daß Taylor das gefallen würde.«

Und Taylor mußte stets zufriedengestellt werden, dachte Grace, wie ein gieriger Gott der Antike. Sie breitete die Zeitung wieder aus. »Ich habe zufällig diese Anzeige in der heutigen Ausgabe entdeckt.« Sie reichte Amanda das Blatt und deutete auf die Stelle, die sie meinte:

Übersetzer gesucht. Muß so viele Sprachen sprechen und/oder schreiben können wie möglich. Wird als Hilfe für die eintreffenden Hopfenpflücker gebraucht. Fünf Dollar pro Tag. Bewerber mögen sich bei Dr. Henry R. Montgomery im Kingman Arms melden.

»Wie viele Sprachen sprichst du eigentlich, Liebes?« fragte Grace.

»Vier«, antwortete Amanda, »und drei weitere beherrsche ich zumindest in schriftlicher Form. Mutter, glaubst du, ich sollte mich um einen *Job* bewerben? Ich fürchte, daß Taylor dies nicht befürworten . . .«

»Aber du tust das doch *für* Taylor. Sobald du ein bißchen Zeit mit diesem Abschaum verbracht hast und feststellst, was für ein nutzloses Dasein die anderen Menschen in der Welt führen, dann, glaub mir, wirst du schleunigst zu deinem erhaben-heiteren Leben mit Taylor zurückkehren. Du wirst *froh* sein, deinen Tag wieder nach einem Stundenplan einteilen und sinnvoll verbringen zu dürfen. Und dann wirst du auch sicher sein in deiner Liebe zu Taylor. Du bist dann dieses Gefühl der Ruhelosigkeit los. Du wirst eine bessere Frau und Mutter sein, wenn du bereit bist, seßhaft zu werden.«

Amanda wollte ihrer Mutter glauben, weil die Idee, einen Job anzunehmen, sie reizte. Und was ihre Mutter sonst noch gesagt hatte, leuchtete ihr auch ein. Sie wäre ein besserer Mensch, wenn sie sich Dr. Montgomery erst einmal aus dem Kopf geschlagen hatte. Im Augenblick war es so, daß sie von Stunde zu Stunde weniger Geduld hatte mit Taylor.

Sie seufzte. »Ich glaube nicht, daß Vater oder Taylor mir das erlauben werden.«

Grace ballte die Hände zu Fäusten. Vor Jahren hatte sie gegen Taylor verloren, hatte diesem Streber ihren Mann und ihre Tochter opfern müssen, aber sie wollte nicht zum zweitenmal als Verliererin dastehen. Diesmal würde sie Taylor bis aufs Blut bekämpfen. Amanda fing an, ihre Liebe zu ihr wiederzuentdecken, begann, Taylors Herrschaft über ihren Geist und Willen abzuschütteln, und Grace würde nicht zulassen, daß diese Verwandlung gestoppt wurde. Ich danke dir, Dr. Montgomery, dachte sie – ich danke dir, daß du den Bann, der über unserem Hause lag, gebrochen hast. »Ich werde das schon mit deinem Vater regeln«, versprach sie, »und dein Vater wird dann in deinem Sinn mit Taylor verhandeln.«

»Bist du sicher?« flüsterte Amanda ehrfürchtig.

Grace beugte sich vor und ergriff die Hand ihrer Tochter. »Ganz sicher, mein Kind.«

»Ein Job?« rief Taylor fassungslos. »Amanda soll außer Haus *arbeiten*? Als Übersetzerin für diese . . . diese . . .?« Seine Oberlippe käuselte sich verächtlich.

J. Harker kaute auf seiner Zigarre. Vor nicht mal einer Stunde war Grace zu ihm gekommen und hatte mit ihm über die Möglichkeit gesprochen, daß Amanda bei diesem Dr. Montgomery arbeiten könne. Grace hatte so gut ausgesehen und so gut gerochen, frisch aus der Badewanne, und während sie vor ihm saß, war ihr der Saum ihres Kleides immer wieder über ihre Beine hochgekrochen. »Wenn der Professor nicht hier wohnen will, wo wir ihn im Auge behalten können, dann muß Amanda ihn außerhalb beobachten, indem sie diese Stellung annimmt.«

Taylor schien ein Knattern und Poltern in seinen Ohren zu vernehmen und wußte, daß sich nun weitere Bausteine seines Lebens lösten und auf ihn herunterprasselten. Er wünschte, er hätte den Namen Montgomery nie gehört. Und wenn er daran dachte, daß *er* selbst es gewesen war, der den Vorschlag gemacht hatte, ihn auf die Caulden-Ranch einzuladen! »Aber *Feldarbeiter*«, entrüstete sich Taylor. »Eine Frau mit Amandas Sensibilität kann sich unmöglich mit solchen Leuten abgeben.«

»Ich fange an zu begreifen, daß meine Tochter mehr von mir in sich hat, als ich ahnte. Sie wird alles, was der Professor macht, aufmerksam verfolgen und uns dann Bericht erstatten. Wir werden den Gewerkschaftsleuten immer zwei Schritte voraus sein. Ich werde meinen Hopfen in die Scheuer bringen und keine Probleme mit der Gewerkschaft haben. Amanda muß gleich morgen früh in die Stadt fahren und sich diesen Job besorgen.« Harker gab Taylor keine Gelegenheit zu einer Antwort und wandte sich von ihm ab. »Sie wird morgen früh mit mir frühstücken. Ich möchte, daß sie morgen bei Kräften ist.« Damit verließ er den Raum.

Taylor setzte sich und vergrub das Gesicht in seinen Händen.

Amanda war noch nie so nervös gewesen in ihrem Leben wie in diesem Moment. Nach einem leisen Schluckauf – eine Folge des gewaltigen Frühstücks, das sie auf Drängen ihres Vaters hatte einnehmen müssen – blickte sie aus dem Wagenfenster. Sie hatte Taylor seit gestern morgen nicht mehr gesehen und wußte genau, was das zu bedeuten hatte: Er war über ihre Handlungsweise zutiefst schockiert. Sie hätte ihm gern gesagt, daß das, was sie jetzt tat, nur zu ihrer beider Wohl geschah; aber er hatte ihr den ganzen Tag hindurch keine Chance für eine Erklärung gegeben.

Ihr Vater schien ihren Plan jedoch sehr wohlwollend aufgenommen zu haben. Denn er hatte sie beim Frühstück ständig angelächelt und sie ermuntert, noch einen Nachschlag zu nehmen. Vielleicht hatte ihm ihre Mutter erklärt, was sie eigentlich erreichen wollte.

»Wir sind da, Miß«, verkündete der Chauffeur.

Amanda blickte aus dem Wagenfenster und sah die lange Schlange von Leuten, die vor »Kingman Arms« warteten. Sie hatte noch nie zuvor mit dem Chauffeur gesprochen – außer, wenn sie irgendwelche Anweisungen geben mußte. Taylor hatte gesagt, daß man sich mit Bediensteten nicht unterhielt, und wenn doch, dann besprach man nur das Notwendigste. Aber nun erschien er ihr fast wie ein Freund. »Worauf warten denn alle diese Leute dort?« fragte sie.

»Fünf Dollar pro Tag ist eine Menge Geld, und sehr viele Leute sprechen mehr als nur eine Sprache.«

Amanda war überrascht, daß er genau zu wissen schien, weshalb sie hier war.

»Soll ich Sie an die Spitze der Warteschlange setzen,

Miß? Ich könnte hineingehen und Dr. Montgomery sagen, saß Sie den Job haben möchten. Ich bin sicher, er wird ihn Ihnen geben.«

Amanda war sich dessen nicht ganz so sicher. Er hatte bereits einige schreckliche Dinge über ihren Snobismus und ihr Geld gesagt. »Nein, vielen Dank, ich werde mich hinten anstellen wie die anderen.« Sie schnitt dabei eine Grimasse, denn die meisten, die in der Schlange warteten, sahen aus, als hätten sie in ihrem Leben noch nie ein Bad gesehen. Ein Mann mit einer Zahnlücke im Oberkiefer grinste und zwinkerte ihr zu.

»Ich werde im Wagen auf Sie warten, Miß, und aufpassen, daß Ihnen kein Leid geschieht.«

»Ich danke Ihnen vielmals, äh . . .«

»James, Miß.«

»Vielen Dank, James.« Sie wartete, daß der Chauffeur um den Wagen herumkam und ihr den Schlag öffnete. Dann stieg sie aus und stellte sich hinten in der Schlange an.

Die Leute waren nicht sehr freundlich zu ihr und sagten ein paar häßliche Dinge über ihr Kleid, das Auto, das sie hergebracht hatte, und ob sie den Job nötig hatte oder nicht.

»Die *Lady* hat sich zu uns herabgelassen«, spottete eine viel zu stark geschminkte junge Frau hinter Amanda. »Glaubst du, daß dir dein Seidenkleid den Job verschafft, Süße?«

Amanda schwieg. Was hatte sie nur auf die Idee gebracht, daß sie sich um diesen Job bewerben wollte?

»Vielleicht ist es der hübsche College-Professor, den sie haben möchte«, mutmaßte eine andere Frau und grinste anzüglich.

Amanda drehte sich um und sah die Frau an. »Wie viele Sprachen sprechen Sie?« fragte sie kühl.

»Das geht Sie nichts an«, zischte die Frau mit der dicken Puderschicht auf dem Gesicht.

»Ich spreche vier Sprachen und kann noch drei weitere lesen und schreiben«, erklärte Amanda laut, daß die meisten Leute in der Warteschlange es verstehen konnten. James, der in seinem Wagen wartete, lächelte ihr ermunternd zu.

»Wie war das?« fragte ein junger Mann mit einem Notizbuch, der an der Warteschlange entlangging. »Hat hier gerade jemand gesagt, er könne vier Sprachen sprechen?« Er sah Amanda und die drei Frauen in der Schlange an.

»Das war ich«, antwortete Amanda.

Der junge Mann musterte sie von Kopf bis Fuß. »Welche Sprachen?«

»Französisch, Italienisch, Spanisch und Deutsch. Ich kann außerdem Griechisch, Russisch und Latein lesen und schreiben.«

Er schrieb mit, was sie sagte, strich aber Latein wieder aus. »Auch orientalische Sprachen? Hindu vielleicht?«

»Ich habe nur Grundkenntnisse in Chinesisch, kann es aber nicht fließend sprechen, fürchte ich.«

Der Mann sah sie mit großen Augen an. »Noch weitere Grundkenntnisse?«

»Ein bißchen Japanisch, ein bißchen Ungarisch.«

Einige Leute in der Schlange warfen Amanda böse Blicke zu und gingen dann davon.

»Kommen Sie mit mir, Herzchen«, sagte der junge Mann, faßte Amanda am Arm und zog sie mit sich ins Hotel.

In der Lobby herrschte ein einzig s Chaos – überall liefen Leute herum, brüllten durcheinander, saßen auf jedem nur verfügbaren Fleck. Da waren Bündel, Koffer und Kartons entlang der Wände aufgestapelt. Kinder plärrten; Männer standen mit finsteren Gesichtern rauchend daneben; Frauen starrten erschöpft vor sich hin und nahmen keine Notiz von den Begehren ihrer Männer oder Kinder. Die Luft war blau von Tabaksqualm, und der Lärm war ohrenbetäubend.

»Bleiben Sie hier stehen«, befahl der junge Mann Amanda. »Und gehen Sie ja nicht weg. Machen Sie, was Sie wollen – nur weggehen dürfen Sie nicht.«

Joe Testorio schob sich durch die wartende Menschenmenge in das Zimmer, das eigentlich Montgomerys Schlafzimmer sein sollte. Hank saß dort in Hemdsärmeln, die bereits durchgeschwitzt waren, und interviewte einen Bewerber nach dem andren. Reva Eiler, seine Sekretärin, stand hinter ihm – oder, besser gesagt, breitete wie eine Glucke ihre Flügel über ihm aus.

»Ich habe sie gefunden«, frohlockte Joe, während er seinen Kopf zwischen Hank und einen Bewerber schob.»Sie spricht vier Sprachen, kann drei weitere lesen und schreiben und hat ›einige Kenntnisse‹ in noch drei weiteren.«

»Ja?« sagte Hank. »Wo ist sie denn? Du hättest sie am Türpfosten festbinden müssen, damit sie nicht wieder wegläuft.«

Joe rannte in die Lobby zurück. Amanda war nicht nur nicht von der Stelle gewichen – sie sah aus, als hätte sie nicht einen einzigen Muskel in der Zwischenzeit bewegt. Sie kann Befehlen gehorchen, dachte Joe bei sich.

»Er wartet dort drin auf Sie«, sagte Joe, nahm Amanda beim Arm und schob die Leute beiseite, damit er sie in Hanks Schlafzimmer bugsieren konnte.

Amanda hielt den Atem an, als sie Dr. Montgomery über Papieren gebeugt sah und hörte, wie er einem nervösen kleinen schmutzigen Mann Fragen stellte. Es schien eine Ewigkeit her zu sein, seit sie ihn zuletzt gesehen hatte.

»Hier ist sie, Doc.«

Hank schaute auf und erblickte Amanda, die einer aus einem Dunghaufen erblühten Frühlingsblume glich. Sie sah kühl, frisch und hübsch aus und, oh, so ungemein begehrenswert. »Nein«, wehrte Hank ab und wandte sich dann wieder dem kleinen Mann auf der anderen Seite seines Schreibtischs zu. »Und was sprechen Sie noch außer Italienisch und Englisch?«

»Mein Englisch ist nicht so gut; aber mein Italienisch ist sehrrr gut«, erklärte der Mann mit einem schweren Akzent.

»Aber welche *anderen* Sprachen beherrschen Sie noch?« fragte Hank ärgerlich, wohl wissend, daß dieser Ärger Amanda galt. Warum konnte sie nicht einfach aus seinem Leben verschwinden?

Nein, dachte Amanda, er würde sie nicht so leicht abschieben können nach allem, was sie durchgemacht hatte, um hierherzukommen. Sie konnte den Gedanken nicht ertragen, ihren Eltern gegenübertreten und zugeben zu müssen, daß sie diesen Job nicht bekommen hatte.

»Aber, Doc«, jammerte Joe.

Amanda trat einen Schritt vor. »Kann ich Ihnen helfen?« fragte sie. Sie konnte spüren, wie Revas Blicke sie förmlich erdolchten; aber sie würde sich nicht beirren lassen. Im perfekten Italienisch sagte sie zu dem kleinen Mann: »Dr. Montgomery möchte gern von Ihnen wissen, ob Sie außer Italienisch und Englisch noch andere Sprachen sprechen.«

Dankbar, daß er endlich jemanden gefunden hatte, der ihn verstand, schüttete er seine Probleme vor Amanda aus: daß er sieben Kinder zu füttern habe, deshalb einen Job brauche und fünf Dollar täglich eine gewaltige Summe sei. Und daß er hoffe, die Stellung zu bekommen; jedoch Englisch nur ein kleines bißchen beherrschte.

Amanda dankte ihm und wünschte ihm und seiner Familie alles Gute. Sie wandte sich an Hank. »Englisch und Italienisch, das ist alles. Soll ich Ihnen bei der mexikanischen Familie helfen, die nach ihm kommt?«

»Sie können hier überhaupt nicht helfen. Joe, bringe Miß Caulden wieder hinaus.«

»Caulden?« rief Joe erschrocken und blickte Amanda an, als wäre sie der Satan persönlich. »Kommen Sie – wir gehen!«

Amanda wich Joe aus und stemmte beide Hände auf Dr. Montgomerys Schreibtisch. »Ich dachte, Sie bräuchten eine Hilfe. Ich dachte, Sie glaubten an die Gleichheit der Menschen und an die Gerechtigkeit; aber ich vermute, man muß arm sein, um von Ihnen Fairneß verlangen zu können. Ein Gesetz für die Reichen und ein anderes für die Armen – verzeihen Sie, daß ich diesen Unterschied zunächst nicht begriffen habe.« Sie richtete sich auf. »Ich wünsche Ihnen Glück, Dr. Montgomery, in allem, was Sie hier zu unternehmen versuchen.« Sie schob sich durch die Menge auf die Tür zu.

Hank sah ihr nach und wurde zwischen dem Verlangen nach Hilfe durch einen Dolmetscher und dem Wunsch, Amanda endgültig aus seinem Leben zu verbannen, hin und her gerissen. Seit er ihr Haus verlassen hatte, konnte er nur noch an sie denken. Er sah sie ständig vor sich, konnte sie fühlen, sie riechen.

»Sie haben recht, Doc. Wir brauchen keine Caulden als Hilfe«, bekräftigte Joe. »Sie verrät vermutlich nur ihrem alten Herrn alle unsere Geheimnisse.«

»Welche Geheimnisse?« murmelte Hank, und schon lief er hinter ihr her. Er erreichte sie noch, ehe sie den Hotelausgang passiert hatte, packte sie am Arm und zog sie durch die erstbeste Tür, hinter der sich zufällig eine kleine, übelriechende Besenkammer mit einer einzigen schwachen, nackten Glühbirne an der Decke befand.

»Dr. Montgomery«, sagte Amanda, sich den Arm reibend, »Ihren Griff würde ich überall wiedererkennen.«

»Was wollen Sie von mir, Amanda?« verlangte Hank zu wissen.

»Einen Job. Ich habe Ihre Anzeige in der Zeitung gelesen, und ich *besitze* einige Sprachkenntnisse. Ich bin tatsächlich immer ziemlich gut in Sprachen gewesen. Natürlich hätte ich vermutlich mein Leben besser darauf verwendet, die neuesten Tänze zu lernen, statt meine Zeit mit dem Studium von Büchern zu verplempern; aber da ich nun mit dem Fluch solcher Kenntnisse belastet bin, dachte ich, ich könnte sie vielleicht nützlich anwenden.«

»Und mir beim Gründen einer Gewerkschaft helfen? Ist Ihnen bewußt, daß ich versuche, diese Leute zum Eintritt in die VAW zu bewegen? Ich will sie vereinigen, damit sie bessere Arbeitsbedingungen verlangen können. Unsere Gegner sind solche Leute wie Ihr Vater.«

»Das erzählen Sie also den Arbeitern? Daß Sie jeden hassen sollen, der Land besitzt? Sie hätten keine Jobs, wenn es Menschen wie meinen Vater nicht gäbe.«

Hank haßte ihre Einstellung. Sie hatte keine Ahnung, was Armut bedeutete. Sie selbst ernährte sich zwar nicht gerade üppig, aber sie hatte keine Vorstellung davon, was es hieß, ohne zu essen arbeiten zu müssen. »Hat Taylor Ihnen die Erlaubnis gegeben, sich hier zu bewerben?«

»Ich habe ihn nicht gefragt«, antwortete Amanda wahrheitsgemäß. »Dr. Montgomery, bekomme ich nun den Job oder nicht? Wenn nicht, möchte ich jetzt wieder nach Hause fahren.«

»Sie werden ihn keinen ganzen Tag durchstehen«, prophezeite Hank.

»Und was für eine Wette wollen Sie jetzt abschließen, daß ich durchhalten und gute Arbeit leisten werde?«

»Amanda, wenn Sie diesen Tag durchhalten, können Sie alles, was Sie wollen, von mir verlangen.«

»Oh?« sagte sie mit einer hochgezogenen Braue. »Ich nehme Sie beim Wort; aber Sie sollten bedenken, daß das, was ich von Ihnen verlange, auch Gewehre, Messer und Brandbomben einschließen wird.«

Er öffnete die Tür der Besenkammer. »Diese Risiko muß ich eingehen«, sagte er leise. »Aber Sie werden spätestens um zwölf Uhr mittags das Handtuch werfen.«

Und er hätte fast recht behalten. Wie oft an diesem Tag dachte Amanda daran, den Job hinzuschmeißen und nach Hause zu fahren! Sie mußte fünfzig verschiedene Arbeiten auf einmal erledigen. Sie mußte schriftliche Übersetzungen anfertigen und dabei noch mündlich dolmetschen. Stündlich trafen mehr Menschen mit Zügen in Kingman ein, und Dr. Montgomery hatte Leute angestellt, die am Bahnhof warteten und den aussteigenden Arbeitern sagten, daß sie zu ihm gehen sollten, damit er ihnen erklären konnte, was eine Gewerkschaft ist.

Um elf Uhr abends zogen sie aus dem »Kingman Arms« in ein Haus um, das Joe gemietet hatte und an dessen Fassade Plakate hingen, die besagten, das dies die Gewerkschaftszentrale sei.

Den ganzen Tag hindurch erzählte Amanda den Arbeitern, daß sie Rechte hätten, daß sie, wenn sie sich zusammenschlössen, auf friedlichem Wege Veränderungen bewirken könnten. »Friedlich« war das Schlüsselwort, soviel begriff sie. Taylor und ihr Vater hatten behauptet, daß die Gewerkschaftsleute Brände stiften und Morde verüben würden, aber nicht ein einziges Mal hörte sie jemanden von Gewalttätigkeiten reden.

Um drei Uhr nachmittags war sie erschöpft und sehnte sich nach einem Bad und einem kühlen Getränk; aber sie hielt durch. Zweimal musterte sie Dr. Montgomery und bemerkte, daß er noch müder wirkte als sie.

Sie fühlte sich elend, wenn sie die Menschen anschaute. Ihre Augen waren hungrig und müde. Das Baby einer Frau schrie vor Hunger, und Amanda öffnete ihre Geldbörse und gab der Frau das wenige Taschengeld, das ihr zur Verfügung stand. Sie schenkte einer anderen Frau den emaillierten Kamm, den sie im Haar trug. Um vier Uhr nachmittags schickte sie Joe los, um ihren Chauffeur zu holen. Sie gab James den Auftrag, ins Restaurant zu gehen, um dreihundert belegte Brote zu bestellen und diese dann zu verteilen – die Rechnung, sagte sie ihm, sollte man ihrem Vater schicken.

Etliche Male spürte sie, wie Dr. Mongomerys Blick zu ihr wanderte, aber sie sah immer zur Seite.

Die Kinder bedauerte sie am meisten. Wie konnte man Kindern, die gerade den Windeln entwachsen waren, zumuten, auf den Feldern Hopfen zu pflücken? Wie konnte sie es ertragen, diese kleinen Würmer hungern zu sehen? Die Kinder wollten sie anfassen, weil sie so sauber war und so hübsch, und mehrer Male hielt Amanda ein Baby auf den Armen, während sie dem Vater erklärte, was eine Gewerkschaft ist. Zwei Babys machten sie dabei naß, und eines übergab sich auf ihrer Schulter.

Gegen acht Uhr abends begann das Haus sich zu leeren. Die Arbeiter hatten angefangen, sich einen Lagerplatz im Freien zu suchen.

Amanda saß auf ihrem Stuhl hinter dem kleinen Tisch, der mit Papieren und Bleistiften übersät war, und blickte mit stumpfen Augen um sich. Sie schien nicht mehr fähig, einen klaren Gedanken zu fassen. Heute war sie durch die Hölle gegangen und zurück – oder vielleicht war sie noch nicht gänzlich daraus zurückgekehrt?

»Laß uns wo hingehen und etwas essen«, hörte sie Reva zu Dr. Montgomery sagen.

Wie betäubt, ohne sich ihrer Handlung bewußt zu sein,

stand Amanda auf. Nach Hause, dachte sie, heim zu einem heißen Bad und einer heißen Mahlzeit.

Hank beobachtete Amanda, und er wußte, was sie in diesem Augenblick empfand. Als er das erste Mal mit Taglöhnern gearbeitet hatte, war ihm genauso zumute gewesen wie ihr. Die Armut war niederschmetternd, und er war ebenso schlecht darauf vorbereitet gewesen wie Amanda. Vielleicht war es das, was er zuerst in Amanda gespürt hatte – daß sie ein Mensch war, der mit anderen *fühlte*. Sie war um Taylor besorgt, um ihren Vater und um ihre Mutter. Sie forderte nichts für sich, weil sie meinte, daß andere Menschen wichtiger wären als sie selbst.

»Geh mit Joe zum Essen«, sagte Hank zu Reva. »Ich habe hier noch etwas zu erledigen.«

Reva wußte, daß er noch etwas mit Amanda zu erledigen hatte. »Ich hätte auch belegte Brote herumschicken können, wenn ich einen Vater hätte, der reich ist«, maulte sie verbittert. »Sie hat das Geld, um das zu tun, was wir alle gern tun möchten.«

»Ich habe aber keine Kinder gesehen, die dir das Kleid vollgespuckt haben«, erwiderte Hank und ging zu Amanda. Er legte ihr die Hand auf den Arm. »Kommen Sie mit mir.«

»Ich muß nach Hause«, flüsterte sie, ohne ihn anzusehen. »James wird schon auf mich warten.«

James, dachte er, nicht »mein Chauffeur«, oder »mein Wagen«. »Ich werde ihm sagen, daß er heimfahren soll. Ich schulde Ihnen Abbitte, und die will ich auch leisten.«

Sie blickte zu ihm auf und sah Verständnis in seinen Augen. Sie nickte. »Ich möchte irgendwo hingehen, wo es sauber und still ist«, flüsterte sie.

Er nahm ihre Hand in die seine und führte sie zu seinem Wagen. Er erlaubte Amandas Chauffeur, der fast den ganzen Tag hindurch in der Limousine gesessen und auf Amanda gewartet hatte, nach Hause zu fahren. Miß Caulden würde etwas später nachkommen.

Kapitel Dreizehn

Hank fuhr zu dem hinter Bäumen versteckten kleinen Teich, an dem sie damals Picknick gemacht hatten. Er mußte sie förmlich aus dem Wagen herausziehen, und dann stand sie einfach nur da.

»Amanda«, sagte er; aber sie reagierte nicht, und so nahm er ihre Hände in seine Hände. »Sprechen Sie mit mir, Amanda. Sie haben noch nie so eine Armut gesehen, nicht wahr? Sie waren in Ihrem hübschen Haus isoliert und hatten keine Ahnung, daß es solche Leute gibt. Das sind die Leute, die den Hopfen pflücken, der wiederum für den gedeckten Tisch in Ihrem Haus sorgt. Der Schweiß dieser Leute verschafft Ihnen die seidenen Kleider und die Diamanten an Ihren Fingern.«

Sie versuchte sich ihm zu entziehen, aber er hielt ihre Hände fest. »Ich möchte nach Hause, meine Kleider verbrennen, und dann will ich meinen Stundenplan wiederhaben.« Tränen traten in ihre Augen. »Lassen Sie mich gehen, sagte ich! Ich möchte nach Hause!«

Während sie sich wand und zappelte, zog er sie in seine Arme. »Weinen Sie nur, Amanda. Weinen Sie so viel und so lange Sie möchten. Sie haben sich das verdient.«

Sie wehrte sich gegen seine Umarmung. Sie wollte nicht weinen, und sie wollte ihn niemals wiedersehen. »Lassen Sie mich los. Ich möchte nach *Hause*!«

»Ich könnte mir denken, daß Sie schon zu Hause *sind*«, sagte er, und drückte sie an seine Brust. Sie hatte nicht die Kraft, sich aus dem Griff zu winden, mit dem er ihre Arme zum Stillhalten zwang, und nach einer Weile klammerte sie sich an ihn. Er wirkte so gesund. Sie hatte heute kranke Menschen gesehen – Menschen, die sich keinen Arzt leisten konnten. Sie begann in seinen Armen zu weinen, und er setzte sich auf den Boden, den Rücken gegen einen Baum gelehnt, und umarmte sie.

»Ich mache mir Gedanken über meine Prüfungsnoten, während diese Menschen nichts zu essen haben«, stammelte sie unter Tränen.

Er zog die Klammern aus ihrem Haar, das über ihren Rücken fiel, und strich sanft über ihren Kopf. »Dafür können Sie sich nicht verantwortlich machen.«

»Aber meinen Vater . . .«

Er legte seinen Mund auf ihre Lippen, um sie zum Schweigen zu bringen, und zur ihrer beider Verwunderung war das so, als würde eine Bombe ausgelöst. Amanda öffnete ihre Lippen unter den seinen und preßte sich gegen seinen Körper. Keiner von ihnen bedachte, was da geschah, als Hanks Hand über ihre Brust tastete. Als Amanda die Berührung spürte, schmiegte sie sich an ihn und öffnete sich ihm.

»Amanda«, flüsterte er, »wir müssen aufhören, oder ich kann für nichts mehr garantieren.«

»Bitte, höre nicht auf«, flehte sie verzweifelt. »Ich könnte es nicht mehr ertragen, wenn noch ein Mann mich wegschickt. Liebe mich. Gib mir das Gefühl, daß ich ein ganzer Mensch bin, gesund und rein – nicht nur eine mehr oder minder gute Note auf einem Prüfungspapier.«

Hank wollte schon nein sagen. Sie war zu aufgewühlt, aufgeregt und erschüttert von den Eindrücken dieses Tages, und sie würde das, was sie von ihm verlangte, morgen früh wieder bereuen.

»Bitte, Hank«, flüsterte sie. »Bitte.«

Er hatte einmal gedacht, daß – falls Amanda jemals »bitte« zu ihm sagte – er wahrscheinlich alles tun würde, was sie von ihm verlangte. Er hatte richtig vermutet. Er konnte ihr nichts verweigern, und jeder vernünftige Gedanke wurde von dieser Bitte ausgelöscht.

Er führte sie zu dem von einer Quelle gespeisten Teich. »Wie wäre es mit einem Bad, Liebes?« Sie wateten vollbekleidet in den Teich.

Das kühle Wasser ernüchterte Amanda. »Dr. Montgomery«, meinte sie nervös, »was ich da vorhin gesagt habe . . .«

Er küßte sie. »Du kannst dich wehren oder mir helfen; aber das Ergebnis ist immer das gleiche. Du wirst nicht mehr dieselbe Person sein, wenn du heute abend von hier weggehst, Amanda.«

Sie erkannte an seinem Blick, daß er die Wahrheit sagte. Sie fragte sich, ob sie ihn vom ersten Moment an begehrt hatte. Heute abend würde sie tun, was sie tun wollte. Heute abend würde sie sich nicht auf einen Plan oder einen anderen verlassen, der ihr sagte, wie sie sich verhalten sollte.

»Ja«, flüsterte sie und begann ihr Kleid aufzuknöpfen.

Hank schob ihre Hände beiseite, öffnete geschickt die Knöpfe und schob dann das Kleid von ihren Schultern. Da war eine Intensität in ihrem Blick, der ihn wie ein Messer durchbohrte.

»Ich habe noch nie im Leben etwas so begehrt, wie ich jetzt nach dir verlange, Amanda«, gestand er, und drückte sie an sich, daß ihre Füße den Halt verloren. Keiner von beiden bemerkte, wie ihr Kleid sich mit Wasser füllte und versank.

Hank öffnete seinen Mund über Amandas Lippen, bis er sie fast verschlang, während seine Hände die Träger ihrer Unterkleider von ihren Schultern schoben, und als sie nicht rutschen wollten, riß er sie ab.

Amanda konnte keinen klaren Gedanken mehr fassen. Jede Leidenschaft war bisher aus ihrem Leben verbannt gewesen, und sie reagierte nun mit all ihrem aufgestauten Verlangen. Er verkörperte in diesem Augenblick jeden Flirt, den sie bisher vermißt, jeden Tanz, jede Gesellschaft, die sie nie hatte besuchen, jeden romantischen Roman, den sie nie hatte lesen dürfen; er war Inbegriff von Kuchen und Champagner, den sie nicht genossen hatte. »Ja, ja« war alles, was sie sagen konnte, während sich ihre Hände in seine dichten Haare gruben.

Als ihre Brüste entblößt waren, spielte er mit seinen Lippen an den rosigen Spitzen und sog sie in die heiße, feuchte Höhle seines Mundes hinein.

Amandas Knie gaben nach, und er stützte sie, während eine Hand ihre festen, runden Gesäßbacken ergriffen. Er hob sie hoch, und ihre losen, von ihren Trägern abgerissenen Untergewänder glitten ins Wasser. Sie trug nur noch schwarze Seidenstrümpfe und Strumpfhalter aus schwarzer Spitze.

Hank legte ihre Beine um seine Taille, während seine

Hände ihre Gesäßbacken umspannten und seine harte, feste Zunge über ihre steifen Brustwarzen strich. Er setzte sie im Gras ab. Er erforschte ihren ganzen Körper und stammelte ein paar Worte, die sie gar nicht verstand, als er an ihrem geheimnisvollen Dreieck anlangte.

Amandas Augen öffneten sich; sie krallte ihre Hände in sein Haar und wollte ihn wegschieben, als seine Zunge sie liebkoste. Sie hob ihm ihre Hüften entgegen und stöhnte voller Leidenschaft. Seine Hände strichen über ihren flachen Bauch und spielten mit ihren harten, empfindlichen Brustwarzen.

Gerade als sie dachte, sie würde vor Lust sterben, küßte er die Innenseite ihrer Schenkel, und seine Hände streichelten ihre Haut, daß sie sich heißer und immer noch heißer anfühlte. Sie stöhnte wieder, als er mit seinen Händen an ihren Beinen hinunterfuhr, über die Seide ihrer Strümpfe. Seide und Haut.

Er hielt inne, als seine Hände ihre Füße erreichten, und dann zog er sich zurück.

Amanda öffnete entsetzt die Augen. War es schon vorbei?

»Warte einen Augenblick, Baby«, flüstete Hank heiser und zog sich aus, während Amanda zur Seite blickte.

»Nein«, flüsterte er und beugte sich über sie. Sie konnte ihren eigenen Geruch an seinem Gesicht wahrnehmen, und er schien ihr dadurch noch vertrauter zu werden. »Du drehst dich nicht von mir weg«, sagte er. »Du schaust mich an, wie ich dich anschaue. Du küßt mich, wo ich dich küsse.«

Amanda öffnete den Mund, um zu protestieren, aber er schob seine Zunge zwischen ihre Lippen und fuhr damit über ihre Zähne. Sie sollte niemals nein zu ihm sagen können.

Wenn Amanda vorhin gedacht hatte, sie würde sterben, so brachte sie nun das Gefühl seiner nackten Haut an der ihren fast um den Verstand. Sie spürte seinen starken Körper zwischen ihren Schenkeln, als er erneut ihre Brüste liebkoste. Sie küßte seine Lippen, sein Kinn, seinen Hals und glitt immer tiefer, bis sie seine Männlichkeit spürte. Seine starken Hände hielten ihren Kopf umfangen. Sie fühlte sich so klein in diesem Moment und doch so mächtig . . .

Er bewegte sich in die Höhe, und ihr Mund öffnete sich über seinem flachen, strammen Bauch. Sie konnte spüren, wie sein Glied gegen ihre Kehle drückte – so glatt, so stark. Und dann war es an ihrem Mund.

»Nein«, flüsterte sie und drehte ihr Gesicht weg.

»Ich halte nichts von doppelter Moral«, raunte er mit kehliger Stimme. »Schmecke mich, Amanda.«

Sie nahm sein Glied in die Hände und saugte mit den Lippen daran. Es war hart und glatt, wie heißer Marmor, und sie küßte es lange.

Sie stöhnte, als er sich von ihr abwandte, aber sie spürte seine Leidenschaft genauso wie die ihre.

Sie war bereit, als er in sie eindrang, und er glitt in sie hinein wie eine Hand in einen Handschuh. Amanda bäumte sich unter ihm auf; aber er beruhigte sie, wie er sich selbst zurückhielt. Er wagte nicht, sich zu bewegen, weil er sonst die Beherrschung verlor.

Amanda hob langsam ihre Hüften, während Hank regungslos mit einem Ausdruck schmerzlicher Wonne auf seinem schönen Gesicht verharrte. Amanda war wie ein Kind mit einem neuen wundersamen Spielzeug, sie hob und senkte ihren Unterleib – auf und nieder – Seide und Satin, hart und weich.

Und dann plötzlich krampfte sich etwas in ihrem Inneren zusammen, ihre Finger krallten sich in seinen Rücken, und sie preßte ihn fest an sich, als wollte sie ihn ganz in sich einsaugen. Sie wollte seine heiße, männliche Haut spüren. Sie umschlang ihn mit den Beinen, ihre schwarze Seide auf seiner Haut, und zog ihn noch tiefer und immer tiefer in sich hinein.

Mit einemmal konnte auch er sich nicht mehr zurückhalten, stieß in sie hinein wie ein gedankenloses wildes Tier, als hinge sein Leben von ihr ab. Nur sie konnte ihm geben, was er so sehr begehrte.

Die Explosion kam in einem einzigen blendenden, entkräftenden Blitz, der ihn erschauern ließ, als würde er zerspringen, und Amanda klammerte sich an ihn, als er sie mit sich den Höhepunkt erleben ließ. Sie waren eins.

Es dauerte lange – unglaublich lange – bis Amanda wieder zu sich kam. Sie umklammerte ihn mit aller Kraft, mit ihren Armen, ihren Beinen, hielt ihn in sich mit Muskeln, die sie an diesem Abend erst entdeckt hatte. Sie schmiegte ihr Gesicht an seinen Hals, berührte ihn so oft, wie sie nur konnte.

Hank preßte sich an sie – noch nie hatte er ein solches Erlebnis gehabt wie dieses. Keine andere Frau hatte ihm jemals zu einem solchen unglaublichen Höhepunkt, bei dem sich sein ganzer Körper in sie zu ergießen schien, gebracht. Als ihre Verkrampfung sich zu lockern begann, konnte er noch immer nicht von ihr lassen. Er schob ihre Beine hinunter, daß sie neben den seinen lagen, und ganz behutsam, damit er in ihr bleiben konnte, drehte er sich auf den Rücken und hielt ihren heißen wunderbaren Körper auf dem seinen. Er ließ nicht zu, daß sich auch nur ein Teil von ihr aus der Berührung löste. Er wollte sie ganz haben – jedes Haar, jede Pore ihrer Haut auf seiner spüren.

Fast dachte er, sie sei eingenickt. Sie war so entspannt wie . . . wie eine Frau, die gesättigt war, und sie schmiegte sich so an ihn, als seien sie aus einem Stück Fleisch geschnitten und aus irgendeinem unglücklichen Zufall getrennt worden. Doch nun waren sie wieder eins.

Er streichelte ihr Haar an ihren Schläfen und lag so still, wie er irgend konnte, um sie schlafen zu lassen. Wenn jemand Ruhe verdiente, dann sie. Von dem Moment an, an dem er sie zum ersten Mal gesehen hatte, hatte er ihr die Augen für die Welt öffnen wollen, die sie umgab; doch heute, als er erlebt hatte, wie ihr die Augen aufgingen für die Wirklichkeit, hatte er sie von all dem Elend fortbringen wollen. Sie war so entsetzt gewesen über die Armut dieser Leute. Und er hatte bemerkt, daß sie sich selbst dafür verantwortlich fühlte. Warum glaubte sie, daß *sie* schuld wäre an den Übeln dieser Welt? Warum dachte sie, es wäre *ihre* Pflicht, Driscoll zu geben, was er von ihr verlangte? Oder Caulden? Hatte sie denn niemals das getan, was *sie* wollte?

Er zog sie fester an sich, spürte, wie sie sich an ihn kuschelte wie ein Kind – *sein* Baby; sein kostbares, geliebtes Baby.

Amanda bewegte sich und sah zu ihm auf. »Ich glaube, ich bin eingeschlafen.«

Er schob ihren Kopf an seine Schulter. »Schlafe, solange du willst.«

Amanda kam wieder zu sich selbst, war nicht länger eine blinde Maschine der Leidenschaft. Und zugleich kam ihr zu Bewußtsein, was sie getan hatte. »Dr. Montgomery, ich . . .«

»Hank‹, flüsterte er und hielt ihren Kopf an seiner Schulter fest. Er wollte den Zauber dieses Moments nicht brechen. Er wollte sie nie mehr verlassen. Hier sollte er seiner Bestimmung nach sein – hier wollte er für immer bleiben.

»Ich denke, daß ich jetzt nach Hause gehen sollte«, murmelte Amanda leise.

»Noch nicht«, antwortete er und legte seine Beine über die ihren, und in diesem Moment wurde ihr intimster Kontakt unterbrochen.

Amanda wußte, daß sie ihn verlassen mußte, um nachzudenken, was ihr heute abend widerfahren war. Und sie schämte sich, als sie erkannte, wo sie war und was sie getan hatte.

Sie zog sich von ihm zurück und drehte ihm den Rücken zu, damit er ihre nackten Brüste nicht mehr sah. »Ich glaube, ich sollte mich jetzt anziehen.«

Mit einem Schlag war Hank ernüchtert. Sie war wieder Miß Clauden. Wenn sie die Förmliche spielen wollte, konnte er das auch. »Als ich Ihre Kleider zum letzten Mal gesehen habe, waren sie unterwegs zum Grund des Teiches.«

Amanda kam sich ein wenig wie ein Trunkenbold am Morgen nach einer Zechtour vor. Nun würde sie den Preis für ihre Ausschweifungen bezahlen müssen. Sollte sie das Haus ihres Vaters nackt betreten? Dr. Montgomery und ich sprachen miteinander, und dann führte eines zum anderen, würde sie sagen. Sie hob sein Hemd vom Boden auf und schlüpfte hinein. »Was mache ich jetzt?« sagte sie, mehr zu sich selbst als zu ihm.

Hank setzte sich auf, bemühte sich vergeblich, seinen Ärger zu unterdrücken. Ihre einzige Sorge war, wie sie das, was sie getan hatte, vor Driscoll verbergen konnte. Es würde der

Zeitpunkt kommen, an dem Amanda selbständig denken mußte – eine Zeit, in der sie sagen mußte, das ist es, was *ich* will. »Ich werde Sie nach Hause bringen«, sagte er schroff. »Wir werden Sie ins Haus schmuggeln wie in der Nacht der Tanzveranstaltung.«

Er sagte kein Wort davon, daß sie bei ihm bleiben solle, dachte Amanda. Kein Wort der Liebe. Nicht mit einer Silbe deutete er an, daß er vielleicht den Rest seinens Lebens mit ihr verbringen wollte. Nur eine animalische Kopulation, und dann mußte sie wieder nach Hause. Sie hatte das verdient, oder etwa nicht? Sie war ihm nachgelaufen, hatte ihn aufgespürt. Er hatte die Caulden-Ranch verlassen, aber sie mußte ihm nachlaufen, war zu ihm in den Wagen gestiegen und hatte ihn gebeten, mit ihr zu schlafen. Wie lautete doch das alte Sprichwort? Hüte dich, dir Wünsche zu erfüllen, ohne an die Folgen zu denken. Nun hatte sie bekommen, was sie sich gewünscht hatte, und mußte den Preis bezahlen.

Sie stand auf. »Ich wäre Ihnen dankbar, wenn Sie mich zu meinem Haus zurückbrächten«, sagte sie kalt. Sie war den Tränen nahe. Würde er zu Reva zurückkehren, oder würde er vielleicht dieses hübsche kleine italienische Mädchen aufsuchen, das er heute so eindringlich angesehen hatte, daß es selbst ihr aufgefallen war? Sie konnte es nicht ertragen, ihm in die Augen zu blicken. Obwohl sie so streng erzogen worden war, war sie in Wahrheit nicht besser als die Frauen, die am Rand der Stadt wohnten. »Ich werde schon einen Weg finden, unbemerkt ins Haus zu kommen.«

Er fuhr schweigend mit ihr zu ihrem Haus zurück. Jeder war mit seinen eigenen Gedanken beschäftigt. Sie waren beide wütend und verletzt.

Amanda saß auf dem Beifahrersitz des Wagens, trug sein Hemd und ihre schwarzen Seidenstrümpfe, die knapp über die Knie hinaufreichten.

»Halten Sie hier an«, befahl sie und deutete auf das Ende der langen Caulden-Auffahrt, »ich werde von hier aus zu Fuß gehen.«

Er wurde noch wütender, weil sie ihn so rasch wie möglich wieder loswerden wollte. Wollte sie sich nun schnurstracks in die kalten Arme ihres Verlobten stürzen? »Er wird Ihnen das nie verzeihen, das sollten Sie wissen«, konnte Hank sich nicht verkneifen zu sagen.

»Nein, wahrscheinlich nicht.« Sie wußte nicht, wen er eigentlich meinte; aber das spielte keine Rolle, weil sie bezweifelte, daß ihr überhaupt jemand verzeihen würde. Sie stieg aus dem Wagen, und er machte sich weder die Mühe, ihr dabei zu helfen, noch sagte er ein Wort zum Abschied, bevor er den Wagen wendete und sie im Dunklen stehenließ.

Amanda wanderte langsam die lange Auffahrt hinauf und sah im Salon noch Licht brennen. Dort saß ihre Mutter in einem Sessel und las. Amanda reckte ihren Kopf zum Fenster. »Pst!« sagte sie.

Grace Caulden blickte auf, bemerkte ihre Tochter und ging ans Fenster. »Amanda, fehlt dir etwas? Du siehst aus, als hättest du einen Unfall gehabt.«

»Schlimmer als das«, erwiderte Amanda. »Mutter, könntest du mir ein paar Kleider holen? Ich habe meine – äh – verloren.«

»Aber gern, Liebes«, sagte Grace und verließ das Zimmer. Sekunden später war sie draußen im Dunkeln unter den Bäumen und hatte ein Kleid über dem Arm. »Dieser Drachen, Mrs. Gunston, drückte sich auf dem Flur vor deinem Zimmer herum. Ich mußte mich an ihr vorbeischleichen.«

»Sie hat tatsächlich etwas von einem Drachen, wie?« flüsterte Amanda, und hielt sich im Schatten, damit ihre Mutter nicht sehen konnte, wie nackt sie eigentlich war.

»Möchtest du mir vielleicht erzählen, warum du nur mit einem Männerhemd bekleidet nach Hause kommst? Sollte dieses Hemd zufällig Dr. Montgomery gehören?«

Amanda wollte ihrer Mutter darauf keine Antwort geben. Sie wollte nur auf ihr Zimmer und dort in Sicherheit sein.

Grace beobachtete ihre Tochter eine Weile und lächelte. »Wann du mir auch immer erzählen willst, was passiert ist, werde ich bereit sein, dir zuzuhören.«

Amanda nickte. Sie fürchtete, sie würde zu weinen anfangen, wenn sie mit dem Erzählen begann. Sie gingen zusammen ins Haus. Taylor stand am oberen Ende der Treppe, als hätte er dort den ganzen Abend auf Amanda gewartet. Er wirkte schrecklich groß, sein Gesicht war so dunkel wie eine Gewitterwolke.

»Du kommst *sehr* spät nach Hause, Amanda«, tadelte er.

»Und sehr müde«, antwortete sie.

»Du begibst dich sofort in die Bibliothek. Ich will mit dir reden. Ich habe heute eine unglaublich hohe Rechnung über belegte Brote bekommen. Du bist mir eine Erklärung darüber schuldig. Und auch, warum du dein Haar gelöst hast.«

Amanda mochte sich das nicht länger anhören. »Ich bin zu müde, um in die Bibliothek zu gehen«, protestierte sie, »und die Rechnung für die belegten Brote kannst du von dem Geld abziehen, das du jahrelang für all die Mahlzeiten gespart hast, die ich nicht eingenommen habe. Entschuldige mich jetzt bitte, ich gehe ins Bett.«

Amanda war zu erschöpft, um sich zu überlegen, wie revolutionär ihre Worte eigentlich waren. Sie ließ einen wie gelähmt dastehenden Taylor zurück und eine strahlend lächelnde Mutter. Sobald sie in ihrem Zimmer war, zog sie sich das Kleid aus und den Unterrock und fiel in ihr Bett, ohne sich erst ihr Nachthemd anzuziehen.

Mrs. Gunston klopfte, wie üblich, kurz an, ehe sie am nächsten Morgen in Amandas Zimmer trat. Das Zimmer war ein einziges Chaos: Kleider waren über den Boden verstreut, Schuhe in eine Ecke geworfen, ein Unterrock über eine Stuhllehne gehängt. Die Bettücher lagen halb auf dem Boden, und quer über das Bett hingestreckt lag die nackte Amanda, deren rechter Fuß über den Bettrand herabhing.

Einen Moment lang war Mrs. Gunston zu verblüfft, um etwas sagen zu können. »Stehen Sie sofort auf!« rief sie dann. »Wie können Sie es wagen, Ihre Kleider so im Zimmer herumzuwerfen? Wie können Sie es wagen . . .«

»Verschwinden Sie!« knurrte Amanda wütend, drehte sich um und zog das Bettuch über ihre Brüste. »Verschwinden Sie aus dem Zimmer, und sagen Sie Martha, sie soll mir Kaffee heraufbringen. Starken Kaffee.«

Mrs Gunston gehorchte.

Amanda setzte sich auf und preßte die Hand an ihre Stirn. Der Kopf tat weh, und von der schrillen Stimme dieser Frau waren die Schmerzen nicht besser geworden. Sie blickte auf und sah Taylor im Türrahmen stehen. *Jetzt* kommt er zu mir ins Schlafzimmer, dachte sie. Nicht dann, als sie ihn gebeten hatte, ihr mehr Aufmerksamkeit zu schenken, sondern jetzt, nachdem ein anderer Mann sie . . . sie berührt hatte.

»Das gefällt mir nicht«, begann Taylor. »Damen schreien nicht.«

Amanda bemerkte wenigstens jetzt ein gewisses Interesse in seinen Augen, als er sie betrachtete, wie sie im Bett saß und das Laken unter die Achseln geklemmt hatte. Und etwas an seinem Interesse bereitete ihr ein wenig Übelkeit. »Ich muß mich anziehen, damit ich zur Arbeit gehen kann. Würdest du bitte so gut sein, auf den Flur zu gehen und die Tür hinter dir zu schließen?«

Aber Taylor bewegte sich noch weiter ins Zimmer hinein. »Amanda, ich kann dir nicht erlauben, heute in dieses Haus zum Arbeiten zurückzukehren. Der Chauffeur hat mir berichtet, es sei voller schmutziger Leute.«

»Der Name des Chauffeurs ist James, und ja, es sind schmutzige Leute; aber sie sind nur deswegen so heruntergekommen, weil sie kein Geld haben – sie sind zu arm, um sich etwas zu essen zu kaufen, oder einen Platz zum Schlafen zu finden.«

»Amanda«, herrschte Taylor sie bestimmt an, »ich verbiete dir, dort hinzugehen. Gestern abend hast du so despektierlich ausgesehen wie ein Feldarbeiter, und heute morgen . . .« Er brach ab und starrte sie an.

»Und heute morgen – was? Heute morgen sehe ich nicht aus wie deine Schülerin? O Taylor, bitte gehe hinaus, bevor wir zu streiten anfangen. Ich muß mich anziehen, und bitte sage nicht, daß du mir verbietest, zur Arbeit zu gehen, denn dann muß ich mich deinem Verbot widersetzen. Warte, bis die Hopfenernte eingebracht ist, bis alle Pflücker wieder fort sind, und dann werden wir über alles reden. Aber bitte zwinge mich nicht, jetzt etwas auszusprechen, was ich später bereuen würde.«

Taylor wußte nicht, was er darauf antworten sollte, während er rückwärts aus dem Zimmer ging und die Tür hinter sich schloß.

Amanda lehnte sich gegen das Kopfende des Bettes. Es war so, als lebte plötzlich ein anderer Mensch in ihrem Körper. Sie hatte Mrs. Gunston angeschrien, vor der sie sich stets gefürchtet hatte, und hatte Taylor gesagt, daß sie nicht machen würde, was er ihr zu tun befahl.

Sie langte zu ihrem Schreibtisch hinüber – dort befand sich ein neuer, von Taylor zusammengestellter Stundenplan. In diesem Augenblick sollte sie eigentlich unten im Speisezimmer sein, angetan mit ihrem pinkfarben und weiß gestreiften Seidenkleid, in dem sie aussah wie eine Achtjährige, und zwei pochierte Eier und eine trockene Toastschnitte essen.

Sie warf den Stundenplan auf den Schreibtisch zurück. Es kam ihr verwerflich und frivol vor, hier im Zimmer zu bleiben und zu studieren, wenn so viele Menschen Hilfe brauchten. Frivol, dachte sie – ein Wort, das sie oft gebraucht hatte, um Hank zu charakterisieren.

»Hank«, sagte sie laut und lauschte dem Klang dieses Namens. Er schien nicht passend für ihn zu sein. Er war zu neu, zu modern, zu unromatisch. Wie lautete der Name auf seinen Büchern? Sie nahm eines von dem Bücherbord neben dem Bett herunter und öffnete die Seite mit der Angabe des Urheberrechtes. Dr. Henry Raine Montgomery.

»Raine«, flüsterte sie. Das hört sich nach einem Ritter aus alten Zeiten an – nach einem starken, verwegenen Mann, der für die Sache der gemeinen Leute zu kämpfen bereit war. Raine, dachte sie. Sir Raine. Besser noch – Lord Raine.

Sie stand auf, streckte sich gähnend und zog ihr blaues Kostüm an. Es war zu dunkel, zu streng für ihren Geschmack, und sie überlegte, ob sie heute nicht bei ihrer Schneiderin vorbeischauen und ein paar neue Kleidungsstücke für sich aussuchen sollte: etwas, das Raine – äh, Hank – gefallen würde.

Sie ging ins Badezimmer – zur falschen Zeit, wenn sie sich an ihrem Stundenplan orientiert hätte – und, einem Impuls folgend, klopfte sie an die Tür des Zimmers, in dem ihre Mutter ihre Tage zu verbringen pflegte, und lud ihre Mutter zum Frühstück ein. »Vater ißt meistens um diese Zeit. Vielleicht könnten wir zusammen essen, nur wir drei.«

»Wie wir das immer getan haben, bevor . . .« sagte Grace; brach aber mitten im Satz ab. Sie brauchte nicht hinzuzufügen: »Taylor ins Haus kam.«

Es wurde ein gemütliches Beisammensein daraus, und Amanda sprach nicht viel, da sich ihre Eltern, die offenbar Gesprächsstoff für mehrere Stunden hatten, lebhaft miteinander unterhielten. Amanda beschäftigte sich in Gedanken mit den Ereignissen der letzten Nacht. Vielleicht war sie in ihrem Urteil vorschnell gewesen; vielleicht wollte Raine – sie meinte Hank – sie wirklich haben. Vielleicht war sie nicht nur irgendeine Frau für ihn.

Mit diesen Gedanken beschäftigt, wünschte sie ihren Eltern einen guten Tag und machte sich auf den Weg. Sie hatte keine Ahnung, wie verändert sie bei jedem Schritt wirkte. Taylor wartete auf sie bei der Limousine, und sie wappnete sich innerlich für die bevorstehende Auseinandersetzung.

»Ich möchte dich *bitten*, nicht wegzufahren«, sagte er.

»Ich werde dort gebraucht«, antwortete sie.

»Du wirst *hier* gebraucht.«

»Hier weiß niemand, daß ich überhaupt lebe. Ich verbringe den ganzen Tag mit Büchern und Papieren auf meinem Zimmer. Ich habe meine Eltern jahrelang kaum zu Gesicht bekommen. Bitte, mach es mir nicht noch schwerer, Taylor. Ich möchte das Gefühl haben, daß ich von Nutzen für jemanden bin.«

Taylor legte seine Hände auf ihre Oberarme. »Du bist von Nutzen für mich«, sagte er in verzweifeltem Ton.

Amanda hätte in diesem Augenblick fast gesagt, daß sie bei ihm bleiben würde, aber die Erinnerung an die hungrigen Kinder hielt sie davon ab. Wenn sie diesen Kindern in irgendeiner Weise helfen konnte, würde sie das tun. »Es ist doch nur so lange, bis die Hopfenernte eingebracht ist«, tröstete sie ihn. »Ich will dabei helfen, eine friedliche Gewerkschaftsbewegung aufzubauen.«

»Gewerkschaft!« rief er, während seine Hände von ihren Armen herabfielen und der bettelnde Ausdruck von einer Sekunde auf die andere aus seinen Augen verschwand. »Du weißt nicht, wovon du sprichst. Diese Leute wollen dir das Essen aus dem Mund rauben. Sie wollen . . .«

»Also kommst du ihnen zuvor und nimmst ihnen zuerst das Essen weg, ehe sie es dir wegnehmen können, nicht wahr? O Taylor, komme mit mir in die Stadt. Schau dir diese Leute an. Das sind keine Diebe. Das sind nur . . .«

Er wich einen Schritt von ihr weg. »Du vergißt, daß ich seit acht Jahren mit deinem Vater zusammen die Erntearbeiten auf der Ranch leite. Ich habe sie gesehen. Sie sind schmutzig . . .«

»Einen guten Tag noch, Taylor«, schnitt sie ihm das Wort ab und bewegte sich von ihm fort.

Auf der Fahrt in die Stadt gingen ihr tausenderlei widersprüchliche Gedanken durch den Kopf. So viel war in den letzten paar Wochen auf sie eingestürmt! Ehe Dr. Mongomery in ihrem Haus Quartier genommen hatte, war sie zufrieden und glücklich gewesen, und nun war alles ein einziger Wirrwarr. Sie wußte nicht, ob Taylor ihr Lehrer war, der Mann, den sie liebte, oder ihr Feind. Und Dr. Montgomery! Liebhaber? Freund? Lehrer? Feind?

In der Gewerkschaftszentrale herrschte bereits das gleiche Chaos wie gestern. Joe sagte zu ihr, das wäre allein ihre Schuld. Die Leute hätten gehört, es würde hier eine kostenlose Mahlzeit ausgegeben. Er traute Amanda nicht, weil sie eine Caulden war, und das ließ er sie auch spüren.

Amanda ging zu dem Zimmer, das sie sich tags zuvor mit Dr. Montgomery geteilt hatte. Obwohl sie sich sagte, daß ihr nächtliches Erlebnis gar nichts zu bedeuten hatte, raste ihr Herz, als sie die Tür erreichte.

Der Mann, der sie gestern nacht geliebt hatte, hielt Reva Eiler in seinen Armen und küßte sie.

Es war, als würde Amanda der Boden unter den Füßen zusammenbrechen. Sie hatte ihn richtig beurteilt. Sie war nur eine Eroberung mehr für ihn, nichts sonst. Er hatte nur sehen wollen, ob er sie »gewerkschaftlich« organisieren konnte: ob er sie dazu bringen würde, ihren Wünschen nachzugehen und für ihre Rechte einzutreten – genauso wie er die Arbeiter dazu überredete, auf ihren Rechten zu bestehen. Vielleicht hätte sie sich selbst einen Dolmetscher zulegen sollen, der ihr die Dinge erklärte, wenn sie sich entwickelten. Sie dachte voller Sehnsucht an Taylor. Wenn der Hopfen in den Scheunen war, würde sie mit Freuden zu ihren Stundenplänen und zu einer geordneten Lebensweise zurückkehren.

»Guten Morgen«, grüßte sie betont munter und nahm ihren Platz am Schreibtisch ein. Sie hörte, wie Dr. Montgomery und Reva sich voneinander lösten; aber sie sah nicht zu ihnen hin.

»Guten Morgen, Amanda«, erwiderte Hank leise.

Sie sah nicht zu ihm auf. »Dr. Montgomery«, sagte sie schroff, »sollen wir den Leuten gestatten, hereinzukommen? Oder wollen Sie diesen Raum lieber für private Zwecke reservieren lassen? Ich könnte ja solange auf den Flur gehen. Ja, ich denke, das werde ich auch tun.« Sie fing an, Papiere auf dem Tisch zusammenzuraffen.

»Amanda, bitte, laß mich das erklären.«

Sie sah ihn an, und als ihre Blickte sich kreuzten, erinnerte sie sich an jede Liebkosung, die sie gestern nacht von ihm empfangen hatte – an jedes Wort, das er zu ihr gesagt hatte. »Was erklären, Dr. Montgomery?« Sie glaubte ihn stöhnen zu hören. Zweifellos regte es ihn auf, daß eine von seinen Frauen ihn mit einer anderen von seinen Frauen ertappte. »Wollen Sie mir erklären, wie ich den Leuten beibringen muß, daß dies ein Gewerkschaftshaus ist und nicht eine Suppenküche? Ich werde mein möglichstes tun.«

»Das mit Reva erklären. Sie ...«

» ... hat sich Ihnen an den Hals geworfen?« unterbrach ihn Amanda mit flammenden Augen. »Sie armer Mann. Das scheint Ihnen ja ziemlich oft zu passieren.«

»Amanda, bitte, ich ...«

Sie nahm einen Brieföffner vom Tisch. »Wenn Sie mir auch nur einen Schritt näher kommen, werde ich von diesem Ding Gebrauch machen.«

Nun funkelten auch seine Augen zornig auf. Wortlos

streckte er den Arm aus, packte ihr Handgelenk und umklammerte es so fest, bis der Brieföffner auf den Schreibtisch fiel. »Wie Sie wollen«, zischte er. »Gehen wir an die Arbeit. Draußen warten schon die Leute.«

Amanda war froh über den Lärm, das Durcheinander und die vielen Menschen. Das alles hielt sie davon ab, an die vergangene Nacht zu denken. Reva lächelte sie ständig auf eine unverschämte Weise an, und ein paarmal ertappte Amanda Dr. Montgomery dabei, wie er sie finster anstarrte; aber sie sah jedesmal zur Seite.

Um ein Uhr nachmittags fiel seine Hand auf die ihre herunter, und er sagte: »Wir gehen zum Lunch.«

»Nein, vielen Dank«, gab Amanda zurück, »ich habe keinen Hunger.«

»Da müßte schon die Welt untergehen an dem Tag, an dem *du* keinen Hunger hast. Komm jetzt mit, oder ich werde dir eine so schlimme Szene machen, daß du nie mehr erhobenen Hauptes durch diese Stadt gehen kannst.«

»Ich weiß nicht, ob mir das nicht egal ist. Gehen wir etwa allein zum Essen? Oder nehmen wir Ihre Freundin mit? Ihren Harem, um es genauer zu sagen?«

»Ich werde dich zum Essen schleppen«, drohte er.

Amanda stand auf und ging mit ihm aus dem Haus, wollte ihm aber nicht erlauben, sie anzufassen. Er hielt bei seinem Wagen an. »Ich werde nicht mit zu Ihnen in dieses Auto steigen«, protestierte sie. »Egal, was Sie mit mir anstellen.«

Er lächelte fast. »Schön – dann gehen wir eben ins ›Diner‹.«

Er schwieg, bis sie in dem Lokal Platz genommen und er das Spezialgericht für sie beide bestellt hatte.

»Vielen Dank«, sagte sie giftig. »Ich bin es ja gewohnt, daß man meine Mahlzeiten für mich aussucht.«

»Was hast du heute nur? Liegt dir der gestrige Abend noch im Magen? Oder der heutige Morgen? Wenn es die vergangene Nacht ist, werde ich . . .«

»Ich möchte sie lieber vergessen, wenn Sie nichts dagegen haben.«

»Ich werde sie nicht vergessen, solange ich lebe«, flüsterte

Hank leise und wollte gerade Amandas Hand nehmen, als die Serviererin mit den Schüsseln an den Tisch kam.

Zu ihrem und Hanks Erstaunen brach Amanda in diesem Moment in Tränen aus. Die Kellnerin warf Hank einen bösen Blick zu für das, was er diesem Mädchen angetan haben mußte, wenn es in der Öffentlichkeit weinte, und Hank, peinlich berührt von dieser Szene, nahm ihr das Tablett aus der Hand, stellte wieder Teller, Platten und Gläser darauf, nahm Amanda am Arm und zerrte sie in den Hintergrund des Lokals. Das Küchenpersonal blickte erstaunt auf, und Amanda bemühte sich nach Kräften, die Tränen niederzukämpfen; aber das war gar nicht so einfach. Hank machte nicht eher halt, bis sie das Lokal durch die Hintertür verlassen hatten und im Schatten einer großen Eiche angelangt waren, die zehn Meter vom Lokal entfernt stand.

Dort drückte er sie auf eine Bank nieder, stellte das Tablett ab und kauerte sich vor ihr nieder. »Okay, rede!«

»Dr. Montgomery, ich . . .«

»Hör auf, mich mit meinem Doktortitel anzureden, Amanda. Nach allem, was gestern passiert ist, sind wir über solche Förmlichkeiten längst hinaus. Ich möchte, daß du mir jetzt erzählst, warum du dich um einen Job bei mir beworben hast, weshalb du wolltest, daß ich mit dir schlafe, und warum du jetzt weinst.« Und schon in dem Moment, in dem er das sagte, spürte er, wie er sich wünschte, daß sie ihm beichtete, sie sei nur zu ihm gekommen, weil sie ihn liebte. Er war sich nicht sicher, was er tun würde, wenn sie das sagte; aber nach der vergangenen Nacht war er dicht daran, die Frage an sie zu richten, ob sie ihn heiraten wolle und ob sie jede Nacht mit ihm in so einer Ekstase verbringen wollte, die sie gestern nacht erlebt hatten . . .

»Ich war heute morgen sehr häßlich zu Taylor«, schluchzte sie, und Hanks Schultern sackten nach unten. »Und zu Mrs. Gunston.«

»Das ist ja furchtbar«, spottete er sarkastiscsh. Er hatte gehofft, die Eifersucht hätte Amanda am Morgen so wütend gemacht. Reva hatte sich ihm an den Hals geworfen, und Hank hatte lediglich wissen wollen, ob die Lippen einer anderen Frau ihn genauso um den Verstand brachten wie Amandas Küsse. Das taten sie nicht. »Soso«, fuhr Hank fort, »du bist wütend auf mich und vergießt Tränen, weil du heute morgen so häßlich zu – Taylor gewesen bist?« Und was ist mit uns beiden? Was ist mit der vergangenen Nacht?

Amanda versuchte, ihre Fassung wiederzugewinnen. Hank reichte ihr einen gefüllten Teller, und sie begannen zu essen. Dieser Mann wurde allmählich für sie zu einem Synonym für Mahlzeiten. »Ich wollte für Sie arbeiten, weil ich eingesehen habe, daß Sie in gewisser Beziehung recht hatten.«

Hank warf ihr einen hoffnungsvollen Blick zu.

»Ich scheine wirklich nicht viel vom Leben zu wissen.«

»Oh«, machte er enttäuscht.

»Ich meine, über einige Aspekte des Lebens weiß ich natürlich Bescheid; jedoch nicht, was Verabredungen mit Männern betrifft und . . . kurzum, Dr. Montgomery, ich scheine nicht viel von der Liebe zu wissen.«

»Du bist aber gestern nacht recht gut damit zurechtgekommen«, bekannte er leise, und seine Augen funkelten.

Sie blickte zur Seite. »In gewisser Hinsicht war es sehr freundlich von Ihnen, mich so weit zu unterrichten, wie Sie das getan haben. Ich weiß, daß ich sehr häßlich zu Ihnen gewesen bin, weil ich Sie nicht als Lehrer haben wollte; aber damals, als Taylor mein Tutor wurde, wollte ich zunächst auch nichts von Stundenplänen wissen.« Sie sah ihn mit einem kleinen Lächeln an.

»Das ist mir absolut unbegreiflich«, meinte Hank sarkastisch.

»Bitte, nehmen Sie mir das jetzt nicht übel, Dr. Montgomery. Sie waren es ja, der mir etwas beibringen wollte, und ich hatte Sie damals nicht darum gebeten.«

»Was wollen Sie nun wirklich von mir?« fragte er wütend. »Sie sind also zu mir gekommen, um zu erfahren, wie der Rest der Menschheit lebt, richtig? Und jetzt wollen Sie also wieder zu ihrem Lehrer-Verlobten zurückkehren, nachdem Sie Ihre Unwissenheit mit einem kleinen Seitensprung beseitigt haben. Ist das richtig so?«

Tränen traten wieder in Amandas Augen, und sie stellte ihren Teller ab.

»Oh, verdammt«, fluchte Hank und reichte ihr sein Taschentuch. »Also gut«, fuhr er leise fort, »erzählen Sie mir, was Sie bedrückt.«

»Alles!« rief Amanda, und dieses Wort kam ihr aus dem Herzen. »Ich fühle mich so unzufrieden, so ruhelos. Ich war wirklich *glücklich*, ehe Sie zu uns ins Haus kamen. Ich habe mich den ganzen Tag mit meinen Studien beschäftigt, und die Abende mit Taylor, die wir mit Hausmusik und dem Rezitieren von Gedichten verbrachten, waren wundervoll. Aber jetzt . . .« Sie schneuzte sich. »Nun höre ich Ragtime-Musik in meinem Kopf, will nicht mehr den ganzen Tag zu Hause bleiben und möchte mein Wissen nutzbringend anwenden. Und ich stelle das, was Taylor und mein Vater zu mir sagen, in Frage. Und diese Armut der Leute, die hierherkommen, um unseren Hopfen zu pflücken! Ich komme mir vor wie eine Prinzessin, die ihr ganzes Leben lang in einem Turm eingesperrt war!«

Hank wollte ihr keine Vorträge halten, wollte ihr nicht einmal genauer ausführen, wie isoliert sie tatsächlich gewesen war. »Sie kamen also zu mir und wollten diesen Job haben, weil Sie etwas mehr von der Welt sehen wollten. Gehörte die vergangene Nacht zu den Mitteln, mit denen Sie Ihre Ruhelosigkeit kurieren wollten?«

»Ich weiß nicht, was in der letzten Nacht genau passiert ist«, antwortete sie aufrichtig. »Die vergangene Nacht hat meine Verwirrung nur noch schlimmer gemacht. Ich scheine nicht mehr zu wissen, wer ich bin oder was ich will. Und Taylor ist auch irgendwie verändert. Erst behandelt er mich wie ein kleines Mädchen – er sagt, er denkt an mich wie ein kleines Mädchen –, und im nächsten Augenblick verspricht er mir Küsse, wenn ich meine Lektionen gut lerne.«

»Er verspricht was?« fragte Hank erstaunt.

Amanda antwortete ihm nicht direkt. »Ich vermute, daß Taylor genauso durcheinander ist wie ich. Er weiß nicht mehr, ob ich nun ein Schulmädchen bin oder eine Frau. Er hat mich nun schon so lange um sich, daß ich nicht sicher bin, ob er sich daran erinnern wird, wie man eine Frau behandeln muß.«

Hank sagte ihr nicht, daß das etwas war, was ein Mann nie vergaß. Er versuchte, ihr Problem aus der Entfernung zu betrachten. Als wäre sie seine Studentin und nicht eine Frau, deren Mund ihn ... Studentin! dachte er – denke an sie als Studentin. »Was möchten Sie lieber sein, Amanda?« fragte er im Tonfall eines Lehrers. »Eine Frau oder ein Schulmädchen?«

Sie nahm ihren halbvollen Teller wieder in die Hand. »Ich kann nicht leugnen, daß ich mich zu Ihnen hingezogen fühlte, Dr. Montgomery.«

Hank knirschte mit den Zähnen.

»Aber ich glaube nicht, daß das gestern passiert wäre, wenn ich wüßte, wie ich Taylor dazu bringen könnte, mich als Frau zu betrachten.« Sie blickte rasch zu ihm, und als sie bemerkte, daß er sie nicht zornig ansah, seufzte sie erleichtert. »In manchem, was Sie zu mir gesagt haben, steckt eine große Portion Wahrheit. Ich bin so etwas wie eine Gefangene in meinem Zuhause gewesen; aber das war nur so, weil es mir niemals eingefallen ist, etwas zu unternehmen. Als ich mich jetzt dazu entschloß, meine Studien abzubrechen und für Ihre Gewerkschaft zu arbeiten, brachte ich es fertig. Und heute morgen, als Taylor ...«

»Als Taylor was?« forschte Hank nach, bemüht, mit kühler Stimme zu sprechen.

»Heute morgen war ich ... nun, ich schlief, ohne mir ein Nachthemd angezogen zu haben. Die Tür stand offen, Taylor kam herein und sah mich ... er schaute mich mit einigem Interesse an – so als wäre ich eine Frau und nicht ein Kind.«

Hank stellte seinen Teller beiseite. Er brachte keinen Bissen mehr hinunter. »Oh?« preßte er mit einiger Mühe hervor. War das alles, was ihr die vergangene Nacht bedeutete? Daß Freund Taylor mit dem eisernen Kreuz im Rücken endlich begriffen hatte, daß sie eine *Frau* war?

»Er sah also eine halbnackte Frau im Bett und zeigte einiges Interesse, wie?«

»Sie bringen es jedesmal fertig, so von Taylor zu reden, als habe er nichts Menschliches an sich. Begreifen Sie denn nicht, daß ich ihn seit meiner Kindheit als Lehrer hatte? Da muß er in mir doch das Schulmädchen sehen. Deshalb hat er auch, als ich ihn küßte . . .«

»Er hat was?«

»Mich abstoßend gefunden«, gestand sie leise und erinnerte sich an diesen Schmerz. »Er hat mich seitdem noch einmal geküßt; aber es war nicht dasselbe.«

»Nicht dasselbe wie was?«

»Nun, Sie wissen schon«, sagte sie errötend.

»Vielleicht sollten Sie es mir trotzdem erklären.«

»Letzte Nacht, was wir taten . . . es war so, als könnte ich gar nicht anders. Sie sind doch weitaus erfahrener als Taylor. Ich meine, Sie sind doch dauernd von einem Schwarm von Frauen umgeben. Reva küßt Sie; Lily Webster schaute Sie so an, als wollte Sie mit Ihnen machen, was wir beide gestern gemacht haben; und ich bin sicher, daß Sie in Ihrer Universität viele Frauen haben.«

»Hunderte«, höhnte er, »Tausende. Überall, wo ich hinkomme, drängen sich die Frauen danach, mit mir ins Bett zu gehen.« Er konnte den Sarkasmus nicht aus seiner Stimme fernhalten. Sie gab ihm das Gefühl, als wäre er ein Gigolo, während Taylor ein angesehener Bürger war mit moralischen Grundsätzen – jemand, der es wert war, daß man ihn heiratete. »Worauf wollen Sie eigentlich hinaus, Amanda?«

»Ich habe mich gefragt, ob Sie mich unterrichten würden. Natürlich haben Sie das bereits bis zu einem gewissen Grade getan, aber ich bin eine widerspenstige Schülerin gewesen, jetzt hingegen könnte ich eine willige Studentin werden.«

»Worin soll ich Sie unterrichten? Wie Sie mit einem Mann schlafen sollen?« Seine Augenbrauen waren nur Millimeter von ihrem Haaransatz entfernt. So mußte sich ein Goldgräber fühlen, der ganz nahe vor einer Goldader stand.

»Nein, das natürlich nicht. Das haben Sie mir ja gestern abend schon beigebracht, und dafür bin ich Ihnen dankbar. Ich werde nun vor meiner Hochzeitsnacht keine Angst mehr haben und weiß, was da zu tun ist.«

»Gern geschehen«, murmelte Hank auf ihren Dank hin

und versagte sich die Bemerkung, daß er Taylor auf dem Gebiet, auf dem sie sich gestern nacht betätigt hatten, nicht für sachkundig hielt.

»Würden Sie mich in den Dingen des Lebens unterrichten, die nicht in den Büchern stehen? Wie zum Beispiel im Tanzen, im Besuch von Kinos und was sonst noch Männer und Frauen zusammen unternehmen? Wenn ich mich nicht mehr aufführe wie ein Schuldmädchen, wäre es doch möglich, daß Taylor mich auch nicht mehr als solches behandelt, nicht wahr?«

Taylor, dachte Hank. Er fing an, diesen Mann zu hassen. Sie betrachtete den gestrigen Abend als Vorspiel für ihre Hochzeitsnacht mit Taylor. Aber was wollte er, Hank, denn eigentlich von ihr? Sollte er ihr sagen, daß sie nach der Nacht gestern nicht mehr ohne ihn leben könne? Wollte er sie zu einer zweiten Blythe Woodley machen? Er hatte nur mit Blythe schlafen wollen, und sie sollte sich dann einen anderen Mann zum Heiraten suchen. Nun bot Amanda ihm genau das an; aber aus irgendeinem Grund forderte Amandas Angebot seinen Zorn heraus.

»Kinobesuche und so. Was noch?‹ fragte er schließlich. »Keine Sexlektionen mehr?«

Sie blickte errötend zur Seite. »Ich bin sicher, wir haben gestern abend dieses Gebiet ausführlich behandelt.«

»Nur die Spitze des Eisberges«, erklärte er, als sprächen sie über das Wetter. »Es gibt eine Reihe anderer Positionen, so zum Beispiel mit Ihnen in der Oberlage, oder stehend, oder sitzend oder . . .«

»Stehend?« fragte sie neugierig. »Ich meine – wie? Ich würde denken, das wäre doch unmöglich – rein physisch gesehen . . .«

»Ich würde stehen, und Sie würden Ihre Beine um meine Taille schlingen, während ich Ihre . . .« Er hielt die Hände vor sich hin, als faßte er sie bei den Pobacken und höbe sie an. »Dann setze ich Sie auf meinen Hirten und . . .«

»Ihren Hirten?« Amanda lachte und hielt sich dann rasch den Mund zu. »Ich finde, die gestrige Nacht hat mich gründlich genug in die Materie eingeführt. Ich denke, ich werde mit weiteren Lektionen warten, bis ich mit Taylor vereiratet bin.« Obwohl sie sich nicht vorstellen konnte, wie Taylor sie auf seinen . . . Dingsda setzte. »Dr. Montgomery«, sagte sie leise, »glauben Sie, ich könnte nach der Lektion gestern ein Baby bekommen?«

Hank verschluckte sich an dem Eistee, den er gerade trank. »Ich hoffe nicht«, sagte er aufrichtig.

»Aber ich hatte da meine Bedenken, da das, was wir taten, ja eigentlich der Fortpflanzung dient.«

»Amanda«, rief er erbost – sie sprach mit ihm wie mit einer Freundin – »ich weiß in dieser Angelegenheit nicht so genau Bescheid. Ich bin zwar mit vielen Frauen ins Bett gegangen – ich meine, mit einigen Frauen hier und da –, aber ich glaube nicht, daß eine von ihnen ein Kind von mir bekam. Tatsächlich bin ich mir sicher, daß sie in diesem Fall zu mir gekommen wären und mir davon erzählt hätten. Und der Liebesakt dient der Fortpflanzung, richtig; aber er sorgt auch für das Wohlbefinden der Beteiligten. Haben Sie das, was gestern nacht geschah, etwa nicht genossen?«

Amanda konnte ihn nicht anschauen. Genossen? Sie wäre gestern nacht vor Wonne fast gestorben! Und heute morgen hätte sie ihn und Reva mit einem Revolver erschießen können, als sie die beiden sich küssen sah. »Ja, das habe ich«, flüsterte sie. »Aber ich dachte, eine . . . Paarung sei mit Empfängnis gleichzusetzen. Verheiratete Paare . . .« Ihre Stimme verebbte, als hätte sie keine Ahnung, was verheiratete Paare alles miteinander trieben.

»Verheiratete Paare«, sagte Hank ruhig, »lieben sich oft. Gesetzt den Fall, zum Beispiel, Sie und ich wären verheiratet, dann würde ich Sie jede Nacht lieben und morgens, ehe ich in die Universität zur Vorlesung führe, und vermutlich käme ich sogar zum Lunch nach Hause. Sie könnten ja dann logischerweise unmöglich von jeder Paarung ein Kind bekommen.«

»Ich verstehe«, seufzte Amanda. Sie bemühte sich, dieses Gespräch auf einer intellektuellen Basis zu führen; aber ihre Haut fing nun an so sonderbar zu kribbeln. Zum Lunch? Bei Tageslicht? Sie fragte sich, wie er wohl am Tage ohne Kleider aussehen mochte. Sie wußte zwar, wie er sich anfühlte; aber nackt hatte sie ihn noch nicht gesehen. Ob wohl seine Schultern so breit waren, wie sie ihr gestern anmuteten? Waren seine Schenkel so . . . Sie räusperte sich. »Ich wußte das nicht. Vielen Dank für Ihre Aufklärung.«

»Keine Ursache‹, antwortete er munter. »Ich stehe in dieser Hinsicht immer zu Ihrer Verfügung. Theoretisch und praktisch – wie Sie es brauchen.«

»Sehr – äh – liebenswürdig von Ihnen.« Amanda lächelte schwach und blickte auf die leeren Teller. Sie brauchte ihm ja nur zu sagen, daß ihr das Mittagessen nicht zusagte, und schon würde er sie mit seinem gelben Wagen in ein Lokal bringen und seine Hände würden . . .

»Sind Sie so weit, daß wir wieder an die Arbeit gehen können?«

»Ja«, antwortete sie, schluckte und wollte sich von der Bank erheben.

Hank legte ihr die Hand auf den Arm. »Sie wollten mir noch sagen, was zwischen Ihnen und Taylor an dem Tag passiert ist, an dem Sie die Wette verloren haben. Was taten Sie, daß er Sie widerwärtig fand und Sie mit diesen Differentialrechnungen bestrafte?«

»Ich möchte lieber nicht darüber reden«, antwortete sie.

»Vielleicht könnte ich Ihnen helfen, damit das nicht noch einmal passiert; aber das ist mir nicht möglich, wenn Sie mir nicht erzählen, was schiefging.«

Sie erinnerte sich nur ungern an jenen Nachmittag. »Ich küßte ihn. Er stand vor mir, und ich stellte mich auf die Zehenspitzen und küßte ihn.«

»Einfach so?«

Sie wußte nicht, was er meinte. »Was sollte ich denn anderes machen? Wir hatten diese schreckliche Wette abgeschlossen, und ich glaubte, ich täte es für die Ranch, weil Sie sagten, Sie würden das Haus verlassen, wenn ich Taylor dazu bringen könnte, etwas Leidenschaft zu zeigen. Also küßte ich ihn. Wie sollte ich es anders anstellen? Wenn ich Sie küsse, dann . . .« Sie hielt inne. »Sie wissen schon, was ich meine.«

»Ich verstehe vollkommen. Sie verhielten sich wie ein Schulmädchen, und er hat Sie zweifellos wie eines behandelt.«

»Schulmädchen küssen ihre Lehrer nicht. Aber vielleicht verfahren Ihre Studentinnen mit Ihnen anders.«

»Niemals. Wenn mich jedoch eine von ihnen küssen sollte, würde ich sie nicht anders behandeln, wie Taylor das mit Ihnen tat.«

»Oh«, machte sie in der Erkenntnis, daß alle Schmerzen der letzten Tage offenbar allein ihr Verschulden waren. »Ich bin mir nicht sicher, ob ich weiß, was Sie meinen.«

»Kommen Sie – wir wollen in die Zentrale zurückgehen. Vielleicht können wir uns dort ein paar Minuten Zeit nehmen, damit ich Ihnen zeigen kann, wie man einen Mann verführt. Das richtige Verfahren, wohlgemerkt.«

Sie zögerte.

»Ich dachte, Sie wollten, daß ich Ihnen beibringe, wie eine moderne Frau sich zu verhalten hat.«

»Ich hatte dabei Kinobesuche im Sinn, oder daß Sie mir vielleicht zeigen, wie man Tango tanzt.«

»Reva weiß über Männer Bescheid. Ich möchte wetten, wenn Reva Taylor küssen würde, würde er sie nicht mit Differentialrechnungen bestrafen.«

Amanda befühlte mit der rechten Hand den Ringfinger an der linken. Aber sie fand dort nicht den Verlobungsring, wie sie geglaubt hatte – sie hatte ihn schon wieder in ihrem Zimmer liegen lassen. Reva hatte Taylor beim Aussuchen *ihres* Verlobungsringes geholfen. »Wir wollen gehen, Dr. Montgomery«, sagte sie. »Ich bin in vielen Dingen zwar unerfahren; aber eine gelehrige Schülerin.«

Er sah zu, wie sie das Tablett mit dem schmutzigen Geschirr vom Boden aufhob und damit zur Hintertür des Restaurants ging. Bisher hatte er noch kein Gebiet entdeckt, auf dem sie nicht gut war. Grinsend folgte er ihr ins Lokal. Er mußte ihr eine Lektion erteilen.

Kapitel Vierzehn

Sie gingen schweigend über die staubige heiße Straße von Kingman. Amanda meinte, in Erwartung dessen, was noch kommen sollte, nicht sprechen zu können. Es war nur eine Lektion, sagte sie sich – eine Lektion, die sie auf Taylor übertragen konnte. Schließlich war es doch Taylor, an dem sie interessiert war – oder etwa nicht? Taylor war der Mann, den sie seit Jahren liebte. Taylor war der Mann, den sie heiraten würde. Sie *mußte* lernen, sich *für ihn* von einem Kind in eine Frau zu verwandeln. Und Dr. Montgomery war so liebenswürdig, sie darin zu unterrichten.

»Hier hinein«, befahl er und öffnete die Tür zur Besenkammer.

»Hier?«

»Der einzige abgeschiedene Ort. Kommen Sie – wir sind sowieso schon viel zu lange weggeblieben.«

Sie hatte den Eindruck, daß er diese Pflicht so rasch wie möglich hinter sich bringen wollte. Die Probleme der Leute im oberen Stockwerk waren natürlich viel wichtiger als ihre. Sie trat in den Verschlag, und er schloß die Tür hinter ihr ab.

Hank drehte einen großen Eimer um und setzte sich darauf. »Zunächst sind Sie im Nachteil, wenn Sie stehen, weil er größer ist als Sie. Warten Sie, bis er sich setzt, und Sie haben Oberwasser. Nun ziehen Sie an dieser Strippe und löschen Sie das Licht, und dann kommen Sie hierher auf meinen Schoß.«

»Aber . . .«

»Bilden Sie sich ein, ich wäre Taylor. Sie können das besser im Dunkeln tun. Amanda, wenn Sie einen Stundenplan brauchen nach Ihrer Heirat, dann lernen Sie lieber nicht, was ich Ihnen jetzt beibringen soll. Das liegt ganz bei Ihnen.«

Sie zog an der Schnur der Lampe, und es wurde stockdunkel in der Kammer. Dr. Montgomerys Hände fanden sie dennoch und leiteten sie, bis sie auf seinem Schoß saß.

»Amanda, was machst du denn da? Du solltest doch jetzt lateinische Verben repetieren.«

»Ja, ich – oh, ich verstehe! Sie sind jetzt Taylor.«

»Ich tue so, als ob«, korrigierte Hank sie. »Amanda, denn

wenn ich jetzt ich wäre, würde ich meine Arme so um Sie legen«, sagte er und streichelte ihren Rücken. »Und meine Hände würden das tun.« Er fuhr mit ihnen an ihren Armen hinunter, und dabei berührten seine Daumen seitlich ihre Brüste. »Und ich würde Sie folgendermaßen küssen.« Er küßte sie sanft, aber hingebungsvoll – so, daß sie sich an die vergangene Nacht erinnerte. Sie schlang die Arme um ihn und ihre Zunge spielte mit der seinen. Sie stöhnte, als sich seine Hand über ihre Brust wölbte. Sitzen, hatte er gesagt. Die Leute konnten sich im Sitzen lieben. Sie wandte sich ihm noch aufmerksamer zu.

Er schob sie von sich weg. »Aber ich bin nicht ich. Ich bin Taylor.« Hank schluckte und empfand ein schmerzliches Unbehagen. Sie trieb ihn in den Wahnsinn! »Taylor würde folgendermaßen hier sitzen«, erklärte er, legte seine Hände seitlich an die Schenkel und vermied es, sie damit zu berühren. Ein wenig Licht sickerte durch die Ritzen am Rand der Tür, und dieses Licht reichte aus, daß er sah, wie schön sie war. Da war nicht mehr ein ganz so trauriger Ausdruck in ihren Augen wie noch vor Tagen, als er sie kennenlernte. »Nun – was tun Sie jetzt?«

»Ich weiß es nicht. Bei Ihnen brauche ich ja nichts zu tun. Sie scheinen immer bereit zu sein.« Sie konnte an ihrem linken Schenkel spüren, wie bereit er im Augenblick war. Ihr Herz klopfte noch heftiger; aber er schien so kühl und so gänzlich unbeeindruckt von ihren Küssen – nun, genau gesagt, nicht *total* unbeeindruckt. »Ich schätze, ich würde ihn jetzt küssen«, sagte sie und beugte sich zu seinen Lippen vor; aber er drehte den Kopf zur Seite.

»Nein, Sie dürfen das nicht so plump machen. Hier, küssen Sie erst ein wenig meinen Hals, und sie können auch die rechte Hand benützen, um ein paar Knöpfe aufzumachen, während Sie mit Ihrer linken Hand sacht durch mein Haar fahren.«

»Oh, ich verstehe.« Dies war die leichteste Aufgabe, die ihr jemals im Leben gestellt war. Sein Haar war weich und sauber und schien sich von selbst um ihre Finger zu wickeln. Die Knöpfe seines Hemds ließen sich leicht öffnen, und sie schob ihre Hand unter den Stoff und berührte seine nackte Haut. »Ist es so richtig?«

»Genau richtig«, flüsterte er.

Sie legte ihre Lippen an seinen Hals. Seine heiße Haut schmeckte gut.

»Jetzt das Ohr«, befahl Hank und konnte vor Herzklopfen kaum seine eigene Stimme verstehen.

Amanda dachte, daß sie den Bogen wohl bald heraus haben würde. Sie nahm sein Ohrläppchen zwischen die Zähne und zog sacht daran. Er verlagerte seine Hände von seinen Schenkeln auf ihre Schenkel. Sie fuhr mit der Zungenspitze am Rand seines Ohrs entlang, während ihr heißer Atem seine Wange liebkoste. »Mache ich es richtig?« flüsterte sie.

»Bis jetzt ja«, brachte er mühsam hervor.

Sie begann nun kreativ zu werden, als sie seine Schläfen küßte, dann seine Augen und dann am Jochbein entlang, hinunter zu den Wangen. Sie hatte inzwischen fast sein ganzes Hemd aufgeknöpft und wollte ihre nackten Brüste an seiner heißen, dunklen Haut spüren, seine Brusthaare auf ihrer glatten Haut.

»Das andere Ohr?« flüsterte sie und liebkoste sein linkes Ohr mit der Zunge. Sie mußte sich dabei ein wenig über ihn beugen, und ihre Brüste fühlten sich so gut an an den Stellen, wo sie ihn berührten. Sie wollte ihr Kleid öffnen und seine Lippen auf ihrem Körper spüren.

Sie küßte ihn auf den Mund. Als müßte sie sterben – so leidenschaftlich küßte sie ihn, schob ihre Zunge in seinen Mund, saugte und knabberte an seinen Lippen. Und dann waren ihre Lippen und ihre Zähne an seinem Jochbein, wanderten an seinem Hals hinunter. Ihre Hände begannen an seinen Kleidern zu zerren.

Hank hörte auf, die Sache als Spiel zu betrachten. Er drehte sie um, so daß sie mit gegrätschten Beinen auf ihm saß, hob sie an, als wäre sie so leicht wie eine Feder, und schob ihr Kleid über die Hüften hinauf. Ihr Höschen riß an den Lenden auf, so daß sie nackt auf ihm saß, der Stoff seiner Hose an den Innenseiten ihrer Schenkel lag und an ihren feuchten, prallen Schamlippen.

Seine linke Hand griff in ihren Nacken und drehte sie so, daß er die tiefsten Bereiche ihres Mundes mit der Zunge erreichen konnte, während er mit der rechten Hand seine Hose aufknöpfte. Sie rieb sich an der Haut seiner Hand.

Jemand rüttelte draußen am Türknauf.

»Ich glaube, es ist abgeschlossen«, sagte Reva vor der Tür. »Hast du den Schlüssel oder Hank?«

»Ich glaube, oben liegen ein paar Schlüssel«, erlärte Joe. »Ich werde mal nachsehen, ob sie passen.«

»Ich komme mit«, rief Reva, und dann, an jemand anderen gewandt: »Sie bleiben hier. Sie werden die Kotze Ihres Kindes schon selbst aufwischen müssen.«

In der Besenkammer wurden Amanda und Hank sich wieder bewußt, wo sie waren.

»Wir sollten jetzt besser gehen«, raunte Amanda. »Ich glaube nicht, daß sie dafür Verständnis haben werden.«

Das glaube ich auch nicht, dachte Hank und begann mechanisch seine Hose wieder zuzuknöpfen.

Amanda fand endlich die Leine des Lichtschalters und zog daran, und einen flüchtigen Moment lang kreuzten sich ihre Blicke; aber sie wagte nicht, ihn zu lange anzusehen. Es schien, daß er nur einen Schalter betätigen mußte, und schon brannte sie wie eine elektrische Glühbirne.

Hank sperrte die Tür auf und spähte auf den Flur hinaus. Reva und Joe befanden sich im Oberstock, aber vor der Tür stand eine italienische Frau und hielt die Hand eines Mädchens, das ganz grün im Gesicht war. »Hallo«, sagte Hank zu der Frau, »wir . . . äh . . .«

Amanda begann mit der Frau zu reden, gab ihr im Vorbeigehen eine langatmige Begründung, warum sie sich so lange in der Besenkammer aufgehalten hatten, und lief dann die Treppe hinauf.

Hank blieb auf dem Treppenabsatz stehen. »Was war das denn für eine Sprache?« fragte er.

»Italienisch. Ist sie denn keine Italienerin?«

»Ich denke schon; aber ich war mir nicht sicher, in welcher Sprache Sie mit ihr geredet haben.«

»Oh, Griechisch vielleicht«, stotterte Amanda hilflos. »Es könnte auch Russisch gewesen sein. Oder Latein.«

Er sah sie an, und sein Blick kam fast einer Berührung gleich. Er konnte noch immer ihre Zunge in seinem Ohr spüren. »Richten Sie sich erst die Haare. Dann gehen Sie wieder an die Arbeit. Um zwei Uhr trifft ein Zug ein. Ihr Vater hat in drei Staaten Anzeigen aufgegeben. Je mehr Leute hier ankommen, um so größer ist der Wettbewerb um die Jobs. Er kann Hunderte feuern und hat immer noch genügend Arbeiter, die ihm den Hopfen pflücken. Gehen Sie jetzt. Man braucht Sie doch nur anzuschauen, und man weiß Bescheid.«

Amanda eilte die Treppe hinauf zur Toilette. Der Spiegel zeigte ihr ein erhitztes Gesicht, aufgelöste Haare und geschwollene Lippen vom zu vielen Küssen. Sie tat ihr möglichstes, um den Schaden zu reparieren. Wenigstens würde keiner ihre zerrissene Unterhose sehen können. Einen Moment lang lehnte sie sich an die Tür zurück. Es schien, als bräuchte er sie nur anzufassen, und schon stand sie in Flammen. Dann unternahm sie unglaubliche, schamlose Dinge.

Taylor, versuchte sie sich zu ermahnen – Taylor war der Mann, den sie liebte. Und sie wollte ihn dazu bringen, daß er sie als Frau betrachtete. Das war das Ziel, das sie erreichen wollte.

Sie verließ die Toilette und ging zurück in das heiße, stikkige Büro, das voller Leute war, die lernen sollten, was eine Gewerkschaft war. Amanda erklärte ihnen, daß sie nicht ihren Job verlieren würden, wenn sie um einen Schluck Wasser baten.

Sie warf einen Seitenblick auf Dr. Montgomery, ehe sie an ihrem Tisch Platz nahm. Die Haare in seinem Nacken waren zerzaust, und sie wollte sie glätten; aber noch während sie zu ihm hinsah, strich Reva ihm über den Kopf. Als Reva an Amanda vorbeiging, flüsterte sie: »Warum mußt du unbedingt zwei Männer für dich haben? Gib mir einen von den beiden ab, ja?«

Schuldbewußt konzentrierte sich nun Amanda auf die Hindu-Familie, die vor ihrem Tisch wartete. Sie mußte eine Sprache finden, in der sie sich verständigen konnten.

Hank konnte seine Augen nicht von Amanda abwenden. Zuweilen vergaß er sogar seine Pflichten. Er dachte daran, daß er sie für eine ängstliche, nervöse, affektierte und prüde Zicke gehalten hatte. Aber dann hatte er sie angefaßt.

Reva erinnerte ihn ärgerlich an seine Arbeit, und Hank mußte seine Tagträume abbrechen.

»Ist hier in der Nachbarschaft was los?« fragte Hank. »Etwas, wo man mit einem Mädchen hingehen kann?«

Reva schenkte ihm ihr süßestes Lächeln. »In Terrill City feiern sie gerade Jahrmarkt. Da würde ich für mein Leben gern hinfahren«, sagte sie bedeutsam.

»Ein Jahrmarkt. Großartig.« Hank schrieb ein Billett für Amanda, schob es zwischen ein paar Papiere und gab Joe Anweisungen, diese auf Amandas Scheibtisch zu legen.

Amanda sprach gerade mit einer spanischen Familie, als sie das Billett bemerkte; und nachdem sie tagelang alles, was sie las, übersetzt hatte, las sie nun Hanks Billett laut auf spanisch vor.

Die hübsche junge Mutter lächelte, während der gutaussehende Vater sagte, er würde heute abend gern mit ihr ins Kino gehen und mit Freuden morgen abend mit ihr einen Rummelplatz besuchen. Amanda errötete bis unter die Haarwurzeln.

Um sechzehn Uhr dreißig baute sich Hank vor ihrem Schreibtisch auf. »Also?« frage er.

»Ich bin mit einem anderen verlobt. Ich kann nicht mit Ihnen ausgehen.«

»Ich dachte, ich sollte Sie darin unterrichten, wie man Verabredungen mit einem Mann gestaltet, damit Sie sich nicht damit blamieren, und Taylor den ganzen Abend hindurch Vorträge halten.«

»Oh«, machte sie. Sie *wollte* mit ihm ausgehen, wollte mit ihm Kinos besuchen, wollte neben ihm sitzen. Und sie war sich sehr, sehr deutlich bewußt, daß er in ein paar Tagen wieder fort sein würde. »Ja, ich würde gern mit Ihnen ausgehen.«

»Und der Jahrmarkt morgen?«

»Ja«, war alles, was sie antworten konnte.

Reva stand nicht weit entfent von den beiden, beobachtete sie und lauschte dem Gespräch. Es war wirklich nicht fair, daß Amanda so viel haben sollte, während sie so wenig bekam. Dann lächelte sie. Sie fragte sich, was Amandas Verlobter wohl sagen würde, wenn er wüßte, wo Amanda ihre Abende verbrachte.

Den Rest des Tages über schien Amanda auf einer Wolke zu schweben. Sie hatte das Gefühl, als würde etwas Wunderbares geschehen. Ein paarmal ermahnte sie sich jedoch, an Taylor zu denken; aber sie sagte sich, daß sie das alles ja nur seinetwegen unternahm.

Um sechs Uhr kam Hank abermals zu ihrem Schreibtisch. »Fertig?« fragte er. »Um achtzehn Uhr dreißig beginnt eine Kinovorstellung.«

Amanda nahm ihre Handtasche vom Tisch und verließ mit ihm das Büro.

Reva stand da und starrte auf die Tür.

»Eifersüchtig?« fragte Joe und lachte sie aus.

»Ja, vielleicht bin ich das«, entgegnete Reva. »Die Reichen bekommen doch alles.«

»Du glaubst, der Doc hat an Amanda Gefallen gefunden, weil sie reich ist? Dann hast du nicht bemerkt, wie er sie anschaut, wenn sie durchs Zimmer geht. Er ist mehr an dem interessiert, was *sie* hat, als an dem, was ihr Vater hat.«

»Wer hat dich eigentlich um deine Meinung gefragt?« fauchte Reva ihn an. »Ich kenne jemanden, der sich noch mehr für die beiden interessiert.« Sie verließ die Gewerkschaftszentrale und machte sich auf den Weg zur Caulden-Ranch.

Hank führte Amanda zum Opernhaus, in dem das jüngste Erzeugnis der Filmindustrie gezeigt wurde. Er faßte sie nicht an – so gern er das auch wollte. »Wenn wir verlobt wären, würden Sie jetzt meinen Arm nehmen«, erklärte er und bot ihr seinen Arm.

Amanda lächelte zu ihm hinauf. »Noch etwas?«

»Es besteht jederzeit die Möglichkeit, daß Sie von der Handlung des Films in Angst und Schrecken versetzt werden. Wie ich hörte, befindet sich die Heldin vom Anfang bis zum Ende in Lebensgefahr.«

»Und was mache ich, wenn ich in Angst und Schrecken versetzt werde?«

»Sie klammern sich an mich«, antwortete er und hob ihre Fingerspitzen an seine Lippen. »Und ich werde Sie beschützen.«

Sie starrte einen Moment auf seinen Mund, fing sich aber rasch wieder. »Bitte, denken Sie daran, Dr. Montgomery, daß Sie mein Lehrer sind und nicht mein Verlobter.«

»Das vergesse ich niemals auch nur für eine Sekunde.« Er führte sie in den abgedunkelten Saal, und sie nahmen in der Mitte einer Sitzreihe ziemlich weit vorne Platz.

Amanda war sich nicht im klaren, was sie sich eigentlich von einem Film versprechen sollte; doch sie hätte sich nicht träumen lassen, wie spannend er sein konnte. Die Gefahren, die die hübsche junge Heldin bedrohten, waren so *echt*. Der Bösewicht war so grauenvoll, schmiedete ständig neue Komplotts und lauerte ununterbrochen auf eine Gelegenheit, die Schöne auf eine heimtückische Weise in seine Gewalt zu bringen.

Hank beobachtete Amanda, sah, wie die Empfindungen unverhüllt auf ihr Gesicht traten wie bei einem Kind. Sie faßte einmal nach seiner Hand, als der Bösewicht der Heldin zu nahe trat, und da legte er den Arm um ihre Schultern und zog sie an sich. Er wurde für dieses Verhalten belohnt, indem Amanda ihr Gesicht an seiner Schulter begrub, als die Heldin um ein Haar von einem Zug überfahren worden wäre. Er hatte noch nie in seinem Leben einen Film so genossen wie diesen.

Als er zu Ende war und die Lichter wieder angingen, wäre er am liebsten so sitzengeblieben – mit seinem Arm um ihre Schultern –, und da sie fortfuhr, sich an ihn zu klammern, schien ihr ähnlich zumute zu sein wie ihm.

»Was würde ein verlobtes Paar jetzt tun?« fragte sie schließlich und hielt seine Hand fest. Er hatte sie nur gebeten, mit ihm ins Kino zu gehen. Würde er sie nun auch nach Hause bringen? Würde sie dort einen Stundenplan von Taylor vorfinden, der für den Abend eine gemeinsame Dichterlesung vorsah? Wie hätte sie ein Gedicht vortragen können, nachdem sie mit angesehen hatte, wie eine Frau beinahe von einem Zug in zwei Teile zerlegt worden wäre?

»Ich würde Sie vermutlich zu einem intimen Dinner mit Kerzenlicht und Violinmusik einladen, und anschließend ginge ich wahrscheinlich mit Ihnen zum Tanzen.«

Er referierte nur – er lud sie nicht wirklich zum Essen oder Tanzen ein, dachte sie bei sich. »Ich glaube nicht, daß ich das tun könnte. Ich habe keine Ahnung vom Tanzen.«

»Man könnte es Ihnen beibringen. Sie scheinen sehr lernfähig zu sein.«

»Das hängt vermutlich vom Lehrer ab«, antwortete sie. Seine Lippen waren den ihren ganz nahe, und sie hoffte, er würde sie küssen.

»He!« rief ein Mann von den Eingangstüren her, »wollen Sie nicht für die nächste Vorstellung bezahlen?«

Hank und Amanda lösten sich voneinander und gingen aus dem Kinosaal. Als Amanda wieder im Freien war, hätte sie ihn eigentlich bitten müssen, sie nach Hause zu Taylor zu bringen.

»Wissen Sie«, begann Hank, »Sie sollten wirklich das Tanzen lernen. Was ist, wenn Sie und Taylor ins Weiße Haus eingeladen werden, und der Präsident bittet Sie um einen Tanz? Was werden Sie ihm da sagen? Daß Sie keine Ahnung haben, wie man das macht?«

Amandas Miene hellte sich sofot auf. »Ich schätze, Sie haben recht. Aber ich kann unmöglich in dieser Garderobe zum Tanzen gehen.« Sie blickte an ihrem strengen, marineblauen Kostüm hinunter. »Mein Ballkleid wurde zerrissen und ist noch nicht wieder geflickt.«

Er nahm ihren Arm. »Dem können wir abhelfen. Dort, wo Ihr Tanzkleid herkam, gibt es noch mehr davon.«

»Ich glaube, Sie haben mich gebeten, Sie zu empfangen, nicht wahr?« fragte Taylor Driscoll und blickte auf Reva hinunter, die im verblassenden Sonnenschein im Salon der Villa Caulden stand. Er sagte sich, daß sie viel zu grell geschminkt und ihr Kleid viel zu bunt war, und dennoch fühlte er sich zu ihr hingezogen. Er hätte sie gern mit gewaschenem Gesicht und in einem schlichten, aber teuren Kleid gesehen – vielleicht in etwas Hellblauem. »Wie kann ich Ihnen helfen?«

Reva konnte das Interesse dieses Mannes für sie spüren. Er war natürlich ein steifer, hölzerner Typ; aber sie war sicher, daß sie ihn locker machen könnte. Sie hätte ihn gern geküßt, hätte gern erlebt, wie er sich zu ihr hinunterbeugte und seine Lippen auf ihren Mund drückte. Sie drehte sich von ihm weg.

»Ich komme mir ein wenig wie eine Petzerin in der Schule vor«, gestand sie. »Ich bin hierhergekommen, um Ihnen etwas über Amanda zu berichten. Aber jetzt bin ich mir nicht mehr so sicher, ob das richtig ist. Vielleicht sollte ich lieber wieder gehen.«

Er wollte nicht, daß sie wieder ging. Er gestand es sich nicht gern ein, aber er hatte sich in den letzten Tagen sehr einsam gefühlt. Amanda war immer unterwegs, er bekam J. Harker nie zu Gesicht, und Mrs. Caulden sprach natürlich nie ein Wort mit ihm, selbst wenn sie sich zufällig begegneten. »Wollen Sie nicht bleiben, einen Tee trinken oder vielleicht ein Glas Sherry?«

Tee, dachte Reva, zweifellos in einer Kanne aus Silber serviert. Sie blickte Taylor an und bemerkte das Verlangen in seinen dunklen, hübschen Augen. Paß auf, Mädchen, ermahnte sie sich, dieser Mann ist nicht für dich bestimmt. Sie hatte so ein Gefühl, daß er außerhalb dieses Hauses genauso arm wäre wie sie. Er würde nur Geld haben, wenn er Amanda heiratete. »Ja«, hörte sie sich sagen, »ich würde gern einen Tee trinken.«

Eine Stunde später erwärmte sich Reva für ihr Thema und berichtete ihm von Amanda. Er schien die Neuigkeit ganz gelassen hinzunehmen; Doch sie konnte den Schmerz in seinen Augen erkennen! Und Verwirrung. Amanda wußte nicht, wie man sich gegen einen Kerl wehren mußte, der zu frech wurde; sie konnte nicht einmal tanzen. War ihr Verlobter genauso unerfahren wie sie?

»Kann ich aufrichtig zu Ihnen sein? Hank ist ein Traum

von einem Mann; aber, unter uns gesagt, Sie machen es ihm auch nicht schwer. Sie servieren ihm Amanda buchstäblich auf einem silbernen Tablett.«

Taylor meinte befremdet: »Ich habe sie zwar gebeten, Dr. Montgomery zu begleiten, aber es kam mir niemals in den Sinn, sie könne . . .«

Reva setzte mit lautem Geräusch ihre Tasse ab. »Warum gehen Sie nicht hin und schlagen Hank ins Gesicht?«

»Wie bitte?«

»Ich schätze, das ist keine so gute Idee«, seufzte Reva. »Nachdem ich miterlebt habe, wie er Sam Ryan in das Land der Träume schickte, glaube ich nicht, daß Sie gegen ihn eine Chance hätten. Aber Sie haben ihm gegenüber einen Vorteil, den Sie nützen können – Sie sind mit Amanda verlobt. Morgen abend soll sie mit Hank den Jahrmarkt in Terrill City besuchen. Warum laden Sie sie denn nicht selbst zum Besuch dieses Rummelplatzes ein? Sie müßte ja mit Ihnen gehen, weil Sie mit ihr verlobt sind.«

»Auf einen Rummelplatz?« entrüstete sich Taylor. »Das käme wohl kaum in Frage. Aber ich habe für morgen abend eine Lesung aus Thackerays Werken vorgesehen im . . .«

»Sie wollen ihr was vorlesen?« staunte Reva und schüttelte den Kopf. »Als Sie sich mit Amanda verlobten – was haben Sie da denn gemacht?«

»Ich denke, Miß Eiler, daß das eine sehr persönliche Angelegenheit ist.«

»*War* es denn persönlich? Sind Sie vor Amanda auf die Knie gefallen, haben Sie ihr ewige Liebe geschworen und ihr gesagt, daß Sie sterben würden, wenn sie Ihren Antrag verschmähte?«

»Ich glaube kaum . . .«

»Das habe ich mir gedacht.« Sie lehnte sich auf der kleinen Couch zurück. »Hank hätte es so gemacht. Wenn Hank einer Frau einen Heiratsantrag machen würde, dann – glauben Sie mir – wäre das eine überaus romantische Angelegenheit. Er würde vermutlich ein paar Violinspieler engagieren, eine Wanne voll Champagner bereitstellen und seiner Angebeteten das Gefühl geben, daß sie das schönste und begehrenswerteste Wesen auf der Welt ist.«

»Ich verstehe«, murmelte Taylor, und in der Tat spürte er schon ein wenig die Romantik in der Weise, wie Miß Eiler ihm das darstellte. »Glauben Sie, Amanda würde das gefallen?«

»*Alle* Frauen möchten hofiert werden. *Alle* Frauen wollen einen Mann haben, der von ihnen leidenschaftlich besessen ist. Das ist ja der Sinn einer Romanze – daß ein Mann sein Interesse für die Frau *zeigt*. Das muß er nicht unbedingt mit Blumen und Violinständchen tun, es könnte schon genügen, daß ein Mann sie stets in seiner Nähe haben möchte. Miteinander reden ist romantisch. Ein Mann, der eifersüchtig wird, ist romantisch. Wenn Sie Amanda lieben, müssen Sie ihr das auch zeigen.«

»Ich habe ihr einen Ring geschenkt«, verteidigte sich Taylor.

»Den ich kein einziges Mal an ihrem Finger gesehen habe. Sie haben ihr doch hoffentlich nicht erzählt, daß ich Ihnen bei der Wahl des Ringes geholfen habe, oder?«

»Ich glaube, ich habe so etwas ihr gegenüber erwähnt.«

Reva stöhnte. Es steckte Leidenschaft in ihm, sie konnte das spüren, aber er hatte sie irgendwo tief in seinem Inneren vergraben. Er brauchte jemanden, der ihn auftaute. »Mr. Driscoll, seien Sie nicht böse, wenn ich Ihnen ganz offen sage, daß Sie Amanda verlieren werden. Wenn Sie nicht ein bißchen um sie kämpfen, wird sie mit Hank Montgomery durchbrennen oder vielleicht sogar mit jemand anderem.«

Taylor blickte Reva nur an. Wie kämpfte man um eine Frau? Vielleicht würden ein paar Gedichte von Robert Burns dafür ausreichen.

Reva konnte erkennen, wie verwirrt er war. »Laden Sie Amanda zu diesem Jahrmarkt ein«, wiederholte sie. »Nehmen Sie sie mit auf den Rummelplatz, und verschaffen Sie ihr ein paar vergnügliche Stunden. Gewinnen Sie für Amanda ein paar Preise. Fahren Sie Karussell mit ihr. Fahren Sie mit ihr Geisterbahn, und geben Sie ihr unterwegs ein paar leidenschaftliche Küsse. Bringen Sie sie nach Hause, und versuchen Sie anschließend, sich den Zugang zu ihrem Zimmer zu erzwingen. Geben Sie ihr das Gefühl, daß Sie ganz verrückt sind vor Verlangen nach ihr.«

Taylor starrte Reva an. Er konnte sich nicht vorstellen, daß er irgend etwas von dem, was sie ihm da vorschlug, mit Amanda anstellen würde. Aber er hätte Miß Eiler gern geküßt.

Reva las diesen Wunsch in seinen Augen, und sie hätte Taylor für ihr Leben gern berührt. Da war etwas an seiner steifen, unbeugsamen Art, was sie faszinierte. »Vielleicht haben Sie nicht genügend Erfahrung im leidenschaftlichen Küssen, Mr. Driscoll«, flüsterte sie leise.

»Vielleicht habe ich sie nicht«, erwiderte er ebenso leise.

Sie beugten sich sehr, sehr langsam zueinander hin, und als ihre Lippen sich berührten, durchzuckte sie beide ein elektrischer Funke. Taylor legte die Hand auf Revas Hinterkopf und drückte sie an sich.

Sie löste sich zuerst von ihm und blickte in seine dunklen Augen. Arm, dachte sie. Vergiß das nicht. Er ist arm wie eine Kirchenmaus. Wenn du dich in ihn verliebst, wirst du mit sechs Kindern am Rockzipfel enden und kein Stück Brot in der Speisekammer haben. »Nicht übel«, urteilte sie, »aber Sie müssen noch daran arbeiten. Nehmen Sie Amanda mit zum Jahrmarkt, und üben Sie dort mit ihr. Jetzt muß ich aufbrechen.« Sie wollte rasch das Haus verlassen, ehe sie mit ihm zu »üben« begann. »Einen schönen Abend, Mr. Driscoll.«

»Aber der Laden hat doch schon geschlossen«, stellte Amanda fest, als sie vor dem Schaufenster des Kleidergeschäfts standen. Hinter der Scheibe hing ein prächtiges seidenes Charmeuse-Ballkleid mit einem Oberteil aus Chantilly-Spitzen.

»Kennen Sie die Geschichte von Aladin? Ich kenne zufällig das Zauberwort, mit dem ich die Tür zu jeder Stunde öffnen kann – bei Tag und bei Nacht.«

Sie sah zu ihm auf. Wenn er sie so anlächelte, spürte sie,

wie ihre Knie weich wurden. »Und wie lautet dieses Zauberwort?«

»Bargeld«, sagte er, und Amanda lachte. »Kommen Sie – die Besitzerin wohnt über dem Laden. Wir werden ihr sagen, daß sie ihr Geschäft aufsperren soll, damit Sie sich ein Kleid aussuchen können.«

Amanda war ein wenig eifersüchtig, als sie sah, wie rasch die Ladenbesitzerin sich bereit fand, für Hank ihr Geschäft zu öffnen – zum zweitenmal. Er hatte bei ihr auch das weiße Satinkleid gekauft.

Als sie wieder die Treppe hinunterstiegen – die Ladenbesitzerin war ihnen fünf Stufen voraus –, sagte Amanda: »Sie scheinen mit ihr ja sehr gut befreundet zu sein.«

Hank blieb auf der dunklen Treppe stehen und drückte sie gegen die Wand. »Wenn Sie und ich verlobt wären oder eine echte Verabredung miteinander hätten, würde ich meinen, daß dies eben eine eifersüchtige Bemerkung war. Sind Sie eifersüchtig, Amanda?«

»Natürlich nicht. Wie kann ich Ihretwegen auf eine andere Frau eifersüchtig sein, wenn ich doch selbst einen anderen Mann liebe?«

»Was würden Sie lieber sehen – wenn Taylor die hübsche Ladenbesitzerin küßte oder ich? Na?«

»Ich bin es ja gewöhnt, dabeizustehen und zuzusehen, wie Sie Frauen scharenweise küssen. Es ist ein Wunder, daß dies nicht zu den notwendigen Voraussetzungen für eine Mitgliedschaft in der Gewerkschaft gehört: Alle hübschen Frauen müssen Dr. Montgomery küssen, ehe sie der Gewerkschaft beitreten dürfen.«

Er mußte so sehr lachen, daß er von ihr abrückte und Amanda ihren Weg nach unten fortsetzen konnte. Im Laden vergaß Amanda dann alles, was mit Männern zu tun hatte. Sie hatte seit ihrem vierzehnten Lebensjahr – seit Taylor ins Haus gekommen war – kein Kleidergeschäft mehr betreten. Sie hatte immer so viel damit zu tun gehabt, ihre Studienpläne zu erfüllen, daß sie kaum noch einen Gedanken an Kleider verschwenden konnte. Taylor hatte zeitlose, schlichte Kleider für sie ausgesucht, die ihre Haut fast gänzlich verhüllten. Aber es gab Kleider aus feinen, zarten Stoffen, mit Spitzen und Perlen – wunderbar transparentes Seiden-Georgette, Satin, Crêpe de Chines.

Sie drehte sich zu Hank um.

»Gehen Sie«, befahl er und lachte über ihren Gesichtsausdruck, »und probieren Sie alles an. Und kaufen Sie alles, was Ihnen gefällt.«

»Schicken Sie die Rechnung an meinen Vater«, bat Amanda, ehe sie ein prächtiges blaues Satinkleid vom Bügel nahm.

»Ich werde alles bezahlen«, erklärte Hank der Ladenbesitzerin leise. Er fand großen Gefallen an dem Gedanken, daß er jedes Kleid, das mit Amandas Haut in Berührung kam, kaufte. »Und legen Sie noch ein paar von diesen Sachen zu den Kleidern«, forderte er, indem er auf eine Unterwäschekollektion aus pinkfarbenem Seidenkrepe mit Satinbesatz deutete.

Amanda probierte eine Reihe von Kleidern an und führte sie Hank jedesmal vor. Sie konnte nicht beschreiben, welches Gefühl sie dabei empfand – er tat, als wäre sie die schönste Frau der Welt. Sie entschied sich dann für fünf Kleider und zog das an, das sie schon im Schaufenster gesehen hatte. Dann gingen sie zusammen zu seinem Wagen. Hank trug die Kleiderpakete unter dem Arm.

»Sehe ich darin auch gut aus?« fragte sie. Es war sehr dunkel – besonders an der Stelle, wo sein Wagen geparkt war. »Ich meine, wenn Sie ein gewöhnlicher Mann wären und ich eine Frau – eine ungebundene Frau –, wären Sie dann an mir interessiert? Ich meine, würden Sie denken, ich sähe darin so richtig gut aus?«

Hank warf die Pakete auf den Beifahrersitz seines Wagens, nahm dann Amandas Hand und zog sie in den tiefsten Schatten der Palmbäume. »Amanda«, flüsterte er leise, »wenn Sie jetzt die Meine wären, wäre ich so überwältigt von Ihrer Schönheit, daß ich . . .« Er hob ihre Hand an seinen Mund und biß in die weiche Innenseite ihres Mittelfingers. Es war kein Kuß, es war eher so, als ob er sich zusammennehmen müßte, damit er nicht ihre Haut verschlang. Dann begann er an ihrem Finger zu knabbern, wanderte mit dem Mund über ihre Handfläche, über die Innenseite ihres Handgelenks und immer weiter ihren Arm hinauf, bis er, nur kurz mit den Lippen in der Beuge ihres Ellenbogens verweilend, schließlich die empfindlichste Stelle ihres Armes erreichte.

Amanda hatte den Kopf mit geschlossenen Augen in den Nacken gelegt, als sein Mund über ihre mit Spitzen verkleidete Schulter wanderte, dann über ihr Schlüsselbein, über ihre rechte Schulter und an ihrem rechten Arm hinunter. Er saugte mit den Lippen an der Innenfläche ihrer rechten Hand und biß dann sacht in ihre Fingerspitzen.

»Amanda«, seufzte er. Er hatte zwei Fingerspitzen in seinem Mund, und sie konnte seine Zunge fühlen, seine Zähne, die heiße, feuchte Innenfläche seines Mundes.

»Ja«, flüsterte sie, und sie meinte ja zu *allem*, was er von ihr verlangte.

»Wenn Sie mein wären, würde ich das alles tun«, gestand er.

Amanda blickte ihn an, und selbst im Dunkeln konnte sie noch den verschleierten Blick seiner Augen erkennen, seine leicht geblähten Nüstern, und mit der Faszination, mit der eine Kobra eine Flöte beobachtet, sah sie zu, wie er ihre Finger in seinem Mund bewegte. Ihr Körper fing an zu schmelzen, und gerade, als sie soweit war, sich ihm an den Hals zu werfen, ließ er ihre Hand fallen.

»Lassen Sie uns jetzt zum Essen gehen«, sagte er und ging zum Wagen, um ihr hineinzuhelfen.

Sie ließ sich auf dem Beifahrersitz nieder und balancierte die Pakete auf ihrem Schoß.

Hank sprach kaum ein Wort auf dem Weg zum Restaurant. Er wußte, daß er mit dem Feuer spielte; aber er war wie ein Süchtiger, der sich nicht lösen konnte. Er konnte sie Driscoll wegnehmen – er wußte, daß er das fertigbringen würde. Aber das wäre ihnen beiden gegenüber nicht fair gewesen. Unter Amandas schöner Oberfläche barg sich noch immer die kleine affektierte, neunmalkluge Lady, die er kennengelernt hatte. Sie war nicht für ihn bestimmt, egal, wie süß sie auch schmeckte.

Amanda neben ihm hing ähnlichen Gedanken nach. Er war ein Mann, der arme Leute ermunterte, sich zu wehren. Er war kein Mann für sie. Wenn er ihr nicht zu nahe kam, konnte sie ihn so sehen, wie er wirklich war. Er gehörte zu jener Sorte von Männern, mit denen Frauen eine Affäre hatten; aber er war kein Mann, den eine Frau lieben sollte. Die Frau, die ihn liebte, hätte eine schmerzensreiche Zukunft vor sich.

Sie versuchte, sich das immer wieder bewußt zu machen, während sie ihm beim Chauffieren zusah, sein Profil betrachtete, das sich vor dem Mondlicht dunkel abzeichnete, und vor allem seine starken Hände am Lenkrad beobachtete – die Art, wie er den Schalthebel umklammerte. Sie sah, wie sich die Muskeln in seinen Schenkeln bewegten, während sein Fuß von einem Pedal zum anderen wechselten.

Hank musterte sie, bemerkte den hungrigen Blick in ihren Augen und vergaß seine vernünftigen Vorsätze. Er legte die rechte Hand auf ihr Knie und fühlte Seide unter den Fingern. »Tragen Sie nie etwas anderes als schwarze Seidenstrümpfe?«

»Taylor sagt, Schwarz wäre die vornehmste, einer Lady würdigste Farbe.«

Hank lachte. »Er ist entweder ein Narr oder ein Kenner.«

»Ich weiß nicht, was von beidem er ist«, sagte Amanda in den Fahrtwind hinein.

Das stille kleine Restaurant lag im Außenbezirk der Stadt, und als Hank davor hielt, blieb er noch eine Weile sitzen und sah sie an.

Als er etwas sagen wollte, legte Amanda ihm die Finger auf die Lippen. Er sah aus, als wollte er etwas sehr Wichtiges aussprechen. »Belassen wir es dabei, solange es dauern kann«, sagte sie leise. Sie nahm ihre Hand von seinem Mund. »Wie würde ein Verlobter nun seiner Braut aus dem Wagen helfen?«

Er lächelte sie an. Es schien, als würde sie nun die Regeln kennen und wissen, daß es nur ein Spiel war. »Zunächst würde er sie vermutlich küssen.«

»Oh?« machte Amanda und legte ihre Wange gegen das Lederpolster.

Hank berührte ihr Gesicht mit den Fingerspitzen und bewegte sie bis zum Haaransatz hinauf. Mit jedem Tag war ihre Frisur lockerer und weicher geworden. »Aber er könnte es sich auch anders überlegen.«

Amanda war nur sehr selten in ihrem Leben geneckt worden und schon gar nicht von einem Mann. »Sie!« keuchte sie, und als dann Hank beide Hände hob, als wollte er sich vor Schlägen schützen, stürzte sie sich auf ihn, daß die Pakete auf den Wagenboden purzelten. Sie schlug nach ihm, während seine Hände ständig mit einigen ihrer reizvollsten Körperpartien in Berührung kamen.

»Ich ergebe mich«, rief er. »Ich werde Sie küssen.«

»Das werden Sie nicht, weil ich es Ihnen nämlich nicht erlaube«, entgegnete Amanda hochmütig und stieg aus dem Wagen.

Er sprang auf seiner Seite aus dem Auto, fing sie auf und drehte sie in seinen Armen herum. »Du willst dich mir versagen, Dirne?« rief er, den Tonfall des Bösewichts im Film nachahmend. »Entweder gibst du dich mir hin, oder ich werde deine alte Mutter in den Schnee werfen.«

»Aber, Sir«, sagte sie, und drehte den Kopf zur Seite, »draußen herrscht eine Temperatur von mindestens dreißig Grad im Schatten.«

»Dann verschleppe ich sie eben in die Wüste. Ohne Wasser natürlich. Nun, Dirne, ergibst du dich mir?«

Amanda gab ihm plötzlich einen Stoß, trat ihn noch gegen das Schienbein und rannte davon. »Nicht für mein Leben«, rief sie.

Hank hatte sie schon nach wenigen Metern eingeholt und hielt sie an den Schultern fest, während sie sich aus seiner Umklammerung herauswinden wollte. »Ich möchte alles von dir haben – deine Lippen, deine Augen, deine Brüste. Ich möchte dich küssen und liebkosen und die ganze Nacht hindurch lieben.«

Amanda hörte auf, sich zu wehren, und drehte sich in seinen Armen um. »Zur Hölle mit dem Heldentum – ich werde dich gewähren lassen, Bösewicht.« Sie küßte ihn heftig, preßte ihren Körper gegen den seinen und spürte sein hartes Glied an ihren Lenden.

»Amanda«, keuchte er und drückte sie an sich, während sie sich in seinen Armen weit zurücklehnte. Sein Knie schob sich zwischen ihre Beine.

Ihr Herz klopfte ganz laut, und sie wünschte sich nichts mehr, als jetzt mit ihm hinter Büschen im Dunkeln zu verschwinden. »Versuchen Sie, mich um mein Dinner zu bringen?« gelang es ihr endlich zu sagen.

Er richtete sich wieder auf und sah sie an. »Vom ersten Tag an, wo ich Sie kennenlernte, waren Sie hungrig«, sagte er lächelnd. »Nicht nur hungrig nach einer kräftigen Mahlzeit.«

»Das dachten Sie, weil Sie es so wollten«, erwiderte sie frech und schob ihn von sich weg. »Ich muß furchtbar aussehen. Holen Sie mir meine Handtasche, und führen Sie mich in das Lokal, damit ich meine Haare richten kann.«

Er gehorchte, als gehörte es zu seiner Rolle, ihre Befehle auszuführen, und Amanda lächelte. Was war das für ein wunderbares Gefühl, lachen, scherzen und einen Mann herumkommandieren zu können. Sie zog ihr Kleid glatt, als er mit ihrer Handtasche zurückkam, und dann betraten sie zusammen das Restaurant.

Es war die erste Mahlzeit, die sie teilten, ohne sich dabei zu streiten. Im sanften Licht der Kerzen kam es ihr beinahe so vor, als wäre er der Mann, den sie liebte. Einen Moment lang fragte sich Amanda, worüber sie bei Tisch reden sollten; aber dann kam es plötzlich dazu, daß sie tausenderlei verschiedene Dinge zugleich von ihm erfahren wollte: Wo er aufgewachsen war; warum er sich dazu entschlossen hatte, Professor für Wirtschaftswissenschaft zu werden; wo er die Differantialrechnung gelernt hatte; was seine Familie so machte; was er tat, wenn er nicht Wanderarbeiter organisierte.

»Sie fahren Autorennen?« fragte sie, als sie beim Dessert angelangt waren. »Gewinnen Sie auch die Rennen?«

»Genausooft, wie ich sie verliere.«

»Glauben Sie, daß ich als Zuschauer kommen könnte, um mitzuerleben, wie Sie gewinnen – oder verlieren?« fragte sie, und besann sich dann darauf, daß er ja bald wieder fort sein und sie hier am Ort bleiben würde. Sie sah auf ihren Teller hinunter.

»Vielleicht kommen Sie mit Taylor einmal zu einem Rennen und schauen zu«, murmelte Hank. Er wollte seiner Stimme einen unbekümmerten Ton geben; aber sie klang eher verbittert. »Ich schätze, ich sollte Sie jetzt lieber nach Hause bringen.«

Ihr Kopf zuckte in die Höhe. »Aber Sie haben versprochen, mir noch das Tanzen beizubringen. Sie wissen doch – das Weiße Haus! Deshalb haben wir doch das Kleid gekauft.«

Er wollte sie nach Hause bringen, wollte Abstand zu ihr gewinnen, doch zugleich konnte er den Gedanken nicht ertragen, sie aus den Augen zu lassen. »Also gut. Tanzen soll es sein. Aber ich warne Sie – werden Sie nur nicht zu zudringlich.«

»Oder Sie werden was unternehmen?«

»Alles tun, was Sie von mir verlangen«, bekannte er ernsthafter, als er es eigentlich wollte. Er verlangte die Rechnung, und sie verließen das Lokal.

Kapitel Fünfzehn

Amanda streckte sich im Bett, glitt dann wieder unter die leichte Zudecke und schloß die Augen. Sie wollte nie mehr aufstehen, wollte nie mehr das Sonnenlicht oder andere Leute sehen. Sie wollte im Bett bleiben und nur noch an die letzte Nacht denken.

Nach dem Dinner hatte Dr. Montgomery sie zum Tanzen ausführen wollen, und als er sich erkundigte, stellte sich heraus, daß die einzige Tanzveranstaltung in dieser Gegend auf einer Barke stattfand, die den Glas River in der Nähe von Terrill City hinunterfuhr. Die Barke hatte bereits vom Ufer abgelegt und würde vor ein Uhr nicht wieder am Steg festmachen, wo sie mit ihrer Rundfahrt begonnen hatte.

»Das schaffen wir«, hatte Hank behauptet, und die beiden hatten eine wilde Fahrt über dunkle, ausgefahrene Landstraßen unternommen, bis sie den Fluß erreicht hatten, wo Hank ein Ruderboot mietete und mit ihr hinter der Barke herruderte. Er konnte rudern wie der Teufel. »Ich bin in Maine aufgewachsen, wie ich schon sagte«, erklärte er ihr, als sie sich mit beiden Händen am Bordrand festklammerte.

Als sie der Barke immer näher gekommen waren, hatten die Leute an Deck aufgehört zu tanzen und waren an die Reling gekommen, um den Wettlauf mit der Barke zu beobachten und ihnen zuzujubeln, als sie immer näher herankamen. Da waren viele hilfsbereite Hände gewesen, die ihnen an Bord halfen und das gemietete Boot am Heck vertäuten.

»Die Lady wollte tanzen. Was blieb mir anderes übrig?« hatte Hank erklärt und alle zum Lachen gebracht.

Sie waren die Attraktion des Abends gewesen, und Hank hatte recht behalten – Amanda hatte keine Mühe, die Tanzschritte zu erlernen, und am Ende des Abends beherrschte sie den Walzer und die Square-Tänze genausogut wie den Tango. Amanda wußte, daß sie noch nie in ihrem Leben soviel Spaß gehabt hatte wie an dem vergangenen Abend. Zum ersten Mal war sie kein affektierter Außenseiter; war nichts anderes als all die anderen. Die Männer mochten sie, weil sie hübsch und voller Energie war, und die Frauen mochten sie, weil sie viel lachte.

Sie aßen Austern, tranken dazu Champagner und tanzten, bis die Barke wieder am Steg anlegte und die Kapelle ihre Instrumente einpackte und nach Hause ging. Inzwischen kannte jeder die Namen der anderen, und sie verabschiedeten sich voneinander mit einem fröhlichen Gutenachtgruß.

Hank hatte Amanda über die Bordwand der Barke gehoben, sie dann in das Ruderboot gesetzt und war langsam mit ihr im Mondschein zu der Stelle zurückgerudert, wo er das Boot gemietet hatte.

»Müde?« hatte er gefragt.

Sie hatte ihre Hand ins Wasser getaucht und geantwortet: »Ich fühle mich herrlich. Ich hatte keine Ahnung, daß andere Menschen solche Dinge treiben.«

»Statt sich am Sonntagmorgen in Differentialrechnungen prüfen zu lassen?«

»Ich frage mich allerdings, wie viele Sprachen diese Frauen sprechen.«

»Touché«, hatte Hank lachend gesagt. »Habe ich mich als guter Lehrer erwiesen? Sie wollten doch etwas von der Welt wissen.«

Sie hatte ihn im Mondlicht betrachtet. Er schien ihr von Stunde zu Stunde besser auszusehen. Was für ein himmlischer Abend das doch gewesen war! »Sie sind der beste Lehrmeister der Welt«, hatte sie leise geantwortet.

Er war anschließend langsam mit ihr zur Ranch zurückgefahren, als wollte er sich nicht von ihr trennen, und hatte am Ende der langen Auffahrt angehalten. Noch nie hatten wohl zwei Menschen so lange gebraucht für den kurzen Weg von der Auffahrt bis zum Haus.

»Ich schätze, ich sollte jetzt besser hineingehen«, hatte Amanda gesagt. Sie berührte ihn nicht, wollte ihn aber brennend gern in ihre Arme schließen. »Wenn wir verlobt wären, würden wir uns jetzt vermutlich einen Gutenachtkuß . . .«

»Wenn ich Sie anfasse, Amanda«, hatte er sie unterbrochen, »wären wir in dreißig Sekunden aus den Kleidern und würden uns auf dem Rasen wälzen. Sie gehen jetzt ins Haus, und ich fahre in mein Hotel zurück. Ich sehe Sie dann in der Gewerkschaftszentrale wieder, und morgen abend besuchen wir den Jahrmarkt.«

Sie rückte einen Schritt näher an ihn heran. »Hank«, flüsterte sie.

Er hätte fast einen Satz von ihr weg gemacht. »Gehen Sie, Amanda. Gehen Sie rasch von hier fort!«

Widerstrebend hatte sie sich umgedreht und war in das dunkle, stille Haus hineingegangen. Sobald sie in ihrem Zimmer angelangt war, hatte sie sich ihr Nachthemd angezogen, sich in das leere Bett hineingekuschelt und sich gewünscht, er läge bei ihr. Als sie endlich einschlief, war es ihr nicht bewußt geworden, daß sie seit Stunden nicht mehr an Taylor gedacht hatte.

Nun, da sie wach war, wollte sie im Bett bleiben und noch einmal jede Sekunde des letzten Abends im Geiste durchleben.

Aber es sollte nicht sein. Nach einem kurzen, einmaligen Pochen gegen ihre Tür rauschte Mrs. Gunston ins Zimmer. Ihr Gesicht war rot vor Zorn; aber an diesem Morgen fühlte sich Amanda so gut, daß sie das nicht störte.

»Zwei Uhr morgens«, fauchte Mrs. Gunston. »Sie sind bis zwei Uhr morgens außer Hause gewesen, und ich glaube nicht, daß ich die einzige gewesen bin, die Sie heimkommen hörte. Das ist unerhört! Ich bezweifle, daß Master Taylor Sie nach diesem Vorkommnis noch haben möchte!«

»Sie glauben das nicht?« meinte Amanda gähnend.

»Schauen Sie sich doch an! Sie verbringen den halben Tag faulenzend im Bett und frisieren sich nicht mal mehr die Haare. Ich weiß, was hier vorgeht. Ich bin doch nicht blind. Es ist dieser Dr. Montgomery. Sie sind nicht besser als die anderen Frauen in der Stadt, die hinter einem hübschen Mann herjagen. Jeder in Kingman weiß, daß er sich mit einer von diesen Eiler-Mädchen getroffen hat. Für solche Männer wie Dr. Montgomery sind Mädchen nur Freiwild. Und was hat er von Ihnen bereits bekommen, Missy? Alles, was er sich von Ihnen erwartet? Hat er Ihnen dieses Kleid gekauft? Haben Sie ihm gegeben, was er als Preis für das Kleid verlangte? Sie ...«

»Sie sind entlassen, Mrs. Gunston«, schnitt Amanda ihr das Wort ab, ohne die Stimme zu erheben.

»Sie können mich nicht entlassen. Ich arbeite für Mr. Driscoll.«

»Der für meinen Vater arbeitet und daher, genaugenommen, auch für mich. Ich wiederhole – Sie sind gefeuert. Ich werde Taylor anweisen, Ihnen noch für zwei Wochen Lohn auszuzahlen; aber Sie haben bis heute abend dieses Haus zu verlassen.«

»Sie können mich nicht ...«, setzte Mrs. Gunston an, doch ihre Stimme hatte jede Kraft verloren. Sie drehte sich auf dem Absatz um und rauschte aus dem Zimmer.

»Bravo!«

Amanda sah auf und erblickte ihre Mutter, die breit lächelnd im Türrahmen stand. »Kommst du heute nicht etwas zu spät zur Arbeit, Liebes?« fragte Grace und schloß die

Schlafzimmertür ihrer Tochter. Amanda konnte sie draußen auf dem Flur pfeifen hören.

Amanda sprang aus dem Bett und zog sich in fliegender Hast an. Sie wollte nicht eine Minute ihrer Arbeit versäumen. Vermutlich hätte sie sich jetzt schrecklich fühlen müssen, weil sie Mrs. Gunston gefeuert hatte, und vielleicht auch besorgt sein sollen, wie ihr Vater und Taylor diese Neuigkeit aufnehmen würden; aber sie empfand nur Genugtuung, daß sie diesen alten tyrannischen Drachen endlich los war.

Sie eilte die Treppe hinunter und ins Speisezimmer. Das viele Tanzen gestern nacht hatte sie hungrig gemacht. Sie blieb abrupt stehen, als sie Taylor am Tisch sitzen sah – eine aufgeschlagene Zeitung vor sich. Es schienen Jahre vergangen zu sein, seit sie ihn zuletzt gesehen hatte; aber sobald sie ihn erblickte, wurde sie wieder zu Amanda, der Studentin. Ihr Rücken schien sich an das Stahlkorsett zu erinnern, das sie einmal auf sein Geheiß hin hatte tragen müssen, und sie hielt sich sehr gerade.

»Guten Morgen«, grüßte sie mit einer kühlen, wie aus weiter Ferne kommenden Stimme. Da lag keine Begeisterung oder gar ein Lachen darin.

Taylor legte seine Zeitung weg und blickte sie an, als sie neben ihm am Tisch Platz nahm. Das Mädchen erschien mit einem pochierten Ei und einer Scheibe trockenem Toast. Taylor gab ihr mit einer Handbewegung zu verstehen, daß sie das wieder hinaustragen sollte. »Bringen Sie für Miß Caulden gebratenen Speck mit Rühreiern, dazu Brötchen mit Butter und Honig. Tee oder Kaffee?« fragte er Amanda.

»T-tee«, stammelte sie.

Als das Mädchen sich wieder entfernt hatte, blickte Taylor Amanda an. »Ich glaube, wir müssen miteinander reden.«

Aus irgendeinem Grund beschlich Amanda eine Ahnung, was auf sie zukam. Sie wollte das, was er ihr zu sagen wünschte, hinausschieben. »Ich muß gleich in die Gewerkschaftszentrale. Dort strömen inzwischen schon die Leute zusammen, mit denen ich sprechen muß. Unserer Berechnung nach werden sechzehn verschiedene Sprachen von den Wanderarbeitern gesprochen – die kann ich natürlich nicht alle verstehen, aber zuweilen befinden sich schon Leute darunter, deren Sprache ich beherrsche, und dann kann ich dem Betreffenden erzählen, was eine Gewerkschaft ist. Manchmal ist es sogar zum Lachen. Da werden fünf von uns gebraucht, um einem Mann, der, sagen wir mal, einen chinesischen Dialekt spricht, verständlich zu machen, was wir meinen. Es ist wirklich sehr interessant, und ich werde jetzt dort gebraucht . . .«

Taylor legte seine Hand auf die ihre. »Amanda, ich liebe dich.«

Er nahm seine Hand wieder weg, als das Mädchen einen großen Teller, der bis zum Rand mit Eiern und Speck gefüllt war, vor Amanda auf den Tisch stellte. Amanda begann zu essen, aber das Aroma des Specks ließ sie an Dr. Montgomery denken. In der Regel hielt er sich in ihrer Nähe auf, wenn es etwas Köstliches zu essen gab. Trockene, unappetitliche Kost war ihr bisher stets in Taylors Gegenwart serviert worden.

Taylor fing wieder an zu reden, als sie allein im Zimmer waren.

»Ich glaube nicht, daß mir die Verwandlung aus einem Lehrer in einen Bräutigam sonderlich gut gelungen ist. Es gibt Dinge im Leben, die mir schwerfallen, und dazu gehört die Fähigkeit, meine Gefühle auszudrücken.«

Sie konnte ihm ansehen, wie schwierig das für ihn war, und ein Teil in ihr wollte ihm sagen, er sollte seine Gefühle lieber für sich behalten. Sie wünschte sich, daß sie jetzt aufstehen, in die Gewerkschaftszentrale fahren und abends dann weiter zum Rummelplatz könnte. Bitte, betete sie im stillen, lieber Gott, mach, daß er mir nicht den Jahrmarktbesuch heute abend verdirbt!

»Ich lag die ganze Nacht wach«, erklärte er. »Ich habe dich heimkommen hören.«

Wer hatte das nicht? dachte sie.

»Ich weiß nicht – und möchte auch nicht wissen –, was dich gestern so lange von daheim ferngehalten hat, aber ich kann nicht umhin zu vermuten, daß ich zum Teil schuld daran bin, daß du abends so lange wegbleibst. Ich weiß nicht, ob du begreifst, daß der Grund, warum ich dich einer so strengen Disziplin unterworfen habe, in meiner Angst lag, dich sonst zu verlieren. Ich weiß, daß du glaubst, die Ranch habe sehr viel mit meiner Werbung um dich zu tun, und wenn ich ehrlich sein soll, ist die finanzielle Sicherheit für mich tatsächlich wichtig. Aber ich habe dich gebeten, mich zu heiraten, weil ich dich liebe.«

Er sah sie an, und in seinen dunklen Augen, die Amanda immer so gefürchtet hatte, zeigten sich Schmerzen und Pein. »Du hast mir meinen Glauben an die Frauen wieder zurückgegeben, Amanda. Meine Mutter . . .« Er hielt inne und drehte sein Gesicht zur Seite.

Ihre Augen wurden ganz groß. Amanda wußte gar nichts von seiner Herkunft und Familie. »Deine Mutter?« fragte sie leise.

Er sah wieder zu ihr hin, und Amanda glaubte, Tränen in seinen Augen blitzen zu sehen. Sie legte ihre Hand auf die seine.

»Meine Mutter hat mich verraten, und ich dachte, alle Frauen wären wie sie, aber du bist anders, Amanda. Du bist ein braves und gutes Mädchen, und ich habe dich . . . ich habe dich gräßlich behandelt.«

»Nein, das hast du nicht«, protestierte sie und drückte seine Hand. »Du hast mir so viel beigebracht, daß ich vermutlich die gebildetste Frau von Amerika bin.«

Er schenkte ihr ein kleines dankbares Lächeln. »Dann haßt du mich also nicht?«

»Dich hassen? Wie käme ich dazu? Wir sind verlobt und haben uns die Ehe versprochen, falls ich dich daran erinnern darf.« Sie wollte die linke Hand hochheben, um ihm den Verlobungsring zu zeigen; doch dann fiel ihr noch rechtzeitig ein, daß sie wieder vergessen hatte, ihn anzustecken.

Sein Lächeln wurde breiter. »Amanda, ich möchte aufrichtig zu dir sein. Ich bin wirklich nicht sehr bewandert in der Kunst, einer Frau den Hof zu machen. Aber ich werde mich anstrengen, auch dieser Aufgabe gerecht zu werden. Von jetzt an bist du nicht mehr meine Schülerin und ich nicht mehr dein Lehrer. Keine Stundenpläne mehr, keine Lektionen und keine Prüfungen. Wir werden nur noch das tun, was andere verlobte Paare auch tun. Amanda, ich möchte, daß wir glücklich sind.«

Warum bin ich jetzt nicht froh? dachte Amanda. Warum möchte ich in mein Zimmer laufen und dort jahrelang weinen? »D-das klingt ja wundervoll«, stammelte sie.

»Du siehst aber nicht sehr glücklich aus«, stellte er in neckischem Tonfall fest. »Vielleicht brauchst du ein paar Beweise meiner ehrlichen Absicht.« Er drehte sich auf seinem Stuhl und schlug sich mit der flachen Hand auf die Knie. »Komm – setz dich auf meinen Schoß.«

Entsetzen war das einzig richtige Wort, um zu beschreiben, was Amanda bei diesem Ansinnen empfand.

»Mach doch kein so schockiertes Gesicht, Amanda. Es ist absolut schicklich, wenn ein verlobtes Paar so etwas tut.«

Steif erhob sie sich von ihrem Stuhl, und er streckte beide Hände nach ihr aus und zog sie auf seinen Schoß.

»Also – ist das nicht ein angenehmes Gefühl? Amanda, du bist wirklich eine Schönheit.« Seine Hände glitten ihre Arme hinauf, und er versuchte, sie an sich zu ziehen und zu küssen.

Bilder schossen jetzt Amanda durch den Kopf, wie sie in der Besenkammer auf Hanks Schoß saß. ›Ich denke, ich würde ihn jetzt küssen‹, hatte sie gesagt. ›Nein‹, hatte Hank erwidert. ›Sie dürfen nicht so plump vorgehen. Küssen Sie erst meinen Hals, knöpfen Sie mein Hemd auf, streichen Sie sacht mit einer Hand durch mein Haar.‹

Taylor küßte sie; aber da war nichts an diesem Kuß, das sie veranlaßte, ihre Steifheit zu verlieren.

Er löste sich von ihr und blickte sie amüsiert an. »Ich sehe schon, es wird seine Zeit brauchen. Amanda, ich weiß, daß du jetzt vermutlich lieber auf deinem Zimmer wärest und studieren würdest, aber das Leben besteht nicht nur aus Büchern. Wenn wir verheiratet sind, hat die Frau gewisse Pflichten ihrem Ehemann gegenüber. Pflichten, die du sicherlich mit der Zeit mit einem gewissen Vergnügen erfüllen wirst, weil das, was zwischen einer Frau und einem

Mann vor sich geht, nicht unbedingt die Bezeichnung Pflicht verdient.«

Amanda saß sehr gerade auf seinem Schoß und erinnerte sich an Hank. »Ich glaube, ich könnte das lernen«, sagte sie.

»Dann entspanne dich, Amanda«, riet er ihr im Ton von Taylor, dem Lehrer.

Dem Reflex jahrelangen Gehorsams folgend, sank sie gegen ihn und legte den Kopf an seine Schulter.

Er besserte noch ein wenig nach, bis sie sich an ihn zu schmiegen schien, und war dann offensichtlich mit dem Ergebnis zufrieden, während Amanda die absurde Vorstellung hatte, daß sie nicht zusammenpaßten. Sie glaubte, zu schwer für Taylors mageren Körper zu sein, und sie spürte auch – obwohl er sie aufgefordert hatte, sich zu entspannen –, daß er jetzt entsetzt wäre, wenn sie den Kopf höbe und mit der Zungenspitze sein Ohrläppchen liebkoste. Sie konnte nicht umhin, an Hank zu denken: Sie schien so leicht gewesen zu sein wie eine Feder, als er sie über die Zäune und aus seinem Wagen hob, und *nichts* schien ihn zu schockieren.

»Bist du bereit, mir die Chance zu geben, statt deines Lehrers dein Liebhaber zu sein?« fragte Taylor.

»Natürlich«, entgegnete Amanda. »Wenn wir getraut werden sollten . . .«

»Wenn!«

»Sobald wir verheiratet sind, werden wir auch ein Liebespaar sein.«

Taylor lachte leise. »Meine scheue kleine Blume. Ich werde dich in die Liebe einführen. Ich möchte ja nicht prahlen; aber ich besitze auf diesem Gebiet einige Erfahrung.«

Ich auch, wollte sie erwidern, aber sie war sicher, daß das nicht sonderlich gut ankommen würde.

Er hielt sie mit beiden Armen von sich, um sie zu betrachten. »Wir werden heute abend damit beginnen. Ich werde dich in deiner Gewerkschaftszentrale abholen – ich sollte doch mindestens sehen, wo du deinen kleinen Job verrichtest –, und dann fahren wir zum Jahrmarkt in Terrill City.«

»Zum Jahrmarkt?« keuchte sie. »Aber . . .«

»Was ist denn verkehrt an einem Jahrmarktsbesuch? Vielleicht möchtest du lieber woanders hingehen? Vielleicht zu einer Tanzveranstaltung? Oder ins Kino? Wir könnten auch einfach im Mondlicht spazierengehen. Vielleicht ein Picknick bei Mondlicht? Das wäre doch nett. Wir könnten eine Schokoladentorte mitnehmen. Ich weiß ja, wie gern du Schokolade ißt.«

Amanda konnte das nicht länger ertragen. Sie glitt von seinem Schoß herunter. »Ich finde die Idee mit dem Jahrmarkt wunderbar. Aber ich muß jetzt wirklich gehen –« sie zögerte, ehe sie weitersprach – »zu meinem kleinen Job. Wir sehen uns dann abends.«

»Keinen Kuß zum Abschied?«

Sie beugte sich zu ihm hinunter, um ihm einen Kuß zu geben, und er umfaßte mit der einen Hand ihren Kopf und drehte ihn so, daß er ihr einen deftigen Kuß mit offenen Lippen geben konnte, während seine andere Hand an ihrem Arm hinunterglitt und sie seitlich an der Brust faßte.

Sie zuckte sofort zurück.

Er lachte wieder leise. »Siehst du – ich kann noch mehr sein als nur dein Lehrer. Nun darfst du gehen. Wir sehen uns dann am Abend wieder.«

Steifbeinig verließ sie das Eßzimmer. Sekunden später saß sie im Fond der Limousine und war unterwegs zum Gewerkschaftshaus. Nun hatte sie alles, was sie sich vom Leben gewünscht hatte: Taylor liebte sie; er behandelte sie nicht mehr als Schülerin, sondern wie eine Erwachsene; und heute abend ging sie mit einem Mann, den sie von Kindheit an geliebt hatte, zum Jahrmarkt. Sie war die glücklichste, vom Schicksal am reichsten beschenkte Frau von der Welt.

Warum hatte sie also das Gefühl, daß ihr Leben zu Ende sei? Warum wäre sie am liebsten in ihr Zimmer verschwunden und hätte es nie mehr verlassen mögen?

Als sie im Gewerkschaftshaus anlangte, waren ihr Körper und ihr Gesicht starr von den Tränen, die sie nicht vergossen hatte. Die erste Person, die sie dort antraf, war Hank, und einen Moment kreuzten sich ihre Blicke, und seine Augen fingen Feuer. Sie sah zur Seite.

Er kam an ihren Schreibtisch und beugte sich über sie. »Sie

sind heute aber unpünktlich«, flüsterte er. »Sind Sie etwa gestern nacht zu spät nach Hause gekommen?«

Allein sein Atem genügte, um ihr salvenweise Schauer über den Körper zu jagen. »Sie können die Zeit, die ich versäumt habe, ja von meinem Lohn abziehen«, empfahl sie kühl und ging auf die andere Seite ihres Schreibtischs. »Von dem Lohn, den Sie mir niemals bezahlt haben, möchte ich hinzufügen.«

Hank folgte ihr. »Ist etwas passiert? Wenn dieser Schuft Taylor Ihnen irgend etwas angetan haben sollte, werde ich . . .«

»Taylor hat mir gesagt, daß er mich liebt und heute abend mit mir zum Jahrmarkt in Terrill City gehen möchte, Dr. Montgomery. Ich will mich bei Ihnen aufrichtig bedanken für Ihren Nachhilfeunterricht in Lebenskunde. Es scheint, daß Sie einen hundertprozentigen Erfolg damit hatten.« Sie hielt ihm eine Hand hin, daß er sie ergreifen und schütteln sollte. »Sie haben mir damit einen unschätzbaren Dienst geleistet.«

Er blickte sie an, dann ihre Hand. »Keine Ursache«, entgegnete er genauso kühl wie sie. »Wenn Sie noch mehr . . . äh . . . Hilfe benötigen« – er blickte sie auf unverschämte Weise von oben bis unten an –, »brauchen Sie mir nur Bescheid zu sagen.« Er holte seine Geldbörse aus der Rocktasche, zog zwei Fünfdollarscheine heraus und knallte sie auf den Schreibtisch. »Für geleistete Dienste. Gedenken Sie nun weiterhin hier zu arbeiten, oder hat die reiche Miß Caulden heute wichtigere Dinge zu erledigen?«

»Ich kann an einem Tag mehr Arbeit leisten als Sie in einer ganzen Woche«, erwiderte sie und wünschte sich, daß er ihr aus den Augen gehen möge, damit sie sich nicht ständig daran erinnern mußte, wie er mit ihr getanzt, sie geküßt oder sie liebkost hatte.

»Das wollen wir doch erst mal sehen.« Er drehte sich um und ging zu seinem Schreibtisch zurück.

Jeder im Zimmer und draußen auf dem Flur hatte diese Szene natürlich verfolgt. Joe blickte Reva an und schüttelte dabei die Hand, als hätte er sich die Finger verbrannt, und

Reva blickte zur Seite und lächelte; aber das Lächeln war nicht von langer Dauer. Sie hatte zwar Amanda von Hank getrennt; aber der Gedanke, daß dieser wunderbare Mr. Driscoll nun wieder mit Amanda zusammengespannt war, wollte ihr auch nicht gefallen. Entweder der eine oder der andere – Amanda konnte nicht verlieren. Die Tatsache, daß sie *beide* Männer hatte, erboste Reva über alle Maßen.

Hank wußte, daß er sich kindisch benahm; aber er konnte seinen Ärger über Amanda nicht einfach hinunterschlucken. Sie hatte ihm von Anfang an die Wahrheit gesagt – ihm stets versichert, daß sie nur Taylor haben wollte. Sie hatte von ihm Unterweisungen in sexuellen Dingen haben wollen, damit sie ihren Verlobten reizen konnte. Es war, so dünkte ihm, nur irgendwie nicht *echt* gewesen. Er hatte nie wirklich geglaubt, daß sie diesen kalten, salbungsvollen Halunken tatsächlich zu heiraten beabsichtigte.

Er knallte Papiere auf den Schreibtisch und schnauzte jeden an, bis Reva ihn anfunkelte: »Was willst du denn eigentlich? Ist es dein Wille, Amanda zu heiraten? Wenn ja – warum trittst du dann nicht vor sie hin und bittest sie um ihre Hand, statt uns anderen hier das Leben schwerzumachen?«

»Nein, ich möchte sie nicht heiraten«, gab er schroff zurück. »Sie liebt ja diesen kalten Fisch Driscoll, und obendrein ist sie noch ein kleiner . . .« prüder Snob? Nein, das war keine prüde und arrogante Miß gewesen, die gestern nacht mit ihm getanzt hatte. Das war kein Blaustrumpf gewesen, der in der Besenkammer auf seinem Schoß gesessen hatte. Und die Frau, die ihn angefleht hatte, mit ihr zu schlafen . . .

»Hast du denn nichts mehr zu arbeiten?« Fauchte er Reva an und faßte sie dann, als sie sich von ihm wegdrehte, am Arm. »Gehst du mit mir heute abend zum Jahrmarkt?«

Reva drehte die Augen zur Decke. »Amanda will heute abend mit ihrem Verlobten den Jahrmarkt besuchen, und du tauchst dort zufällig wieder einmal mit einer anderen Frau auf, richtig?«

»Willst du nun mit mir zum Jahrmarkt oder nicht?«

»Weshalb nicht?« gab sie verärgert zurück. »Es kann ja nicht schlimmer werden als bei meinen bisherigen Verabredungen mit dir. Hank, wenn du diese Stadt wieder verläßt, wird sie sich zusammenrollen und sterben vor Langeweile.«

Amanda war froh für die vielen Aufgaben, die Dr. Montgomery ihr zu erledigen gab, und sie war sicher, daß einiges, was er ihr auftrug, nur Schikane war; aber zumindest hielt sie das davon ab, über ihn und sich nachzudenken. Sie ging allein zum Lunch, und zum ersten Mal, seit sie Hank kannte, hatte sie keinen Hunger.

Als sie vom Essen in das Gewerkschaftshaus zurückkam, hatten sich zwei Männer um eine hübsche junge Frau geprügelt, und der eine hatte den anderen mit einem Messer verletzt. Eine Stunde lang herrschte das reinste Chaos in der Zentrale, während der Sheriff und ein Arzt zu Hilfe gerufen wurden.

Der Sheriff wollte Hank ins Gefängnis stecken.

»Er hat den Streit ausgelöst, und er wird dafür büßen«, behauptete Sheriff Ramsey und packte Hank am Arm.

»Wenn Sie keine Beweise dafür haben ...«, begann Hank.

Da schob sich Amanda zwischen die beiden Männer. Der Sheriff war ein kleiner, beleibter Mann mit einem Hals, der den gleichen Umfang hatte wie sein Kopf, und war schon als Kind mit dem Spitznamen »Bulldogge« belegt worden. Amanda hatte ihn oft mit ihrem Vater reden sehen. »Dr. Montgomery hatte mit dem Streit der beiden nicht das geringste zu tun«, verkündete sie.

Sheriff Ramsey behandelte Amanda mit dem größten Respekt, weil ihr Vater ihm heimlich ein monatliches Salär für »besonderen« Schutz bezahlte. »Miß Caulden, ich weiß zwar nicht, warum Sie sich überhaupt in diesem Hause aufhalten; aber dieser Mann ist eine Bedrohung für unsere friedliche Gemeinde. Er will einen Krieg zwischen den Hopfenpflückern und den Ranchbesitzern anzetteln. Wie ich höre, läßt er Schußwaffen verteilen, und hier haben wir den Beweis, daß er die Pflücker mit Messern bewaffnet.«

Amanda war zunächst etwas verwirrt über diese Logik. »Niemand hat hier irgendwelche Feuerwaffen oder Messer verteilt, und ich kann Ihnen versichern, daß wir nichts anderes tun, als den Leuten zu sagen, daß sie ein Recht dazu haben, einer Gewerkschaft beizutreten.«

»Miß Caulden, wenn Sie mir verzeihen wollen, daß ich Ihnen widerspreche; aber alles, was diese Leute anstreben, ist ein Blutvergießen.« Er blickte auf Hank und deutete mit dem Finger auf ihn. »Und Ihr Blut wird das erste sein, das *wir* fordern.« Er sah auf Amanda zurück. »Ich würde Ihnen empfehlen, sich von hier zu entfernen, ehe etwas Schlimmes passiert. Ich werde mich umgehend zu Ihrem Daddy begeben und mit ihm reden. Ich bin sicher, daß er nicht weiß, worauf Sie sich hier eingelassen haben.« Sheriff Ramsey drehte sich um und stapfte aus der Vorhalle, während zwei Männer den verwundeten Hopfenpflücker hinaustrugen.

Amanda wandte sich Hank zu. »Was hat er denn damit gemeint – mit dem Blutvergießen?«

»Einige Leute glauben, die einzige Möglichkeit, eine Gewerkschaft zu gründen, wäre Gewalttätigkeit. Sie meinen, niemand in der Welt nimmt von Problemen Notiz, wenn man nicht zuerst die Aufmerksamkeit der Allgemeinheit darauf lenkt, und das geschieht am besten mit ein bißchen Blutvergießen.«

Er betrachtete sie aufmerksam, wollte sehen, wie sie diese Erklärung verarbeiten würde. Vermutlich wird sie zurücklaufen zu ihren Büchern und in ihre kleine sichere Welt, dachte er bei sich.

»Aber wenn wir diesen Leuten klarmachen, was eine Gewerkschaft ist, können wir doch ohne Gewalttätigkeiten eine Gewerkschaft gründen!«

»Eine Gewerkschaft zu gründen ist einfach. Erst wenn die Gewerkschaftler vor den Ranchbesitzern ihre Beschwerden vorbringen, fängt der Ärger an. Wie wollen Sie einen Ranchbesitzer davon abhalten, daß er Sie auslacht?«

»Durch einen Streik«, erwiderte Amanda.

Hank lachte sie aus. »Sie streiken und lassen sich von ihrem Dienstmädchen ein paar Tage lang das Essen aufs Zimmer servieren, wie?«

Amanda sah, daß auch Joe und Reva über sie lächelten, desgleichen eine Pflückerfamilie, die Englisch sprach.

Wieder einmal war sie die Ausgeschlossene, die des Lebens unkundige Außenseiterin. Und dabei hatte sich allmählich in ihr das Gefühl entwickelt, daß sie ein Teil dieser Welt sei, daß sie *Hilfe leistete*; aber sie hatten sie niemals als eine der Ihren betrachtet. Sie meinten, sie wäre die reiche Miß Caulden, die nicht begreifen konnte, daß nicht jeder Dienstboten und unbegrenzte materielle Möglichkeiten besaß.

»Sie hätten sich wirklich etwas von ihrem Lohn zurücklegen sollen«, sagte sie so hochmütig wie möglich. Sollten sie doch glauben, was sie wollten! »Vielleicht vergeuden sie ihr Geld für Alkohol und Kinobesuche. Vielleicht sollte ich ihnen die Geschichte vom Grashüpfer und der Ameise übersetzen.« Sie entfernte ein imaginäres Stäubchen von ihrem seidenen Kleid. »Könnten wir nicht eine von diesen Frauen dazu bringen, hier einmal sauberzumachen?« Sie setzte sich mit dem Rücken zu den anderen an ihren Schreibtisch.

Niemand sprach ein Wort, und Amanda wußte nicht, ob sie weinen oder vor Wut schreien sollte. Alle hielten sie für so gebildet, doch sie beurteilten sie nach ihrer Herkunft und nicht nach dem, wie sie sich hier als Person vor ihren Augen darstellte.

Hinter ihr rätselte Hank, warum sie sich so im Ton hatte vergreifen können. Er hatte sie angeschnauzt, weil es ihm nicht gefallen hatte, wie sie sich zwischen ihn und den Sheriff gestellt hatte, und das Verhalten des Sheriffs hatte Hank daran erinnert, daß sie die Tochter des Feindes war. Aber so wie eben hatte sie sich noch nie geäußert. Sie hatte in den letzten Tagen hart gearbeitet und kein einziges Mal eine Spur von Abneigung den Arbeitern gegenüber gezeigt.

Um sechs Uhr nachmittags kam Taylor Driscoll ins Zimmer, und Hank beschlich irrationaler Haß. Als Taylor mit liebevoll-sanften Augen auf Amanda hinuntersah, zerbrach Hank seinen Bleistift in zwei Hälften.

»Bist du soweit?« fragte Taylor leise.

Amanda räumte ihren Schreibtisch auf und verließ das Büro, ohne sich von den anderen zu verabschieden. Sie hatte noch immer kein Wort gesprochen, als sie mit Taylor im Fond der Limousine Platz genommen hatte.

»So – da arbeitest du also?« fragte Taylor. Er war nicht daran gewöhnt, ein Gespräch anzufangen. In den letzten acht Jahren hatte er mit Harker über die Ranch geredet und mit Amanda über das, was sie gerade studierte.

»Ich arbeite hier, aber ich werde nicht akzeptiert«, erklärte Amanda mit einiger Verbitterung.

Taylor lächelte. In seiner neuen Position, die nicht mehr die des Lehrers war, war er entschlossen, ihr nicht zu sagen, was er von diesem schmutzigen, mit heruntergekommenen Leuten angefüllten Haus hielt. Er beugte sich zu ihr hinüber und nahm ihre Hand. »Nein, Liebling, du gehörst auch nicht zu ihnen. Du gehörst zu mir und zu Leuten deines Schlages.«

Amanda sah ihn an und fragte sich, ob sie tatsächlich so war wie er. Sie hatte keine sonderliche Lust, auf den Jahrmarkt zu gehen, aber nach Hause fahren wollte sie auch nicht. Vielleicht gehörte sie *wirklich* zu Taylor. Natürlich gehörte sie zu Taylor!

Auf dem Jahrmarkt ging es laut und nicht sehr sauber zu; es stank, es glitzerte, es war schreiend bunt – und Amanda gefiel es hier sofort. So etwas brauchte sie, um die Leute zu vergessen, die sie für ein verwöhntes, anmaßendes kleines, reiches Mädchen hielten.

Taylor verließ die Limousine und wäre am liebsten sofort wieder eingestiegen. Der Rummel war so schrecklich, wie er ihn noch von damals in Erinnerung hatte. Da war ein Plakat über seinem Kopf, auf dem stand:

> Prinzessin Fatima, eine Vollblut-Beduinin aus der sagenhaften Stadt Ninive, wird den mystischen Anakonda-Tanz genauso tanzen wie Hypatia in der Bibel.

Neben diesem Plakat befand sich eine fünf Meter hohe Leinwand, auf der eine plumpe, spärlich bekleidete Frau mit einer um den Körper geringelten Schlange dargestellt war. Habe ich für so etwas das College? dachte er. Um solchen Dingen zu *entrinnen*, war er aufs College gegangen!

»Amanda, wir können sofort wieder fahren, wenn dich dieser Ort beleidigt.«

Doch Amandas Augen wurden groß vor Staunen, als sie

die Glücksbuden, die Karussells, die Schaustellerzelte und die Stände mit allerlei Leckereien sah. Alles schien gleichzeitig auf sie einzuschreien. »Nein, ist das nicht wundervoll?« Sie nahm seine Hand. »Oh, Taylor, vielen Dank, daß du mich hierhergebracht hast. Was sollen wir zuerst machen? Hast du Hunger? Wie wäre es mit einer Tüte Popcorn? Als kleines Kind habe ich immer Popcorn gegessen. Was, glaubst du, ist ein ›Corn Dog‹? Wollen wir das herausfinden?«

»O ja, laß uns das bitte tun«, entgegnete Taylor und dachte, daß es ihm nun jeden Moment schlecht würde. Nahmen andere Männer auch dieses Kreuz auf sich für die Frauen, die sie liebten? Wenn ja, war es ein Wunder, daß überhaupt noch jemand heiratete.

Eine Stunde später war Taylor davon überzeugt, daß ihm übel werden mußte. Er hatte Popcorn gegessen, Erdnüsse und ein scheußliches Ding, »Corn Dog« genannt, und er war sicher, seine Pflicht getan zu haben. Er lehnte höflich die mit Schokolade überzogenen Karamelbonbons ab, die Amanda ihm anbot. Er hatte sich sogar beeindruckt gezeigt, als eine dicke, schmutzige Wahrsagerin in Amandas Hand geblickt und prophezeit hatte: »Sie werden einen Sohn bekommen, der König sein wird.«

Nun blickte sie sehnsüchtig zu einer Glücksbude hin, wo ein übelriechender junger Mann in einem roten Seidenhemd Taylor zu sich heranwinkte, damit er mit einem Ball auf hölzerne Milchflaschen werfen sollte, und ihm den Preis zeigte – eine abscheulich häßliche Puppe in pinkfarbenem Kleid mit scharlachroten Federn.

»Amanda, was wäre, wenn man Menschen so gewinnen *könnte*?« fragte er entsetzt.

»Es ist doch nur ein Spaß«, beruhigte sie ihn.

»Kommen Sie, Mister«, rief der junge Mann. »Drei Bälle – ein Nickel. Ist Ihnen so eine hübsche Lady nicht mehr als einen Nickel wert?« Er blickte Amanda von oben bis unten an. »*Ich* würde einen Nickel bezahlen, um sie zu gewinnen.«

Amanda sah Taylor mit bittenden Augen an, und während er sich einen Vorwand auszudenken versuchte, warum er sich an so einem hirnlosen, primitiven Spiel nicht beteiligen wollte, wurden sie von einem anderen Paar zur Seite geschoben, als existierten sie gar nicht.

Amandas gute Laune war mit einem Schlag verflogen, als Dr. Montgomery und Reva sich vor sie stellten. Sie sah zu, wie Hank den ersten Ball gegen die Milchflaschen feuerte, daß sie alle umkippten.

»Wollen wir gehen?« fragte Amanda Taylor.

Hank drehte sich um und spielte den Überraschten. »Ach, Miß Caulden, was für ein komischer Zufall, Sie hier zu treffen. Und Sie, Driscoll«, sagte er und nickte Taylor knapp zu.

»Möchten sie noch einmal werfen, Mister?« rief der junge Mann in der Glücksbude, während er Amanda immer noch ansah.

Hank drosch einen zweiten Ball gegen die Flaschen, und wieder kippten etliche nach hinten. Dann wandte er sich Taylor zu. »Haben Sie denn dort, wo Sie zur Schule gingen, Sportunterricht gehabt?«

»Ich denke, wir sollten jetzt wirklich besser gehen«, beharrte Amanda, an Taylor gewandt; doch der rührte sich nicht von der Stelle.

Hank fegte einen dritten Satz Flaschen von ihrem Gestell herunter.

»Freie Wahl!« rief der Mann in der Bude Reva zu und deutete auf die Puppen mit den Knopfaugen, die von der Decke und den Wänden der Bude hingen.

Revas Gesicht leuchtete auf, und sie wies auf die pinkfarbene Puppe mit den scharlachroten Federn.

Niedere, primitive Triebe brachen in Taylor auf, und er erkannte, daß es nicht die geschmacklosen Preise waren, um die es hier eigentlich ging, sondern daß Männer nach diesen Flaschen warfen, um der Frau, die sie für sich gewinnen wollten, ihre Geschicklichkeit zu beweisen. In der langen Zeit, die Taylor nun schon auf der Caulden-Ranch wohnte, hatte er seine Vergangenheit fast vergessen – die mühseligen Jahre seines Ringens um eine höhere Bildung. Einer seiner frühen Jobs, mit denen er sich damals seinen Lebensunterhalt verdiente, war eine Beschäftigung in den Abendstunden als

Schaustellergehilfe gewesen. Er war damals auf Jahrmärkten wie diesem für jeden eingesprungen, der abends aus irgendwelchen Gründen nicht arbeiten konnte. Er hatte in jeder Bude gearbeitet, auf jedem Karussell, auf jedem Stand, an dem man den Leuten mit irgendwelchen Tricks das Geld aus der Tasche lockte.

Er griff in die Tasche und holte einen Nickel heraus.

»Taylor«, rief Amanda, »du mußt das wirklich nicht mitmachen. Ich habe kein Verlangen nach einer dieser . . . dieser . . .«

»Teiggesicht-Puppen«, kam ihr Hank zu Hilfe. »Haben Sie Angst, er könnte verlieren und Sie in Verlegenheit bringen?« fragte er leise.

»Er hat bis jetzt noch nie gegen Sie verloren«, gab sie zurück; hielt aber den Atem an. Sie wollte tatsächlich nicht, daß Taylor sich blamierte.

Taylor wußte, daß der Trick bei diesen Flaschen darin bestand, daß die unterste, entscheidende Reihe für die freie Auswahl besonders schwer war. Und er hatte früher den Schaulustigen immer demonstrieren müssen, daß man sie dennoch vom Brett herunterwerfen konnte.

Mühelos fegte er die drei Sätze aus jeweils drei Flaschen von ihren Brettern, und Amanda suchte sich, mit einem triumphierenden Blick auf Hank, eine Puppe mit scharlachroten Federn aus.

»Wollen wir es mal mit dem Gewehr versuchen?« fragte Taylor. »Oder setzen Sie immer nur brutale Kraft ein und keine Geschicklichkeit?«

»Stellen Sie mich auf die Probe«, bot Hank an.

»Ich weiß nicht . . .«, begann Amanda; aber die beiden Männer waren den Frauen bereits vorausgegangen. Amanda schenkte Reva ein schwaches Lächeln und betrachtete die zerbrechlichen Puppen in den vulgären Kleidern. »Sehen Sie nicht niedlich aus?«

»Was sieht niedlich aus – die Puppe? Oder die beiden Männer mit ihrem idiotischen Wettstreit?«

»Die Puppe natürlich«, hauchte Amanda.

Die Männer gingen von einer Bude zur anderen. Hank

mußte sich nun viel mehr anstrengen, weil er nicht die Kenntnisse eines Eingeweihten besaß; aber er kämpfte, als ginge es um sein Leben. Taylor gewann bei den Spielen, in denen man einen Trick anwenden mußte, doch Hank schlug ihn haushoch an den Ständen, bei denen Kraft gefragt war. Er haute den Lukas, daß es bei jedem Schlag klingelte, und schob erst das eine Stofftier Reva in die Arme, ehe er nochmals zuschlug und den nächsten Hauptpreis Amanda anbot, die ihn jedoch ablehnte.

So gegen neun Uhr abends waren beide Frauen derart befrachtet mit Puppen, Stofftieren, Zinntellern, häßlichen kleinen Tassen und Untertassen und »Überraschungs«-Paketen, daß sie kaum noch darüber hinwegsehen konnten. Doch die beiden Männer liefen ihnen noch immer voraus wie zwei Löwen auf der Pirsch.

Als sie alle Buden abgeklappert hatten, wandten sie sich zu und funkelten sich an.

»Dürfen wir diese Sachen vielleicht zurück zum Wagen bringen?« fragte Amanda. »Und wenn es dir nichts ausmacht, Taylor, würde ich nun gern nach Hause fahren. Ich merke, daß ich schreckliche Kopfschmerzen bekomme.«

Reva stand ebenfalls da, die Arme voll beladen mit Preisen, und blickte von einem Mann zum anderen. Sie glaubte nicht, daß Amanda wirklich begriffen hatte, was vor sich ging, aber sie selbst hatte es verstanden. Sie war davon überzeugt, daß Taylor die Preise für sie gewonnen hatte – nicht für Amanda. Sie hatte bemerkt, daß Taylor jedesmal in ihre Richtung schielte, wen ihm eine Trophäe überreicht wurde. Er hatte die Geschenke zwar jedesmal Amanda in die Arme geschoben; doch sein Blick war dabei stets auf sie gerichtet gewesen.

Möglich, daß ich in ihn verliebt bin, dachte Reva voller Entsetzen. Er war der absolut falsche Mann für sie – er besaß keinen Penny –, und sie glaubte, daß es ihm niemals einfallen würde, so jemanden wie sie zu heiraten, aber in diesem Moment wollte sie den Jahrmarkt verlassen und mit ihm allein sein. Mach das nicht, ermahnte sie sich. Er braucht das Geld genauso nötig wie du, und er wird sich verkaufen, indem er

Amanda heiratet, um die Caulden-Ranch in seinen Besitz zu bekommen. Aber ehe er Amanda heiratete, wollte sie ihn wenigstens einmal für sich haben.

Reva sank in die Knie, als hätte sie plötzlich Schmerzen bekommen, und ließ dabei fast alle Pakete auf den Boden fallen.

»Was hast du denn?« fragte Amanda und versuchte, einen Arm frei zu bekommen, um Reva zu helfen.

Taylor kam ihr zuvor und stützte Reva unter beiden Achseln.

»Nur ein verdorbener Magen. Ich denke, ich gehe jetzt nach Hause.«

»Dann komm«, forderte Hank sie widerstrebend auf.

Reva stöhnte und hielt sich den Bauch. »Diese Fahrt in deinem kleinen Wagen – ich hoffe doch, daß mir davon nicht noch übler wird.« Sie sah zu Taylor hin und bemerkte das Interesse in seinen Augen.

»Ich werde Sie heimbringen«, bot sich Taylor an. »Sie können sich hinten im Fond auf der Bank ausstrecken.«

»Aber ich möchte nicht allen den Spaß verderben.« Ihr Blick kreuzte sich mit dem von Taylor, und sie spürte, daß er die eigentliche Bedeutung ihrer Worte verstand.

Taylor streckte sich, und als er jetzt Amanda ansah, war er wieder der Lehrer. »Amanda, ich werde Miß Eiler nach Hause begleiten, aber es ist nicht nötig, daß du deswegen auch sofort aufbrichst. Du kannst hierbleiben, und ich bin sicher, daß Dr. Montgomery dich mit seinem Wagen nach Hause bringen wird.« Er wartete nicht erst die Antwort von einem der beiden ab. »Moment, Miß Eiler, ich trage diese Sachen für Sie. Gute Nacht, Amanda, und bleibe nicht zu lange weg.« Er ging mit Reva an seiner Seite davon.

Amanda knirschte mit den Zähnen. »Ich hätte ihr damals *beide* Augen blau schlagen sollen«, brummte sie wütend.

Hank lachte laut. »Was ist los? Hat Ihnen etwa jemand den Freund weggenommen?«

»Würden Sie etwas dagegen haben, mich sofort nach Hause zu bringen?«

»Wie wäre es vorher noch mit einer Fahrt in der Geisterbahn?«

»Lieber ginge ich durch eine Grube mit lebendigen Giftschlangen, statt mit Ihnen Geisterbahn zu fahren«, entgegnete sie und wandte sich ab, um zu gehen.

Er faßte nach ihrem Arm. »Was haben Sie eigentlich? Es sieht mir so aus, als würde uns beiden hier eine großartige Gelegenheit geboten. Reva ist mit Ihrem eisigen Freund auf und davon – was sie eigentlich von ihm will, ist mir schleierhaft –, und wir sind nun allein. Wollen wir uns nicht ein stilles Plätzchen suchen?«

»Nicht mit Ihnen!«

Er wirbelte sie herum, daß zwei Stofftiere und ein Zinnteller durch die Gegend flogen. »Was haben Sie denn heute? Gestern abend haben Sie mit mir so eng getanzt, als wären wir ein Liebespaar. Und wir sind ein *Liebespaar* gewesen. Ich brauche Sie doch nur anzufassen, und schon . . .«

»Eben!« zischte sie ihn an. »Ich bin für Sie nichts Besseres als eine . . . eine bezahlte Frau; aber wenn der Zeitpunkt kommt, mich vielleicht verteidigen zu müssen; da sind Sie plötzlich ein Fremder. Sie mögen zwar meinen Körper kennen; aber mich selbst kennen Sie *nicht*!«

»Amanda«, flüsterte er, »wir locken hier eine Menschenmenge an. Lassen Sie uns irgendwohin gehen, wo wir ungestört sind.«

Sie lief neben ihm her. »Etwa auf Ihr Zimmer?«

»Was ärgert Sie denn so? Was macht Sie denn so giftig auf mich? Weil ich mit Reva hergekommen bin? Sind Sie etwa eifersüchtig?«

Amanda öffnete die Arme und ließ alle Pakete zu Boden fallen. »Männer!« schnaubte sie. »Glauben Sie etwa, eine Frau wäre jedesmal eifersüchtig, wenn sie wütend wird? Mir ist es egal, ob Sie mit Reva ausgehen; mir ist es egal, wenn Sie mit Hunderten von Frauen ausgehen. Worüber ich wütend bin, sind die Ereignisse dieses Nachmittags. Ich mag zwar nicht alle Methoden kennen, mit denen eine Gewerkschaft arbeitet, und ich bin vielleicht auch in vielerlei Beziehung naiv, was das wirkliche Leben anbelangt. Aber ich möchte verdammt sein – Sie haben richtig gehört: *verdammt* sein! –, wenn ich mich von jemandem so behandeln lasse, als wäre ich ein strohköpfiges Gesellschaftsmädchen. Ich habe, ehe ich Sie kennenlernte, noch *nie* eine Gesellschaft besucht. Ich empfinde zufällig Mitgefühl mit den Leuten, die ich im Gewerkschaftshaus kennengelernt habe. Ich habe meinem Verlobten getrotzt und meine Familie in Verlegenheit gebracht, um bei einer Sache zu helfen, an die ich zu glauben begann; doch Sie und Ihre Mitarbeiter behandeln mich, als hätte ich weder Verstand noch ein Gewissen. Und nun, Dr. Montgomery, heben Sie die Sachen auf, und bringen Sie sie zu Ihrem Wagen. Ich werde nach Hause *marschieren.*«

Sie drehte sich auf dem Absatz herum, wäre dabei fast über eine ausgestopfte Ente gestolpert, und ging in die Dunkelheit.

Kapitel Sechzehn

Hank gelang es, Amanda in den Wagen zu bugsieren. Das war keine leichte Aufgabe. Er war sich immer noch nicht ganz schlüssig, was sie eigentlich so zornig gemacht hatte; aber es schien so, als wären heute bei der Arbeit ihre Gefühle verletzt worden. Zweimal auf dem Weg zu ihrem Haus versuchte er mit ihr zu reden; aber sie wollte ihm keine Antwort geben. Vielleicht fühlte sie sich so elend, weil sie endlich begriff, daß sie diesen leidenschaftslosen Stockfisch Driscoll nicht liebte. Es war gut, daß sie endlich zur Vernunft kam; aber Hank sah deswegen keinen Grund, daß sie ihren Ärger an *ihm* ausließ.

»Passen Sie auf!« schrie Amanda.

Hank sah die beiden Männer im gleichen Moment wie Amanda mitten auf der Fahrbahn stehen. Es blieb ihm keine Möglichkeit mehr, den Wagen noch rechtzeitig zum Stehen zu bringen; und so riß er das Lenkrad nach links hinüber und wich den beiden aus. Noch als er die Hand- und Fußbremse bediente, wußte er, wer die beiden Männer waren und was sie von ihm verlangten. »Bleiben Sie im Wagen, Amanda«, sagte er leise. »Was auch immer sie tun – Sie bleiben im Wagen. Und verraten Sie den beiden nicht, wer Sie sind. Ich möchte nicht, daß vor diesen beiden Männern der Name Caulden erwähnt wird. Haben Sie mich verstanden?«

Amanda begriff, daß etwas Ernstes vor sich ging und dies keine Zeit für lächerliche Privatfehden war. Sie nickte Hank zu.

Die beiden Männer liefen los, als sie Hanks Wagen erkannten, und erreichten ihn im gleichen Moment, in dem Hank aus dem Auto stieg.

»Hallo, Doc«, sagte der Größere der beiden. Er hatte vorzeitig ergraute Haare und hellblaue Augen, die im Licht der Scheinwerfer glitzerten. »Sie kennen doch Andrei, nicht wahr?«

Hank lächelte nicht. »Ihr letzter Partner wurde doch in San Diego umgebracht, nicht wahr? Whitey, wir wollen Sie hier nicht haben.«

»Das ist keine Art, mit einem alten Freund zu reden«, erwiderte Whitey Graham.

»Wir organisieren hier eine Gewerkschaft«, erklärte Hank. »Und wir wollen kein Blutvergießen.«

Whitey legte die Handflächen auf das Heck des Mercer und beugte sich zu Hank vor. »Gewalttätigkeit ist das einzige Mittel, um die Welt auf unsere Probleme aufmerksam zu machen, und das wissen Sie auch. Nichts wird sich bewegen, ehe wir nicht ein bißchen Blut vergießen – und Cauldens Blut wird als erstes fließen. Ich habe gehört, wie der Kerl seine Pflücker behandelt. Diesmal kaufen wir uns diesen Halunken.«

Hank hielt den Atem an und hoffte inständig, daß Amanda still im Wagen sitzenblieb und den beiden nicht verriet, wer sie war. Diese Männer waren Fanatiker, einer Sache verschworen, die ihnen wichtiger war als ihre Freiheit oder ihr Leben oder das Leben irgendeines anderen. Sie wollten der Welt zeigen, was für Unrecht in ihr herrschte, und sie meinten, man könne die Menschheit nur mit Gewalt auf Mißstände aufmerksam machen. Sie glaubten, daß die Amerikaner tausend Geschichten über das traurige Los von Wanderarbeitern nicht beachten würden; aber bei einer schon die

Ohren spitzen, wenn darin Tote, Verletzte und Brutalität vorkam. Whitey Graham und ein Partner nach dem anderen waren in Amerika herumgereist und hatten die verschiedensten Gruppen von Wanderarbeitern dazu aufgestachelt, sich gegen die Behandlung, die sie erfuhren, handgreiflich zu wehren. Dieser Kampf hatte den Verlust von Meschenleben und Eigentum gefordert, aber auch Reformen zuwege gebracht. Whitey glaubte, daß das Ergebnis die Mittel rechtfertigte.

»Caulden hat den Sheriff am Ort in der Tasche«, behauptete Hank. »Das ist ein heimtückischer kleiner Mann namens Bulldog Ramsey, und er zerreißt Sie mit bloßen Händen in zwei Stücke.«

»Falls er mich erwischt«, höhnte Whitey. Er blickte Amanda an. »Wie ich höre, arbeitet Cauldens Tochter für Sie.«

»Das stimmt. Sie ist sehr tüchtig und eine große Hilfe beim Organisieren der Pflücker zu einer Gewerkschaft.«

»Beim Organisieren zu einer Gewerkschaft.« Whitey lachte. »Die Pflücker brauchen etwas zu essen, und Caulden weiß das. Caulden hält alle Trümpfe in der Hand. Er kann die Pflücker wie Abschaum behandeln, und die müssen sich das gefallen lassen.« Whiteys Augen loderten fanatisch. »Eines Tages werden wir die Macht von solchen Leuten wie Caulden brechen, und dann wird die Gewerkschaft für die Arbeiter reden. Aber ehe das passiert, müssen wir ein paar Feuer entzünden.«

»Ihre Feuer verbrennen Leute!« rief Hank. »Gehen Sie wieder dorthin zurück, wo Sie herkamen, Whitey. Die VAW hat ein halbes Dutzend Gewerkschaftsorganisatoren hierhergeschickt, und ich erzähle den Pflückern, was eine Gewerkschaft ist. Wir brauchen Sie und Ihre Gewehre nicht.«

Wieder drehte sich Whitey um und starrte auf Amandas Hinterkopf. Sie schien, seit der Wagen angehalten hatte, nicht einen Muskel bewegt zu haben. »Wie ich hörte, soll Cauldens Tochter sehr hübsch sein. So hübsch wie diese Lady?«

Hank schnaubte. »Cauldens Tochter ist genauso schön

wie ihr Alter. Sie braucht nur eine Zigarre in den Mund zu stecken, und man würde die beiden für Zwillinge halten. Das da ist Miß Janet Armstrong.«

»Zu schade«, seufzte Whitey. »Ich möchte wetten, Caulden würde eine Menge tun, um seine Tochter zu beschützen.«

Als Hank in die wilden, funkelnden Augen von Whitey sah, lief es ihm kalt den Rücken hinunter. Amanda wäre für diese Kämpfer ein großartiges Faustpfand. Wenn sie Amanda entführten, konnten sie Caulden erpressen und ihn zwingen, auf jede Forderung, die sie ihm stellten, einzugehen. Und wenn sie Amanda umbrachten, überlegte Hank, würde die ganze Welt auf die Probleme der Wanderarbeiter aufmerksam werden.

»Ich kann das hier selbst erledigen, Whitey«, sagte Hank und bemühte sich, keine Furcht in seiner Stimme anklingen zu lassen. »Gehen Sie dorthin zurück, wo Sie hergekommen sind.«

Whitey trat aus dem Lichtkreis der Autoscheinwerfer heraus. »Klar, Doc. Ich werde diese Gegend wieder verlassen, wenn ich sehe, daß es keine Probleme gibt. Sobald ich mich davon überzeugt habe, daß meine Leute gerecht behandelt werden – zuerst von Caulden, dann von den anderen Hopfenpflanzern –, werde ich nach Hause zurückkehren. Dann mache ich den Leuten hier keine Schwierigkeiten.« Seine Stimme wurde schwächer, als er sich vom Wagen entfernte. »Und sagen Sie dieser Miß Caulden einen schönen Gruß von mir. Wie heißt sie doch wieder? Amy? Nein, Amanda ist ihr Name. Bestellen Sie ihr von Whitey Graham einen schönen Gruß.« Dann hörten sie Schritte, die nach einer Weile im Dunkeln verhallten.

Hank verharrte regungslos auf der Stelle, und trotz der Hitze, die jetzt auch nachts herrschte, fror er plötzlich. Er sagte kein Wort, als er den Motor wieder startete und in das Auto stieg. Nachdem er erst gefroren hatte, kam er nun ins Schwitzen, und als sie bei der Caulden-Ranch ankamen, fühlte er sich wie aus dem Wasser gezogen.

Er bremste den Wagen ab und wandte sich Amanda zu.

»Ich möchte von Ihnen nun keinen Widerspruch hören, wenn ich Sie bitte, morgen daheim zu bleiben. Gehen Sie nicht aus dem Haus. Bitten Sie Taylor, Ihnen ein paar Lektionen aufzugeben, und verbringen Sie den Tag auf Ihrem Zimmer.«

Amanda konnte sich nicht einmal darüber aufregen, daß er einfach über sie verfügte. »Glauben Sie, man will meinen Vater umbringen?« flüsterte sie.

Hank wollte lediglich Amandas Leben schützen. Er verfluchte sich jetzt, daß er ihr erlaubt hatte, in der Gewerkschaftszentrale zu arbeiten. Dort war sie natürlich niemals vor gewaltsamen Aktionen sicher.

»Whitey ist nicht ganz richtig im Kopf. Er glaubt, auf der Seite der Arbeiter zu stehen; aber ich halte das nur für einen Vorwand von ihm, damit er seine brutalen Anschläge rechtfertigen kann. Letztes Jahr hat er in Chicago ein achtjähriges Mädchen . . .« Hank hielt mitten im Satz inne. Er war so aufgeregt über Whiteys Drohung, daß er Amanda etwas antun könnte, daß er nicht mehr in der Lage war, klar zu denken. »Ich glaube nicht, daß er vorhat, Ihren Vater umzubringen. Es ist schon eher wahrscheinlich, daß unschuldige Menschen zu Tode kommen werden – ein Mann zum Beispiel, der sechs Kinder zu versorgen hat. Whitey möchte nur Blut fließen sehen, damit die Zeitungen darüber schreiben. Es spielt für ihn keine Rolle, wessen Blut es ist.« Er senkte die Stimme. »Auch Ihres wäre ihm willkommen, Amanda.«

»Unschuldige Leute«, wiederholte Amanda. »Mein Vater wird vermutlich nicht umgebracht; aber ›unschuldige Leute‹ könnte es treffen. Soll das heißen, daß Sie meinen Vater für schuldig halten?«

»Amanda, ich möchte dieses Thema jetzt nicht mit Ihnen erörtern. Ihr Vater ist daran interessiert, auf jede nur erdenkliche Weise Profit zu machen. Es ist ihm egal, wie er seine Gewinne erzielt. Ich erzählte Ihnen ja schon, daß er in drei Staaten Plakate aushängen ließ, um Pflücker für die Ernte anzuwerben. Damit wollte er erreichen, daß Tausende von Leuten hierherkommen. Vielleicht werden sich zweitausend davon mit der Gewerkschaft solidarisieren und die Felder verlassen, wenn die Arbeitsbedingungen unerträglich sind, aber es werden noch tausend übrigbleiben, die so hungrig sind, daß sie auch unter den schlimmsten Bedingungen arbeiten werden.«

»Mein Vater ist kein Unmensch«, sagte Amanda leise.

Vielleicht hatte Whiteys Fanatismus Hank irgendwie angestachelt: jedenfalls spürte er, wie der Zorn in ihm aufstieg. »Ihr Vater hat seine eigene Frau jahrelang in seinem eigenen Haus geächtet, weil sie vor ihrer Ehe auf der Bühne als Tänzerin aufgetreten ist. Er hat seine eigene Tochter der Kaltherzigkeit eines Mannes überantwortet, der dieser das Essen verweigerte, wenn sie nicht seinen Launen gehorchte. Ich möchte nicht behaupten, daß Caulden ein Mann ist, der sich in die Lage anderer Menschen versetzen kann. Er nimmt sich etwas vor und möchte es durchsetzen. Es ist ihm egal, wie viele Leute auf der Strecke bleiben, solange er nur sein Ziel erreicht. Er möchte aus seinem Hopfen Profit schlagen, und der Hopfen muß gepflückt werden. Ich glaube nicht, daß er sich schon einmal darüber Gedanken gemacht hat, daß es *Menschen* sind, die seine Ernte einbringen. Für ihn sind es gewinnbringende Maschinen.«

»Mein Vater ist nicht so«, protestierte Amanda. »Sie kennen ihn nicht, wie ich ihn kenne.« Sie erinnerte sich an die Mahlzeiten, die sie in den letzten paar Tagen gemeinsam eingenommen hatten. Sie weigerte sich, an seine Bemerkung zurückzudenken, daß er sie nicht ertragen konnte. Das war ihr Fehler gewesen, nicht seiner. Sie stieg aus dem Wagen und wartete nicht ab, bis Hank ihr die Hand reichte, um ihr zu helfen.

Hank sprang aus dem Auto und rannte ihr nach. Er trat vor sie hin und legte seine Hände auf ihre Schultern. »Amanda, es spielt jetzt keine Rolle, welche Gefühle Sie für Ihren Vater hegen. Mir kommt es nur auf Ihre Sicherheit an. Ich möchte, daß Sie mir versprechen, morgen daheimzubleiben und nicht in die Gewerkschaftszentrale zu kommen.«

»Was würden Sie tun, wenn Revas Leben in Gefahr wäre?«

»Reva?« fragte er. »Was hat sie denn damit zu tun? Sind

Sie immer noch eifersüchtig auf Reva, weil sie zusammen mit Taylor den Jahrmarkt verlassen hat?«

Amanda setzte ihren Weg fort, aber Hank hielt sie abermals zurück.

»Ich möchte Ihr Versprechen haben, Amanda.«

»Wenn Revas Leben bedroht wäre, würden Sie sagen, sie ist mutig genug, um sich selbst verteidigen zu können. Aber ich – ich soll mich in meinem Zimmer verkriechen, weil ich nur ein dummes, naives kleines Gesellschaftsmädchen bin, nicht wahr?«

Hank stöhnte leise. Kein Mann lebte lange genug, um eine Frau verstehen zu können. »Wenn Revas Leben in Gefahr wäre, würde ich auch von ihr verlangen, sich an einem sicheren Ort zu verstecken.«

»Aber Reva ist arm, und ich bin reich, und das macht natürlich einen Riesenunterschied.«

Hank hatte das Gefühl, als hätte er eine Flasche Whisky getrunken und wäre dann von einem fahrenden Karussell abgesprungen. »Die beiden Gewerkschaftsleute sind hinter *Ihnen* her, weil Sie Cauldens Tochter sind. Amanda, versprechen Sie mir, daß Sie morgen zu Hause bleiben.«

Sie ging an ihm vorbei. »Machen Sie sich meinetwegen nur keine Sorgen, Dr. Montgomery. Ich kann schon selbst auf mich aufpassen. Und falls nicht, habe ich ja genügend Geld, um mich von irgendwelchen Gefahren freikaufen zu können.« Sie eilte an ihm vorbei ins Haus.

Hank blieb mit geballten Fäusten vor der Haustür zurück. Und wenn er sie eigenhändig ans Bett fesseln mußte – er würde sie unter keinen Umständen diesen Fanatikern aussetzen. Er wußte zwar nicht, worüber sie so wütend war; aber er würde nicht zulassen, daß sie aus irgendwelchen Launen heraus ihr Leben in Gefahr brachte. Er ging zu seinem Wagen zurück.

Amanda lehnte sich im Haus einen Moment lang gegen die Tür. Sie wußte, daß sie nicht gerade vernünftig argumentiert hatte, aber in letzter Zeit schienen ihre Gefühle die Kontrolle über ihren Verstand auszuüben. Die beiden Gewerkschaftsmänner hatten ihr Angst eingejagt, beträchtliche

Angst sogar. Dieser Whitey hatte eine Stimme, die vor Leidenschaft bebte, und sie hatte wie eine Metallraspel auf ihrer Haut gescheuert. Er redete von Mord, als würde er über ein Buch sprechen, das er gerade gelesen hatte. Als man sich im Gewerkschaftsbüro über die Möglichkeit unterhalten hatte, daß Blut fließen könnte, war ihr das als eine theoretische, fast phantastische Idee erschienen. Aber dieser Whitey sprach von Gewalt, als wäre sie nicht nur möglich, sondern höchst wahrscheinlich.

Wenn sie doch nur etwas unternehmen könnte!

Plötzlich richtete sie sich auf. Dieses ganze Gerede vom Blutvergießen basierte doch nur auf der Annahme, daß ihr Vater die Hopfenpflücker zwingen würde, unter unmenschlichen Bedingungen zu arbeiten. Wenn es eine Möglichkeit gab, die Gewerkschafter davon zu überzeugen, daß ihr Vater nicht das Monster war, für das sie ihn offenbar hielten, konnte sie doch jede Gefahr von Gewalttätigkeit bannen, weil ihnen die Grundlage entzogen war!

Selbst zu dieser späten Stunde arbeitete ihr Vater noch in der Bibliothek. Sie hatte sich bisher noch nie getraut, ihn dort zu stören; aber in letzter Zeit schien sie vieles zu unternehmen, was sie vorher niemals gewagt hätte. Sie klopfte an die Bibliothekstür, und als J. Harker sie aufforderte, einzutreten, öffnete sie die Schiebetüren.

Er sah ihr mit finsterem Gesicht entgegen, und am liebsten hätte Amanda sich nun wieder umgedreht und wäre aus dem Raum geflohen. J. Harker Caulden war kein Mann, der Überraschungen liebte, und das unerwartete Erscheinen seiner Tochter war ihm offensichtlich unangenehm. Amanda nahm ihren ganzen Mut zusammen.

»Vater, ich möchte dich in einer wichtigen Angelegenheit sprechen«, sagte sie, bemüht, das laute Pochen ihres Herzens zu dämpfen.

»Wenn es deine Heirat mit Taylor betrifft . . .«

»Nein, darum geht es nicht«, unterbrach sie ihn rasch. Dachten denn alle Männer, daß sich Frauen nur mit Gefühlen wie Eifersucht und romantischer Liebe befaßten? »Ich habe nun einige Tage lang mit Gewerkschaftsvertretern gearbeitet, und diese Leute scheinen zu glauben, daß du ein ... ein Tyrann bist. Ich würde sie nun gern davon überzeugen, daß du das nicht bist. Sie sollen von mir erfahren, daß du deine Mitmenschen anständig behandelst.«

J. Harker legte seinen Federhalter beiseite, lehnte sich auf seinem Stuhl zurück und studierte sie. Die Dinge veränderten sich in seinem Hause, und er wußte nicht, was diese Veränderungen ausgelöst hatte. Einige dieser Neuheiten gefielen ihm, doch andere wiederum störten ihn sehr. Es gefiel ihm, daß seine Frau mit ihm flirtete und seine Tochter ein bißchen Mumm zeigte. Aber es gefiel ihm nicht, daß sie glaubte, sie hätte ein Recht darauf, seine Vorgehensweise auf der Ranch zu erörtern. In den letzten paar Tagen hatte auch Taylor ihm Probleme gemacht. Was wußten Leute wie Amanda und Taylor schon von der Leitung einer Ranch? Sie hatten ihr Leben lang ihre Nase nur in Bücher gesteckt. Harker begann die Weisheit seiner Entscheidung anzuzweifeln, Taylor zu seinem Schwiegersohn zu machen. Vielleicht sollte er sich einen anderen Mann suchen, dem er seine Tochter zur Frau gab.

Doch nun stand Amanda vor ihm und sah wie ein ängstliches Kaninchen aus, das versuchte, ein tapferes Gesicht zu machen. Sie wollte von ihm wissen, wie er seine Ranch leitete. Er war versucht, ihr zu sagen, sie sollte sich zum Teufel scheren; aber dann überlegte er, daß es klüger wäre, die Verbindung seiner Tochter zu diesem Gewerkschaftsabschaum auszunützen. Vielleicht konnte sie ihm helfen, Schwierigkeiten zu vermeiden. Nicht, daß ihm das sonderlich wichtig gewesen wäre. Die »Bulldogge« verpflichtete gerade Dutzende Männer als Hilfssheriffs, die er dann während der Hopfenernte über die Felder verteilen wollte. Sie würden jedes Unheil unterbinden, ehe es anfing.

»Haben Sie zu dir gesagt, daß ich nur an meinen Profit denke?« fragte J. Harker.

»Nun – ja.«

»Daß mir die Hopfenpflücker auf den Feldern gleichgültig sind?«

Amanda verlor allmählich ihre Angst vor ihm.

»Ja, das sagten sie.«

»Ich hoffe doch, Amanda, daß du diesen Leuten nicht glaubst. Daß du dich nicht gegen deinen Vater aufhetzen läßt.«

»Nein, Sir, das lasse ich mich nicht. Aber ich möchte trotzdem die Wahrheit von dir hören.«

»Ich bin froh, daß du mit diesem Problem zu mir gekommen bist. Es wird Zeit, daß du etwas über die Ranch lernst, die dich ernährt. Es ist nicht das erste Mal, daß ich Probleme erwarte – verstehst du? In den letzten elf Jahren hat es immer Drohungen von Streiks und Schießereien gegeben; und ich habe das alles ertragen, ohne mich zu verteidigen. Jeder denkt, ich würde einen enormen Gewinn mit dieser Ranch erzielen, aber tatsächlich kann ich sie gerade ohne Verlust über die Runden bringen. Die Gewerkschaftsvertreter denken nur an den Preis, den ich für meinen Hopfen erziele, und vergessen immer die Kosten, die ich dafür zu tragen habe. Amanda, der Ballen Hopfen kostet mich vierundzwanzig Dollar, und davon muß ich zwanzig Dollar den ungelernten Erntearbeitern bezahlen. Himmel, allein die Strippen für die Hopfenspaliere kosten mich jedes Jahr neuntausend Dollar. Niemand denkt jemals an die Unkosten, die ich für den Hopfen aufwende, oder? Ich glaube, die denken, ich bekäme alles irgendwo umsonst. Und dazu kommen dann noch die Kosten für das Trocknen des Hopfens und für den Versand. Und heuer herrschte eine solche Trockenheit, daß ich nur zwei Drittel der Ernte vom letzten Jahr einbringen werde. Das alles läppert sich zusammen.« Er hielt inne und starrte sie an.

»Ich werde diesen Leuten zwanzig Dollar für jeden Ballen Hopfen bezahlen«, fuhr Harker fort. »Ich weiß, daß sie arm sind, und ich weiß auch, daß sie mich für reich halten, aber ich bezahle ihnen soviel ich kann. In diesem Jahr sind die Preise für Hopfen so tief im Keller, daß ich an allen Ecken und Enden sparen muß – aber ich spare nicht an den Löhnen dieser Leute, Amanda. Ich kürze an anderen Stellen die Ausgaben, damit ich diesen armen Leuten noch immer Spitzenlöhne bezahlen kann. Zum Beispiel habe ich in allen anderen Jahren den Geschäftsleuten von Kingman erlaubt, kleine Zweigbetriebe auf meinen Feldern zu errichten. Die Arbeiter geben ihr Geld bei den Geschäftsleuten von Kingman aus, während ich das Land dafür zur Verfügung stelle und die Verkaufsmöglichkeiten, aber ich hatte nichts dagegen – ich teile meine Profite mit anderen, wo ich kann.

Doch in diesem Jahr kann ich mir diese Großzügigkeit nicht leisten. Taylor baut Buden, in denen Vorräte lagern, die ich gekauft habe. Auf diese Weise, über diese Verkaufsbuden, wird es mir möglich sein, wenigstens einen *kleinen* Profit in diesem Jahr zu machen; aber ich werde auf keinen Fall die Löhne der armen Arbeiter beschneiden.«

Amanda war nun zum Jubeln zumute. Ihr Vater war kein Ungeheuer, wie jedermann behauptete. Sie verstanden ihn nur einfach nicht. »Wenn die Gewerkschaftsführer zu dir kämen und dich bäten, daß man Wasser an die Arbeiter verteilen sollte, würdest du dir dann ihre Bitten anhören?«

J. Harker lächelte seine Tochter an. »Ich habe bereits angeordnet, daß *Limonade* auf die Felder gebracht wird. Und Eßwaren. Und Gläser mit kühlem Quellwasser.«

»Oh«, staunte Amanda und lächelte. Sie hatte das Gefühl, als würde ihr ganzer Körper lächeln. Es war nicht nötig, daß die Gewerkschaftsvertreter ins Haus kamen und etwas von ihrem Vater forderten. Die Arbeiter würden wissen, daß sie das Recht zum Protestieren hatten; aber sie würden nichts vorfinden, gegen das sie protestieren konnten. Wer konnte sich über einen Mann empören, der auf den Feldern Limonade verteilen ließ? »Vielen Dank«, sagte sie lächelnd. »Ich werde das den Gewerkschaftsleuten sagen.« Sie begann, rückwärts zur Tür zu gehen. »Gute Nacht, Vater«, sagte sie dann und verließ den Raum.

Sie schwebte die Treppe hinauf, als würden ihre Füße den Boden nicht berühren. Alles war zum Vorteil der Leute geregelt. Es würde zu keinerlei Gewalttaten kommen. Tatsächlich bestand hier nicht einmal die Notwendigkeit für eine Gewerkschaft. Wenn jeder Arbeitgeber sich so verhielt wie ihr Vater und Limonade auf den Feldern verteilen ließ, hatten die Arbeiter keine Veranlassung, sich einer Gewerkschaft anzuschließen.

Amanda zog sich aus und ging, noch immer lächelnd, ins Bett. Morgen würde sie diesem aufgeblasenen Dr. Montgomery lauthals wünschen, daß er an seinen Worten ersticken möge. Und wäre dieser schreckliche Whitey nicht ebenso enttäuscht? Er war wohl schlecht beraten, wenn er die Aufmerksamkeit der Zeitungen auf einen Mann lenken würde, der seinen Arbeitern Spitzenlöhne bezahlte und sie auf den Feldern mit Limonade und Nahrungsmitteln versorgte. Und es gab überhaupt keinen Grund, warum sie morgen nicht in das Gewerkschaftshaus fahren sollte. Sie war dort sicher, und diese Sicherheit wurde von ihrem Vater gewährleistet. Trotz allem, was die Leute über ihn reden mochten, war ihr Vater ein guter Mann.

Sie schlief ein, ohne auch nur ein einziges Mal in den letzten Stunden an Taylor gedacht zu haben. Und sie wachte auch nicht auf, als er um drei Uhr morgens, die Schuhe in der Hand, die Treppe heraufschlich.

»Limonade!« brüllte Hank sie an. »Sie haben Ihr Leben damit riskiert, heute hierherzukommen, wegen *Limonade*?«

Sobald sie das Gewerkschaftshaus betreten hatte, war Hank auf sie losgestürmt, hatte sie am Arm gepackt und in die Besenkammer geschleppt. Nun stand er vor ihr, blickte wütend auf sie herunter, und die Adern an seinem Hals standen hervor wie Stricke – so laut brüllte er.

»Warum suchen Sie erst mit mir einen abgeschiedenen Ort auf«, gab sie kühl zurück, »wenn Sie so laut brüllen, daß jeder im Haus Sie hören kann?«

»Es ist mir vollkommen gleichgültig, ob jeder mich hören kann. Was haben Sie sich eigentlich dabei gedacht, mir diesen Unsinn zu erzählen?«

Amanda versuchte, aus der Besenkammer zu entweichen; aber er hatte die Tür von innen verschlossen. »Ich bleibe nicht hier und höre mir Ihr Geschrei an.«

Er packte sie bei den Schultern und schwenkte sie herum, daß sie ihn ansehen mußte. »Was Ihr Vater Ihnen weisgemacht hat, ist schlimmer als jedes Geschrei!« rief Hank erbost. »Er hat sie belogen, Amanda. Er hat Sie ganz infam belogen. Wenn er seine Arbeiter so gut behandeln würde, wie er Ihnen das geschildert hat, wären wir hier überflüssig.«

»Das ist es ja, was ich Ihnen beizubringen versuche. Es wird keine Gewalttätigkeiten geben. Sie können Ihrem Freund, diesem gräßlichen Mr. Whitey, erzählen, daß er wieder nach Hause fahren kann. Er soll sich eine andere Ranch für seine Störmanöver suchen.«

Hank ließ ihre Schultern los und verdrehte die Augen. »Sind Sie wirklich von dem überzeugt, was Sie mir da vortragen, Amanda?« fragte er leise. »Betrachten Sie uns hier in diesem Haus tatsächlich als Bösewichte? Meinen Sie, der Gouverneur hätte mich ohne jeden Grund hierhergeschickt? Meinen Sie, wir sind nur gekommen, um so einem unschuldigen, fürsorglichen Mann wie Ihrem Vater das Leben schwerzumachen?«

»Ich glaube, Sie haben ihn falsch eingeschätzt. Ich behaupte nicht, daß es keine Rancher gäbe, die ihre Arbeiter schlecht behandeln, aber mein Vater ist ein guter Mann. Er tut alles für die Arbeiter, was in seinen Kräften steht. Er hat enorme Kosten, an die niemand auch nur im entferntesten denkt. Er . . .« Sie brach ab, als Hank sich an ihr vorbeischob und die Tür der Besenkammer wieder aufschloß.

Er hielt die Tür auf. »Gehen Sie nach Hause, Miß Caulden«, sagte er mit müder Stimme. »Hier ist kein Platz für Sie. Sie sind nur eine Aufzeichnungsmaschine, die das, was sie gehört hat, herunterplappert. Wenn ich Cauldens Platitüden hören möchte, könnte ich ihn ja selbst hierherbestellen. Gehen Sie jetzt nach Hause, und verstecken Sie sich auf Ihrem Zimmer, bis der Hopfen gepflückt und das, was passieren wird, geschehen ist.«

Amanda ging an ihm vorbei in die Vorhalle. »Sie haben sich Ihre Meinung gebildet, und ich kann Sie nicht davon abbringen«, sagte sie steif. »Aber warten wir ab. Ich hoffe, daß Sie Manns genug sind, einen Irrtum auch zuzugeben, wenn Sie ihn eingesehen haben. Einen schönen Tag noch, Dr. Montgomery.« Sie drehte sich um und verließ das Gewerkschaftshaus.

Auf der Fahrt zurück zur Caulden-Ranch erreichte ihre

Wut den Siedepunkt. Die Gewerkschaftsleute wollten einfach glauben, daß etwas nicht in Ordnung war, wollten ihr Gewerkschaftslied singen – wollten sich in der Rolle von Sklaven sehen, die für einen machtbesessenen Pharao eine Pyramide bauen mußten. Heute fing das Pflücken an, und bis morgen hatten die Gewerkschaftsführer genügend Zeit, um sich davon zu überzeugen, daß auf der Caulden-Ranch menschliche Wesen auch menschenwürdig behandelt wurden.

Sie lächelte in sich hinein, als sie daran dachte, wie Dr. Montgomery wohl reagieren würde. Wäre er enttäuscht, wenn es hier keinen Grund gab, eine Gewerkschaft zu gründen? Er wollte einen Antrag stellen, daß man Wasser für die Arbeiter auf die Felder brachte. Sie wollte sein Gesicht sehen, wenn er feststellte, daß nicht nur kühles Quellwasser, Nahrungsmittel, sondern auch kühle, köstliche Limonade an die Arbeiter ausgeschenkt wurde. Vielleicht sollte sie ihren Vater bitten, ihr zu erlauben, die Limonade auf den Feldern zu verteilen. Sie hatte eine Vision, wie sie Dr. Montgomery mit einem gnädigen Lächeln ein großes, mit Eis überzogenes Glas kalter Limonade überreichte. Sie bezweifelte allerdings, daß er seinen Fehler zugeben würde.

Sie verließ die Limousine, um in das Haus zu gehen, und die erste Person, der sie dort begegnete, war Taylor. Seine Augen wirkten ein wenig müde; aber er glich diesen Nachteil dadurch aus, daß er seinen Rücken heute besonders gerade hielt.

»Amanda«, sagte er streng, »ich wollte gerade zu dir. Dein Job in diesem Arbeiterhaus ist nun zu Ende. Die Hopfenernte hat begonnen, und ich sehe keinen Grund, daß du dich weiterhin dieser Leute wegen exponierst.«

»Es sind nicht ›diese Leute‹, sondern menschliche Wesen. Wenn du nicht den Anstand besitzt, so von ihnen zu denken, nimm dir ein Beispiel an meinem Vater. Er fühlt mit ihnen.«

»Ich dulde nicht, daß du in diesem Ton mit mir sprichst, Amanda.«

Amanda wollte ihm zum zweiten Mal über den Mund fahren, überlegte es sich dann jedoch anders. In ein paar Tagen würde Dr. Montgomery als Besiegter wieder nach Hause fahren, und sie würde hier bei Taylor allein zurückbleiben. Sie sollte sich daher bemühen, ihn bei guter Laune zu halten. »Ich bitte um Entschuldigung. Ich glaube, die Hitze ist daran schuld. Sie macht mich so reizbar. Ich habe bereits meinen Job gekündigt und werde nicht mehr in das Gewerkschaftshaus zurückkehren.«

»Gut«, sagte er rasch. »Nun denke ich, es wäre am besten für dich, wenn du auf deinem Zimmer bliebest, bis alles vorüber ist. Du hast dich mehr als genug für diese Leute engagiert.«

»Natürlich«, murmelte sie und ging auf die Treppe zu, hielt dort jedoch noch einmal an. »Taylor, ich habe mich gefragt, ob es nicht möglich wäre, daß ich auf die Felder ginge und helfe. Ich könnte zum Beispiel Limonade an die Arbeiter verteilen.«

Taylors Augen wurden ganz groß. »Verteilen! Limonade! Limonade!« Er schluckte und fuhr in ruhigerem Ton fort: »Männer werden auf den Feldern arbeiten, und ich glaube nicht, daß das ein richtiger Platz für Ladys ist.«

»Aber ich habe doch mit diesen Männern im Gewerkschaftshaus zusammengearbeitet.«

»Amanda! Widersprich mir nicht dauernd! Ich kann dir nicht gestatten, auf die Felder hinauszugehen. Du würdest den Leuten dort im Wege stehen. Möchtest du denn wirklich anderen Menschen mehr Arbeit machen als nötig?«

»Nein«, sagte sie und bemerkte, wie sich ihre Hand um das Geländer krampfte. Sie brauchten sie nicht im Gewerkschaftshaus, und sie brauchten sie auch nicht auf den Feldern.

»Ich habe einen Stundenplan für dich entworfen und auf deinen Schreibtisch gelegt. Ich kann nicht im Haus bleiben, um dich zu examinieren, da ich auf den Feldern gebraucht werde. Und wenn der Hopfen eingebracht ist, werden wir beide über die Entlassung von Mrs. Gunston sprechen. Ich konnte sie nicht dazu überreden, hierzubleiben.« Er stand da und beobachtete, wie sie die Treppe hinaufstieg.

Sobald Amanda in ihrem Zimmer angelangt war, merkte

sie, daß von ihrer triumphalen Laune nichts mehr übriggeblieben war. Sie hielt den neuen Stundenplan in den Händen und erinnerte sich, daß Taylor erst gestern zu ihr gesagt hatte, es würde keine Stundenpläne mehr geben. Sie erinnerte sich auch an seinen Ausspruch beim Frühstück, sie wären jetzt nur noch ein Liebespaar. Doch der Taylor, mit dem sie eben geredet hatte, war ganz der steife und kalte Taylor von ehedem.

Sie warf den Stundenplan ungelesen auf den Schreibtisch zurück und ließ sich aufs Bett fallen. Es war so heiß, und sie fühlte sich ruhelos. Sie versuchte ihre gute Laune wiederzugewinnen. Indem sie sich das Gesicht von Dr. Montgomery vorzustellen versuchte, wenn er auf die Felder kam und einsehen mußte, daß er ihr unrecht getan hatte. Aber es wollte ihr keine überzeugende Vision gelingen.

Sie stand auf, blickte auf ihren Stundenplan, sah, daß sie Cäsars Feldzüge aus dem Lateinischen übersetzen sollte, und stöhnte. Draußen unter dem Fenster erblickte sie ihre Mutter lesend im Schatten eines Baumes im Liegestuhl. Ab und zu nahm sie etwas zu sich, was aus der Entfernung wie Schokolade aussah. Amanda suchte ein Heft und einen Stift aus dem Schreibtisch heraus, nahm ihr Lateinbuch unter den Arm und ging in den Garten zu ihrer Mutter.

Sie verbrachte einen sehr angenehmen Nachmittag in der Gesellschaft ihrer Mutter, die ihr einen faszinierenden Roman zu lesen gab, der von einer Frau, einer gewissen Gräfin de la Glace, verfaßt war. Der Roman drehte sich ausschließlich um die leidenschaftlichen Gefühle einer Frau, die unter der Liebe zu einem Mann zu leiden hatte, der diese Liebe gar nicht verdiente. Amanda las ihn mit glühenden Ohren und verdrückte dabei ungefähr anderthalb Pfund Schokolade.

Am nächsten Tag waren Amandas Vater und Taylor zu beschäftigt, um zu bemerken, daß sie sich nicht dort befand, wo sie sich eigentlich befinden sollte, und nicht das tat, was sie eigentlich tun sollte, und so verbrachte sie noch mehr Zeit mit ihrer Mutter. Amanda fragte, in dem Gefühl, ein großes Wagnis einzugehen, ihre Mutter nach der Zeit, die sie als

Tänzerin auf der Bühne verbracht hatte. Grace erzählte ihr stundenlang davon, und Amanda fing an zu begreifen, daß das, was ihre Mutter damals getan hatte, sich eher nach harter Arbeit als nach einem sündigen Lebenswandel anhörte.

»Du hast Courage bewiesen«, murmelte Amanda. »Ich wünschte, ich hätte Courage.«

»Ich denke sogar, daß du ziemlich mutig bist«, entgegnete Grace. »Du hast nur noch nicht herausgefunden, wofür du Mut brauchst.«

»Du meinst wie Ariadne?« fragte Amanda und deutete auf das Buch von der Gräfin de la Glace. »Sie weiß, daß sie einen Mann liebt und kämpft um ihn.«

»*Wen* liebst du, Amanda?«

»Taylor natürlich«, antwortete Amanda rasch, errötete jedoch dabei. Ihre Zeit mit Dr. Montgomery war ein Experiment gewesen, nicht mehr. Aber ein wenig versuchte sie sich vorzustellen, wie er sich verhalten würde, wenn er entdeckte, daß er sich geirrt hatte, was die Behandlung der Wanderarbeiter auf der Caulden-Ranch betraf. Würde seine Reue so weit gehen, daß er ihr einen Heiratsantrag machte? ›Ich habe dir unrecht getan, Amanda, mein Liebling‹, hörte sie ihn im Geiste sagen. ›Ich möchte den Rest meines Lebens mit einer Frau verbringen, die so klug ist wie du.‹ Es würde ihr gefallen, wenn er zugeben müßte, daß sie nicht dumm war; denn bis jetzt hatte er ihr den Eindruck vermittelt, daß er sie für ausgesprochen töricht hielt. Aber liebte sie *ihn*? Würde sie ihn heiraten? Würde sie Taylor und ihre Eltern, die sie liebte, verlassen, um in seinem kleinen gelben Wagen in der Welt umherzureisen?

»Amanda«, unterbrach Grace die Tagträume ihrer Tochter, »kommt dort nicht dein Dr. Montgomery?«

Amanda drehte sich um und sah ihn von den Feldern auf das Haus zugehen. Das ist der Moment, dachte sie. Er kam zu ihr, um sich zu entschuldigen und . . . wagte sie, noch mehr zu hoffen?

»Amanda«, sagte Grace diesmal in besorgtem Ton. »Ich kenne Dr. Montgomery zwar nicht persönlich, aber seinem Gang nach zu urteilen möchte ich meinen, daß er wütend ist.«

Amanda lächelte. »Wütend auf sich selbst. Er hat, wie ich denke, einsehen müssen, daß er umsonst hierhergereist ist. Er ist ein sehr stolzer Mann, und ich bin sicher, er haßt es, zugeben zu müssen, daß er sich geirrt hat.«

Amanda stand auf und zog ihren Rock glatt. »Du hast hoffentlich nichts dagegen, wenn ich ihn zum Tee einlade. Ich denke, ich werde mir ein Glas Limonade bestellen – ein kleiner Scherz, den nur wir beide verstehen.«

»Wie du willst, Kind. Aber Dr. Montgomery macht mir nicht den Eindruck, als ob er . . .«

»Da sind Sie also!« brüllte Hank, als er noch ein ganzes Stück entfernt war. Er war nur mit Hemd und Hose bekleidet und so naß vom Schweiß, als käme er eben aus einem Gewitterregen. »Sagte ich nicht zu Ihnen, daß Sie im Haus bleiben sollen? Dort wären Sie sicher! Aber jetzt sitzen Sie hier im Freien, wo Sie jeder sehen kann. Sie glauben jedem, auch denen, die Sie belügen, aber mir schenken Sie keinen Glauben, wenn ich Ihnen die Wahrheit sage!«

Amanda wurde ganz rot im Gesicht und vermied es, ihre Mutter anzusehen. Sie öffnete den Mund, wollte etwas sagen, aber Hank hatte sie schon am Oberarm gepackt und zerrte sie hinter sich her. »Lassen Sie das!« herrschte sie ihn an, als sie ihre Sprache wiederfand. »Das ist meine Mutter und . . .«

»Guten Tag, Mrs. Caulden. Amanda kommt jetzt mit mir. Ich werde ihr zeigen, wie ihr Vater die Leute behandelt, die für ihn arbeiten.«

»Aber bitte - nur zu«, lächelte Grace und betrachtete den Mann interessiert. Niemand hatte ihr bisher verraten, daß Dr. Montgomery ein so gut aussehender, kräftiger junger Mann war.

»Ich werde aber nicht mit Ihnen gehen«, protestierte Amanda.

»Sie werden – auf Ihren zwei Beinen, oder ich schleife sie hinter mir her.« Seine Augen sprühten Blitze. Er hatte sich seit Tagen nicht mehr rasiert und sah fast zum Fürchten aus.

»Ich werde nicht . . .«

Hank beugte sich vor, stemmte die Schulter gegen ihren Magen und warf sie über seine rechte Schulter.

»Lassen Sie mich sofort los!« schrie Amanda und trommelte mit beiden Fäusten gegen seinen Rücken.

Hank gab ihr mit der flachen Hand einen Schlag auf die Kehrseite. »Ich bin zu müde, um mich auch noch mit Ihnen zu prügeln.«

»Mutter, hilf mir!« flehte Amanada.

»Plätzchen gefällig, Dr. Montgomery?« fragte Grace Caulden und hielt ihm die Schale mit dem Gebäck hin.

»Danke«, sagte er, nahm eine Handvoll von den Schokoladenplätzchen, drehte sich dann um und ging davon.

Grace nahm ihr Buch wieder in die Hand, und es dauerte eine lange Zeit, bis sie zu lächeln aufhörte.

»Lassen Sie mich sofort herunter«, zischte Amanda.

Hank setzte sie auf dem Boden ab, packte dann ihren Oberarm und zog sie hinter sich her. »Ich möchte Ihnen etwas zeigen«, knurrte er.

»Es wurde mir untersagt, auf die Felder zu gehen.«

Er blieb stehen und drehte sich zu ihr um. »Sie wollen sich also noch immer nicht eine eigene Meinung über die Zustände bilden, Amanda? Sie glauben alles, was andere Ihnen erzählen, und haben keine Zweifel? Ihr Vater hat in den letzten Jahren die Hopfenpflücker so schlecht behandelt, daß die Leute von Mord reden. Sie wollen durch eine solche Tat diese skandalösen Verhältnisse an die Öffentlichkeit bringen, damit sich die Mißstände ändern, aber das berührt Sie ja nicht. Caulden braucht Ihnen nur fünf Minuten lang zu erzählen, daß er ein guter Mann ist, und Sie glauben ihm, obwohl Hunderte das Gegenteil behaupten.«

»Aber er ist mein Vater. Er . . .«

»Sie können niemanden zu einem guten Menschen machen, weil Sie an ihn *glauben* wollen. Sie können ihn mit Ihrem Willen nicht in einen guten Menschen verwandeln.« Er drehte sich wieder um und zerrte sie weiter hinter sich her. »Ich möchte Ihnen zeigen, warum es überhaupt Gewerkschaften gibt.«

Amanda war nun genauso wütend wie er und würde ihn

am liebsten in seinem kleinen gelben Wagen in einen Abgrund stürzen sehen. Ihr Zorn beschäftigte sie so sehr, daß sie zunächst gar nicht wahrnahm, was sich vor ihr abspielte.

Zuerst nahm sie den Geruch wahr. Es war nicht nötig, daß ein Wind ihr diesen Gestank erst zutrug. Es herrschte eine Temperatur von über vierzig Grad im Schatten, und die Luftfeuchtigkeit war sehr hoch, als sie sich den bewässerten Feldern näherten. Plötzlich wußte sie, daß sie gar nicht wissen wollte, was sie dort in der Zeltstadt am Horizont erwartete. »Warten Sie«, bat sie und stemmte sich in den Boden, damit er anhalten mußte. »Ich möchte nicht dorthingehen.«

»Ich auch nicht. Ich würde lieber ein Bad nehmen und mich ausruhen, weil ich heute abend vielleicht gern zum Tanzen ginge, aber diese Leute können das nicht, und ich kann es auch nicht, Sie ebensowenig.« Und damit zerrte er sie erneut weiter.

Am östlichen Ende der Hopfenfelder breitete sich eine riesige flache Wiese aus, die nun mit Zelten und primitiven kleinen Hütten bedeckt war. Amanda sah auch hier und dort einen Haufen stinkenden Strohs zwischen den Zelten. Überall lagen Abfälle herum: Knochen, verdorbenes Fleisch, Pferdedung. Fliegen schwärmten in Massen umher, und Amanda sah vor einem Zelt den abgehäuteten Kopf eines Schafes, auf dem die Maden herumkrochen.

Hank hielt ihren Arm umklammert. »Ihr Vater vermietet die Zelte für fünfundsiebzig Cents pro Tag. Wenn man bedenkt, daß ein erwachsener Mann den ganzen Tag in dieser Hitze und bei dieser Luftfeuchtigkeit arbeitet und dabei ungefähr neunzig Cents verdient, ist das ein stolzer Preis – meinen Sie nicht auch? Diejenigen, die sich kein Zelt leisten können, kaufen sich Stroh und schlafen darin. Es gibt keine Gruben oder Behälter für Abfälle.«

Er schleppte sie den Fahrweg hinunter bis zum Zentrum dieses Gestanks, und einen Moment lang konnte Amanda nur sprachlos auf dieses Elend starren. Hier befanden sich die Außentoiletten. Da standen ungefähr fünfzehn bis zwanzig Leute vor jeder Toilette an, und während Amanda zusah, trat eine schwangere Frau, die am Ende der Schlange wartete, zur Seite und übergab sich. Amanda drehte sich ebenfalls der Magen um, und dabei war sie immer noch viele Meter von den Toiletten entfernt.

»Ihr Vater hat neun Toiletten für zweitausendachthundert Arbeiter eingerichtet«, berichtete Hank weiter. »Jede Toilette hat zwei Löcher. Männer und Frauen benützen eine Toilette gemeinsam – es sind ja nur Arbeiter; wen kümmern da Schamgefühle? Sie leben nicht besser als Tiere. Gestern hatten die Pflücker versucht, den Boden sauber zu halten, indem sie die Abfälle einsammelten und in die Toiletten warfen; aber die Löcher unter den Sitzbrettern sind nicht tiefer als sechzig Zentimeter. Sie waren schon gestern abend voll. Caulden ließ die Toiletten nicht leeren. Möchten Sie gern eine von diesen Toiletten benützen, Amanda? Der Boden ist völlig mit Exkrementen bedeckt. Wie Sie sehen können, wird den Leuten von dem Gestank schon übel. Wenn Sie lange genug hierbleiben, werden Sie erleben, wie sich jemand in die Hosen macht. Bei diesem Schmutz bekommen die Leute die Ruhr.«

Amandas Trotz war gebrochen. Sie hatte noch nie so etwas Furchtbares gesehen und hätte sich nie träumen lassen, daß es so etwas überhaupt gab. Hank mußte sie nicht mehr mit sich ziehen, als sie nun von diesem Platz weggingen. Er blieb bei einer Wasserpumpe stehen.

»Es gibt hier zwei Brunnen für alle Arbeiter; doch beide sind bereits vor Sonnenaufgang leergepumt, und der nächste Brunnen ist eine Meile entfernt. Die Ruhezeit der Arbeiter ist sowieso schon knapp bemessen; aber das bißchen Freizeit, das ihnen bleibt, geht dadurch verloren, daß sie meilenweit gehen müssen, um sich Wasser zu besorgen.«

Er bewegte sich nun auf die Felder zu, während seine Hand noch immer ihren Oberarm umklammerte. Er führte sie auf ein Feld, auf dem die Arbeiter die hohen, pyramidenförmigen Spaliere, an denen der Hopfen emporrankte, auf den Boden heruntergezogen hatten, während auf der anderen Hälfte des Feldes die Stangen noch aufrecht standen. Das Feld war mit Männern, Frauen und Kindern bedeckt, die hastig die Ranken von den Spalieren abrissen und in

Säcke stopften. Es war hier unerträglich heiß, und man konnte die feuchtigkeitsgeschwängerte heiße Luft über den Köpfen der Leute wabern sehen.

»Würden sie gern in dieser Hitze arbeiten, Amanda? Ein Mann ist gestern an Hitzschlag gestorben. Bis jetzt hat man vier Kinder auf Tragbahren von den Feldern weggetragen. Hier draußen gibt es keine Toiletten, so daß die Arbeiter entweder dan ganzen Tag über nicht ihre Notdurft verrichten können oder den langen Weg zu den Toiletten im Lager antreten und sich dort vor den Toiletten anstellen müssen. Und nehmen sie nun ihren Zentnersack mit ihrem gepflückten Hopfen mit, oder lassen sie ihn hier liegen, damit ein anderer ihn stiehlt? Sie gehen dort hinüber«, erklärte Hank und deutete auf den noch nicht abgeernteten Teil des Feldes. »Das bedeutet natürlich, daß sie beim Pflücken des Hopfens auf dieser Seite auch noch in menschlichen Exkrementen waten müssen.«

Amanda fand keine Worte. Sie brachte es kaum fertig, in dieser unerträglichen Hitze aufrecht zu stehen. Sie leistete keinen Widerstand, als Hank sie wieder mit sich zog. Er führte sie zu einem Leiterwagen, holte Geld aus der Tasche und gab es dem Mann, der auf der Ladefläche stand. »Wie wäre es jetzt mit einem kühlen Glas Limonade, Amanda?« fragte er spöttisch und reichte ihr ein schmutziges Glas mit einer heißen Flüssigkeit.

Sie wagte nicht, das Glas zurückzuweisen. Sie nippte daran und verzog das Gesicht. Sie brachte es nur mit Mühe fertig, einen Schluck von diesem schrecklich schmeckenden Gebräu hinunterzuwürgen.

»Zitronensäure«, urteilte Hank. »Zitronen sind teuer. Mit Zitronensäure kann Ihr Vater für Pfenningbeträge fässerweise seine ›Limonade‹ herstellen, diese dann für fünf Cents das Glas verkaufen und Hunderte von Dollars damit verdienen.« Er nahm ihr das Glas aus der Hand und bot es einem verschwitzten, müde aussehenden Mädchen von etwa acht Jahren an. Das Kind trank gierig die »Limonade« aus und blickte Hank mit großen dankbaren Augen an, ehe es wieder aufs Feld lief.

»Ihr Vater verkauft den Leuten auch Lebensmittel. Verteilen läßt er lediglich ein Glas Wasser und eine Schüssel Eintopf an jeden. Wenn die Arbeiter ein zweites Glas Wasser haben wollen, müssen sie sich auch noch eine Schüssel Eintopf dazukaufen. Sie können das Wasser nicht ohne den Eintopf kaufen – und Caulden denkt gar nicht daran, das Wasser umsonst herzugeben.«

Er wollte sie wieder mit sich ziehen; aber diesmal ging Amanda willig neben ihm her. Er brauchte sie nicht länger zu zwingen; sie mußte das alles nun selbst sehen – diesen Teil der Welt, von dessen Existenz sie bisher nichts gewußt hatte. Da hatte sie nun jahraus, jahrein in ihrem Zimmer gesessen, während draußen der Hopfen gepflückt wurde, und hatte kein einziges Mal an die Menschen gedacht, die die Ernte einbrachten.

Hank führte sie zur Wiegestation; aber sie konnte nicht nahe genug herankommen, weil dort überall Männer und Frauen ihre schweren, mit Hopfen gefüllten Leinwandsäcke wieder auf dem Boden ausschütteten und in fliegender Hast die Blätter und Ranken von den Dolden abrissen. Schmerz und Enttäuschung standen diesen Leuten ins Gesicht geschrieben, als müßten sie um ihr Leben kämpfen.

»Ein Arbeiter braucht viele Stunden, um einen Zentnersack mit Hopfen zu füllen, und dann schleppt er ihn hierher, damit er gewogen und seinem Namen gutgeschrieben wird; aber Ihr Vater hat Inspektoren eingesetzt, die den Pflückern sagen, daß der Hopfen nicht ›sauber‹ genug sei. Also müssen die Pflücker kostbare Stunden dafür opfern, um Blätter und Stengel von den Dolden zu entfernen und unreifen Hopfen auszusortieren. In der Regel kann ein Arbeiter zweihundertfünfzig bis vierhundert Pfund Hopfen täglich pflücken, aber Ihr Vater hat es so eingerichtet, daß ein Pflücker nicht mehr als hundert Pfund täglich schaffen kann. Die Leute schuften den ganzen Tag in dieser Hitze – ohne Wasser, ohne Toilette – und verdienen neunzig Cents oder höchstens einen Dollar.«

Er drehte sich zu ihr um und sah sie an. »Wissen Sie, warum Ihr Vater auf einem so ›sauberen‹ Hopfen besteht?

Aus zweierlei Gründen: Erstens, weil er dann nicht für das Gewicht von ein paar Stengeln oder Blättern bezahlen muß; und zweitens, weil er *will*, daß die Pflücker den Job aufgeben. Ihr Vater ist verdammt schlau, Amanda. Ich frage mich, ob Sie Ihre Intelligenz von ihm geerbt haben. Er hat sich eine raffinierte Methode einfallen lassen, diese Leute hier zu betrügen. Der Lohn, der normalerweise hier in der Gegend für das Hopfenpflücken bezahlt wird, ist ein Dollar für einen Zentner geernteten Hopfen. Ihr Vater hat in seinen Anzeigen Spitzenlöhne versprochen und einen ›Bonus‹. Er bezahlt neunzig Cents für einen Zentnerballen und gewährt einen Zehn-Cent-Bonus für jeden gepflückten Zentner. Dieser ›Bonus‹ wird aber nur den Leuten ausgezahlt, die die ganze Erntezeit hindurch hierbleiben. Wenn ein Pflücker die Arbeit hinwirft, ehe die Ernte abgeschlossen ist, verliert er seinen ›Bonus‹. Unzählige Japaner haben bereits den Job aufgegeben. Sie wollten nicht in diesem Schmutz arbeiten. An jedem Pflücker, der den Dienst quittiert, verdient Ihr Vater zehn Cents pro Zentner geernteten Hopfens. Multiplizieren Sie zehn Cents mit Tausenden von Zentnerballen und Tausenden von Leuten. Mit der Summe, die dabei herauskommt, kann sich Caulden eine Menge Zigarren kaufen und Sie –« er blickte sie von Kopf bis Fuß an – »sich eine Menge seidener Kleider, Amanda.«

Hanks Zorn war nun aufgebraucht, und seine Schultern sackten nach unten. »Sie können jetzt wieder nach Hause gehen, Amanda. Gehen Sie heim, setzen Sie sich mit Ihrer hübschen Mutter unter einen Baum, und genießen Sie, was Ihr Vater für Sie erwirtschaftet.«

»W-was wird hier geschehen?« brachte sie mit Mühe über die Lippen. Ihre Stimme klang heiser. Das Entsetzen über das, was sie soeben gesehen hatte, drang erst allmählich in ihr Bewußtsein.

»Ich weiß es nicht. Die Zustände sind schlimmer, als ich zunächst annehmen konnte. Whitey hat lange und oft auf die Leute eingeredet. Die Arbeiter haben Angst, ihren Job zu verlieren; aber wenn Sie zusehen müßten, wie Ihr eigenes Kind in der Hitze das Bewußtsein verliert, würde Sie das auch nicht kaltlassen. Und bei diesen unmenschlichen Arbeitsbedingungen, den niedrigen Löhnen und den hohen Preisen, die die Leute für Essen und Wasser bezahlen müssen, geben sie alles aus, was sie einnehmen. Einige stehen bei Ihrem Vater bereits in der Kreide. Das alles macht böses Blut. Ich denke, die Arbeiter werden sich bald bei ihrem Vater mit ihren Beschwerden melden.

»Er wird nicht auf sie hören«, murmelte Amanda und sah, wie ein kleines Mädchen Stengel von den Dolden entfernte. Das Mädchen mochte höchstens drei Jahre alt sein, und sein Höschen, das unter dem schmutzigen Kleid hervorsah, hatte einen großen braunen Fleck auf dem Gesäß. Amanda verurteilte nun ihren Vater. Einen Mann, der Jahr für Jahr Leute für sich unter solchen Bedingungen arbeiten ließ, konnte man nicht verteidigen.

Hank zog eine Braue in die Höhe. »Nein, er wird auf niemanden hören, aber ich muß wenigstens versuchen, ihn zu überzeugen. Ich mache mir Sorgen, was passieren wird, wenn ein Mann wie Whitey zu Aktionen aufruft.«

»Aber ich sah erst heute morgen Sheriff Ramsey zu uns ins Haus kommen. Sheriff Ramsey wird . . .« Ihre Stimme verebbte.

»Schießen«, unterbrach Hank sie. »Ich bin mir dessen bewußt. Sie sollten jetzt wieder nach Hause gehen, Amanda. Ich möchte nicht, daß Whitey Sie zu Gesicht bekommt. Bleiben Sie in Ihrem Zimmer. Noch besser wäre es, wenn Sie mit Ihrer Mutter für ein paar Tage nach San Francisco fahren würden.«

Amanda konnte ihn nur ansehen. Feigling, dachte sie – ich bin immer nur feige gewesen. Mit vierzehn hatte ich Angst, mich gegen Taylor aufzulehnen, und mit zweiundzwanzig habe ich Angst, mich gegen meinen Vater aufzulehnen. Sie drehte sich von ihm weg und machte sich auf den Weg zurück zum Wohnhaus. Vielleicht konnte sie irgend etwas wiedergutmachen.

Hank blickte ihr nach, als sie sich entfernte. Es war nicht ihre Schuld, das wußte er; aber er hatte ihr zeigen wollen, wofür er kämpfte. Er betete im stillen, daß sie seinen Rat befolgen und sich irgendwohin in Sicherheit bringen möge. Aber er hatte jetzt keine Zeit, sich Sorgen um Amanda zu machen. Er mußte Whitey finden und auskundschaften, was dieser Fanatiker vorhatte. Die Arbeiter hier waren so gereizt und aufgebracht, daß nicht viel dazugehörte, um sie zu Gewalttätigkeiten aufzustacheln.

Kapitel Siebzehn

Die Tür zur Bibliothek stand offen, aber es hätte Amanda auch nicht gestört, wenn sie geschlossen gewesen wäre. Sie ging in den Raum hinein. Ihr Vater saß am Schreibtisch, hatte ein paar Papiere vor sich ausgebreitet, und Taylor beugte sich zu ihm.

Taylor richtete sich auf und runzelte die Stirn. »Amanda, du solltest um diese Zeit auf deinem Zimmer sein. Ich habe dich angewiesen . . .«

Amanda sah nur ihren Vater an. »Es wird zu Gewalttätigkeiten kommen, wenn du die Arbeitsbedingungen auf deinen Feldern nicht änderst.«

J. Harker blickte sie an. In seinem Gesicht bewegte sich kein Muskel.

»Amanda, du hast nicht über Dinge zu reden, von denen du nichts verstehst«, herrschte Taylor sie an. »Du hast dich sofort auf dein Zimmer zu begeben und . . .«

»Halt den Mund, Taylor«, befahl Amanda. »Das geht nur die Familie etwas an.«

Ihr Vater lehnte sich zurück, und Amanda hielt seinem bohrenden Blick stand. Sie hatte noch immer den Gestank der Toiletten und der faulenden Abfälle in der Nase. »Die Gewerkschaftsführer reden von Kämpfen, und sie werden dein Blut zuerst fordern.«

»Amanda«, meldete sich Taylor zu Wort, als er sich von seinem Schock erholt hatte, »du kannst nicht . . .«

Sie wandte sich ihm zu. »Setz dich!« zischte sie, als wäre er ein lästiger kleiner Schoßhund. Sie funkelte ihn an, bis er ihr gehorchte, ging dann zum Schreibtisch ihres Vaters, stemmte die Hände darauf und beugte sich vor. »Du hast die Leute jahrelang betrügen können, aber diesmal kommst du damit nicht durch. Ich glaube, daß die Pflücker sich mit dem Schmutz und den spärlichen Wasserrationen noch abfinden würden, aber sie werden nicht zusehen, wie du sie um ihren Lohn bringst. Wenn du ihnen nicht zahlst, was ihnen zusteht, werden sie anfangen zu schießen.« Sie blickte ihren Vater an, und in diesem Augenblick sahen sie sich sehr ähnlich – mit zornigem und eigensinnigem Gesichtsausdruck.

»Amanda, ich . . .«, begann Taylor erneut.

Amanda streifte ihn mit einem kurzen Seitenblick. »Schweig oder verschwinde.« Sie blickte auf ihren Vater zurück. »Nun?«

J. Harker ließ ein verächtliches Schnauben hören. »Ich habe fünfzehn Männer auf den Feldern, die für mich arbeiten. Sie berichten mir, was dort vorgeht, und falls sie mich nicht erreichen können, um sich meine Erlaubnis für gewisse Handlungen einzuholen, dann haben sie Waffen, die sie auch verwenden können, ohne mich erst zu fragen. Die Bulldogge hat noch zusätzlich Männer um die Felder herum postiert. Laß die Gewerkschafter doch reden, soviel sie wollen; aber wenn Blut vergossen wird, dann ihres, nicht meines.«

Amanda trat vom Schreibtisch zurück. Sie hatte nicht die Absicht, ihn zu fragen, warum er so unmenschlich war, denn sie hatte eingesehen, daß eine solche Diskussion sinnlos gewesen wäre. Er hätte seine Einstellung nie geändert. Sie hätte ihm jetzt gern gedroht. Aber sie wußte nicht, was ihm etwas bedeutete außer der Ranch. Wenn sie ihm damit drohte, daß sie das Haus verlassen würde, wenn er das Lager nicht in einen menschenwürdigen Zustand brachte, würde ihn das kaltlassen. Hank hatte recht gehabt: ein Mann, der seine eigene Frau ächten und seine Tochter im eigenen Haus wie eine Gefangene halten konnte, war zu allem fähig.

J. Harkers Augen blickten sie triumphierend an.

»Gewinnen bedeutet für dich alles, wie?« fragte Amanda. »Egal, was sich dir in den Weg stellt – du mußt darüber hinwegtrampeln und gewinnen. Doch diesmal wirst du nicht der

Sieger sein. Du magst zwar heute ein paar arme, ungebildete Wanderarbeiter um ihren mageren Lohn bringen; aber morgen wirst du verlieren. Deine Zeit ist vorbei.« Sie drehte sich auf dem Absatz um und verließ den Raum. Sie konnte die Nähe dieses Mannes nicht mehr länger ertragen.

Taylor holte sie auf der Treppe ein. »Amanda«, sagte er leise. »Es war nicht meine Absicht, dich zu . . .«

»Doch«, unterbrach sie ihn mit zornigen Augen, »jede demütigende Handlung, zu der du mich gezwungen hast, war von dir so gewollt. Jahrelang hast du dich bemüht, so zu werden wie mein Vater. Er hatte Tausende von hilflosen Pflükkern, die er tyrannisieren konnte, während dir nur ein von der Umwelt isoliertes, hilfloses einsames Mädchen zur Verfügung stand, das dir gern gefällig sein wollte. Taylor, so wie diese Pflücker genug haben von meinem Vater, habe ich genug von dir.«

»Aber, Amanda, ich liebe dich doch.«

»Nein, das tust du nicht. Du kennst mich nicht einmal. Du liebst eine hölzerne Puppe, die du so zurechtgeschnitzt hast, wie deiner Meinung nach eine Frau sein sollte. Wenn du mich brauchst, holst du mich, wenn du mich nicht mehr brauchst, schickst du mich auf mein Zimmer und gibst mir ein kleine Liste, die mich beschäftigt halten soll.« Sie wollte nicht länger ihre Zeit mit ihm verschwenden, sondern fuhr fort, die Treppe hinaufzusteigen.

»Amanda« rief er und stellte sich vor sie, »was wirst du jetzt tun? Ich meine, unsere Verlobung ist . . .«

»Gelöst«, ergänzte sie, blieb noch einmal stehen und nahm ihre ganze Geduld zusammen. »Zuerst werde ich tun, was in meiner Macht steht, um den Pflückern zu helfen. Ich werde . . .«, sie hielt inne und überlegte, was sie eigentlich tun konnte, ». . . ich werde ihnen Limonade besorgen – kostenlose Limonade. Und wenn der Hopfen gepflückt ist, gehe ich von hier fort.«

»Mit ihm?« schoß Taylor zurück. »Ich bin nicht so blind, wie du zu glauben scheinst.«

Sie blickte Taylor an, als hätte sie ihn noch nie zuvor gesehen. »*Du* magst zwar nicht blind sein, aber ich bin es gewesen. Wenn Hank mich haben will – ja, dann werde ich mit ihm gehen, aber es ist nicht wahrscheinlich, daß er mich überhaupt mag. Und nun geh mir bitte aus dem Weg. Dort draußen sind Leute, die in diesem Moment vor Hitze und Durst ohnmächtig werden, während wir hier stehen und uns über belanglose Dinge streiten.« Sie schob sich an ihm vorbei.

»Belanglose Dinge!« schrie er hinter ihr her. »Hier wird meine ganze Zukunft zerstört durch die Laune einer Frau, die einem nichtsnutzigen, windigen Kerl hinterherläuft . . .«

Amanda wirbelte herum. »Du wirst die Ranch bekommen – dessen bin ich mir sicher. Wo sonst könnte mein Vater sonst noch einen so perfekten Nachahmer auftreiben? Keiner von euch beiden braucht mich. Aber laß dir von mir einen Rat geben, Taylor. Du solltest ebenfalls von hier weggehen. Am besten, du gehst noch heute. Sofort. Du solltest dir Reva holen, mit ihr fortgehen und dich kein einziges Mal mehr umdrehen. Reva wird dir gut bekommen. Sie ist gerade locker genug, um ein Gegengewicht zu diesem Stück Eisen bilden zu können, das du für Charakter hältst. Und jetzt muß ich gehen . . . um dir die Wahrheit zu sagen – mir ist es ziemlich egal, was du tust.«

Sie eilte hinauf in ihr Zimmer, riß sich ihr Seidenkleid vom Leib und holte ihre leichteste weiße Bluse und einen dunklen Baumwollrock aus dem Schrank. Nachdem sie sich umgezogen hatte, zog sie Kleidungsstücke aus Schubladen und Fächern und holte aus dem Schlafzimmer ihres Vaters einen Koffer. Sie stopfte ihre Sachen hinein und ging dann nach unten. Sie blickte sich nicht mehr im Haus um, denn sie empfand keine Trauer darüber, daß sie es jetzt verließ. Da war nur das Gefühl, daß draußen vor der Tür die Freiheit auf sie wartete.

Sie setzte den Koffer in der Anrichte ab und ging in die Küche, wo sie sich von der Köchin die große Fruchtpresse mit Handkurbelbetrieb auslieh. Dann rief sie den Gemüsehändler in Kingman an und bestellte bei ihm einen Lastwagen voller Zitronen. »Schicken Sie jemanden nach Terrill City, wenn Sie selbst nicht genügend Früchte auf Lager haben«, sagte sie ins Telefon.

Sie ging nach draußen, den Koffer in der einen Hand, die

Fruchtpresse in der anderen, und blieb dann wieder stehen. Sie mußte ihrer Mutter noch Lebewohl sagen.

Amanda verharrte einen Moment neben dem Liegestuhl ihrer Mutter unter dem Baum, und alles, was in den letzten Jahren geschehen war, stand ihr nun wieder lebhaft vor Augen. Sie empfand einen unglaublichen Zorn auf sich selbst. Warum hatte sie Taylor erlaubt, sie ihrer Mutter zu entfremden? Warum hatte sie Taylors Befehlen so blind gehorcht?

Grace sah zu ihrer Tochter auf.

»Mutter, ich . . .« Tränen blinkten in Amandas Augen.

»Hast du vor, das Haus zu verlassen?« fragte Grace und deutete mit dem Kopf auf den Koffer.

»Ich bin schrecklich zu dir gewesen, und ich . . .«

Grace unterbrach ihre Tochter. »Hast du etwas dagegen, wenn ich mit dir durchbrenne? Wozu soll das Ding gut sein? Du wirst doch wohl damit nicht jemanden den Schädel einschlagen wollen, oder?«

Amanda hielt die Fruchtpresse in die Höhe. »Vater hat den Arbeitern Limonade versprochen, und ich werde das Versprechen einlösen. Ich schätze, es wird mindestens einen Tag dauern, bis er die Rechnung für die Zitronen bekommt und weitere Lieferungen unterbindet.«

»Und der Koffer? Hat der etwas mit den Pflückern zu tun oder mit einem sehr gut aussehenden Wirtschaftsprofessor?«

»Ich . . .« Amanda wußte, daß sie in den letzten Stunden recht tapfer gewesen war; aber ihre gerade erst entdeckte Courage verließ sie nun wieder. Sie fiel auf die Knie und legte den Kopf auf den Schoß ihrer Mutter. »Es war so grauenhaft«, schluchzte sie. »Diese armen Leute fallen in Ohnmacht vor Durst, weil Vater sich das Wasser von ihnen teuer bezahlen läßt, und ich kam mir so schrecklich dumm vor. Ich habe jahrelang in meinem Zimmer gesessen und . . .«

»Still, Amanda«, sagte Grace streng. »Daß du dich jetzt mit Selbstvorwürfen geißelst, hilft keinem. Du warst ein süßes kleines Mädchen, das seinem Vater Freude machen wollte. Nun wisch dir die Tränen ab, und laß uns an die Arbeit gehen. Die Sonne wird gleich untergehen, so daß die

Pflücker die Arbeit für heute einstellen müssen, und die Zitronen werden vor morgen früh bestimmt nicht geliefert. Du wartest hier, während ich mir ein paar Sachen zusammenpacke, und dann werden wir beide die Nacht im ›Kingmans Arms‹ verbringen und morgen die Limonade zubereiten. Und jetzt hör auf zu weinen, damit du für deinen Professor hübsch aussiehst.«

»Aber, Mutter, du kannst doch Vater nicht verlassen, nur weil ich von hier weggehe.«

»Was gibt es denn hier noch für mich? Deinen Vater und mich verbindet nichts mehr, seit er mich für das, was er als Verrat betrachtete, bestrafte, indem er dich mir wegnahm. Ich habe nur so lange ausharren wollen, bis du Taylor geheiratet oder zu Dir selbst zurückgefunden hast. Ich konnte nicht eher weggehen; wir konnten dich ja nicht *alle* verlassen. Aber jetzt hast du einen Entschluß gefaßt, und ich habe hier auch nichts mehr verloren.« Sie stand auf. »Bleib hier, ich komme so schnell wie möglich wieder zurück.«

Amanda setzte sich in den Liegestuhl und faltete die Hände im Schoß. »Wenn Hank mich haben möchte«, hatte sie zu Taylor gesagt. Es war nicht schwierig, nun einzusehen, daß sie ihn schon seit langem liebte. Sie zog eine Grimasse und überlegte, daß sie, bei all ihren Schwächen, doch immerhin einen starken Willen besaß. Sie hatte sich in den Kopf gesetzt, Taylor zu lieben, und trotz all seiner Schikanen, trotz seiner onkelhaften Küsse und der vielen Strafen, die er ihr auferlegte, hatte sie treu zu ihm gehalten. Doch Hank hatte ihr bewiesen, daß er mit ihr fühlte, daß er sie als Persönlichkeit respektierte, aber sie hatte sich in den Kopf gesetzt, ihn zu verabscheuen. Sie hätte sich mit ihrer Starrköpfigkeit fast in eine unglückliche Ehe mit Taylor hineinmanövriert.

Ihre vornehmlichste Sorge jedoch waren jetzt die Pflükker, aber wenn diese wieder abgezogen waren, würde sie zu Hank gehen und ihn um Vergebung bitten – selbst wenn sie vor ihm auf die Knie fallen mußte.

Ihre Aufmerksamkeit wurde nun auf zehn Männer gelenkt, die hinter den Bäumen aufgetaucht waren und sich auf das Haus zubewegten. Der Anführer der Gruppe war der Mann mit den auffälligen weißen Haaren – Whitey Graham.

Amanda sprang sofort auf die Füße. Das war zweifellos die Delegation der Arbeiter, die ihrem Vater die Beschwerden vortragen sollte, wie Hank ihr das angekündigt hatte. Sie begann zu laufen und erreichte die Vorderseite des Hauses just in dem Moment, als Taylor, J. Harker und zwei von »Bulldogge« Ramseys Hilfssheriffs auf die Veranda heraustraten. Amanda hielt etwas abseits im Schatten inne. Sie hatte das Gefühl, daß sie weder zu dieser noch zu jener Seite gehörte.

»Wir haben eine Liste von Beschwerden mitgebracht«, verkündete Whitey. »Wir sind ganz und gar nicht glücklich über die Verhältnisse, die auf den Feldern herrschen.«

J. Harker ließ nicht erkennen, ob er dem Mann zugehört hatte, er starrte nur geradeaus.

Whitey stieg auf die Veranda, so daß er auf gleicher Höhe mit J. Harker war. Taylor wollte ihn wegen seiner Unverschämtheit zur Rede stellen, doch J. Harker schob ihn beiseite.

»Sagen Sie, was Sie mir mitteilen wollen«, schnaubte J. Harker.

Whitey las eine Liste von sieben Beschwerden vor, zu deren Abhilfe man folgende Bedingungen stellte: Feldtoiletten, mehr Lagertoiletten, Trinkwasser, das auf die Felder gebracht werden sollte, Inspektoren, die auch aus den Reihen der Pflücker ernannt werden sollten; Limonade aus echten Zitronen und zum Schluß einen Lohn von einem Dollar fünfundzwanzig Cents für einen Zentner gepflückten Hopfen, ohne Bonus.

Alle hielten den Atem an, während J. Harker sich seine Entscheidung überlegte.

Bitte, betete Amanda im stillen, bitte stimme diesen Bedingungen zu.

J. Harker bequemte sich dann endlich zu einer Erwiderung: Er war mit der größeren Anzahl von Toiletten einverstanden, billigte dreimal am Tag eine Wasserlieferung zu und war sogar bereit, den Inpsektoren, die aus den Reihen der Pflücker ernannt würden, zwei Dollar und fünfzig Cents pro Tag zu bezahlen. Aber er weigerte sich, die Akkordlöhne zu erhöhen.

Nun war es Whitey, der sich stur stellte. »Sie haben sich soeben Ihr eigenes Grab geschaufelt«, kündigte er im eisigen Ton an.

J. Harker schlug ihm mit dem Handrücken ins Gesicht: »Verschwinden Sie von meinem Grundstück!«

Im nächsten Moment brach die Hölle los. Einer von den Deputies wollte sich auf Whitey stürzen. Whitey lief die Verandastufen hinunter, während die neun Männer, die ihn begleitet hatten, nicht wußten, ob sie kämpfen oder davonlaufen sollten. Der zweite Deputy brüllte, daß Whitey verhaftet sei, worauf Whitey ihm erwiderte, er hätte keinen Haftbefehl, der ihn zu dieser Maßnahme berechtigte. Nach diesen Worten rannten Whitey und seine Männer vom Grundstück.

Amanda lehnte sich gegen das Verandageländer. Nun war es passiert. Ein Stein war ins Rollen gekommen, der eine Lawine auslösen mußte. Kein menschliches Wesen konnte die Bedingungen draußen auf den Feldern tagelang ertragen, ohne zu explodieren.

Plötzlich richtete sich Amanda kerzengerade auf. Wo war Hank? Er hatte doch gesagt, daß er die Beschwerden der Pflücker vortragen wollte, aber er hatte nicht einmal zu Whiteys Begleitpersonen gehört. Hatte er beschlossen, sich den Forderungen nicht anzuschließen? War er am Ende zur Vernunft gekommen und hatte erkannt, daß dies nicht sein Kampf war?

Sie hätte fast gelacht, als sie sich das fragte. Hank Montgomery hatte nicht einen feigen Knochen im Leib. Er hatte J. Harker Caulden, einen Mann, der seine Familie in Angst und Schrecken versetzte, furchtlos die Stirn geboten und ihm getrotzt, wenn er eine andere Meinung vertrat. Er war solchen fanatischen Männern wie Whitey Graham erfolgreich entgegengetreten. Hank hatte mitten in Kingman eine Gewerkschaftszentrale errichtet, und als die Bürger nachts mit Farbe »Verschwindet aus der Stadt« auf die Hauswände gepinselt hatten, hatte er nur mit den Achseln gezuckt und Joe angewiesen, die Parolen mit weißer Farbe zu übertünchen.

Nein, der Grund für Hank Montgomerys Abwesenheit vom Beschwerdenkomitee war sicherlich nicht Feigheit oder Interesselosigkeit. Was hatte ihn also gehindert, hier zu erscheinen? Etwas Furchtbares mußte draußen auf den Feldern geschehen sein.

Ohne lange zu überlegen, machte sie sich auf den Weg. Aber noch ehe sie die Grenze des kühlen, schattigen Gartens überschritten hatte, spürte sie eine Hand auf ihrem Arm.

»Hast du dich jetzt doch entschlossen, ohne mich durchzubrennen?« fragte Grace leichthin, aber Amanda bemerkte die Sorge in ihrer Stimme.

»Die Gewerkschaftsvertreter haben Vater ein Ultimatum gestellt«, erklärte Amanda.

Grace seufzte. »Ich kann mir denken, wie er die Forderung aufgenommen hat.«

»Er hat den Sprecher der Delegation geohrfeigt. Nur – Hank gehörte nicht zu der Abordnung, die Vater die Beschwerden überbrachte.«

Grace runzelte die Stirn. Sie spürte die Angst ihrer Tochter. »Ich verstehe das nicht. Glaubst du, Dr. Montgomery hätte mehr erreicht, wenn er mit deinem Vater verhandelt hätte?«

»Hank sagte zu mir, daß *er* die Beschwerden der Arbeiter vortragen würde. Aber er tat es nicht. Mutter, ich fürchte, daß etwas passiert ist. Ich spüre das. Ich muß Hank suchen.«

Grace Caulden nahm den Koffer auf, den sie gerade gepackt hatte. »Dann laß uns gehen. Wir werden ihn finden.«

»Die Felder sind grauenhaft«, warnte Amanda und sah ihre Mutter besorgt an. »Die Leute sind . . .«

Grace nahm die Hand ihrer Tochter. »Es wird Zeit, daß wir beide etwas unternehmen, nicht wahr? Es wird Zeit, daß wir aufhören, uns auf unseren Zimmern zu verkiechen.«

»Ja«, stimmte Amanda zu, und gemeinsam gingen sie auf die Felder hinaus.

Sie suchten zwei Stunden lang. Sie gingen in jedes Zelt, in jede schmutzige kleine Erdhütte, stiegen über unbeschreibliche, stinkende Haufen aus Abfällen und Unrat hinweg, ließen viele gehässige und anzügliche Bemerkungen über sich ergehen. Sie fragten jeden, gebrauchten jede Sprache, die Amanda beherrschte. Sie verständigten sich mit Handzeichen. Sie erkundigten sich auf jede nur erdenkliche Weise, aber niemand hatte Dr. Montgomery in den letzten vier Stunden gesehen.

Whitey Graham stellte sich ihnen in den Weg, als ihre Suche schon in die dritte Stunde hineinging. »Sie beide gehören zur Caulden-Familie.« Seine Augen glühten in der zunehmenden Dunkelheit. »Die Leute hier sind im Augenblick nicht sonderlich gut zu sprechen auf die Cauldens. Sie sollten deshalb lieber das Lager verlassen.«

»Ich möchte wissen, wo Dr. Montgomery ist«, entgegnete Amanda und überwand ihre Angst vor diesem Mann.

Whitey grinste. »Er ist vor etlichen Stunden mit einer hübschen Lady weggefahren. Seitdem habe ich ihn hier nicht mehr gesehen. Vielleicht ist er . . .« Er ließ den Rest des Satzes unausgesprochen, doch sein anzügliches Grinsen war deutlich genug.

Amanda versteckte ihre zu Fäusten geballten Hände in den Falten ihres Rockes. »Ich werde ihn holen. Ich werde ihn an den Haaren herzerren . . . ich werde ihn aus dem Bett holen, wenn es sein muß, und dann wird er mit meinem Vater reden. Sie werden Ihre Lohnerhöhung durchsetzen. Hank wird schon einen Weg finden, um meinen Vater zu überzeugen.«

Whitey lächelte auf eine tückische Weise. »Sie scheinen dem Professor ja wirklich viel zuzutrauen. Ich für meine Person glaube nicht, daß jemand Caulden zur Vernunft bringen kann, außer vielleicht durch ein paar Schüsse, die man auf jemanden abfeuert.«

Amanda schluckte und hoffte, daß ihr Gesicht ihre Panik nicht veriet. »Ich werde ihn holen. Hank weiß, wie man verhandeln muß. Wenn jemand meinen Vater überreden kann, dann er.«

»Es könnte zum Reden schon zu spät sein.« Whitey musterte sie auf eine unverschämte Weise von Kopf bis Fuß.

Amanda drehte sich von ihm weg und ging auf die Straße nach Kingman zu.

Grace mußte sich anstrengen, um mit ihrer Tochter Schritt halten zu können. »Was für ein schrecklicher Mann! Ich bekomme schon eine Gänsehaut, wenn ich ihn nur ansehe. Wo willst du denn jetzt so eilig hin, Liebes?«

»Zu Reva Eilers Haus«, erwiderte Amanda bitter.

»Du glaubst, Dr. Montgomery ist bei ihr?«

»Ja, das glaube ich. Er scheint sich immer mit Scharen von Frauen umgeben zu müssen.«

Grace stolperte über hohe Grasbüschel; ihre Absätze blieben in Erdlöchern hängen, ihr Rock an irgendwelchen Dornen, und ihr kleiner Hut rutschte ihr über das linke Auge, während sie sich bemühte, neben ihrer Tochter zu bleiben. »Ich habe ihn nur einmal mit dir zusammen gesehen, Liebes; aber ich hatte den Eindruck, daß er ziemlich verrückt nach dir ist.«

Amanda hielt kurz an, setzte dann aber ihren Weg in beschleunigtem Tempo fort. »Er schaut alle Frauen so an.«

»Kein Mann hat soviel Energie, daß er sich derart intensiv um *zwei* Frauen bemühen kann.«

»Hank besitzt eine Menge Energie«, erklärte Amanda über die Schulter hinweg, »unglaubliche Mengen von Energie. Er ist sehr ausdauernd.«

Grace hielt mitten im Schritt an, machte große Augen und betrachtete den Rücken ihrer Tochter. »Was für ein Glück für die Frau, die er liebt«, murmelte sie und beeilte sich dann wieder, Amanda einzuholen.

Amanda kletterte über den Zaun am Rande des Feldes und half ihrer Mutter, das Hindernis zu überwinden.

»Wollen wir etwa den ganzen Weg in die Stadt zu Fuß zurücklegen?« fragte Grace und rieb ihre schmerzenden Fußknöchel. Sie glaubte, an ihrem linken kleinen Zeh bereits eine Blase spüren zu können.

»Wir werden ein Auto anhalten.«

Grace drehte das Gesicht zur Seite, damit Amanda das Entsetzen nicht erkennen konnte. Jahrelang hatte sie nun zu Gott gebetet, daß ihre Tochter eines Tages Taylors Joch abschütteln möge, aber daß sie sich aus einem frommen Lämmchen binnen einer Woche in ein Wesen verwandelte, das mit erhobenem Daumen Männer in Autos zum Anhalten aufforderte, war mehr, als sie sich gewünscht hatte.

Schon der erste Wagen, der die Straße heraufkam, hielt neben ihnen an; aber er fuhr in die verkehrte Richtung. Der hübsche junge Sam Ryan beugte sich aus dem Fenster und lächelte Amanda zu.

»Ah – so treffen wir uns also wieder«, sagte er leise.

Amanda sah ihn aus schmalen Augen an. »Sam, ich möchte, daß du umdrehst und mich und meine Mutter zu Reva Eilers Haus bringst.«

Sam zog den Kopf aus dem Fenster zurück. »Tut mir leid, das geht nicht.« Offensichtlich hatte er Grace jetzt erst bemerkt. »Ich muß etwas für meinen Vater besorgen.«

»Wenn du mich nicht sofort zu Revas Haus fährst, werde ich zu deinen Eltern gehen und ihnen erzählen, was du mit mir vorhattest. Ich habe das zerrissene Kleid noch zu Hause im Schrank!«

Sam schnitt eine Grimasse. »Also gut, steigt ein, aber ich warte nicht auf dich vor Revas Haus.«

»Darum hat dich auch keiner gebeten«, schnaubte Amanda.

Amanda sprach kein Wort auf dem Weg zu Revas Wohnung. Sie gab nicht einmal ihrer Mutter Antwort, als Grace flüsterte: »Was hat Sam denn mit dir vorgehabt?« Amanda war viel zu sehr damit beschäftigt, innerlich gegen Hank Montgomery zu toben. Da dachte sie nun, sie würde ihn lieben und daß er ein edler Mensch sei, weil er den armen, wehrlosen Pflückern zu helfen versuchte, und dann tändelte er mit Reva Eiler herum. Und sie, Amanda, hatte Taylor noch geraten, sich Reva zur Frau zu nehmen! Wie naiv sie doch war, was Männer betraf! Reva hatte mit Hank im Gewerkschaftshaus geflirtet und Taylor dann auf dem Jahrmarkt becirct, sie nach Hause zu bringen.

Amanda begann sich schreckliche Dinge auszumalen, die sie Reva und Hank antun wollte, wenn sie die beiden zusammen erwischte.

»Wir sind da«, verkündete Sam mürrisch, »und damit sind wir quitt. Dad reißt mir den Kopf ab, wenn ich zu spät nach Hause komme.«

»Das hättest du auch verdient«, gab Amanda zurück und warf die Wagentür zu. »Du solltest dich nicht an wehrlosen Frauen vergreifen.«

»Mit dem Professor im Rücken warst du ja nicht so ganz wehrlos. Er hätte mir fast einen Backenzahn ausgeschlagen. Er sitzt ganz locker.«

Amanda lächelte ihn an. »Vielleicht denkst du beim nächsten Mal daran.«

Sam verzog das Gesicht und brauste davon.

»Amanda, mein Liebes«, sagte Grace, »wenn diese Geschichte vorbei ist, werden wir beide uns mal länger unterhalten müssen.«

Amanda gab ihr keine Antwort, sondern ging zu Revas Haustür und klopfte an. Es war ein schmutziges kleines Haus mit einer zerbrochenen Schaukel im Vorgarten und einem Berg verrosteter Konservendosen neben dem Zaun, in dem etliche Latten fehlten. Herbstrosen, die um ihr Leben zu kämpfen schienen, wuchsen aus etwas heraus, das dem Kotflügel eines Lastwagens sehr ähnlich sah. Im Türfenster war eine Scheibe zerbrochen, die mit Zeitungspapier geflickt war.

Nachdem Amanda zum zweiten Mal angeklopft hatte, hörte sie schlurfende Schritte hinter der Tür.

»Was wollen Sie denn?« fragte eine Männerstimme.

»Hier ist Amanda Caulden, Mr. Eiler. Ich möchte Reva sprechen«, rief Amanda. »Wenn sie hier ist«, setzte sie leise hinzu.

»Sie schläft«, rief Mr. Eiler.

»Mit wem?« murmelte Amanda. »Ich muß wirklich mit ihr sprechen«, brüllte sie vor der Tür.

Eine Hand riß wütend das Zeitungspapier von der Scheibe weg. Der Rest des Fensters war so schmutzig, daß man gar nicht durchschauen konnte. Revas Gesicht erschien in dem nun freigelegten Ausschnitt. »Ich bin hier, Miß Alleswisserin Caulden«, sagte Reva, »und ich war allein im Bett, obwohl dich das nichts angeht. Was hat dich in diesen Teil der Stadt geführt? Brauchst du jemanden, der deine Toiletten saubermacht?«

»Wo ist Hank?« fragte Amanda.

»Nicht bei mir.«

Amanda funkelte sie an. »Wann hat er dich denn verlassen? Hat sein Besuch dich so erschöpft, daß du dich schon so früh zu Bett begeben mußtest?«

»Erstens ist es bereits zehn Uhr, und zweitens müssen einige von uns schon sehr früh aufstehen und zur Arbeit gehen. Nicht alle können ein solches Prinzessinnendasein führen wie . . .«

»Einen Augenblick!« rief Grace und trat einen Schritt näher an die Tür. »Ehe ihr beiden jungen *Damen* –« sie betonte das Wort – »euch in die Haare geratet, denke ich, sollten wir erst einmal klarstellen, weshalb wir hergekommen sind. Reva, Dr. Montgomery scheint verschwunden zu sein, und man gab uns zu verstehen, daß er vielleicht bei einer anderen Frau sein könnte. Und wir gingen von der Annahme aus, die besagte Frau seist du.«

»Er ist nicht hiergewesen. Er war den ganzen Tag draußen auf den Feldern. Ich habe ihn nur ein paar Minuten gesehen, und er war ziemlich aufgeregt. – Er sagte, es wäre grauenvoll dort draußen, und ich sollte lieber im Gewerkschaftshaus bleiben.«

»Hast du eine Ahnung, wo er stecken könnte?« fragte Grace.

»Vielleicht ist er in sein Hotel gefahren und schläft dort in seinem Zimmer. Oder er arbeitet noch im Gewerkschaftshaus. Oder er ist in den ›Diner‹ zum Essen gegangen. Oder . . .«

»Du mußt uns suchen helfen«, unterbrach Amanda sie. »Ich glaube, es ist ihm etwas zugestoßen.« Nun, da sie wußte, daß er sich nicht bei Reva aufhielt, wurde sie rasch vernünftiger. Whitey hatte sie belogen – aber warum? Hatte er sie nur täuschen wollen, weil sie eine Caulden war? Oder hatte er einen anderen Grund dafür gehabt?«

»Hank ist bestimmt nichts passiert«, beruhigte sie Reva.

»Hank kann sehr gut auf sich selbst aufpassen. Außerdem ist es schon spät, und ich brauche meinen Schlaf.«

»Du kommst entweder freiwillig mit, oder ich werde dich an den Haaren aus dem Haus ziehen.«

»Aber Amanda!« sagte Grace. »Ich bin sicher, Reva hat recht, und Dr. Montgomery geht es gut. Vielleicht sollten wir . . .«

»Ich bekomme Taylor dafür«, forderte Reva, als wäre er eine Handelsware.

»Geschenkt«, antwortete Amanda prompt im Ton eines Auktionators, der zu den Kauflustigen sagt: »Der Mann geht an die Frau in dem schmutzigen Nachthemd dort hinten!«

»Gib mir fünf Minuten Zeit zum Anziehen.«

»Wenn du auf den Lippenstift verzichtest, schaffst du es in drei«, sagte Amanda mit einem süßen Lächeln.

Grace sah zur Seite, damit die beiden ihr Lächeln nicht sehen konnten.

In vier Minuten war Reva angezogen und stand vor dem Haus. Amanda vergeudete nun keine Zeit mehr mit Sticheleien, sondern erteilte Befehle wie ein General – oder wie ihr Vater. Weder Reva noch Grace dachten daran, ihr zu widersprechen. Amanda nannte ihnen die Orte, an denen sie nachforschen sollten, und gab ihnen weniger als eine Stunde Zeit dafür. Sie mußten fast ganz Kingman im Dauerlauf absuchen.

Eine Stunde später fanden sich alle drei wieder vor dem ›Kingman Arms‹ ein.

»Keine Spur von ihm«, berichtete Reva. Auch sie machte sich inzwischen Sorgen. »Niemand hat Hank seit gestern gesehen. Er ist nicht in sein Hotel zurückgekommen. Joe ist im Gewerkschaftshaus und sagt, daß er sich dort auch nicht gezeigt hat.«

Grace konnte auch nur einen Mißerfolg melden.

»Wenn wir nur seinen Wagen finden könnten«, stöhnte Amanda. Ihr Herz schien bis zum Hals hinauf zu schlagen. Sie empfand Panik, nackte, nervenzerfetzende Angst. Hank hätte niemals die Felder verlassen oder die Gewerkschaft im

Stich gelassen, wenn nicht etwas . . . passiert wäre. Sie wollte sich gar nicht ausmalen, was geschehen sein könnte. Alle sprachen von Blutvergießen und Gewalttaten. »Er würde niemals seinen Wagen zurücklassen«, flüsterte sie, »wenn wir nur seinen Wagen fänden . . .«

»Aber sein Wagen stand doch bei den Feldern«, erinnerte sie Grace.

Reva und Amanda drehten sich zu ihr um.

»Ich bin einmal über etwas gestolpert und sah etwas Gelbes unter dem Hopfen. Es war fast nicht zu erkennen unter den Ranken; aber ich wußte sofort, was es war. Es gibt hier nichts, was auch nur ungefähr die gleiche Farbe hätte wie dieses Automobil.«

»Sie haben ihm etwas angetan«, murmelte Amanda leise, und sie wußte, daß sie recht hatte. »Sie wollten unbedingt ihren Kampf haben; und Hank hatte sich vorgenommen, sie daran zu hindern. Sie mußten ihn aus dem Weg räumen.«

»Ihn aus dem Weg räumen?« fragte Grace. »Was, in aller Welt, meinst du damit?«

Reva trat einen Schritt zurück. »Es ist schrecklich spät, wie du weißt, und ich bin müde. Ich glaube, ich gehe jetzt besser nach Hause und lege mich ins Bett. Ich muß in ein paar Stunden wieder arbeiten. Amanda, laß uns mal zusammen zum Essen gehen, wenn der Hopfen geerntet ist.«

Amanda packte Reva am Arm. »Du kommst mit uns zur Ranch. Wir werden dort Whitey Graham aufsuchen – ich weiß, daß er dahintersteckt –, und ihn zwingen, uns zu sagen, wo Hank ist.« Sie schluckte. »Wenn wir nicht schon zu spät kommen. Reva, hat dein Vater eine Waffe, die er uns leihen könnte? Ich glaube nicht, daß sich ein Mann wie Whitey von drei Frauen, die bitte sagen, beeindrucken läßt.«

»Eine W-waffe?« stotterte Reva.

»Eine Pistole vielleicht. Noch besser ein Gewehr. Ein Gewehr mit zwei Läufen würde wohl auf ihn Eindruck machen.«

Reva rückte noch einen Schritt von Amanda weg. »Also Amanda, du kannst Taylor behalten. Du kannst meinetwegen beide Männer haben. Ich denke, ich gehe jetzt lieber nach Hause – also gute Nacht, Mrs. Caulden, gute Nacht, Amanda.«

Amanda holte Reva ein, ehe sie zehn Schritte gemacht hatte, und schob ihre Hand energisch unter Revas Arm. »Werde mir jetzt bloß nicht feige. Wir müssen Hank finden. Vielleicht kann er den Krieg verhindern, der morgen sonst auf unserer Ranch ausbrechen würde. Aber, was noch wichtiger ist, Hank könnte verwundet sein.«

»Ganz zu schweigen davon, daß wir verletzt werden könnten«, murmelte Reva.

»Zuweilen, Reva, muß ein Mensch das tun, was er nicht tun will. Ist das nicht richtig, Mutter? Mutter?!«

Die beiden jungen Frauen drehten sich um und sahen Grace Caulden noch immer vor dem »Kingman Arms« stehen. Ihr ovales Gesicht war so blaß wie der Mond.

»Reva, hat dein Vater auch einen Whisky?« flüsterte sie heiser.

»Ich kann garantieren, daß er Whisky im Haus hat«, antwortete Reva mit vor Angst bebender Stimme.

»Kommt, wir vergeuden nur unsere Zeit«, sagte Amanda. »Wir müssen Hank finden.« Sie schritt energisch in die Nacht hinein, und die beiden anderen Frauen folgten ihr zögernd.

Kapitel Achtzehn

Bist du sicher, daß du das Richtige tust?« fragte Reva. Sie sprach mit sehr verhaltener Stimme, und da schwangen Töne mit, die man nur respektvoll nennen konnte. Gestern hätte Reva noch steif und fest behauptet, daß Amanda, die sich immer für etwas Besseres hielt und sich immer tadellos benahm, unmöglich imstande wäre, die Dinge zu vollbringen, die sie in den letzten zwei Stunden vollbracht hatte.

Die drei Frauen hatten sich eine doppelläufige Schrotflinte von Mr. Eiler »ausgeliehen« – er hat während des ganzen Vorgangs betrunken geschnarcht und sich nur auf die

Seite gedreht, als Grace ihm die halbleere Whiskyflasche aus der Armbeuge nahm. Dann hatte Amanda einen alten, stinkenden Pritschenwagen besorgt.

Während der Pritschenwagen über die Schlaglöcher ratterte und hüpfte, hatte eine bleichgesichtige Grace die Hand ihrer Tochter genommen. »Falls ich das alles nicht lebend überstehen sollte, mein Liebes . . . ich muß dir ein Geständnis machen . . . Ich bin die Gräfin de la Glace.«

Amanda blickte ihre Mutter mit offenem Mund an. »*Du* hast dieses Buch von Ariadne und diesem Mann geschrieben?«

»Ich brauchte doch eine Beschäftigung, solange ich in diesem Zimmer im Oberstock saß. Ich bekomme natürlich Tantiemen von dem Verkauf meiner Bücher, und du und dein junger Doktor – ihr könnt recht gut von den Einnahmen leben.« Grace beugte sich vor. »Und kümmere dich darum, daß auch Reva gut versorgt ist, ja? Versprich mir das, bitte.«

Amanda drückte ihrer Mutter die Hand. »Wenn das alles vorbei ist – kann ich dann alle deine Romane lesen? Ich muß die versäumte Zeit wieder aufholen.«

Grace lächelte ihrer Tochter zu, und beide schwiegen, bis sie bei den Feldern waren.

Es war ein leichtes gewesen, Whitey Graham zu finden; er stand auf dem kleinen Podest am Südrand der Felder und hielt eine von seinen zündenden Reden über die abgrundtiefe Schlechtigkeit der Arbeitgeber. Überall loderten Feuer, und die Flammen spiegelten sich in den zornigen, müden Augen der Pflücker. Als Whitey die Menge eines von den aufreizenden Liedern der VAW anstimmen ließ, trat Amanda an der Rand der Menge, lenkte Whiteys Aufmerksamkeit auf sich und gab ihm ein Zeichen, ihr zu folgen.

Reva und Grace hatten schweigend dagestanden – zu ängstlich, zu erstaunt, um auch nur ein Wort über die Lippen zu bringen – und zugesehen, wie Amanda Whitey die Schrotflinte an den Kopf hielt und von ihm zu wissen begehrte, wo sich Hank Montgomery aufhielt.

Whitey war ein kaltblütiger Bursche, das mußte Reva ihm lassen. Er sagte, er hätte nichts dagegen, ihr zu verraten, wo

Hank steckte, da sie ihn sowieso nicht mehr rechtzeitig erreichen könnte, um hier etwas zu bewirken oder aufzuhalten. »Es wird morgen passieren. Cauldens Weigerung, auf unsere Forderungen einzugehen, hat das Faß zum Überlaufen gebracht. Binnen vierundzwanzig Stunden wird die ganze Ranch in die Luft fliegen.«

Amanda schob die Schrotflinte etwas näher an seine Nase heran. »*Sie* werden binnen zwei Minuten in die Luft fliegen, wenn Sie mir nicht erzählen, wo Hank ist.«

Er sah Amanda mit einigem Respekt an und gestand, daß sein Partner, Andrei, Hank weggebracht hatte, und zwar in die Sierra Nevada Mountains in eine Hütte, in der Whitey und Andrei sich ein paar Tage versteckt gehalten hatten, ehe sie nach Kingman kamen. Auf Amandas Drängen hin beschrieb er ihr auch den genauen Weg dorthin. Ihre Sorge schien ihn zu amüsieren, denn er sagte: »Ihr reichen Leute haltet zusammen, wie?«

»Reich?« erwiderte Amanda. »Hank gibt alles Geld, das er verdient, für die Gewerkschaft aus.«

Whitey lachte laut. »Die Familie des Professors ist so reich, daß ihr Cauldens im Vergleich dazu Kirchenmäuse seid. Wir versuchten die Arbeiter in der Fabrik seines Vaters, der Warbrooke-Werft- und Hafengesellschaft, vor zwei Jahren zum Streik zu bewegen, aber . . .«

»Es ist Ihnen nicht gelungen«, schloß sie für ihn.

»Amanda«, warf Grace ein, »Du könntest das Ganze jetzt noch aufhalten. Wenn wir Mr. Graham von hier wegbringen . . .«

Amanda zögerte und wog das Für und Wider gegeneinander ab. »Die Leute haben ein Recht darauf zu protestieren, und nur Vater kann das Schlimmste jetzt noch verhindern – Hank ist der einzige, der ihn dazu überreden könnte.«

Whitey lachte wieder. Er wußte, daß Amanda ihn nicht erschießen würde, und es spielte keine Rolle mehr, ob sie diesem Montgomery nachjagte oder nicht – sie würde niemals rechtzeitig wieder mit ihm zurückkommen können. Sie hatten den Doc aus dem Weg schaffen müssen, sonst hätte er alles verdorben. Whitey drehte Amandas Schrotflinte den Rücken zu und ging in die Versammlung zurück.

»Diesem Mann ist es wirklich egal, ob er lebt oder stirbt«, flüsterte Reva.

Amanda vergeudete keine Zeit damit, über Whitey Grahams Lebenseinstellung nachzudenken. »Ich muß Hank holen«, sagte sie und ging rasch zu der Stelle, wo der Mercer versteckt war.

Die Frauen entfernten die abgerissenen Hopfenranken, mit denen man den Wagen getarnt hatte, und standen jetzt da und starrten ihn an. »Kannst du ihn starten?« fragte Reva.

»Ich hoffe es«, sagte Amanda. »Nein, ich *werde* das Ding starten.« Sie ging im Geist noch einmal jeden Handgriff durch, den sie Hank vollführen sah, wenn er den Motor anließ. Sie zog am Zündgeber und an der Drosselklappe, rannte vorne zum Kühler und drehte an der Kurbel. Sie mußte es viermal versuchen, ehe der Motor ansprang, und dann mußte sie sich mit den Gängen befassen. Die Kupplung ging verdammt schwer, die Lenkung noch schwerer, so daß sie glaubte, ihre Arme müßten sich aus den Schultergelenken lösen, als sie am Lenkrad kurbelte. Und als sie die Bremsen bediente, reagierte der Wagen nicht. Sie walzte sechs Hopfenstangen samt Hopfenranken platt, ehe der Wagen stand.

»Amanda, ich glaube nicht, daß du . . .«, protestierte Grace ängstlich.

»Ich habe ihn jetzt im Griff«, versicherte Amanda und legte den Rückwärtsgang ein. »Ich komme, so schnell ich kann, wieder zurück.« Sie hatte nicht damit gerechnet, daß die Lenkung seitenverkehrt arbeitete, wenn sie den Wagen im Rückwärtsgang bewegte, und sie mähte noch mehr Hopfenstauden um, ehe sie die Straße erreichte. Sie winkte Reva und ihrer Mutter noch einmal zu und fuhr dann nach Osten, indem sie den Gashebel bis zum Boden durchtrat.

Sowohl Hank wie Taylor hatten ihr versichert, daß sie eine lernfähige Schülerin sei; aber sie hatte noch nie etwas so schnell gelernt wie das Autofahren. Nach einer Viertelstunde hatte sie bereits das Gefühl, daß sie hinter dem Lenkrad geboren wäre. Sie war eine so aufmerksame Beifahrerin gewesen, daß sie sich jede Handbewegung, die Hank beim Fahren verrichtete, genau eingeprägt hatte. Und sie konnte am Geräusch des Motors hören, wann sie schalten mußte.

Es war jetzt mitten in der Nacht, und auf der breiten Lehmstraße, die in die Berge hinaufführte, herrschte kein Verkehr. Sie ließ den Wagen in schnellstem Tempo laufen, und der Wind fegte durch ihr Haar. Die Geschwindigkeit des Wagens und ihre Fähigkeit, so eine kräftige Maschine beherrschen zu können, gaben ihr ein Gefühl von Macht.

Sie erlebte nur einen gefährlichen Moment auf dieser Fahrt, und zwar kurz nach Sonnenaufgang, als zwei Bauern beschlossen, mit ihren Fuhrwerken mitten auf der Straße stehenzubleiben und einen kleinen Morgenplausch zu halten. Amanda bewahrte einen kühlen Kopf, schätzte erst die ungefähre Breite der Straße ab, dann den Weg, den sie brauchte, um den Wagen zum Stehen zu bringen, und wußte, im Bruchteil einer Sekunde, daß sie eines der Fuhrwerke umpflügen würde, wenn sie zu bremsen versuchte. Also zog sie eine rasche, saubere Kurve nach links, so daß sie mit der Breitseite auf die Fuhrwerke zuschlitterte.

Die beiden Farmer unterbrachen ihren Plausch einen kurzen Moment, um sich umzudrehen und das hübsche Mädchen in dem gelben Wagen auf sich zukommen zu sehen, wobei die Nase des Automobils auf den Zaun am Straßenrand gerichtet war und Kies und Sand in großen Fontänen nach allen Seiten spritzte. Das eine Paar Pferde ging fast durch, aber der Farmer, dem sie gehörten, bändigte sie mit straffem Zügel.

Als der Wagen zu rutschen aufhörte, befand sich Amanda fast unter dem Bauch zweier Pferde, von denen das eine wild die Augen rollte, das andere zu verschreckt war, um sich bewegen zu können. Die drei Menschen auf der Straße waren sprachlos. Amanda fing sich zuerst. Ihr Herz hämmerte laut, aber sie war schrecklich stolz darauf, daß sie einen Zusammenstoß verhindert hatte.

»Guten Morgen«, begrüßte sie die Farmer. Eine welkende

Hopfenranke lag auf dem Beifahrersitz, und sie bot es dem Pferd an, dessen Kopf direkt über ihr war. Das Tier begann die Ranke zu verzehren und beruhigte sich wieder.

Die beiden Farmer halfen Amanda, den Wagen wieder auf die Straße zu schieben, und wünschten ihr Glück. Sie winkte ihnen kurz zu und gab schon wieder Gas.

Sie mußte einmal nachtanken, und dann ging es hinauf in die Berge. Sie betete, daß Whitey sie nicht belogen hatte, was Hanks Aufenthalt betraf, und je näher sie dem Ziel kam, um so größer wurde ihre Sorge. Als sie die ihr beschriebene Berghütte erreichte, deren Dach halb eingestürzt war, war sie schon aus dem Wagen, ehe er richtig zum Stehen kam. Sie zog die schwere Handbremse an, schob einen dicken Stein hinter ein Hinterrad und rannte auf die Hütte zu.

Sie war leer. Einen Moment lang überkam sie Panik, und sie war überzeugt, daß Whitey sie getäuscht hatte . . . aber dann sah sie nahe der Rückwand einen Fleck auf den Dielen, die vom Fußboden noch übriggeblieben waren. Sie ging dorthin und untersuchte ihn. Blut. Es schien eine Menge dieser Flecken auf den Dielen zu geben, als hätte ein Verletzter dort die Nacht verbracht.

Einen Moment lang war sie den Tränen nahe. Sie war müde, hungrig und verängstigt – und da war überall gestocktes Blut auf dem Boden.

»Suchen Sie mich?«

Sie blickte auf und sah Hank im Türrahmen stehen. Mit einem Schrei sprang sie in die Höhe und ihm direkt in die Arme. »Du lebst! Oh, mein Liebling, ich hatte ja solche Angst.« Sie begann, sein Gesicht und seinen Hals mit Küssen zu bedecken.

»Sachte – sachte«, ermahnte sie Hank, und löste sich ein wenig aus ihrer Umarmung. »Was ist eigentlich los? Und könntest du bitte ein bißchen behutsamer mit meinem Arm umgehen?«

Sie wich nun ebenfalls einen halben Schritt zurück und bemerkte das Blut an der rechten Seite seines Körpers. »Sie haben auf dich geschossen? Ich werde sie umbringen! Ich werde Mr. Eilers Schrotflinte nehmen und . . .«

Hank legte den Finger auf ihre Lippen. »Könnten wir diese Unterhaltung nicht auf später verschieben? Ich würde nämlich gern erfahren, was los ist. Ich fürchte, ich bin die ganze Nacht hindurch nicht bei Bewußtsein gewesen. Ich kam erst zu mir, als ich das Auto hörte. Übrigens - wer hat denn eigentlich den Mercer gefahren?«

»Ich. Hank, Liebling, ich war krank vor Sorge. Ich fürchtete, du seist tot.«

Hank war geschwächt vom Blutverlust und einer kalten Gebirgsnacht ohne Nahrung und Wasser, und er hatte Angst, daß er so hohes Fieber hatte, daß er das alles nur träumte. Es konnte doch nicht möglich sein, daß Amanda *ihn* Liebling nannte!

Er wußte, daß er zur Ranch zurückkehren mußte, um ein Verbrechen zu verhindern, aber im Augenblick schien nur Amanda wichtig zu sein. Er legte die Fingerspitzen auf ihr Haar. »Warum bist du hier, Amanda?«

»Um dich zu holen. Ich bin gekommen, um dich zurückzubringen.« Sie wurde verlegen. Als sie sich das letzte Mal gesehen hatten, hatte er sie für die Lebensbedingungen der Feldarbeiter verantwortlich gemacht.

»Um der Gewerkschaft zu helfen? Hättest du nicht Taylor darum bitten können?«

Sie öffnete den Mund, um ihm zu sagen, daß sie hierhergekommen war, um Gewalttätigkeiten auf der Ranch zu verhindern. Doch das wäre eine halbe Lüge gewesen. »Ja«, sagte sie leise. »Ich kam hierher, um dich deinen Leuten zurückzubringen; aber mehr noch aus dem Grund, weil ich dich liebe.«

Hank sagte keinen Ton, er stand nur da und starrte sie so lange an, bis Amanda wußte, daß sie sich wieder einmal wie eine Närrin benommen hatte. »Entschuldigen Sie mich«, sagte sie steif und drängte an ihm vorbei nach draußen. Dann rief sie, mit dem Rücken zu ihm: »Wenn Sie soweit sind, daß wir fahren können, bringe ich Sie zur Ranch zurück. Whitey hat gestern meinem Vater eine Liste von Beschwerden überbracht, aber mein Vater wollte natürlich einer Lohnerhöhung nicht zustimmen. Whitey drohte ihm, und mein Vater gab ihm eine Ohrfeige. Der Sheriff will Whitey verhaften – wahrscheinlich heute, und so können Sie sich ausrechnen, was heute . . .«

Sie brach mitten im Satz ab, weil Hank sie herumschwenkte, seine linke Hand in ihr Haar vergrub und sie so heftig küßte, daß sie ganz außer Atem kam.

»Ich liebe dich, Amanda«, flüsterte er. »Ich liebe dich schon so lange, daß ich mich gar nicht mehr erinnern kann, wie es ist, dich nicht zu lieben. Ich glaube, ich habe auf dich gewartet – darauf gewartet, daß du zu einer Entscheidung kommst.«

»Ich habe mich entschieden«, erwiderte sie leise. »Ich möchte Kingman mit dir verlassen. Ich möchte mit dir gehen, wo immer du hingehen wirst. Ich möchte immer bei dir sein.«

Er lächelte, während er ihre Wange streichelte. Die Arme, die sie um seinen Hals geschlungen hatte, verursachten ihm Schmerzen, aber körperlicher Schmerz war nichts im Vergleich mit dem Leid, das sie ihm bereitet hatte, seit er sie kennengelernt hatte. Als er sie zum ersten Mal sah, hatte er gleich gewußt, daß sie die Frau war, die ihm bestimmt war, aber es war, als würde ein Automat im Körper dieser Frau stecken, die er begehrte. Doch sie war eine Frau aus Fleisch und Blut, und sie war nun zu ihm gekommen.

»Wie hast du Whitey dazu gebracht, dir zu sagen, wo ich stecke?«

»Ich habe ihm ein Gewehr vors Gesicht gehalten.«

Hank lächelte. »Wie hast du denn das Autofahren gelernt?«

»Ich habe dir beim Fahren zugesehen.«

Sein Lächeln wurde noch breiter. »Und was ist mit Taylor?«

»Ich habe ihm geraten, mehr Zeit mit Reva zu verbringen, und Reva hat mich gebeten, ihn ihr zu überlassen. Ich war sofort damit einverstanden.«

»So, du hast ihn ihr überlassen, wie?« Hank lachte. »Reva und du – ihr habt also einen Handel abgeschlossen.

Ich schätze, ich kann froh sein, daß ihr keine Münze um mich geworfen habt.«

Sie nahm die Arme von seinem Hals. »Wenn du damit fertig bist, mich auszulachen, schlage ich vor, daß wir fahren.«

Er nahm ihren Arm. »Hast du alles auch wirklich so gemeint, wie du es gesagt hast, Amanda? Hast du endlich erkannt, daß du mich liebst?«

Ihr gefiel nicht recht, wie er das ausdrückte, aber Wahrheit blieb Wahrheit. »Ja«, bekannte sie, »ich habe es endlich begriffen.«

Er trat ein wenig zurück, während sich ein Grinsen über seinem Gesicht ausbreitete. »Und dieses Gerede davon, daß du mitgehen würdest, wohin auch immer ich ginge, sollte wohl ein Heiratsantrag sein, wie?«

Sie wurde wieder verlegen. War das nicht etwas, was ein Mann bei einer Flasche Champagner fragte und was mit Diamantringen verbunden war? Aber da stand er nun in einem blutgetränkten Hemd vor ihr, hatte schwarze Ringe um die Augen, und sie war schmutzig und müde. »Ich denke, ja.« Sie blickte auf ihre Hände hinunter.

»Warte nur, bis ich das unseren Enkelkindern erzählen werde«, drohte Hank belustigt. »Sie werden mir niemals glauben, daß ihre Großmutter um meine Hand angehalten hat.«

Sie blinzelte ihn an. »Wenn du jemandem etwas davon erzählen solltest, wirst du niemals mit mir Kinder, geschweige denn Enkelkinder haben.« Sie drehte sich um und ging von ihm weg.

Er lief ihr nach und zog sie mit seinem gesunden Arm an sich. »Entschuldige, Liebes. Ich wollte dir nur etwas von dem zurückgeben, was du mir zugemutet hast. Du kannst dir die Hölle nicht vorstellen, durch die ich deinetwegen gegangen bin. Ich wußte, daß du zu mir gehörst, und ich mußte um dich kämpfen. Ich bin jedesmal ein bißchen gestorben, wenn du Driscoll angeschaut hast. Ich habe sogar die Hoffnung aufgegeben, daß du jemals begreifen würdest, daß du mir bestimmt bist, und habe dein Haus verlassen, aber am nächsten Tag bist du in mein Zimmer in der Gewerkschaftszentrale marschiert. Ich habe eine elende Zeit durchgemacht deinetwegen.«

Sie lächelte. »Das freut mich. Mein Leben wurde auch nicht gerade ruhiger durch dich.«

Er küßte sie auf die Stirn und hielt sie einen Moment fest. »Ich denke, wir sollten jetzt wirklich besser aufbrechen. Mein Arm fängt wieder an zu bluten, und es wird verdammt anstrengend, den Wagen nur mit einem Arm zu fahren.«

»Ich fahre zurück«, bestimmte sie.

Er zog sich vor ihr zurück. »Du?« Er grinste. »Amanda, ist dir bewußt, was es heißt, einen Mercer zu lenken? Und wie schwer er zu bremsen ist? Also, du könntest ja nicht einmal . . .«

»Wer, glaubst du denn, hat den Mercer hergefahren?« fragte sie aufgebracht.

»Das war etwas anderes. Das war . . .«

»War was?« begehrte sie zu wissen.

»Notwendig.« Er lächelte nicht mehr.

»Und die Fahrt zurück ist nicht notwendig? Du glaubst, daß du mit einem Arm und Wundfieber ein besserer Fahrer bist als ich mit zwei Armen?«

»In der Tat, das glaube ich.«

Sie trat einen Schritt zurück. »Schön – er gehört dir«, erwiderte sie und deutete zum Wagen. Sie sah zu, wie er die komplizierten Startvorbereitungen erledigte. Seine Wunde blutete wieder, und ihm schien es zuweilen schwindlig zu werden; aber er fuhr fort, an der Kurbel zu drehen.

Sie ging zu ihm. »Bitte, Hank«, unterbrach sie ihn. »Bitte, Hank, laß mich dir helfen.«

Hank sah sie an. Er hatte stets gewußt, daß er immer tun würde, was sie von ihm verlangte, wenn sie bitte zu ihm sagte – und er ließ sie fahren, obwohl es ihm sehr schwer fiel. Es war schlimmer, als er sich das vorgestellt hatte. Sie fuhr zu schnell, ihre Lenkbewegungen waren zu abrupt, und sie überholte andere Wagen, auch wenn sie nicht sehen konnte, ob jemand entgegenkam. Und sie fragte ihn ununterbrochen nach seinen Erlebnissen mit Whitey und Andrei. Er murmelte, daß Andrei nicht die Absicht hatte, auf ihn zu schießen; aber als ein Baum am Berghang umstürzte, hatte das Andrei so erschreckt, daß er aus Versehen den Abzug betätigt hatte. Hank hatte sich geduckt; aber nicht rasch genug. Andrei hatte geglaubt, Hank wäre tot, hatte ihn in die Hütte geschleift, damit die Leiche nicht gleich entdeckt würde, und hatte ihn dann verlassen. Hank hatte geschlafen, bis Amanda vor der Hütte eintraf.

»Tut es sehr weh?« fragte Amanda und sah ihn prüfend an.

Es wurde ihm jedesmal ein bißchen übel, wenn sie den Blick von der Straße abwandte. »Nicht sosehr, wie mich der Tod schmerzen würde.«

Amanda glaubte noch zu hören, daß er murmelte: »Taylor hatte die richtige Idee, als er Frauen unter Verschluß hielt.« Also konnte sie gar nicht richtig gehört haben.

Sie hielten an, um zu tanken und belegte Brote und Kaffee zu besorgen, und dann waren sie schon wieder unterwegs. Sie erreichten die Caulden-Ranch erst, als die Sonne bereits wieder unterging.

Und da war schon alles vorbei.

Als Amanda in die Wirtschaftsstraße einbog, die am Lager der Pflücker vorbeiführte, konnten sie sehen, daß die meisten Arbeiter abgezogen waren. Hank war blaß und schwach, und Amanda wollte mit ihm zu einem Arzt fahren, aber er ließ das nicht zu. »Ich möchte mit deinem Vater sprechen«, sagte er. Amanda nickte, nahm seine Hand in die ihre, und sie begannen zum Haus zu gehen.

Joe sah sie, lief auf sie zu und berichtete, was geschehen war. Alles war binnen weniger Minuten abgelaufen. Whitey Graham hatte eine seiner Ansprachen gehalten, als zwei Wagen ins Lager fuhren – einer mit dem Sheriff, dem Bezirksstaatsanwalt und einem Hilfssheriff, der andere mit vier Hilfssheriffs. Der Bezirksanwalt appellierte an die Arbeiter, eine friedliche Regelung zu suchen, aber einer der Hilfssheriffs deutete auf Whitey und sagte, sie hätten einen Haftbefehl für ihn und würden ihn mitnehmen. Dann hatten sich die Hilfssheriffs einen Weg durch die Menge gebahnt.

Aber da passierte etwas – Joe wußte nicht genau, was. Später hatte ihm jemand erzählt, daß eine Bank, auf denen ein paar Männer standen, umgestürzt sei. Der Lärm und das Schreien der Männer reichten hin, um die Menge in eine tobende Meute zu verwandeln. Ein Hilfssheriff hatte mit einer Schrotflinte über die Köpfe der Menge hinweggefeuert, um sie zu beruhigen, doch der Knall hatte nur das Gegenteil bewirkt.

Drei Minuten später hatte sich die Menge wieder zurückgezogen, und auf dem Boden lagen der Sheriff, der Bezirksanwalt, ein Hilfssheriff und zwei Arbeiter, einer davon ein dreizehnjähriger Junge – alle tot.

Hank wurde noch ein bißchen blasser, als er diesen schrecklichen Bericht hörte. Amanda hielt seine Hand noch fester.

Hank ging in das Wohnhaus der Caulden-Ranch, ohne erst anzuklopfen, und weiter in die Bibliothek. Amanda blieb an seiner Seite. J. Harker saß an seinem Schreibtisch, und er sah so aus, als wäre überhaupt nichts geschehen.

»Kommen sie, um mir zu drohen?« fragte er und musterte den mit frischem Blut bedeckten Hank und Amanda, die in trotziger Haltung neben ihm stand. »So viel zu Ihrer Kampagne gegen die Gewalttätigkeit. Der Gouverneur hat die Staatsmiliz hierher in Marsch gesetzt. Sie wird auf Ihre Gewerkschaftsleute ohne Vorwarnung schießen. Sie haben verloren, Montgomery, Sie haben verloren.«

»Sie haben es zwar noch nicht begriffen, aber der Verlierer sind Sie. Sie hätten den Arbeitern nur eine angemessene Lohnerhöhung gewähren müssen – eine Ausgabe, die Ihnen nicht weh getan hätte –, und sie hätten das Massaker verhindern können. Doch nun wird die Welt von der Caulden-Ranch hören.«

»Sie wird erfahren, wie Ihre Gewerkschaftsleute den Bezirksanwalt und den Sheriff töteten«, warf J. Harker ein. »Das Land wird Ihre Gewerkschaft in Stücke reißen. Der Bezirksanwalt war ein beliebter Mann, und er hatte Frau und Kinder.«

»Die Zeitungen werden hauptsächlich über die unmenschlichen Arbeitsbedingungen, die den Aufstand der Arbeiter *ausgelöst* haben, berichten, dafür werde ich persönlich sorgen. Ich werde in allen Einzelheiten beschreiben, welche Zustände hier herrschten und was Sie den Arbeitern zugemutet haben, bis es zu dieser Verzweiflungstat kam.«

»Ich werde ihm dabei helfen«, verkündete Amanda.

J. Harker schnaubte. »Du kannst auf dein Zimmer gehen. Ich werde jemanden suchen, der Taylor ersetzt.«

»Er hat dich ebenfalls verlassen?« fragte Amanda leise.

»Er ist mit dieser mittellosen Eiler-Schlampe durchgebrannt«, murmelte J. Harker. »Aber er kann ohne weiteres ersetzt werden.«

»Du hast erreicht, was du haben wolltest – du hast diese riesige Ranch ganz für dich allein. Du hast keine Frau mehr mit einer Vergangenheit, die dir peinlich ist, keine Tochter mehr, die kindische Streiche vollführt und die Leute auf die Idee bringen könnte, daß du kein so vollkommener Mensch bist, wie sie glaubten, keinen zukünftigen Schwiegersohn mehr, den du einschüchtern kannst. Aber du hast auch etwas verloren, du weißt es nur noch nicht: Du hast die Macht über diese Ranch verloren. Du hast der Welt Beweise für deine Habgier geliefert und deine Bereitschaft gezeigt, auch Leute sterben zu lassen, damit du Geld scheffeln kannst, aber deine Umwelt wird das nicht mehr zulassen. Deine Zeit ist vorbei, und Hank und ich, wir werden dafür sorgen, daß du wirklich am Ende bist.«

»Bist du jetzt fertig?« knurrte J. Harker, und seine Augen funkelten zornig. »Dann kannst du das Haus verlassen. Ich brauche keinen von euch.« Noch während er das sagte, wußte er, daß er log, aber der Stolz hatte sein Leben regiert, und er war zu alt, um sich jetzt noch ändern zu können.

»Leb wohl, Vater«, sagte Amanda und drehte sich um, um Hank anzusehen. »Bist du soweit, Liebling?«

Hank nickte, und sie verließen die Bibliothek, aber er hielt sie in der Halle noch einmal zurück. »Amanda, wenn ich mir nicht schon vorher sicher gewesen wäre, daß ich dich liebe, wäre ich es jetzt. Willst du mich heiraten?«

»Ja«, flüsterte sie und lächelte dann. »Und unser Sohn wird ein König sein.«

»Was?«

»Als ich mit Taylor den Jahrmarkt besuchte, hat mir ein Wahrsager prophezeit . . .«

»Ich verblute mich hier zu Tode, und du erzählst mir von diesem eiskalten Fisch . . .«

»Ich habe nicht von Taylor gesprochen. Ich sprach von unserem Sohn, der ein . . .«

Er küßte sie. »Komm, laß uns zu der Gewerkschaftszentrale fahren. Ich möchte ein paar Leute befragen, wie das alles genau abgelaufen ist. Je rascher wir das zu Papier bringen, um so schneller können es die Zeitungen veröffentlichen.«

»Wir werden in das Gewerkschaftshaus gehen, *nachdem* ich mit dir zu einem Arzt gefahren bin.«

»*Du* willst in die Stadt fahren? Wo so viele andere Wagen unterwegs sind? Mit *Fußgängern* auf der Straße?«

»Bitte!« sagte sie leise und strich ihm mit dem Finger über die Wange.

»Ja«, murmelte er. »Ja.«

Roman

Von Jude Deveraux sind bisher erschienen:

10471 Die Ascotts – Judith
10513 Die Ascotts – Alicia
10567 Die Ascotts – Clarissa
10598 Die Ascotts – Fiona
10746 Und am Ende siegt die Liebe
10772 Geliebter Tyrann
10849 Dieses heißersehnte Glück
10886 Herz aus Eis
10932 Herz aus Feuer
10993 Die Verführerin
11216 Herz in Aufruhr
11342 Liebe kennt keine Gefahren
11445 Lodernde Glut

BASTEI LÜBBE